DONS

DU MÊME AUTEUR

Aux Éditions Le Serpent à Plumes

Territoires, roman, 1995

Nurrudin Farah

DONS

Roman

Traduit de l'anglais par Jacqueline Bardolph

LE SERPENT A PLUMES

La traduction de cet ouvrage a été réalisée avec l'aide du Centre National du Livre

Première publication Serif, 1993, Londres

Illustration de couverture : *Le Cadeau*, Tenture en appliqué, art "fon", Bénin. Collections du Musée de l'Homme.

N° ISBN : 2-84261-021-0

LE SERPENT A PLUMES
20, rue des Petits-Champs - 75002 Paris

PREMIÈRE PARTIE

UNE HISTOIRE EST NÉE

CHAPITRE I

Dans lequel Duniya voit émerger de la brume qui l'entoure les grandes lignes d'une histoire, tandis que le monde extérieur fait irruption dans son espace privé et dans ses pensées.

DUNIYA était réveillée depuis un certain temps, consciente de l'aube qui venait. Elle avait rêvé d'un papillon affolé ; d'un chat qui attendait impatiemment que l'ombre voletante de l'insecte s'immobilise un instant afin de pouvoir se jeter sur lui. Puis la chambre obscure fut constellée comme par des lucioles : c'étaient des souffles palpitants de lumière, doux et silencieux comme de l'écume. Alanguie par la chaleur, Duniya contemplait tout cela, allongée sur le dos. Le papillon voletait çà et là, l'hypnotisait avec ses mouvements circulaires, ses couleurs d'arc-en-ciel. Comme subjugué, le chat ferma les yeux lentement, solennellement, et s'endormit.

Complètement réveillée, Duniya se leva.

Sachant qu'il lui faudrait aller à pied au travail, elle sortit de chez elle bien avant que ses enfants ne se lèvent. Elle avait calculé à d'autres occasions le temps que cela prenait : elle mettrait quarante-cinq minutes au rythme de la promenade, en s'arrêtant çà et là pour échanger des salutations matinales complètes, et aussi les dernières nouvelles de la veille, avec tous les amis ou collègues qui se trouveraient sur son chemin.

En fait ces échanges se bornèrent à quelques signes de tête par lesquels elle répondit sans ralentir aux salutations offertes, comme si elle ne connaissait pas ceux qui lui adressaient la parole. Plusieurs fois, elle détourna le regard de certains hommes dans les ruelles adjacentes : vêtus d'un sarong, la serviette de toilette pendant sur leur poitrine nue, ils se gargarisaient de concert, mâchonnant des bâtons de *rumay* pour se nettoyer les dents. Duniya n'avait pas besoin qu'on lui rappelle que les maisons mi-brique et mi-pisé devant lesquelles ils se tenaient n'avaient ni eau courante ni lavabos, en fait pas de sanitaires du tout. Elle habitait dans une des rares maisons de ce quartier de Mogadiscio qui pouvaient se vanter de posséder ces éléments du confort moderne.

Où que se portât le regard, un flot de gens se déversait par les portes ouvertes. Les rues bruissaient d'une grande activité : des femmes volubiles qui bavardaient avec leurs voisines ; des groupes d'enfants en uniforme qui se rendaient à l'école ; des gamins tout jeunes, trop petits pour porter leur cartable, que l'on menait par la main au jardin d'enfants. Ici ou là, on siphonnait l'essence d'un véhicule pour la faire passer dans un autre. La plupart des voitures, le capot levé, le moteur froid, avaient l'air abandonné. Parfois, l'une d'elles passait devant la foule et tous, ébahis, regardaient d'abord le véhicule lui-même, semblable à une apparition miraculeuse, puis le conducteur, espérant peut-être qu'il allait offrir une place. La seule fois où un taxi s'arrêta, une masse de gens convergea dans sa direction, on se bouscula, ce sur quoi le conducteur donna un bon coup d'accélérateur et partit, bien protégé dans sa voiture verrouillée.

Contre toute attente, il y avait dans l'air une certaine gaieté. Chacun était prêt à entamer la conversation avec de parfaits inconnus sur n'importe quel sujet, même si la principale préoccupation de tous était la pénurie d'essence et les coupures de courant de plus en plus fréquentes. Certains parlaient d'un air compétent des intentions politiques cachées derrière ce rationnement de carburant et d'énergie, s'essayant à prédire combien de temps il allait durer. Un homme qui se vantait d'avoir des informations directes parla d'une délégation gouvernementale qui se serait rendue en mission dans certains pays arabes producteurs de pétrole et espérait en revenir avec de pleines cargaisons d'essence.

Duniya traversa une rue goudronnée qui, sans qu'aucun panneau ne l'indiquât, marquait la frontière entre deux quartiers, un quartier pauvre où elle vivait et un quartier plus bourgeois, voire plus aisé. À la nature des conversations et des accents qu'elle entendait, elle savait qu'elle était maintenant dans le quartier de Hodan. Elle s'engagea dans un chemin de terre qui reliait deux rues goudronnées, voie large et aussi tranquille qu'une impasse. Tout à coup, elle fut prise d'une violente angoisse ; le silence environnant la troublait et son souffle se fit irrégulier. Saisie d'une peur inexplicable, elle sentit ses os se glacer, comme si elle s'était aventurée dans un territoire dangereux. Elle se figea, incapable de faire un pas de plus.

C'est alors qu'elle vit un chat qui ressemblait à celui de son rêve, blotti tranquillement juste devant elle, attendant qu'on le prenne et qu'on le caresse. Duniya n'en fit rien. Le chat et elle restèrent ainsi à se dévisager et cela accentua encore son impression de malaise.

Quelques secondes plus tard, elle eut une vision un peu floue à cause de la distance : une sorte de papillon aux ailes chamarrées, des ailes qui paraissaient tourner comme des toupies. Surprise et ravie, elle se rendit compte que c'était un taxi à rayures jaunes et rouges, un taxi vide.

Elle y monta, sans dire un mot, et se cala confortablement sur le siège arrière. Quelque chose lui disait de ne pas poser de question, afin de profiter le plus longtemps possible de ce coup de chance, mais elle se demanda quand même si ce n'était pas une dépense exorbitante que de prendre un taxi pour elle toute seule. Un regard discret à son portefeuille la rassura. Mais pourquoi cet homme ne démarrait-il pas ? Avait-il repéré d'autres passagers potentiels désireux de partager la course ? Elle se rendit compte alors qu'elle avait oublié de fermer la porte du taxi. Elle la ferma et la voiture démarra.

Le chauffeur, portant la main à la visière de sa casquette de golf, demanda : « Où Madame veut-elle que je la dépose ?

– À la Maternité de l'Hôpital Benaadir, s'il vous plaît.

– À votre service, Madame. »

Duniya essaya de chasser de son esprit le soupçon qui naissait en elle : cet homme n'avait ni la façon de parler, ni le comportement, ni l'allure d'un chauffeur de taxi. Des expressions comme « À votre service, Madame » lui meurtrissaient la langue à la façon dont des chaussures neuves vous écrasent les orteils. Il conduisait d'une manière hésitante, maniant le levier de vitesse avec précaution comme s'il était plus accoutumé à une voiture à changement automatique. Il lui faisait penser à un cavalier sans expérience montant un cheval non dressé. Plusieurs fois la voiture cala et il sortit en s'excusant, ouvrit le capot, fourragea çà et là dans ses intestins de fer, puis rentra, pour recommencer quelques instants plus tard. Il n'avait pas l'air particulièrement inquiet, pas plus qu'il n'agissait comme un chauffeur professionnel dont le seul gagne-pain dépend du bon état de marche de son véhicule. Il faisait plutôt penser à un homme qui condescend à faire la cuisine pour vous alors que sa femme et sa servante sont toutes les deux sorties : un homme qui ne souhaite pas que l'on garde le souvenir de son repas mal préparé mais de l'humilité avec laquelle il vous a servi, de l'effort que cela lui a coûté.

Ayant atteint sa vitesse de croisière, il lui dit : « Comme vous avez pu le deviner, je ne suis pas très habitué aux sautes d'humeur de ce taxi. »

C'est alors que Duniya vit dans le rétroviseur la tête de cet homme à côté de la sienne, comme si tous deux avaient attendu toute leur vie cet instant où leurs visages devaient partager cet espace, scellés dans un destin commun. Il avait un large sourire, un menton ferme, la peau rasée aussi lisse qu'une toile cirée, un regard amusé et amical. Elle ressentit une impression tout à fait étrange, l'impression de sombrer comme si la terre se dérobait sous elle. Elle décida de ne pas rester avec lui une minute de plus. Et au même moment se confirmait dans son esprit le soupçon qu'elle avait déjà vu cet homme, qu'elle connaissait son nom.

« Pourquoi vous faire passer pour ce que vous n'êtes pas, Bosaaso ? lui demanda-t-elle.

– J'ai bien peur de ne pas comprendre un mot de ce que vous dites, répondit-il.

– Cela vous est facile à vous les hommes de vous déguiser dès que vous ne disposez plus de vos masques naturels. Vous, les hommes... » Elle ne tenta pas d'achever sa phrase, comme si le mot même décrivait une espèce pour laquelle elle n'avait que dédain.

Elle leva les yeux vers le ciel. Le ciel semblait fixé là-haut par des barres de nuages fines comme des piquets, blanches comme la branche d'un arbre que l'on vient d'écorcer. Juste au-dessous du soleil se trouvaient deux tout petits nuages sombres semblables à de petits tabourets.

Certes Bosaaso et elle se connaissaient. Elle avait été de garde lorsque sa femme, maintenant décédée, avait passé quelques nuits au service de réanimation à la maternité où Duniya était infirmière en chef. De plus, ils avaient un ami commun en la personne du docteur Mire, obstétricien principal et ami d'enfance de Bosaaso.

« Si j'avais su que ce n'était pas un taxi, je ne vous aurais pas fait signe, ça je vous le promets, dit-elle.

– Mais ce n'est pas un taxi quand c'est moi qui conduis, dit Bosaaso.

– De toutes façons, pourquoi est-ce vous qui conduisez ?

– Parce que ma voiture est en révision au garage, voilà pourquoi.

– Tout cela n'a aucun sens. »

Bosaaso essaya d'expliquer : « J'ai acheté ce taxi pour un cousin pas très riche, qui l'utilise pour se faire un peu d'argent. Tout le bénéfice des courses lui revient, bien que la voiture m'appartienne et reste à mon nom. » Il soupira, se rendant compte qu'il avait été un peu long dans ses explications.

« Dans ce cas, j'aimerais bien payer.

– Payer ? Il avait l'air offensé.

– Libre à vous de donner cet argent à votre cousin. » Elle fut silencieuse un moment. « Est-ce que la somme de cent cinquante serait suffisante pour un trajet en ville, étant donné la pénurie d'essence aujourd'hui ?

– Certainement », dit Bosaaso.

Mais elle avait l'impression qu'il ne prenait pas son offre au sérieux. Froissée, elle réagit par un petit rire forcé, faisant semblant d'être amusée par la situation.

« Qu'y a-t-il de si drôle ? dit-il.

– L'idée que dès que l'argent parle, on obéit », répondit-elle.

Il était suspendu à ses paroles comme un pêcheur s'accroche à une belle prise. Mais il n'arrivait pas à cadrer son visage dans le rétroviseur, malgré tous ses efforts pour l'ajuster. À l'arrière, elle ne faisait plus un bruit. Il jeta un coup d'œil par-dessus son épaule gauche, puis la droite, sans rien voir de Duniya. Sans plus se préoccuper de la voiture qu'il conduisait, ou des véhicules qui pouvaient survenir, impulsivement, il se retourna complètement vers elle. Même ainsi, il n'aperçut qu'un tout petit bout de Duniya ; elle était courbée en deux – peut-être était-elle en train de ramasser quelque chose par terre. Il perdit alors le contrôle du volant. La voiture fit une embardée, les pneus allant heurter le bord d'un trottoir puis de l'autre, et manqua entrer en collision avec le pare-chocs d'un véhicule en stationnement. Il parvint enfin à s'arrêter sans dommages.

À cet instant, chacun des deux prit une conscience exagérée de la présence de l'autre, une conscience aiguë, pour la première fois, de sa proximité physique. Sans prêter attention au petit attroupement que la curiosité avait formé autour de la voiture, Duniya et Bosaaso se touchèrent, s'émerveillant d'avoir partagé une expérience de vie et de mort et de s'être arrêtés bien avant d'avoir franchi un seuil.

Sans qu'il le lui ait suggéré, Duniya sortit de l'arrière de la voiture et vint s'asseoir devant à côté de lui. Il enleva sa casquette de golf et la jeta par la portière. Ils repartirent.

Duniya remarqua que son sourire soulignait l'élégance de ses traits. Et qu'il avait une attitude bien à lui quand il penchait la tête de côté comme s'il s'appuyait sur quelque chose, et qu'il fronçait les sourcils, comme absorbé par des soucis personnels.

Duniya se rappela la nuit où Bosaaso et elle avaient passé le plus de temps ensemble. Alors que sa femme, à ce moment-là dans les premières douleurs de l'accouchement, s'était endormie dans sa chambre particulière, ils étaient sortis sur la pointe des pieds pour aller prendre un peu d'air. Il n'avait pas dit grand-chose ; et il avait penché la tête de la même façon, elle s'en souvenait bien, une vraie tour de Pise.

Il prit alors la parole : « Pour ce qui est du coût de la course en taxi, si vous me permettez…, et il se tut à nouveau.

– Oui ? dit-elle, et elle attendit.

– Est-ce que vous allez jamais au cinéma avec vos filles et votre fils ? se hasarda-t-il à demander.

– De temps en temps, fut la réponse – un vrai mensonge.

– Quelle sorte de films est-ce que vous voyez ? »

Se demandant où tout cela les conduisait, elle dit :

« Parfois un western spaghetti, ou un film indien ou un film de kung-fu ; il n'y a guère de choix. Pourquoi cette question ? »

Il ne répondit pas. S'étant engagé dans une ruelle difficile, il était tout entier concentré sur sa conduite. Son clignotant ne fonctionnait pas, aussi il tendit le bras par la portière pour indiquer qu'il tournait à droite. Là-dessus, il dut donner un coup de frein pour laisser un piéton traverser. Duniya se fit la remarque que c'était là un homme prudent, et aussi attentif à autrui.

Changeant de vitesse en douceur, il dit : « Je suggère que vous m'emmeniez voir un film avec vos enfants, au lieu de me payer la course.

– Mais je ne sais pas du tout quand j'irai au cinéma la prochaine fois, dit-elle.

– Rien ne presse. »

Était-ce une sorte de piège bien masculin qu'il lui serait impossible de desserrer par la suite, comme les anneaux d'une chaîne invisible ?

« Peut-être que vous n'avez pas le temps, dit-il, surtout avec les jumeaux qui sont déjà grands et la dernière encore petite. » Il ajouta, comme à la réflexion : « Et votre travail à l'hôpital. Cela doit être très prenant. Sans compter d'autres contraintes, j'en suis sûr. »

Sa réponse les surprit tous les deux : « J'ai beaucoup de temps libre. »

Il resta un moment sans mot dire. Puis : « C'est peut-être que je suis un peu lent. Ou qu'il y a une donnée que je ne connais pas. Y a-t-il un élément important dont vous ne m'avez pas encore parlé ?

– À vrai dire, je ne suis pas sûre d'avoir envie d'emmener qui que ce soit au cinéma.

– Bon, j'ai compris », dit-il, en négociant un virage.

Elle espérait qu'elle n'avait pas été plus distante que nécessaire. Du coin de l'œil , elle le regardait qui mettait les feux de position de la voiture, ces lumières rouges qui clignotaient au rythme des battements de son cœur. Il la dévisageait avec beaucoup d'intensité, se demandant s'il allait oser interrompre le cours de ses pensées.

En fait, ce fut elle qui parla la première. « J'espère que je n'ai pas été impolie.

– Vous serez pardonnée à la minute où vous m'inviterez, répondit-il.

– Je n'ai aucun moyen de vous joindre, de toute façon.

– Au contraire, dit-il. Vous êtes une femme pleine de ressources ; vous saurez comment prendre contact si vous en avez envie. »

Trop tendue pour penser clairement, elle resta silencieuse un long moment.

« Une façon de me joindre, continua-t-il, est par l'intermédiaire du docteur Mire à votre hôpital. Je le vois beaucoup, presque tous les jours.

– Il ne va pas être un peu interloqué si on lui demande de faire passer des messages ?

– Il ne sera que trop content, ça j'en suis sûr. »

Il eut un large sourire, divisant son attention également entre le visage de Duniya et la route, qui était pleine de nids-de-poule et de piétons.

Il arrêta brusquement le véhicule. « Je ne peux pas aller plus loin, j'en ai peur. Il y a une pancarte qui dit : Interdit aux taxis. J'avais oublié que je ne suis pas au volant de ma voiture. Je suis désolé. »

Se redressant du fond de son siège, elle se prépara à la tâche difficile qui consistait à conclure par quelques propos neutres et sensés, et ne réussit qu'à proférer : « Tout cela a été très gentil de votre part.

– Tout le plaisir a été pour moi », fut sa seule réponse.

Murmurant quelque chose à mi-chemin entre « merci » et « à une autre fois », elle sortit de la voiture, sûre qu'ils allaient se revoir. Elle ferma la porte du taxi sans le regarder.

Étant arrivée en avance, Duniya engagea une longue

conversation sur un mode affable avec les femmes de salle, leur proposant même de les aider à ranger le service des consultations où elle était affectée ce jour-là. Mais elles refusèrent catégoriquement son offre. Elle faisait pourtant tout ce qu'elle pouvait pour s'occuper l'esprit.

Cependant, quand les femmes eurent fini de nettoyer et qu'elle se trouva seule dans le grand corridor plein d'échos, son esprit fit redéfiler devant elle tous les moments de sa rencontre avec Bosaaso. Pour faire passer le temps, elle dénicha un vieux journal dans lequel elle découvrit un article intéressant :

> MOGADISCIO (SONNA, mardi)
> Le Secrétaire d'État à l'Agriculture et à l'Élevage a aujourd'hui lancé un avertissement selon lequel une situation catastrophique, voire une famine, était imminente en Somalie si des mesures immédiates n'étaient pas prises pour mettre un terme au cycle de reproduction des sauterelles du désert. Les habitants de Mogadiscio ont vu récemment d'énormes essaims de 25 kilomètres de large et de 70 kilomètres de long. Le Secrétaire d'État a dit que le gouvernement lançait une campagne pour venir à bout de ce fléau une fois pour toutes, mais que ceci ne peut se faire qu'en répandant des insecticides avec de petits avions, or ceux-ci sont en nombre insuffisant. Une aide pour cette campagne d'éradication a été promise par les gouvernements des USA et des Pays-Bas. Cependant, cela reste insuffisant.
>
> Le Chef de l'État, le Général Mohammed Siyad Barre, a invité les ambassadeurs de la République Fédérale d'Allemagne, de Grande-Bretagne, de France et d'Italie à examiner quels secours leurs gouvernements pouvaient proposer à la Somalie afin de prévenir cette catastrophe.
>
> Hier soir, cinq petits avions appartenant à l'Organisation de lutte contre les sauterelles d'Afrique de l'Est étaient cloués au sol à Addis-Abeba par manque de carburant et de pièces de rechange.

Citant un haut responsable de l'Organisation pour la Nourriture et l'Agriculture des Nations Unies, le Secrétaire d'État à l'Agriculture et à l'Élevage a dit que les efforts déployés pour combattre ce fléau dans toute l'Afrique avaient coûté au moins 100 millions de dollars et que des fonds de plus de 145 millions de dollars seraient nécessaires pour l'année à venir.

CHAPITRE II

Au travail, Duniya rencontre ses collègues, en particulier Hibo, infirmière-chef, et le docteur Mire. La matinée lui apporte des problèmes et des joies. Duniya rencontre Bosaaso en rentrant chez elle.

UNE HEURE et demie plus tard, Duniya sortit dans la cour, tenant à la main une feuille de papier froissée à l'aide de laquelle elle comptait faire l'appel des femmes qui venaient à la consultation et à qui on avait donné des numéros griffonnés sur de petits cartons. Elle s'arrêta un instant sous le porche, moitié à l'ombre et moitié au soleil, plus impressionnée que jamais par la résistance de ces femmes qui s'étaient levées peut-être dès quatre heures du matin afin de se trouver là. Elle ne pouvait chasser Bosaaso de ses pensées et cela ne laissait pas de la troubler.

À la minute où Duniya apparut, il se fit un mouvement parmi les patientes, un soupir comme celui d'un public qui au théâtre réagit au lever du rideau. Impatientes d'entendre la lecture de la liste, elles dévisageaient Duniya comme pour tenter de lire ses pensées. Elle se demandait combien d'entre elles avaient remarqué le léger tremblement de son visage, semblable au frémissement du muscle d'un cheval qui s'attend à la piqûre d'un taon. « Numéro quinze, s'il vous plaît ! » appela-t-elle.

Une femme se leva de l'endroit où elle était accroupie,

arrachant du sol le poids d'une grossesse bien avancée. D'autres femmes s'écartèrent pour la laisser passer, la regardant avec envie présenter son ticket en carton à Duniya, qui vérifia le numéro sur sa liste. Tout en disant à cette femme d'aller dans la salle d'attente, Duniya se retourna vers le groupe de femmes, puis elle cria : « Numéro seize, s'il vous plaît ! »

Certaines pressèrent le Numéro seize de bien vouloir se dépêcher, parce que cela faisait déjà longtemps qu'elles étaient levées, que le long trajet à pied pour venir ici les avait épuisées et qu'elles n'avaient pas une chance sur un million de trouver un moyen de transport pour rentrer chez elles. Le Numéro seize mit la main devant les yeux pour se protéger du soleil du matin, se leva en prenant tout son temps, puis se dirigea d'un pas nonchalant vers Duniya. Comme les autres patientes lui suggéraient de se presser un peu, la jeune femme marmonna quelques mots qui indiquaient que puisque le docteur n'était pas encore arrivé, cela ne valait pas la peine de se dépêcher. Est-ce qu'elles voulaient lui faire perdre son bébé ? Beaucoup firent alors montre d'une certaine agitation, hochant la tête et proférant des remarques désagréables sur la région du pays d'où venait cette femme et dont on décrivait les habitants comme passablement endormis. Duniya, elle, en plein soleil et louchant un peu, contemplait la scène. Elle expliqua au Numéro seize où elle devait aller puis elle appela : « Numéro dix-sept. »

Silence. Puis, par bribes, des murmures déconcertés lui parvinrent. Certaines patientes avaient les yeux fixés sur leur petit carton comme si elles étaient myopes. Ne sachant pas lire, elles demandaient l'aide de celles qui savaient.

Duniya appela le numéro une deuxième puis une troisième fois, et là-dessus une femme qui était accroupie à ses pieds s'écria : « Pourquoi ne pas appeler un autre numéro si la dix-sept est ou bien sourde ou bien déjà repartie ?

– Il faut lui laisser une chance », insista Duniya. Elle

appela le numéro comme si tout dépendait de cette présence, examinant l'un après l'autre ces visages léthargiques. On aurait dit le professeur d'une classe très nombreuse où la moitié des élèves ont le doigt levé pour répondre à une question facile.

Duniya marqua un temps d'arrêt pour considérer un emplacement vide, où l'instant d'avant s'était tenue une jeune femme, avec un visage auquel elle ne pouvait mettre de nom, mais qu'elle était sûre de connaître. Ou était-ce elle qui avait des hallucinations ?

Les femmes commençaient à s'impatienter, une certaine agitation grandissait au sein du groupe. Une très grosse femme se leva, se fraya un chemin jusqu'au premier rang et dit à Duniya : « Le Numéro dix-sept est parti ; je l'ai vue prendre un taxi. Pourquoi n'appelez-vous pas le numéro suivant ?

– Celle-là, elle doit avoir le numéro dix-huit ! » dit une autre femme d'un ton sarcastique.

Duniya continuait de parcourir des yeux toute la scène, tantôt à gauche, tantôt à droite, tantôt vers le centre, jusqu'à ce que son regard s'arrête à nouveau à l'endroit où s'était tenue un instant la jeune femme dont le nom lui échappait. Avant même d'ouvrir la bouche, Duniya sut qu'elle allait faire une remarque stupide ; elle demanda malgré tout : « Mais pourquoi est-elle partie ? »

Ce fut alors l'émeute. Les patientes de la consultation élevèrent la voix pour se plaindre, certaines se levèrent, et d'autres essayaient de les calmer, les incitant à se rasseoir. Pendant un instant de répit, l'une d'entre elles demanda que l'on fasse venir quelqu'un d'autre pour aider à accélérer l'appel des numéros, puisque cette femme-là (c'est-à-dire Duniya) avait la tête dans les nuages.

Hibo, une infirmière-chef, accompagnée d'une plus jeune infirmière, arriva sous la galerie et se mit à discuter de la situation avec Duniya. Celle-ci considérant tout d'abord les nouvelles venues avec étonnement, sans bien comprendre ce qui l'avait amenée à se conduire ainsi. Tout ce qu'elle parvint à dire fut : « Oui, je vous en prie. »

Des questions palpitaient à son front, là où les veines se gonflaient. Au bout d'un certain temps elle retrouva son calme, tout en regardant les patientes qui se bousculaient, jouant des pieds et des mains pour se trouver plus près de Hibo et de la jeune infirmière. La grosse femme avait bien le numéro dix-huit ; Duniya se retint de montrer sa curiosité et parvint à ne pas lui demander de décrire la jeune femme qui avait le numéro dix-sept. Le temps que la grosse femme ait été dirigée vers la salle d'attente, les deux infirmières qui avaient remplacé Duniya avaient par miracle recomposé le groupe de femmes en une somme d'éléments paisibles.

Ces premières formalités terminées, les infirmières se demandèrent : « Qu'est-ce qu'elle a, Duniya, aujourd'hui ? » Perdue dans ses rêveries de midi, Duniya était assise à l'écart, inabordable.

En tout, il y avait huit infirmières dans la salle qui était contiguë au cabinet de consultation de l'obstétricien qui était le patron du service ; six infirmières et deux infirmières-chef, à savoir Duniya et Hibo. Il y avait une table pour deux infirmières et les infirmières-chef avaient une table chacune. Elles parlaient tout en recopiant les indications données par les patientes qui se retiraient dès qu'elles avaient fourni les informations nécessaires. La fiche ainsi remplie devait ensuite être transmise pour vérification soit à Duniya soit à Hibo.

Duniya était assise toute seule, se mordillant les joues ; elle avait l'impression que son corps s'était transformé depuis ce matin, comme le corps d'une femme qui, au début d'une grossesse, s'adapte à sa nouvelle condition. Son esprit vagabondait tandis qu'elle prêtait une oreille distraite à la voix des autres infirmières. De temps en temps elle retenait au vol des mots qui lui étaient aussi familiers que son propre nom, mais la plupart lui passaient par-dessus la tête sans qu'elle les entende. Les infirmières menaient leurs entretiens à voix basse, avec des mouvements brusques et étrangement précipités et, malgré tout, chacune s'affairait à sa tâche selon les mécanismes collectifs bien huilés de ceux qui font à dix le travail qui demanderait quinze personnes.

Quant à Duniya, les infirmières l'abordèrent gentiment, essayant de savoir ce qui n'allait pas, demandant si elles pouvaient faire quelque chose pour elle. Elle les assura qu'il n'y avait pas de problème ; tout allait bien, vraiment. Comme certaines insistaient, voulant qu'elle se confie à elles, car, en tant que collègues, elles avaient le droit de savoir, Duniya laissa entendre qu'il ne s'agissait que d'une légère indisposition, rien de grave. Honnêtement. Elles n'insistèrent pas, de peur de la fâcher. Après tout, elles l'aimaient bien.

Hors de sa portée, les infirmières conclurent d'un commun accord que les ennuis de Duniya devaient être en rapport avec un de ses enfants ou venir de frustrations personnelles : bien qu'approchant les trente-cinq ans et ayant été mariée deux fois, elle n'avait aucune chance de trouver un troisième homme et devait élever ses trois enfants toute seule. Pour finir, les infirmières convinrent que Duniya était prête à garder le secret sur ce qui la préoccupait, à quelque prix que ce soit. À l'exception de Hibo, elles conservèrent donc une distance respectueuse.

S'approchant alors de Duniya, Hibo lui dit quelques mots qu'elle ne put saisir. Hibo avait l'habitude de parler sur un ton de conspirateur, comme si elle préparait un coup d'État contre un dictateur africain. Elle chuchotait donc, et ses lèvres se mirent à trembler, d'abord la lèvre supérieure puis la lèvre inférieure, si bien qu'elle se mit à les gratter l'une après l'autre comme si elles avaient été piquées par un insecte.

Au bout d'un moment, Duniya lui demanda de répéter ce qu'elle venait de dire. Elle savait très bien que l'imagination fertile de Hibo était bien capable d'inventer une remarque complètement nouvelle pour éviter de répéter ce qu'elle venait de dire ; elle était même bien capable de refuser de dire un seul mot, point final.

Hibo s'accrochait à chacune de ses propres syllabes, comme si à chaque son proféré un peu de sa vie privée lui échappait ; d'une voix hésitante, elle demanda : « C'est Nasiiba qui te cause tous ces soucis ?

– Et pourquoi donc ? demanda Duniya, trouvant absurde l'idée même que sa fille puisse être une cause de soucis.

– Je ne faisais que demander, dit Hibo, l'air contrit.

– Ce n'est pas le cas », dit Duniya avec fermeté.

Les yeux de Hibo prirent une teinte plus sombre tandis qu'elle réfléchissait à ce qu'elle allait dire maintenant. Et ce fut : « Je voulais seulement demander si Nasiiba allait bien ? »

Inquiète, mais aussi un peu irritée, Duniya poussa un demi-soupir. « Autant que je sache, elle va bien. » Mais sa propre voix ne lui donna pas toute satisfaction. « Quand lui as-tu parlé pour la dernière fois ? » demanda Hibo, sous-entendant par son intonation un secret important qu'elle était seule à connaître.

Cette question agaça Duniya. Elle prit peur à l'idée que Hibo savait peut-être quelque chose qu'elle-même, la propre mère de Nasiiba, ne connaissait pas. Elle lui dit : « Dis-moi donc ce dont il s'agit, je ne suis pas au courant. »

Les lèvres de Hibo eurent à nouveau leur léger frémissement, un frisson qui dansait à leurs commissures. S'enhardissant, elle dit : « Nasiiba est passée chez nous hier après-midi, très pâle, le visage défait. Je lui ai demandé ce qui n'allait pas. Elle n'a rien voulu dire, mais a dit plus tard à ma fille qu'elle avait été au centre de transfusion de notre quartier pour donner du sang.

– Pour quelle raison ? » fit Duniya, ne sachant que dire d'autre.

Hibo fit un vague signe de tête.

Le visage de Duniya se figea. Sa bouche s'ouvrit sans émettre un seul son. Elle se rappela alors avoir été réveillée la nuit dernière par Nasiiba qui rentrait très tard, manifestement épuisée, bâillant et disant à son frère Mataan de la laisser tranquille.

Duniya s'apprêtait à faire un commentaire quand un silence déférent se propagea dans le hall. À en juger par l'attitude de Hibo, il était clair que le docteur Mire venait enfin d'arriver.

Le docteur Mire, obstétricien en chef de la Maternité de Benaadir, avait à peine pénétré dans le hall qu'il remarqua l'expression du visage de Duniya. Il marqua un temps d'arrêt, vérifiant bien par un second coup d'œil que son infirmière-chef préférée n'était pas aussi démonstrative que d'habitude. Il restait là, grand, mince et embarrassé dans sa blouse blanche à laquelle il manquait un bouton. En silence, il observait les changements survenus sur son visage, aussi abrupts que la tombée de la nuit sous les tropiques.

Duniya se leva, se rendant compte que tous la regardaient. Elle s'essaya péniblement à un sourire de circonstance ; elle finit par réussir à en produire un qu'elle offrit au docteur Mire dans sa sincère fraîcheur. Il eut l'air aussi content que s'il avait personnellement contribué à le confectionner. Son instinct lui recommandait de ne pas demander à la jeune femme ce qui n'allait pas ce jour-là.

Il salua les autres infirmières l'une après l'autre en les appelant par leur nom et indiqua qu'il était prêt à se mettre au travail immédiatement. Il se dirigea vers son cabinet de consultation, encadré par Duniya et Hibo, une jeune infirmière fermant la marche.

Le docteur Mire était un homme d'habitudes ; par tempérament il était plus à l'aise avec les rites qu'avec les gens. Il s'agaçait facilement quand surgissaient de petits ennuis, ce qui dans un endroit comme la Somalie se produisait avec une régularité fort ennuyeuse. À ces occasions, son extrême irritation pouvait se transformer en dépression. Pour éviter que le monde ne s'effondre autour de lui, le docteur Mire dépendait beaucoup de Duniya qui mettait infiniment de tact à observer scrupuleusement les rites du médecin. Il n'aurait pu envisager de travailler à Mogadiscio sans l'avoir à ses côtés, car elle l'aidait à comprendre ses propres insuffisances, lui apprenait à être tolérant, à pardonner et se faire pardonner.

« Qu'est-ce que nous avons ici ? » demanda-t-il, en recevant la fiche d'une patiente que lui tendait la jeune infirmière.

À cinq dans cette toute petite pièce, ils donnaient l'impression d'en occuper chaque centimètre. Duniya se tenait à l'écart, tournant le dos au bureau du docteur, et Hibo et la jeune infirmière se pressaient contre lui, buvant chacune des paroles qu'il prononçait. Après avoir étudié l'histoire de la grossesse de cette femme, il se retourna pour poser un certain nombre de questions à la patiente, qui s'assit bien droite sur la table d'examen pour y répondre, peut-être en signe de respect.

C'est alors que l'incident se produisit.

La maladresse de Duniya fondit sur elle comme une tempête. Sa main alla frapper une bouteille dans laquelle on mettait des crayons, des stylos et des thermomètres et elle la renversa. Très bruyamment. Hibo et les jeunes infirmières se baissèrent en même temps que Duniya pour ramasser cet éparpillement d'objets. Quand tout fut terminé, Duniya se remit à l'écart, avec l'air vague et indulgent. Gardant le silence.

Mal à l'aise, le docteur Mire reprit le rituel des questions ; il fut d'autant plus irrité quand il se rendit compte que les réponses de la femme étaient en contradiction avec ce que lui disait sa fiche. Il regarda en haut du formulaire pour voir qui avait signé la vérification. Duniya. Le docteur Mire décida d'examiner la patiente. En se penchant sur elle, il donna l'impression de se détendre un peu, le corps incliné comme celui d'un dévot dans un sanctuaire. Les femmes enceintes lui faisaient ce genre d'effet.

Subitement, il releva la tête, se redressa. Son stéthoscope retomba, tintant contre la boucle de sa ceinture. Il sortit de sa poche ses lunettes de lecture et reçut dans sa main tendue le Bic offert par la jeune infirmière. Puis, il se mit à dévisager tour à tour Duniya et la patiente, puis de nouveau Duniya, semblant ne pas savoir à laquelle des deux il allait s'adresser en premier.

La femme dit : « C'est ma faute, docteur, pas celle de l'infirmière. J'ai menti.

– Et ceci n'est pas non plus votre fiche ?

– Si. »

Le docteur Mire attendait que cette femme s'explique.

« Je sais que je suis infectée de gonorrhée, docteur, dit la femme, des larmes dans la voix mais les yeux secs. J'ai menti parce que je ne pouvais pas dire la vérité en présence des autres femmes, là-dehors. »

Le docteur Mire ne répondit rien.

« C'est à cause de mon bébé que je suis venue, docteur », dit-elle.

Le docteur Mire avait recouvré son calme ; il était clair qu'aucune flambée de colère n'allait lui imposer sa volonté, malgré les flammes de rage qui l'instant d'avant avaient embrasé ses yeux, flammes qui avaient donné aux infirmières l'impression qu'elles allaient lui embraser tout le corps.

« Que voulez-vous dire à propos de votre bébé ? » demanda-t-il à la patiente.

D'une voix tremblante, la femme expliqua : « C'est mon mari – nous sommes vraiment mariés – qui m'a donné la gonorrhée, docteur. Je n'ai jamais connu d'autre homme, docteur, je le jure. J'ai été choquée jusqu'à la moelle de mes os quand j'ai découvert ces taches malsaines sur ses sous-vêtements. »

Gênée, Hibo paraissait trop embarrassée pour regarder cette femme en face. Sur les traits de Duniya se lisait une indifférence amusée, comme pour dire qu'elle avait ses propres soucis. Les yeux de la jeune infirmière s'embuèrent. Le docteur Mire s'en voulait de ne pas avoir vu cette femme depuis longtemps déjà.

« Vous voyez, docteur, c'est mon mari qui apporte tout dans la maison, le bon comme le mauvais. S'il vous plaît, aidez-moi et aidez mon bébé. »

Le docteur Mire fit un signe d'assentiment.

« Est-ce que mon bébé va être aveugle, docteur ? » Elle était en larmes.

Le docteur parvint à la calmer. Il laissa ses verres en demi-lune sur l'arête de son nez et, après avoir réfléchi un moment, se mit à écrire sur un bloc-notes qui avait comme en-tête le sigle et le logo de l'hôpital, imprimés, dans l'ordre, en somali, en chinois, en arabe et en anglais. Il ajouta en *post-scriptum* une remarque brève et essentielle, commençant sa phrase avec un grand M majuscule dont le jambage du milieu était plus court que les deux qui l'encadraient.

Et cela se produisit pour la deuxième fois.

Cette fois-ci, il y eut un bruit effrayant, comme si un objet très lourd était tombé par terre et s'était brisé sous le choc. Tout le monde se retourna, tous les regards convergèrent vers Duniya que son sourire innocent désignait comme coupable. Un lourd presse-papiers en verre était tombé, de même qu'une cuvette pleine d'eau, et l'eau courait dans toutes les directions comme s'éparpillent des fourmis prises de panique. Hibo et la jeune infirmière quittèrent discrètement le cabinet, convaincues que l'obstétricien en chef désirait avoir un entretien avec Duniya.

Quand ils furent seuls, le docteur Mire dit : « Duniya, voulez-vous rentrer chez vous pour aujourd'hui ? »

Les lèvres tremblantes, elle répondit : « Pour quelle raison ? »

Mire leva les yeux au ciel, puis remonta ses lunettes jusqu'à l'endroit où ses cheveux avaient commencé à reculer. Il faisait plus que ses quarante-cinq ans, comme vidé de toute son énergie. Il était revenu en Somalie après un séjour de vingt ans à l'étranger, essentiellement en Allemagne de l'Ouest où il avait fait ses études, et aux USA où il avait acquis sa spécialité et où il avait eu un cabinet et une clientèle privée. Il était rentré pour faire don de ses services au gouvernement et au peuple de son pays, n'acceptant en échange rien d'autre qu'un appartement, bien situé et modestement meublé. C'était un ami d'enfance de Bosaaso et on murmurait que les deux hommes avaient posé leurs conditions dans les mêmes termes aux ministères qui les employaient, la Santé pour l'un et la Planification économique pour l'autre.

Duniya dit : « Pourquoi est-ce que tout le monde me demande ce qui ne va pas ?

– Quand un certain nombre de gens vous demandent ce qui ne va pas, peut-être que c'est une façon détournée de vous dire que vous n'allez pas très bien.

– Mais je vais bien ! » répondit-elle.

Au cours des dix-huit mois où il avait connu Duniya, le docteur Mire ne pouvait se rappeler une seule occasion où il aurait été mécontent de la manière dont elle accomplissait ses tâches, ou de son attitude en général. De toutes les infirmières, c'était elle qu'il préférait, persuadé qu'elle avait la force de caractère nécessaire pour se comporter toujours selon ce que lui dictait sa conscience. Elle réagissait très bien dans les cas d'urgence, et comme Hibo, ne perdait pas son sang-froid ; il pouvait compter sur elle, car elle demeurait calme, toute à sa tâche professionnelle.

Qu'il l'admette ou non, le fait qu'il était ami du frère aîné de Duniya, maintenant installé à Rome, avait des conséquences positives sur leurs rapports professionnels.

« Soyez mon miroir pour changer, dit-elle, et dites-moi ce que je n'ai pas pu voir. »

Il dit : « Vous vous blessez facilement aujourd'hui.

– À quoi donc est-ce que vous voyez cela ?

– J'ai l'impression que vous n'êtes que plaies ouvertes.

– Au contraire, sourit-elle, aujourd'hui, je n'ai pas du tout mal.

– Je vais être plus précis », dit-il.

Elle n'arrivait toujours pas à se concentrer : « Êtes-vous en train de me psychanalyser ?

– Par exemple, pourquoi ne vous êtes-vous pas changée, pourquoi n'avoir pas mis votre uniforme ? » Décontenancée, Duniya commença à en vouloir à ses collègues. « Mais pourquoi personne ne m'en a rien dit ?

– Est-ce qu'il faut vous le dire d'habitude ? »

Duniya se tut. Elle ne voulait pas parler de son rêve ; ni de sa rencontre fortuite avec Bosaaso, qui l'avait conduite jusqu'à son travail.

Le docteur Mire reprit, et comme de toute évidence il n'avait pas compris le sens de son air absent, il se laissa aller à son habituel jargon médical : « Pour ce qui est des uniformes, entendez-moi bien. Je sais parfaitement que, dans les hôpitaux, les uniformes témoignent d'un système hiérarchique qui est un signe de classe mais relève aussi du sexe, et ceci tout particulièrement dans les hôpitaux où tous les docteurs sont des hommes et toutes les infirmières des femmes. Ce n'est quand même pas ce que vous étiez en train d'essayer de démontrer, n'est-ce pas ? »

Elle réfléchit une seconde et la pensée de sa rencontre avec Bosaaso illumina son regard d'un éclair malicieux.

« Peut-être.

– Voulez-vous que nous parlions de tout cela maintenant ou à un autre moment ?

– À un autre moment, dit-elle. Nous avons tout le temps devant nous, n'est-ce pas ? » Elle sourit largement, pour elle-même.

« Dans ce cas, on reprend le travail ? Et s'il vous plaît, calmez un peu votre main, empêchez-la de renverser tout l'univers par terre. »

Elle sortit sans attendre le signal de la fin de l'entrevue et indiqua à Hibo et à la jeune infirmière que le docteur Mire était prêt à reprendre ses consultations. Mais elle ne se mit pas en uniforme.

Elle prit la décision solennelle que sa main n'allait plus rien renverser à partir de maintenant et celle-ci se tint tranquille. Ayant assuré au docteur Mire qu'elle allait parfaitement bien, il lui fallait à tout prix lui en donner des preuves.

C'était une responsabilité fort écrasante que de s'engager à ne plus du tout penser à Bosaaso, étant donné que le docteur Mire lui faisait penser à lui. Elle s'aperçut aussi qu'il était quasiment impossible, chaque fois qu'elle était en contact avec Hibo, de ne pas se poser de questions ni de se faire des reproches à propos de Nasiiba. Une réflexion en entraînant une autre, Duniya revit en mémoire la patiente en consultation qui avait parlé de son mari, d'un mari qui lui avait donné la gonorrhée, d'un mari qui apportait dans la maison le bien et le mal, selon les termes de cette femme.

Image têtue, Bosaaso revenait à son esprit, assumant des formes différentes, mystérieusement revêtu de toutes sortes de déguisements. Néanmoins, elle garda la main sûre et travailla auprès du docteur Mire et de ses collègues sans plus rien renverser. Cependant, elle se faisait remarquer parce qu'elle ne portait pas d'uniforme. Elle était agile et rapide, et une des infirmières la compara à un papillon agité, voletant d'une fleur à l'autre pour transmettre le pollen. À un moment, le nom de Bosaaso lui vint sur le bout de la langue quand un de ses amis lui demanda comment elle allait rentrer chez elle puisqu'il n'y avait pas de transports en commun. À peine la première syllabe de ce nom avait-elle chatouillé ses lèvres qu'elle ferma la bouche, la réduisant au silence.

Le reste de la journée fut consacré à des tâches de routine : des femmes enceintes qui s'inquiétaient de l'état de leur fœtus, l'une qui se plaignait de ses insomnies, l'autre de son manque d'appétit. Le docteur Mire jetait un coup d'œil à la fiche, puis à la femme en question, et le front décoré de ses verres de lecture comme celui d'un musulman dévot d'une cicatrice de prière, il demandait de temps en temps où on en était pour les lits en cas d'urgence. Enlevant et remettant lunettes et gants, les mains tantôt caoutchoutées et tantôt sèches à cause du contact constant avec le savon et l'eau alcaline du robinet, le docteur était toujours prêt à entamer un autre examen clinique. Duniya, elle, agissait comme l'élève qui a fait l'école buissonnière et à qui le directeur d'école a dit quelques mots.

À une seule occasion, elle faillit encore renverser quelque chose, lorsqu'elle ressentit le vent chaud de sa rage lui passer sur le front, telle l'ombre d'un nuage voyageur. C'était parce qu'à son opinion le docteur humiliait une patiente en insistant pour qu'elle revienne la semaine suivante accompagnée de son mari, de sa mère ou de sa belle-mère, « quelqu'un de responsable », selon ses termes. Pourquoi ? Cette femme avait été infibulée à nouveau après chaque naissance. Quel résultat allait-il donc obtenir en parlant à un mari ? La pauvre femme était venue de sa propre initiative pour consulter le docteur Mire sur une des complications résultant des outrages physiques qu'elle avait subis. Âgée d'à peine vingt-cinq ans, elle avait été mariée trois fois, deux fois au même homme, qui aimait beaucoup que ses femmes soient ré-infibulées. Cette pratique barbare avait transformé les parties secrètes de cette femme en une carrière surexploitée. Ayant entendu ce que Duniya avait à dire là-dessus, le docteur Mire modifia ses instructions et dit à la femme : « Revenez la semaine prochaine, et seule. »

Bientôt vint l'heure de la fermeture et les infirmières restèrent seules dans le hall après le départ des patientes et du docteur Mire. La conversation repartit sur les problèmes du moment et la première question fut le véritable refrain de la journée : « Comment rentrer chez nous s'il n'y a pas de transports ? »

L'une des infirmières dit : « Pour moi, Mogadiscio est une ville qui se prépare à un soir de couvre-feu, avec quelques rares voitures dans les rues, et des fleuves de piétons qui débordent de leurs berges, inondant par moments les axes principaux. »

Une autre : « Ni électricité, ni eau, ni pain, ni journaux. »

Une troisième dit : « Est-ce que quelqu'un se rappelle l'époque où il y a eu à Mogadiscio une coupure de courant qui a duré plusieurs jours ? Il se trouve que c'est durant cette semaine que, venant juste d'obtenir mon diplôme, j'ai été nommée ici. Et vous savez quoi ? Les lumières se sont éteintes en plein milieu d'un accouchement. Nous n'étions là que deux infirmières fraîchement diplômées, et pas l'ombre d'un docteur dans les parages. C'est un miracle que l'enfant et la mère aient survécu, parce que ma collègue et moi, nous persistions à le tirer par le bras au lieu de le sortir par la jambe. »

Durant le silence qui suivit cette remarque, Duniya se sentit soudain en pleine sympathie avec les Chinois, se rappelant que c'était la République populaire de Chine qui avait construit cette Maternité de Benaadir, en avait fait don au peuple de Somalie. La modestie des Chinois en tant que gouvernement donateur était vraiment exemplaire. Aucune pompe, aucune de ces guirlandes du genre « Voyez-comme-nous-sommes-grands ». Quelque part dans l'enceinte de l'hôpital se trouvait une plaque discrète qui annonçait le jour, le mois et l'heure où les travaux avaient été commencés et par qui. Et on rencontrait parfois ces docteurs chinois qui faisait partie de l'aide, quand ils faisaient leur ronde, la voix douce, le souffle court quand ils parlaient somali, le geste humble. À la différence des docteurs italiens ou néerlandais détachés par leur gouvernement, cadeau extrêmement coûteux offert par la

Communauté européenne, les Chinois ne possédaient pas de voitures. Ils arrivaient au travail dans un petit camion et repartaient de même le soir vers leur commune. Et à la différence des autres docteurs (y compris le docteur Mire) qui conduisaient leur propre voiture, les Chinois emmenaient dans leur véhicule les infirmières qui travaillaient aux mêmes horaires qu'eux. Aussi Duniya suggéra-t-elle que les autres infirmières tentent leur chance avec les Chinois.

Une quatrième infirmière dit : « La pénurie d'essence, les pannes de courant ou le manque de transports en commun, tout cela c'est une double malédiction pour les femmes. »

L'infirmière qui avait parlé la première demanda : « Que veux-tu dire ?

– D'un côté cela procure des occasions inespérées aux hommes mal intentionnés à notre égard ; de l'autre, quand elle refuse d'être séduite par un trajet en voiture, une femme s'expose à se faire violer dans une ruelle sombre. »

Le sourcil gauche de Duniya s'éleva légèrement et elle pencha la tête vers Hibo qui essayait de lui chuchoter quelque chose à l'oreille. « Tu veux que mon mari te raccompagne chez toi ? » demanda-t-elle. À chaque coupure d'électricité à Mogadiscio, Hibo et son mari branchaient leur générateur portable, gadget commode pour produire du courant et, de nos jours, véritable signe de réussite ; la lumière ainsi obtenue aidait à tenir à distance les voyous ou les cambrioleurs.

« Tu proposes de ne reconduire que moi ? » demanda Duniya.

Hibo fit signe que oui.

« En ce cas, non merci », dit Duniya.

Les autres infirmières et les stagiaires avaient entendu ce court dialogue entre Duniya et Hibo. Une des infirmières qui habitait près de l'hôpital déclara, d'abord à la cantonade, puis à chacune des infirmières à l'exception de Hibo, l'excluant délibérément, que sa grand-mère serait absolument ravie si elles venaient camper chez elle : « J'offre l'hospitalité de sa part et de la mienne à celles qui habitent loin et préfèrent ne pas rentrer à pied. »

Trois des jeunes infirmières et une des stagiaires acceptèrent cette offre avec gratitude. « Et toi, Duniya ? » demanda l'heureuse hôtesse de la communauté des infirmières.

« Non merci, je vais rentrer à pied », dit Duniya, avalant un peu ses mots, peut-être parce que toute une part de son esprit était occupée à se remémorer sa rencontre avec Bosaaso.

Deux des infirmières dirent qu'elles allaient tenter leur chance avec les médecins chinois. Duniya voulait-elle venir aussi ?

« C'est très gentil de votre part, mais je vais rentrer à pied », insista-t-elle.

Après leur départ, Duniya se mit en uniforme. Pourquoi cette conduite bizarre, même pour elle, c'était un mystère.

Il était presque cinq heures quand elle franchit les grilles de l'hôpital. Elle avait été la première à arriver à la maternité aujourd'hui, il était normal qu'elle soit la dernière à en partir, se dit-elle. Mais maintenant se posait une question aussi obstinée que ses pensées centrées sur Bosaaso : pourquoi avait-elle décidé de se changer et mettre son uniforme au moment où elle quittait son travail ? Duniya n'avait pas besoin qu'on lui rappelle que les hommes africains considéraient souvent les infirmières comme des femmes d'un abord facile, aimant bien s'amuser, toujours prêtes à se faire inviter à des soirées très chaudes. Ou pensait-elle naïvement que les hommes n'allaient trouver aucun intérêt à importuner une femme en vêtements de travail ?

À peine avait-elle parcouru trois cents mètres après l'enceinte de l'hôpital qu'un homme derrière elle au volant d'une voiture de sport lui dit : « Je pense que vous et moi allons dans la même direction. »

Par chance il y avait beaucoup de monde dans les parages et elle ne courait guère le risque d'être vraiment ennuyée. Néanmoins, elle blêmit de colère. Elle faillit dire : « Ah oui, et où cela ? » mais choisit finalement de ne pas s'abaisser à ce niveau de discussion.

Il dit : « Vous ne voulez pas venir avec moi ?

– Pourquoi ? demanda-t-elle, curieuse de connaître sa réponse.

– Parce que je veux vous faire une faveur.

– Pourquoi ?

– Je vous prends en voiture, et ensuite je vous accorde encore d'autres cadeaux.

– Mais je n'ai demandé aucune faveur, je n'ai pas demandé à être transportée en voiture ni à être récompensée par de quelconques cadeaux, est-ce clair ?

– Vous seriez bien bête de ne pas en profiter, dit-il.

– Laissez-moi tranquille », dit-elle, d'une voix si hostile qu'il démarra et partit.

Elle était immergée dans la foule des piétons, traversant les rues, évitant les ronds-points où les automobilistes se garaient souvent pour prendre les femmes au piège et les violer.

C'est alors que Duniya vit devant ses yeux une masse de cercles et de points, de petites ampoules de couleur comme braquées sur elle. Voilà qu'elle avait des visions maintenant ? Elle n'eut pas le temps de répondre que déjà Bosaaso était près d'elle, l'appelant par son nom et lui ouvrant la porte du taxi. Elle n'y prêta aucune attention. Elle était à demi persuadée que tout cela venait de son imagination, qu'elle inventait tout cela à partir de son désir fiévreux d'être avec Bosaaso. Alors celui-ci sortit de la voiture et s'inclina devant elle. Avant de monter, Duniya vérifia de la paume de la main que la voiture était bien réelle, se préparant intérieurement au moment tout proche où il lui faudrait peut-être se demander si Bosaaso était bien venu la chercher et si elle était bien montée avec lui.

Décidément le cerveau humain avait un fonctionnement bien étrange. Elle s'assit dans la voiture.

« Je passais par hasard quand je vous ai vue », dit-il.

Elle aurait voulu chasser d'un souffle les pensées hostiles qui lui vinrent à l'esprit, comme l'on chasse les premiers insectes du soir. « Pourquoi me mentir, Bosaaso ? » demanda-t-elle.

Il conduisait avec une application silencieuse, comme un moniteur d'auto-école qui veut donner l'exemple à un élève. Et elle intercepta un sourire qui lui était peut-être destiné mais qui s'estompa avant d'avoir mûri, peut-être à cause de sa question inattendue. « Pourquoi dites-vous que je vous mens ? » répondit-il.

Duniya s'enfonça dans un profond silence qui l'enveloppa tout entière durant un long moment. Quand elle refit surface, elle dit : « Pourquoi est-ce que vous me raccompagnez en voiture, Bosaaso ? S'il vous plaît, dites-moi la vérité.

– Pourquoi acceptez-vous que je vous raccompagne ? demanda-t-il.

– Voilà bien une question absurde, puisque que vous faites ce don avant que j'aie pu choisir d'accepter ou de rejeter votre offre. Le fait que j'accepte ce cadeau d'un trajet en voiture est en soi un cadeau en échange. Aussi, puis-je vous demander pourquoi vous acceptez ce don de ma part ?

– Pourquoi tant d'hésitation à recevoir ce qui vient des autres ?

– Parce que toute générosité non sollicitée finit par créer des obligations, on se sent piégé dans un labyrinthe de dépendance. Vous êtes mieux informé de ce genre de problèmes : n'avons-nous pas, nous, dans le Tiers-Monde, perdu notre fierté et notre autosuffisance à cause de la soi-disant aide que nous recevons sans discuter du soi-disant Premier-Monde ? »

Un sourire fluide se répandit enfin sur le visage de

Bosaaso, rapide comme un blanc d'œuf qui s'étale. Sa seule réponse fut : « Vous m'attirez. »

Ce n'est qu'une fois la voiture arrêtée qu'elle se rendit compte qu'elle était en face de chez elle. Comment savait-il où elle habitait ? Elle ne l'invita pas à entrer et ne lui suggéra pas une autre rencontre. Les histoires savent poursuivre leurs auditoires jusqu'au fond de leur cachette, pensa-t-elle. Bosaaso était devenu son récit.

« Je vous remercie », dit-elle.

Il alluma les phares, attirant les papillons du soir qui dansaient frénétiquement dans les rayons et se jetaient, affolés, contre les verres.

« Bonsoir, donc », dit-il ; il fit marche arrière et partit.

Elle ne fit aucun signe pour lui dire au revoir.

MOGADISCIO (SONNA, mardi)
Plus d'une douzaine de pays du Tiers-Monde ont refusé d'accepter les produits laitiers provenant de la Communauté européenne au titre de l'aide au développement. Ces produits, qui incluent du beurre et du lait, ont été renvoyés à la nation donatrice car on les soupçonne d'avoir été contaminés par la radioactivité à la suite de l'accident de la centrale nucléaire de Tchernobyl. La République démocratique de Somalie se joint à la liste des pays qui renvoient ces produits. Les ministres de la CEE, cependant, répètent que le niveau de radioactivité dans ces produits laitiers est si faible qu'il ne met en rien les vies en danger.

CHAPITRE III

Duniya mange un repas préparé par sa fille Nasiiba et elles se rappellent des souvenirs. La jeune fille se souvient de la période où elle était petite, avant que Duniya n'épouse Taariq, son ex-mari ; et Duniya lui parle de son mariage avec le père de sa fille cadette.

GARDANT encore à l'oreille un léger écho de la voix de Bosaaso, Duniya poussa la porte d'entrée. À ce moment, l'électricité revint et elle frissonna de joie. Elle restait malgré tout sur le seuil, prudente comme un piéton qui va traverser un carrefour dangereux. C'est alors qu'elle entendit la musique qui reprenait de la vitesse et du volume après un départ hésitant. Nasiiba devait être à la maison ; l'odeur d'ail qui émanait de la cuisine lui confirma que sa fille était bien là, s'activant à préparer le repas.

Dans son émotion, Duniya entra si vite qu'un de ses pieds glissa de sa sandale. Elle était donc forcée de se déplacer avec la démarche inégale de la hyène dont les pattes de derrière sont plus courtes que les pattes de devant. Elle arrêta le tourne-disque, sûre que le silence amènerait instantanément Nasiiba dans la pièce. Elle s'assit pour l'attendre, pas du tout gênée d'avoir éteint l'appareil.

Très mince et, aux yeux de sa mère, le teint anémique, Nasiiba entra brusquement, prête à se quereller avec son frère jumeau qu'elle soupçonnait d'avoir éteint le tourne-disque. Son regard s'adoucit et elle eut un grand sourire quand elle vit que c'était sa mère. Nasiiba portait un vêtement flottant, un peu comme un kimono. Duniya pouvait voir les courbes de ses seins et de son ventre.

« C'est donc toi ! » dit la jeune femme.

Le visage de Duniya s'éclaira d'un sourire.

Nasiiba alla ajuster les réglages du tourne-disque maintenant que l'électricité était revenue. Ceci fait, elle replaça le disque dans sa pochette. Duniya savait bien avec quel soin jaloux sa fille s'occupait de ce gadget chéri, acheté avec ses économies à peu près au même moment où son frère avait acheté une bicyclette, objet qu'il protégeait avec autant de fierté.

La pièce où elles se trouvaient et qu'elles partageaient était généralement désignée comme « la chambre des femmes ». Elle avait deux grands lits au cadre de métal avec un sommier à ressorts, celui de Nasiiba étant le plus grand, près des fenêtres ; sur ce lit traînait un peigne aux dents graisseuses et, dessous, un sac de voyage portant le sigle de Somali Airlines. Le lit de Duniya, près de la porte, était soigneusement fait et recouvert d'un dessus-de-lit blanc ; un lit pliant était rangé dessous, dans lequel dormait Yarey, sa fille cadette, quand elle venait passer le week-end.

Seul Mataan avait la clef de l'autre pièce où il avait fait installer une serrure de sécurité. La chambre des femmes avait une de ces serrures bon marché qu'un cambrioleur aurait pu ouvrir avec une épingle à cheveux ; Nasiiba avait l'habitude impardonnable de perdre ses clefs et Duniya s'était lassée de remplacer des serrures de sécurité. Si bien que tous les objets de valeur de la famille – les papiers officiels, l'argent liquide et les bijoux – étaient conservés dans la chambre de l'adolescent qui avait un coffre-fort avec une serrure à chiffres. Mais Nasiiba ne voulait pas se séparer de son tourne-disque, ne voulait pas qu'il passe ne serait-ce qu'une seule nuit dans la chambre de son frère.

Pour le moment, Duniya et Nasiiba restaient à se dévisager l'une l'autre comme des enfants dont les volontés s'affrontent. Pour Duniya, sa fille avait des yeux d'hypnotiseur, capables de la rendre très nerveuse. Elle se demanda si le pouvoir de *burchi* de Nasiiba était le plus fort des deux, *burchi* étant un terme mystique exprimant le contrôle complet qu'un individu exerce sur un autre, quel que soit leur statut respectif – le tout jeune sur l'adulte, l'enfant sur le parent, la femme sur le mari. Dans ce duel de regards, le pouvoir *burchi* de Nasiiba était nettement le plus fort.

Nasiiba secoua la masse de ses tresses comme un cheval secoue sa crinière et les perles de couleurs qui étaient tressées dans ses cheveux s'entrechoquèrent, produisant un son théâtral.

« Est-ce que tu as mangé, maman ? demanda Nasiiba.

– Non, pas encore.

– Je parie que tu n'as pas mangé de la journée », devina Nasiiba.

Duniya se rappelait seulement avoir rencontré Bosaaso. Cette distraction n'était pas saine. « Qu'est-ce qui est sur le feu ? demanda-t-elle.

– Du foie avec une sauce à l'ail, des pommes de terre au four, du riz et de la salade. Et je suis en train de préparer du lait bouilli avec une pointe de cannelle et de gingembre pour faire descendre tout cela », dit Nasiiba.

Où s'était-elle procuré tous ces aliments ? Aucun de ces ingrédients n'était disponible sur les marchés, d'un bout à l'autre du pays. Décidant de remettre à plus tard l'examen de cette question, Duniya dit : « J'ai très envie de manger avec toi, ma chérie. »

S'exclamant : « J'espère que je n'ai pas laissé brûler le riz », Nasiiba sortit en courant.

Quelques minutes plus tard elle revint avec un plateau sur lequel se trouvaient des assiettes garnies du riz, du foie et des pommes de terre rôties accompagnées de deux tasses de lait tiède très sucré. Duniya étala un petit tapis sur le sol, juste à la frontière qui séparait l'espace chambre de l'espace séjour. (Des années auparavant, Taariq, qui occupait alors cette pièce, avait construit une barrière de briques, comme une sorte de trottoir pour marquer la frontière entre la zone des lits et la zone dévolue aux fauteuils, à la table basse à dessus de verre et à son bureau.) Nasiiba remarqua que sa mère avait mis une robe et que son uniforme était disposé sur son lit.

Elles mangèrent un certain temps en silence. Duniya avec les doigts et Nasiiba avec un couteau et une fourchette. Puis Duniya demanda : « Où as-tu trouvé toute cette nourriture ? »

D'un air provocateur, Nasiiba dit : « C'est quelqu'un qui me l'a donnée.

– Qui ? »

La mère et la fille se connaissaient bien, avec leurs habitudes et leurs intolérances. S'il y avait bien une chose que Duniya ne pouvait supporter, c'était de voir ses enfants apporter à la maison des dons non autorisés, que ce soit de la nourriture ou de l'argent offerts par l'oncle Untel ou la tante Unetelle. Elle s'exclamait, mi-éplorée : « Est-ce que tu essaies de m'embarrasser ? Est-ce que je ne te donne pas tout ce dont tu as besoin ? Je ne te donne pas assez ? Si tu as besoin de quelque chose d'autre, pourquoi ne pas me le demander ? » Quand les jumeaux étaient plus petits, c'était son fils et non Nasiiba qui revenait à la maison chargé de cadeaux ou d'argent, argent qui, selon Duniya, était bien mal acquis. Il répondait : « Mais c'est lui qui m'a bourré les poches ; je n'avais rien demandé, il me l'a donné, après l'avoir bien plié dans sa paume suante – l'oncle Untel. Qu'est-ce que je pouvais faire ? »

Duniya se sentait très mal à l'aise à manger ce qu'on appelait chez elle de la « nourriture de cadavre », expression qui était née après qu'elle eut dit à ses jumeaux qu'ils ne pourraient consommer des dons de nourriture que du jour où elle, leur mère, serait morte, et pas avant. Mais où donc Nasiiba s'était-elle procuré ces produits ?

Vous pouvez faire confiance à Nasiiba, elle avait changé

de sujet afin d'éviter de répondre à cette question. Faites-lui aussi confiance pour s'en tirer comme cela. Elle dit : « J'ai réfléchi, maman, il va falloir que nous t'achetions de nouvelles robes. »

Et faites confiance à Duniya pour tomber dans le piège tendu par sa fille. « Qu'est-ce qu'elles ont, mes robes ? » Mais en esprit, elle était loin devant Nasiiba ; elle songeait à un jour à venir où elle aurait besoin d'une nouvelle robe pour sortir, si elle y était invitée par Bosaaso.

« Elles ne sont pas assez bien. » Pour appuyer ses dires, Nasiiba indiqua une tache brune ancienne sur la robe de Duniya, située à l'endroit où est maculé le vêtement d'une mère qui allaite.

Duniya, d'un air de défi : « Et ça gêne qui ? »

Elles se remirent à manger. Nasiiba dit : « La prochaine fois que tu mets une robe pour sortir, je te suggère de prendre le temps de te regarder dans la glace. Nous ne voulons pas que ta future belle-famille évite de te regarder en face.

– Qu'est-ce que tu veux dire, avec ta future belle-famille ? De qui s'agit-il ?

– Tu veux dire que tu n'es pas au courant ? »

Perplexe, Duniya répondit que non.

« Je n'arrive pas à le croire. Tu veux dire que tu n'as aucune idée de ce que mijote ton fils ?

– Qu'est-ce qu'il mijote ? »

Nasiiba s'amusait énormément, prolongeant le cours mélodramatique de son histoire pour éviter de revenir au sujet gênant de la nourriture. « Mataan a une amie, un professeur de maths, qui a trois ans de moins que toi, Maman, et qui n'a jamais été mariée. On dit qu'elle est entretenue par un riche homme d'affaires, qui paye le loyer de son appartement bien meublé et lui a donné une petite voiture. Tu veux dire que tu n'étais pas du tout au courant ?

– Et comment se fait-il que toi, tu sois au courant ?

– Tu serais bien étonnée du nombre de choses que je

sais mais dont je n'ai parlé à âme qui vive, dit Nasiiba, d'un ton raisonnable.

– Par exemple que mon fils a une amie ?

– Pose-lui la question ce soir quand il rentre si tu ne me crois pas. »

Duniya n'insista pas davantage ; Nasiiba prenait un malin plaisir à transformer des demi-vérités en fictions très embellies, donnant à chacun de ses récits la forme exacte que vous vouliez entendre. « Pourquoi as-tu fait don de ton sang alors que tu ne peux guère te le permettre ? » demanda Duniya.

Prise au dépourvu par cette question, Nasiiba resta d'abord interdite. Elle soupira, puis répondit : « J'avais envie de faire don de mon sang.

– C'est la seule raison ?

– La banque de sang était à court et étant d'humeur généreuse, j'ai eu envie de faire ce don d'un peu de mon sang. Elle fit une pause. Y a-t-il une loi dans cette maison qui interdise aux membres de la famille de faire don d'un peu de sang sain, de bonne qualité alors qu'il en manque ? »

Duniya commençait à s'impatienter. Tournant lentement la tête vers Nasiiba, elle dit : « Je vais maintenant poser quelques questions, et il me faut absolument des réponses claires. Je parle sérieusement. N'essaye pas de changer de sujet et, je t'en prie, pas d'explications longues et embrouillées. Comment as-tu eu ces aliments ?

– C'est Oncle Taariq qui me les a donnés.

– Pourquoi te les a-t-il donnés ?

– Il fallait qu'il se débarrasse de toutes sortes de produits entassés dans son congélateur ; il avait une demi-tonne d'aliments à distribuer à cause des pannes d'électricité récentes.

– Pourquoi as-tu donné ton sang alors que tu ne peux guère te le permettre ?

– Je ne peux que répéter la réponse que je t'ai déjà faite. »

Duniya, mal à l'aise, commençait à s'agiter. Elles avaient toutes les deux perdu l'appétit. Nasiiba empila les assiettes, laissant à Duniya le soin de ramasser les grains de riz sur le tapis. Nasiiba quitta la pièce, emmenant avec elle une partie de la tension qui s'était établie entre elles.

Une libellule entra en voletant dans la pièce, le corps mince, les mouvements élégants.

Hypnotisée, Duniya la regardait. La libellule s'envola par la fenêtre juste avant que la jeune fille ne revienne.

Nasiiba changea à nouveau de sujet. Elle avait une façon bien à elle de ménager des surprises à sa mère, sur laquelle elle avait sans aucun doute un certain pouvoir *burchi*. Avec une certaine complaisance, Duniya semblait lui laisser volontiers le contrôle de la situation, tout en conservant sa place de mère.

« Tu vois, Maman, nous tes enfants nous ne savons pas grand-chose sur ton passé et tu ne sais pas grand-chose de notre présent. Ne crois-tu pas qu'il serait temps que nous fassions mieux connaissance ? Viens avec moi un de ces jours à la piscine du club sportif, tu y verras mes amis ; et tu pourrais aller sur la bicyclette de Maatan, il t'apprendrait à faire du vélo. Je t'apprendrai à nager. Et demande à Maatan de te parler de son amie – comment s'appelle-t-elle au juste ? »

Duniya eut un léger sourire, mais dans sa tête tout se brouillait, des bruits se pressaient dans son cerveau. Elle essaya de se rappeler les traits nébuleux du jeune visage qu'elle avait vu à la clinique ; mais elle n'y parvint pas.

Nasiiba continuait : « Par exemple, j'ai vu Taariq aujourd'hui. J'ai eu une longue conversation avec lui. Et pourtant il y eut une époque où je détestais l'idée qu'il était mon beau-père. Mais qu'est-ce que je sais sur la période où vous étiez mari et femme, ou même avant cela, quand tu étais sa locataire ? Rien. Je veux que tu nous parles de ces choses-là : comment je me comportais avec lui, comment agissait Maatan. Juste pour tout remettre en perspective, si tu vois ce que je veux dire.

– Et Taariq, comment va-t-il ?

– Il est en pleine forme, il fait dix ans de moins, dit Nasiiba.

– C'est bien, fit-elle d'un ton aimable.

– Il commence à être publié comme journaliste. Tu as vu son article dans le journal d'aujourd'hui ? »

Duniya ne l'avait pas vu.

« Et il sort régulièrement avec une femme, apparemment c'est sérieux », ajouta Nasiiba.

Maatan sort avec une femme plus âgée ; Taariq mon ancien mari a des projets sérieux avec la femme avec laquelle il sort. Et moi ? Avec qui est-ce que je sors ? Duniya prit note qu'il allait lui falloir éviter les pièges tendus par Nasiiba.

« Comment était Taariq, Maman ? »

Duniya ne trouvait pas à son goût ce qui lui revenait à la mémoire. De longues périodes marquées par la boisson. Des jours de dépression. Elle se rappela la nuit décisive où, rentrant chez elle, elle l'avait surpris à se verser une rasade de whisky et à en verser autant à Maatan qui avait alors huit ans. Maatan avait à peine bu quelques gouttes que Duniya entra. Dieu, la colère qui l'avait prise, une telle rage qu'elle avait chassé Taariq de chez lui !

« Raconte-moi, Maman, parle-moi de Taariq. »

Duniya fut surprise de se rendre compte seulement maintenant qu'elle n'avait jamais parlé à ses enfants du père de leur demi-sœur. C'est dans cet esprit qu'elle consentit à parler d'un peu tout cela à Nasiiba. Pour commencer, elle parla lentement, défaisant l'un après l'autre les nœuds d'inhibition entrelacés autour de son récit. « Taariq était merveilleux avec ton frère jumeau, pas avec toi. Vous ne vous entendiez pas du tout tous les deux. Il te trouvait très exigeante, très égoïste comme enfant. Comme il était éditorialiste, il travaillait à la maison, parfois toute la journée dans la même pièce, à écrire et réécrire. Étant perfectionniste, il ne rendait ses papiers qu'à la dernière minute. Quand il écrivait, il buvait beaucoup et mangeait peu, ou pas du tout. L'alcool lui donnait de l'énergie, une raison pour travailler intensément, une manière de se forcer lui-même. Il y avait de la souffrance sur son visage quand il écrivait, chaque mot laissait sa marque sur son corps quelque part.

– Pourquoi se donner tant de mal ? demanda Nasiiba.

– J'ai commencé à essayer de lui rendre la vie plus facile, continua Duniya, parce qu'il était merveilleux avec Maatan, un vrai père pour lui. Je préparais des portions de nourriture plus copieuses et je l'invitais à venir manger dans notre partie de la maison. Il acceptait les plats, mais me faisait comprendre qu'il préférait manger seul, comme un chien avec son os comme il disait. Il avait le sens de l'humour, et une étonnante capacité à rire de lui-même, ce que peu de Somalis sont prêts à faire.

– Je ne me rappelle rien de tout cela », regretta Nasiiba.

Duniya revint à son sujet. « Une fois, j'étais de garde de nuit, et parce que je le lui avais demandé, Taariq avait essayé de te mettre au lit. Dans ta rage à la simple idée qu'il allait te toucher, tu le traitas de toutes sortes de termes insultants, en particulier de celui qu'il ne supportait pas : alcoolique. Il était évident que tu le détestais, tu le détestais tant que tu te réveillais lorsqu'il entrait dans la chambre où tu dormais, comme si tu sentais son odeur. Ton mépris pour lui était pathologique. »

Nasiiba dit : « Il va falloir que je lui fasse des excuses un de ces jours.

– Pour te faire plaisir, Taariq se mit à moins boire, dit Duniya. Il fit aussi venir deux petites filles de ton âge, ses nièces, pour qu'elles jouent avec toi. Il fit tout ceci avec une patience de père, et parce qu'il t'aimait bien. Je fus très contente quand je vis que tu t'entendais bien avec ses nièces.

– Et Maatan ?

– Je n'ai jamais vu mon fils plus heureux que lorsqu'il était avec Taariq, à faire des courses pour lui, à livrer le papier tout frais de son idole au rédacteur en chef en personne. Taariq se mit à dépendre de Maatan à tel point qu'il lui confiait même des messages personnels.

– Que veux-tu dire ?

– Taariq avait une amie qu'il connaissait depuis des années et dont il était très proche. Maatan, peut-être parce qu'il ne connaissait pas cette femme, décida de lui transmettre de faux lieux de rendez-vous ou de faux horaires quand Taariq lui demandait de lui porter un message. Ceci se produisit plusieurs fois, sans que ni l'un ni l'autre ne soupçonne Maatan de sabotage. Quand ils découvrirent les ruses du jeune garçon, il était trop tard pour rattraper l'affaire.

– Ce n'était vraiment pas gentil de la part de mon frère !

– De toute façon… et Duniya s'arrêta un moment. Au cours de cette période, je rentrai un soir à la maison à l'improviste, ayant échangé mon service avec une autre infirmière, je ne me rappelle pas pourquoi. Tu étais au lit, endormie, les joues tatouées de larmes séchées, seule dans le lit que nous partagions tous les trois. Où était donc Maatan ? La lumière chez Taariq (cette même pièce où nous sommes) était allumée et sa porte était entrouverte. Je lui dis bonsoir à voix haute depuis la cour et, m'excusant de le déranger, lui demandai s'il n'avait pas vu mon fils. “Il dort chez moi, dans mon lit”, dit-il. J'entrai chercher Maatan et nous échangeâmes quelques mots. Oui, les choses ne vont pas toutes seules lorsque, comme on dit en Somalie, les ânes donnent naissance à des veaux.

– Je sais, dit Nasiiba d'un air sagace.

– Tu vois cette marche en briques ? J'ai trébuché dessus et suis tombée en avant, manquant me casser les dents quand je me suis cogné la figure contre le montant du lit. Tout ceci parce que je n'avais pas fait attention aux briques. J'avais épouvantablement mal.

– Qu'est-ce que tu as fait après ? »

Duniya eut un petit rire. « Je me suis levée pour

emmener Maatan dès que j'ai pu voir clair après cet étourdissement. Mais devine quoi ? Comme je me penchais pour le soulever du lit, l'odeur de l'urine de Maatan me donna le vertige, des tourbillons de honte, appelle cela de la culpabilité ou tout ce que tu voudras. »

Un sourire effleura les lèvres de Nasiiba. « Et puisque Maatan avait mouillé son lit, vous avez décidé, Taariq et toi, de partager celui sur lequel je n'avais pas fait pipi. Résultat, ce corps inconscient d'une bonne dormeuse, c'est-à-dire moi, fut transféré sur le lit où son frère s'était soulagé du liquide absorbé dans la journée.

– Comment le sais-tu ?

– Parce que je me souviens m'être réveillée dans le lit de l'homme que je détestais, dit Nasiiba.

– Tu t'en souviens ?

– Oh, oui !

– Mais tu ne m'en as jamais parlé.

– Il y a des millions de choses dont je ne t'ai pas parlé. »

Duniya dit : « Comment se fait-il que tu te souviennes encore de ça ?

– D'abord, je détestais tellement Taariq. Ensuite, c'était mon frère qui avait mouillé le lit, pas moi. L'urine de quelqu'un d'autre n'a jamais la même odeur que la nôtre mais il ne s'agit pas de cela. Je me suis réveillée. Je ne suis pas sûre que tu aies envie d'entendre la suite. »

La femme plus âgée se redressa, sur ses gardes. « Que veux-tu dire ?

– Eh bien, j'ai entendu vos voix, la sienne et celle de Taariq, vos chuchotements de désir. Je me suis rapprochée pour mieux entendre, puis j'ai regardé. J'ai tout vu par le trou de la serrure et j'ai tout entendu, chaque gémissement, chaque oui et chaque non.

– Tout ? »

Nasiiba fit signe que oui.

Il y avait de l'amusement dans la voix de Duniya. « Si tu as tout vu et tout entendu, alors à quoi cela sert que je te raconte mon histoire ? Il est probable que tu te souviennes de tout mieux que moi et que tu en saches davantage. »

Nasiiba hocha la tête. Elle se pencha en avant. « Comment se fait-il en premier lieu que tu te sois trouvée locataire de Taariq ? »

Duniya n'avait plus le cœur à raconter cette histoire mais elle savait que Nasiiba n'allait pas la laisser en paix. Aussi elle répondit : « Quelqu'un dans le quartier, une vieille femme, m'avait donné la mauvaise adresse. » Elle avait la voix ennuyée et fatiguée.

« Je ne te suis pas. » Nasiiba était toute à sa passion d'en savoir davantage.

« Taariq, avant de me rencontrer au moment où j'étais en quête d'un logement, n'avait pas songé à louer cette pièce. Mais comme j'insistais, disant qu'une voisine m'avait indiqué qu'il proposait une chambre à la location, il parut d'abord intrigué et, dans une certaine mesure, offensé. Ce malentendu fut cependant bientôt dissipé et je me préparai à partir. C'est alors qu'il changea d'avis.

– Pourquoi ?

– Je ne le lui ai jamais demandé.

– Peut-être que vous étiez destinés à devenir mari et femme. »

Duniya se perdit dans ses pensées.

« Continue, dit Nasiiba.

– À mon avis, il s'était fait le raisonnement que lui et moi avions quelque chose en commun ; je le voyais bien et c'est aussi l'impression qu'il avait. Enfin. Après sa décision de me louer cette pièce, il me demanda quand j'allais emménager. Je mentionnai l'existence de mes enfants, on ne sait jamais. J'avais vu beaucoup de propriétaires qui refusaient d'avoir une femme seule avec des enfants. Il me demanda le sexe et l'âge de mes enfants et je le lui dis. Des jumeaux, c'était une bénédiction, sa voix s'éclaira de joie : Amenez-les.

– Tu as emménagé ce jour-là ?

– Nous sommes arrivés tous les trois. Nous avons apporté tout ce que nous possédions, un matelas, quelques casseroles noircies que j'avais eues d'occasion et tous nos vêtements dans une seule caisse en bois. Il nous prêta un lit, puis me présenta au propriétaire et gérant du plus grand magasin du quartier qui consentit à nous ouvrir un crédit, les factures devant être payées à la fin du mois. Et je n'eus rien à regretter par la suite.

– Vous vous entendiez bien, n'est-ce pas, Taariq et toi ?

Excepté cette gigantesque dispute, celle qui précéda notre séparation, nous ne nous sommes presque jamais querellés pendant toutes les années où nous avons vécu comme propriétaire et locataire, puis comme mari et femme, dit Duniya.

– C'est une bonne chose que vous soyez restés amis, dit Nasiiba, parce que des amitiés de ce genre sont rares après un divorce, surtout quand il y a des enfants.

– C'est vrai, acquiesça Duniya.

– Il t'aime encore ; il me l'a dit aujourd'hui », dit Nasiiba.

Duniya eut à peine le temps de réagir quand elle s'aperçut que Nasiiba s'était levée pour mettre des jeans et un T-shirt avec le sigle de Band Aid, une œuvre charitable, imprimé sur tout le devant. « Où vas-tu ? demanda-t-elle.

– Je n'en ai pas pour longtemps, dit Nasiiba en consultant sa montre.

– Il est plus de neuf heures, dit Duniya, comme si le fait de mentionner l'heure qu'il était allait retenir sa fille.

– Je n'en ai pas pour longtemps.

– Il est tard, dit Duniya, sans beaucoup de conviction.

– J'ai dit que je n'en avais pas pour longtemps. »

Duniya avait le pouvoir de l'empêcher de sortir, mais à quoi bon ? Les traditionalistes auraient décrit les enfants de Duniya comme des hooyo-koris : enfants élevés dans une maison dont le chef de famille est une femme.

En sortant, Nasiiba lança : « Je t'aime, Maman », imitant clairement en cela les jeunes Américaines qu'elle avait vues dans des films. Cela ne faisait aucun doute pour Duniya : ses enfants l'aimaient.

NEW YORK (Reuter)
Des millions de gens dans les pays en voie de développement sont morts de faim des suites de la politique des nations créditrices, a expliqué un porte-parole du Programme pour le Développement des Nations Unies. Dans un rapport annuel fort sombre, ce porte-parole a expliqué que le tissu économique serré pouvait se défaire à n'importe quel moment, causant calamités et souffrances dans le Tiers-Monde. Il n'était pas juste, a-t-il ajouté, que les pays pauvres aient été rendus complètement dépendants de ce qui se passait non dans leur propre économie mais dans celle des pays plus riches, plus développés sur le plan économique, alors qu'ils ne sont pas en mesure de leur payer les intérêts de leurs dettes, encore moins de les leur rembourser.

CHAPITRE IV

Dans lequel Duniya se rappelle comment sur son lit de mort son père l'avait promise en mariage à son pair et ami.

Un sifflement perçant, c'est ce qu'entendit Duniya. Elle chercha du regard d'où il venait. Des lits. Du bord des fenêtres. De l'appui des fenêtres. Et c'est bien là qu'elle le vit : un martin-pêcheur à demi col, la gorge cannelle, une marque bleu foncé de chaque côté du cou, le bec d'un noir luisant à côté de ces brillantes couleurs électriques. L'oiseau se percha sur une pale du ventilateur au plafond. Un autre sifflement perçant, puis il s'envola par la fenêtre par laquelle il était entré.

Le courant fut coupé brusquement et Duniya se trouva dans le noir.

Ses souvenirs de son premier mari Zubair, le père des jumeaux Nasiiba et Maatan, remontaient à un jour où elle avait quatre ans. Abshir, son frère, venait d'obtenir une place dans le collège secondaire le plus prestigieux du pays, à Mogadiscio, et pour célébrer cela, il avait emmené sa petite sœur chérie au centre commercial de Galkacyo pour lui acheter un cadeau en souvenir de ce moment mémorable. Comme elle n'arrivait pas à trouver quelque chose qui lui plaise, il promit de lui envoyer quelque chose de spécial de Mogadiscio. Il lui acheta quand même une glace, luxe tout récent pour eux.

Comme ils passaient devant la maison de Zubair, ami et voisin de leur père depuis des années, Basir et elle remarquèrent un beau cheval dans la grange du vieil homme. Un parent par alliance de Zubair lui avait fait cadeau de cet étalon arabe qui représentait une partie de la dot à fournir pour la jeune femme qu'il épousait. Zubair entendit par hasard la remarque d'Abshir à Duniya : il disait qu'il était prêt à faire n'importe quoi pour avoir la permission de monter ce cheval, le plus beau qu'il ait jamais vu de toute sa vie.

Abshir, timide jeune homme de dix-huit ans, très embarrassé, balbutia : « C'est Duniya qui avait envie de monter ce cheval, pas moi », prononçant le nom de sa sœur avec douceur comme il le faisait souvent sans que l'on entende le i après le n. « Je voulais seulement regarder, c'est tout. Je savais que cela ne vous gênerait pas. » Abshir prit alors la main de sa seule sœur et l'encouragea : « Regarde bien ce cheval, c'est peut-être la seule fois que tu le verras, dit-il.

– Est-ce que je peux le toucher ? » demanda-t-elle. Abshir hésita un court instant : voulait-elle parler de Zubair ou du cheval ? Elle répéta sa requête : « S'il te plaît, laisse-moi le toucher. »

Zubair tourna vers eux son visage sans regard, aussi lentement que tourne le rayon d'un phare. « Tu voudrais monter ce beau cheval, Duniya ? demanda-t-il.

– Si je dis oui, tu me le donneras pour de bon, Oncle Zubair ?

– Bien sûr. Demande seulement à ton frère d'accepter ce cheval en ton nom.

– Il plaisante, dit Abshir. Personne ne donnerait un cheval si superbe à un bébé, une fillette de ton âge. » Le ton de sa voix disait clairement sa jalousie. « Mais tu as le droit de le toucher. »

Muette de plaisir, Duniya hocha vigoureusement la tête.

« Viens le toucher, encouragea Abshir. N'aie pas peur. » Et il la souleva du sol, malgré sa résistance : elle commençait maintenant à avoir peur.

La main sur le cheval, Duniya dit : « Oncle Zubair me l'a donné. Dis à Abshir que ce cheval est à moi, mon oncle.

– Il est à toi, confirma le vieil aveugle, qui avait prodigué les marques d'un amour sans retour à l'élégant animal.

– Il plaisante », insista Abshir.

Avec un entêtement d'enfant, elle dit : « Ce cheval est à moi.

– Fais attention à ta glace, gronda Abshir, et tiens-toi tranquille. »

Très contrariée, elle laissa la glace tomber par terre dans un accès de rage incontrôlée. « Ça ne fait rien, dit Abshir, conciliant, je t'en achèterai une autre, mais fais attention, ne salis pas ta robe.

– Je ne veux pas de glace, dit-elle furieuse. Je veux mon cheval, il est à moi. »

Zubair indiqua de son bâton l'endroit où le harnachement du cheval était rangé.

« Emmène-le faire un tour, tu veux bien, Abshir ? » Et comme Abshir se baissait pour ramasser la selle et la bride et les apporter, il demanda : « Tu es déjà monté à cheval, Abshir ?

– Jamais sur un cheval pareil à ce roi-là, dit Abshir.

– Je suis sûr que tu t'en tireras bien, le rassura Zubair.

– Je veux le monter aussi, plaida Duniya.

– Seulement si tu es sage, dit son frère.

– Mais c'est mon cheval, et j'en fais ce que je veux », dit-elle.

Zubair eut un petit rire. Puis il dit : « Je t'ai offert ce beau cheval, Duniya, et il me semble que tu l'as accepté. Mais que vas-tu me donner en échange, ma petite ?

– Je t'épouserai », dit-elle.

Quand elle fut un peu plus grande, Duniya entendit l'histoire de la première femme de Zubair, comment elle était tombée amoureuse d'un djinn, dont elle avait porté plusieurs enfants. Zubair était marié avec elle depuis presque vingt ans, avait déjà des fils et des filles adultes qui lui avaient donné des petits-enfants ; et il était en train de faire sa cour à une femme beaucoup plus jeune. Quand sa femme partit pour quelques jours, tout le monde pensa qu'elle était allée voir ses enfants et ses petits-enfants – personne n'avait alors la moindre idée de sa liaison avec le djinn. Mais comme approchait la date du mariage somptueux de Zubair avec la jeune femme, les gens commencèrent à s'inquiéter des réactions de sa première femme devant cette situation pour s'apercevoir soudain qu'elle n'était pas là pour répondre à leurs questions. Quand l'histoire de son djinn fut connue, l'attitude des gens de la ville fut plus ou moins sceptique ; l'explication rationnelle était que de tels contes s'accordaient bien avec les sentiments compréhensibles d'une femme jalouse et blessée.

Ainsi la première femme de Zubair put mener sa vie comme elle l'entendait, disparaissant quand il lui plaisait, réapparaissant sans explications. Un jour, deux jeunes gens, un cousin à elle et un cousin de Zubair, décidèrent d'aller au fond des choses et la suivirent jusque dans la brousse. Ils rapportèrent plus tard qu'ils n'avaient jamais vu personne, homme ou femme, marcher aussi vite qu'elle. Arrivée à sa destination, elle fit un feu et commença à préparer un repas. Tout en s'affairant elle tenait conversation, probablement avec des djinns que les jeunes gens ne pouvaient voir et dont ils ne comprenaient pas la langue. Déduisant que la femme et son amant djinn allaient faire l'amour, les jeunes gens se retirèrent discrètement.

Zubair épousa la jeune femme, son rêve, sa vierge. C'était un homme fort riche, dont on disait qu'il avait dix mille chameaux répartis en divers troupeaux, laissés aux soins de cousins éloignés et d'employés. Pour cette noce, on ne tua pas moins de vingt têtes de bétail pour régaler les invités, officiels ou non officiels.

Mais la première nuit qu'il passa avec sa jeune vierge, Zubair se découvrit impuissant. De plus, il ne cessait d'entendre des voix comme si des djinns bourdonnant discutaient dans sa tête, dans une langue étrangère. Juste avant l'aube, sa jeune épouse mourut, intacte, vierge.

Quand sa femme réapparut quelques jours après, Zubair eut un long entretien avec elle, en tête à tête. Au cours de cette franche confrontation, il lui raconta tout ce qui s'était passé.

« Je t'ai donné cinq fils et deux filles, que veux-tu de plus de moi ? dit-elle. Je n'ai jamais connu ni désiré d'autre homme avant de voir tes yeux pleins de désir se porter sur une femme plus jeune, aux seins fermes, à la peau saine et au corps gracieux. Imagine-toi alors, continua-t-elle, une semaine après, j'ai rencontré un homme aussi beau qu'un ange, qui me déclara son amour. Ce n'est que plus tard qu'il me révéla son identité, m'apprit qu'il était djinn et non humain. Mais ceci ne me gênait pas, de fait cela rendait ma liaison plus romantique, cela demandait plus de courage. Je lui ai donné des enfants, à moitié djinn et à moitié humains, et nous sommes heureux ensemble.

– C'est ton amant djinn qui a tué mon épouse la nuit de nos noces ?

– Tu es fou !

– Est-ce lui qui a empêché mes érections ? » demanda-t-il, désespérément humilié.

Elle eut un léger mouvement des lèvres. Elle semblait chuchoter à quelqu'un dans la pièce que Zubair ne pouvait voir mais dont il sentait la présence. Elle se tourna vers lui après cet entretien à voix basse. « Ne serait-ce pas toi qui as tué ton épouse vierge afin de cacher ta honte ?

– Ceci dépasse les bornes », dit Zubair.

À nouveau sa femme entama une discussion chuchotée avec des interlocuteurs invisibles. Elle gloussa, puis dit :

« Peut-être que la prochaine fois qu'il t'arrive une quelconque calamité, tu diras que c'est la faute de mon amant le djinn. »

Peu de temps après cette conversation avec l'épouse rejetée, Zubair était au milieu de ses prières de l'aube quand un voile obscur descendit soudain sur ses yeux, le rendant totalement aveugle. Ce voile ne voulait pas se lever, quoi qu'il fît ; rien ne put lui rendre la vue.

Quand on lui demanda comment il se sentait, il dit : « C'est comme si deux petits djinns malicieux et joueurs chevauchaient les rayons éteints de mes pupilles, me privant de toute vision. Peut-être qu'un jour ils se lasseront de jouer à ces jeux vengeurs et qu'ils descendront de leur monture. »

Mais ils ne mirent pas pied à terre. Au contraire, sa femme tomba malade. À partir de ce moment, Zubair cessa complètement de dire ses prières. Finalement sa femme mourut un quart d'heure avant la naissance de Duniya.

Près de dix-sept ans plus tard : un geste de violence généreuse !

Le père de Duniya était couché, attendant la mort. Zubair était constamment auprès de lui, allant et venant, Zubair dont la canne ne cessait de frapper le mur qui séparait les deux maisons – ce son était plein de présages. Quand ils étaient ensemble les deux amis parlaient de la mort, tombant d'accord sur le fait que seul Allah savait lequel des deux irait Le rejoindre le premier.

Ce jour-là, sentant sa mort prochaine, le père de Duniya prononça fiévreusement ses dernières paroles. Il décida de faire un don, selon ses termes de faire un « geste de violence généreuse » envers Zubair, son ami et pair : Duniya voulait-elle bien l'accepter comme époux ?

Le malheur voulut que personne ne se trouvât là à ce moment, à part la mère de Duniya. Et Duniya accepta de se plier aux ordres de sa mère, car on ne discute pas les volontés des morts et des anciens, tous le lui dirent. Soit on exécute ce que les morts ont dit, soit on n'accomplit pas leurs souhaits, mais alors on doit faire face aux conséquences de ses actes. Duniya n'avait aucune envie de passer son temps à regarder par-dessus son épaule, anticipant le moment où elle risquait d'apercevoir la trace de la malédiction de ses parents, dans chaque dépression, dans chaque vallée ou chaque ombre. « Allons-y », dit Duniya courageusement. Et à Zubair qui ne l'avait jamais vue de ses propres yeux mais l'avait toujours connue, Duniya sa nouvelle épouse et vierge, déclara : « Va te préparer pour mon arrivée. »

Les amis de la famille et les parents essayèrent de convaincre Duniya de ne pas accomplir les dernières volontés de son père. Zubair, pour sa part, afin de ne pas être accusé de porter offense à sa fierté, prétendit qu'il perdait toute sensibilité dans ses orteils. Mais la mère de Duniya, parlant très fort comme le font ceux qui entendent mal, répéta que son défunt mari avait suggéré que leur fille épouse Zubair, que cela ne se discutait pas, elle l'avait entendu de ses propres oreilles ; la jeune femme n'avait plus qu'à s'exécuter.

C'est alors que le demi-frère de Duniya, Shiriye, lieutenant à l'armée, arriva sans s'être annoncé. Quand on lui expliqua ce qui se préparait, il jura de mettre un terme à toute cette folie, objectant que la mère de Duniya était pratiquement sourde. Mais le soir venu, Shiriye avait changé d'avis. Et Zubair ne voulut pas confirmer ou infirmer la rumeur selon laquelle il avait fait les premières démarches qu'un futur mari fait auprès du frère de sang de sa promise. Et Shiriye partit à la hâte le lendemain matin.

Des années plus tard, Duniya écrivit à son frère Abshir que leur demi-frère était parti de Galkayo comme un homme qui a quelque chose à cacher. La vérité, c'est que Shiriye avait accepté en secret un don de la part de Zubair.

« Tu te rappelles que j'ai proposé de t'épouser quand

j'avais quatre ans, t'offrant ma main en échange du superbe cheval ? demanda Duniya à Zubair, quand les rites funéraires pour son père furent terminés.

– Oui, je m'en souviens, répondit-il.

– Et maintenant, où est ce cheval ?

– Les temps ont été durs, répondit-il.

– Alors, allons-y, sans pompe ni cérémonie, sans un seul roulement de tambour, sans chant ni youyou.

– Oui, allons-y.

– Va te préparer à ma venue », dit Duniya.

À quelques soirs de là, Zubair l'admit dans la chambre préparée pour leur lune de miel. Sur le sol était un vaste matelas chargé de coussins et d'oreillers (sur l'un d'entre eux le nom de Duniya était brodé en vert, pour porter chance). L'objet le plus remarquable était un fauteuil à bascule, cadeau d'un fils de Zubair qui était marin. Il dominait toute la pièce comme un observatoire. Ils s'y asseyaient tous les deux ensemble, ils y faisaient l'amour, et de temps à autre ils s'y endormaient, blottis dans une étreinte amoureuse.

Si l'on tient compte de leur différence d'âge et de tempérament, Zubair et Duniya s'entendirent mieux qu'ils ne l'auraient l'un comme l'autre imaginé. Pour la jeune épouse, c'était une responsabilité impressionnante que d'avoir à s'occuper d'un vieil aveugle, une tâche assez éprouvante, comme d'apprendre une langue nouvelle qui ne l'aurait pas intéressée auparavant. Il lui fallait maîtriser un vocabulaire limité et un langage corporel qui soit efficace et précis. Elle s'habitua au fait qu'il fallait tout lui donner, se fit à l'idée qu'elle ne pouvait pas lui demander de lui passer le sel, le sucre ou d'éteindre la lumière, sachant que malgré tout il aurait pu s'en tirer tout seul en cas d'absolue nécessité.

Pour tenir compte de la présence de sa femme, il modifia un peu son comportement quotidien. Et quand il se mettait en prière, Duniya se plaçait de telle façon qu'elle devenait son point de référence et qu'ainsi c'est devant elle qu'il se prosternait dans sa célébration d'Allah, et à elle qu'il adressait toutes ses dévotions.

C'était un homme de forte carrure, physique, aimant. Il faisait souvent de petits sommes, et pour Duniya il était alors comme une enfant un peu trop grand qui se serait effondré de fatigue en plein jeu. Sa bouche avait quelque chose d'enfantin, et il semblait s'en occuper sans arrêt comme un vieil homme sans dents qui mâchonne sa propre salive et se mord l'intérieur des joues. Zubair cependant avait toutes ses dents : et il était en bonne santé, si l'on considère son âge.

Elle lui donna des jumeaux, Mataan (ce qui veut dire le jumeau) qui ressemblait beaucoup à son père, et Nasiiba, le portrait tout craché d'Abshir, le frère de Duniya. (Un jour, en plaisantant, Duniya demanda au docteur Mire s'il était possible à une femme de porter deux œufs fécondés par deux sources différentes, quand l'un des deux hommes n'avait jamais fait l'amour avec la femme en question.)

Un soir, Duniya voulut savoir si les djinns étaient toujours en sentinelle dans les yeux de Zubair, montant la garde à la porte de sa vue. Zubair les décrivit comme deux êtres immobiles, supposant que sa cécité était causée par l'esprit de vengeance de sa première femme. Il expliqua à Duniya que bien qu'ils fussent encore de faction à l'entrée de sa vue, les djinns s'étaient apparemment lassés de lui jouer des tours malicieux depuis son mariage avec elle.

Il mourut dans son sommeil, âgé de soixante ans. Duniya était en train d'allaiter les jumeaux. D'une voix pâteuse il murmura quelque chose comme : « Cela ne te ferait rien d'éteindre la lampe ? » juste avant que la mort ne lui fasse signe. Rétrospectivement, elle regretta de ne pas lui avoir demandé si les djinns avaient un bref instant cessé de le chevaucher, lui rendant la vue. Sinon, pourquoi lui avait-il demandé d'éteindre la lampe ? Elle était dans le fauteuil à bascule, allaitant ses deux monstres affamés et tout ce qu'elle aurait pu dire aurait eu l'air maladroit. Agacée par cette lampe éblouissante qui rendait tout sommeil impensable, elle se tournait vers lui pour lui parler. Mais il expira avant qu'elle ait pu lui dire ce qu'elle avait en tête. Une semaine plus tard elle était dans l'avion de Mogadiscio.

La voici maintenant plusieurs années plus tard, à Mogadiscio, plongée dans ses souvenirs !

Juste avant qu'elle soit prête à aller se coucher, s'étant douchée et lavé les dents, le courant revint, de même que le martin-pêcheur. Duniya n'arrivait pas à décider si c'était le même oiseau quand il s'envola de nouveau, sans plus se poser. Duniya se leva pour éteindre les lampes qui s'étaient allumées dans la cuisine, les toilettes et la cour.

À peine avait-elle tout éteint et était-elle revenue dans sa chambre dans le noir qu'elle entendit une porte de voiture s'ouvrir et se fermer. Mi-agenouillée derrière le rideau entrouvert, elle regarda Mataan, son fils de dix-sept ans qui sortait d'une voiture ; une femme était au volant. Ils parlaient à voix basse, sans doute pour mettre au point d'autres rendez-vous. Mais où était sa bicyclette ? L'avait-on volée ? Ou avait-il pensé qu'il n'était pas sûr de rentrer à vélo parce que l'éclairage ne marchait pas ?

La femme repartit avant que Duniya ait pu voir clairement son visage. Mataan lui fit de grands signes jusqu'au moment où sa voiture disparut au coin de la rue. Ce qui comptait, se dit Duniya, se rappelant les paroles de Nasiiba, ce qui comptait, ce n'était pas le fait que cette femme était plus âgée que lui, mais la question de savoir s'ils étaient bien quand ils étaient ensemble.

Mataan se dirigea vers la porte d'entrée. Il était grand, et marchait le dos très droit, comme un homme qui rentre chez lui où l'attend sa femme, comme un homme qui doit effacer toute trace de son autre vie, dans laquelle une autre femme tient une place importante. Mataan s'essuya le visage et se tapota les cheveux, caressant l'endroit qu'il venait de peigner. Comme il s'approchait, sa mère vit qu'il avait une chaîne de bicyclette dans la main gauche et ses livres dans la main droite. De là où elle était, sa chaîne de bicyclette ressemblait à une cravache.

Quand elle entendit la clef tourner dans la porte d'entrée, Duniya quitta sur la pointe des pieds le lit de Nasiiba sur lequel elle s'était agenouillée, pensant : Est-ce que je vais l'appeler ou est-ce que je vais attendre qu'il ait accroché sa chaîne, tel un talisman, au clou qui est au-dessus de la porte de sa chambre ?

Finalement, elle ne l'appela pas. Elle lui laissa prendre sa douche, le laissa se laver des impuretés du sexe (l'Islam est très pointilleux sur les contacts entre le corps de l'homme et de la femme et tous deux doivent se laver après avoir fait l'amour). Mais quand elle entendit ses pas devant la chambre des femmes, elle l'appela par son nom.

« Qui est-ce ? fit une voix étonnée.

– C'est moi », répondit Duniya.

Il fit bien sentir qu'il n'avait pas envie de parler.

« Alors bonne nuit, dit-elle.

– Fais de beaux rêves, Maman », lui lança-t-il.

Duniya ne se réveilla pas quand Nasiiba se glissa dans son propre lit. Quand elle fut endormie, Bosaaso vint lui raconter sa propre histoire.

MOGADISCIO (Agences)

Des projets sont en cours pour mettre sur pied une vaste opération d'aide dans le nord de la République de Somalie, région déchirée par la guerre et dévastée par la sécheresse, car il n'y a pas plu depuis quatre ans. Le pont aérien qui apportera des rations d'urgence doit être mis en place dans environ une semaine, a déclaré un responsable gouvernemental de haut niveau. Un responsable régional a confirmé que 300 à 500 personnes mouraient chaque jour dans certaines des localités les plus importantes et que de nombreuses autres allaient mourir de faim si les secours n'arrivaient pas au plus tôt dans la région touchée.

CHAPITRE V

Bosaaso, d'abord en rêve, puis bien éveillé, raconte des fragments de l'histoire de sa vie à Duniya qui dort, et peut-être rêve aussi de lui.

BOSAASO était réveillé depuis un certain temps déjà, se tournant et se retournant dans son lit, guettant l'aurore. Il avait rêvé d'un aigle aux couleurs vives qui planait haut dans le ciel, et ne se préparait pas à se poser sur l'un des eucalyptus du voisinage. Au-dessous, à l'endroit où il attendait que le bel oiseau descende sur une branche afin de le mettre en joue et de lui tirer dessus, se trouvait un pluvier rouge à longues pattes qui jacassait selon sa coutume, répétant les mêmes serments et les mêmes promesses, avec la série de notes la plus laide jamais chantée par un oiseau.

Dans son rêve, un petit garçon portant environ un kilo de viande crue sur une assiette non recouverte se présenta à sa vue, et l'aigle aux aguets fondit du ciel d'un seul coup d'ailes, ne visant pas la chair crue et dégoulinante de sang mais le cerveau de l'enfant. Celui-ci, terrorisé, se jeta sur le sol, laissant tomber la viande. Plusieurs femmes émergèrent de derrière les buissons d'acacia et formèrent un cercle de lamentations autour de l'enfant prostré sur le sol. Une femme se tenait à l'écart, une femme qui portait un patchwork de vêtements bariolés comme la queue d'un paon et des plumes dans les cheveux. Les autres se turent quand elle leur fit signe d'approcher. Elle sortit des plis de sa robe un talisman, en fait, un caillou, qu'elle plaça près des narines de l'enfant. L'enfant fut pris de sursauts, la vie lui revenant en spasmes. Puis il se leva et, sans aucune frayeur, s'éloigna, emportant avec lui l'assiette de viande, maintenant couverte de poussière.

L'angoisse dans la poitrine de Bosaaso suscita une toux sèche et, dans son sommeil, il éternua. Il se soulagea l'esprit en se racontant (et en racontant à Duniya qui rêvait de son côté, et rêvait à lui) l'histoire du fils unique d'un parent unique. Cet enfant s'appelait Mohamoud.

C'était un enfant qui avait beaucoup de chance. Il avait une mère qui chantait bien, étant dotée d'une belle voix, qui faisait merveilleusement la cuisine et cousait à la perfection. À cause de ces trois dons, elle était toujours bienvenue au moment des mariages et dans toutes sortes d'occasions où l'on avait besoin de ses services. Elle était seule pour élever Mohamoud, son frère s'étant embarqué clandestinement sur un navire – c'est ce que tout le monde pensait – et n'ayant plus jamais donné de ses nouvelles.

Le garçon et sa mère habitaient dans la petite ville côtière de G., non loin du cap Guardafui, à l'est de la péninsule de Somalie. Ils étaient bien connus dans la localité, toujours ensemble, hauts en couleur comme les vêtements qu'elle cousait elle-même, tels des bohémiens itinérants, prêts à la moindre suggestion à divertir un auditoire. Il y avait quelque chose de nettement ambivalent dans l'attitude du jeune garçon envers sa mère. Il aimait beaucoup les chansons qu'elle chantait et il adorait les plats qu'elle préparait ; cependant, il trouvait dégradant d'avoir à l'accompagner partout, à la suivre docilement dans les fêtes où elle se produisait.

On la payait essentiellement en nature : viande de

mouton, de bœuf ou de chameau, un morceau de choix à emporter chez elle pour tous les deux. Mohamoud avait horreur de traverser la ville avec cette viande crue qui attirait les mouches, tout juste enveloppée dans un torchon noir de suie. Il détestait les cuisines improvisées, ces installations de fortune où les chaudrons étaient placés sur quatre pierres entre lesquelles on allumait un feu. Il était également embarrassé par l'habitude qu'avait sa mère de l'appeler pour lui donner son repas devant toutes les femmes, alors qu'aucun des autres garçons n'était convié à se joindre à lui. Il détalait pour se cacher dans quelque coin, comme un chien qui cherche un endroit tranquille pour ronger son os à l'abri des regards. Cela le gênait de manger quand personne d'autre ne le faisait.

Mohamoud se sentait plus à l'aise quand sa mère revêtait le masque de la chanteuse et chantait des ballades chantant les vertus d'une épouse ou d'un époux lors d'un mariage célébré sous de bons auspices. Sa mère portait ses plus beaux habits et exhalait l'odeur attirante du bois de santal ou d'autres *cuuds*, bois odorants qu'il aimait. Ces jours-là, il n'avait pas besoin d'aller avec elle. Elle ramenait elle-même des mets tout prêts après sa prestation.

Elle avait une voix impressionnante et riche et était douée pour l'improvisation. Elle s'habillait bien, beaucoup mieux que les autres femmes de la ville, avec des robes à la mode qu'elle créait et cousait elle-même. Tous s'accordaient pour dire que le tailleur de la ville n'était pas aussi habile qu'elle, aussi les femmes lui apportaient-elles les robes qu'il leur avait faites afin qu'elle les transforme. N'ayant pas de machine à coudre (elle n'avait pas les moyens d'en acheter une), elle faisait tout à la main. En matière de goût, les femmes de la ville lui demandaient son avis et quand elle le donnait, elles en tenaient le plus grand compte. Elle avait une vie bien remplie, et voyait beaucoup de monde.

Les gens de la ville ne savaient pas grand-chose de son

passé. C'était son mari et non pas elle qui était de G. Elle était arrivée avec lui, déjà enceinte. Ils avaient débarqué de l'arrière d'un camion, tout bruns d'une poussière d'origine mystérieuse. Le camion les déposa là, laissant dans son sillage des questions que personne ne reprit le long des sentiers poussiéreux de la ville. Elle était l'épouse d'un fils du pays et il suffisait d'ajouter que cet homme jouissait d'une mauvaise réputation, bien connu pour sa passion du jeu. C'était une âme instable : par nature et par tempérament, il ne pouvait trouver d'intérêt à une ville endormie d'un coin perdu de la Somalie ; et on n'était pas arrivé à lui trouver d'emploi. Le tailleur, qui en voulait à la jeune femme, avait déclaré, disait-on, que le fils du pays avait amené ici une sorcière.

Le lendemain du jour où elle donna naissance à un fils, le père la quitta, s'embarquant clandestinement sur le premier navire qui fit escale sur ce littoral abandonné. La femme trouva de l'aide auprès de ses beaux-parents qui furent très bons pour elle et son fils, à qui ils donnèrent le nom de son grand-père. Jusqu'à l'âge de cinq ans, Mohamoud partagea un lit *alool*, au sommier nu, avec sa mère ; celle-ci était très appréciée par sa belle-famille, à cause de la variété de ses talents, inhabituels dans une ville comme G. Elle ne montrait aucun intérêt pour les autres hommes, des pêcheurs pour la plupart, assez malchanceux et survivant grâce à l'argent que leur envoyaient ceux des leurs qui étaient partis se faire exploiter dans l'Arabie des pétrodollars.

Les femmes de la ville lui témoignaient une affection et une confiance sans limites. Pour montrer sa gratitude, elle apprit à leurs filles à tricoter, organisa pour les femmes plus âgées des cours gratuits de lecture et d'écriture qui avaient lieu le soir dans la concession de sa belle-famille. Son besoin perpétuel d'activité, dont elle faisait bon usage, rappelait à tous le tempérament instable de son mari absent. Cela inquiétait ses beaux-parents qui avaient peur qu'elle aussi fasse un jour ses maigres bagages et disparaisse pour toujours avec leur petit-fils. Mais rien dans son attitude ne donnait prise au moindre soupçon sur sa conduite.

La réputation de sa mère précéda Mohamoud à l'école et les plus grands et les plus agressifs se moquaient de lui sans arrêt. Un garçon cruel appelé Ali la décrivit comme « une cuisine itinérante ». Échangeant des insultes avec lui, Mohamoud mentionna que la mère d'Ali vivait des subsides de la ville, était pratiquement une mendiante qui vivait de la charité publique. Dans ces conditions, qui donc méritait de succomber sous le mépris, une femme qui travaillait dur ou une femme qui vivait d'aumône ? Ils se mirent à se battre et Mohamoud frappa cette brute si fort qu'il se fit mal à la main, mais l'autre perdit une dent de devant. Il aurait pu être renvoyé de l'école sans le témoignage d'un camarade appelé Mire, dont le père était le juge du district, et donc digne du respect du directeur. Mire dit que c'était entièrement la faute d'Ali, l'accusant d'avoir provoqué Mohamoud le premier. Le directeur de l'école renvoya Ali. Et Mire et Mohamoud devinrent amis.

Mire donna à son nouvel ami toute une série de vêtements qui ne lui allaient plus ; la mère de ce dernier les prit, les ajusta ou les raccommoda là où il le fallait. Pour montrer qu'il appréciait, Mohamoud apportait à l'école les beignets *bursaliid* que sa mère lui préparait, les partageant avec Mire. Ils mangeaient souvent tous les deux ensemble, Mire par esprit d'aventure, Mohamoud par loyauté pour leur amitié et aussi parce qu'il détestait manger seul. Les autres garçons apportaient des gâteaux immangeables, durs comme des cailloux, et du pain achetés à une cabane en zinc établie à un coin de rue, là où le chemin de terre venant de l'école rencontrait la seule grande rue de la ville. La maison du père de Mire, l'une des trois maisons de pierre, était dans la zone résidentielle du gouvernement. Celle des grands-parents de Mohamoud était tout au fond d'un cul-de-sac. Comme Mire lisait beaucoup, il encouragea son ami à emprunter des livres.

Un camion arriva un jour et une lettre fut remise à la mère de Mohamoud lui donnant des nouvelles de son mari, que l'on avait apparemment vu à Mogadiscio, menant joyeuse vie comme un marin en bordée. Une semaine plus tard arriva un télégramme à son nom, avec un message lui demandant de venir dans la métropole, en amenant le garçon. La première missive contenait la photographie d'un homme à la lèvre inférieure déformée ; personne ne mit en doute son authenticité ou sa provenance, puisqu'elle mentionnait des menus faits connus exclusivement des membres de la famille. Les grands-parents commencèrent à prendre tout cela en mauvaise part, n'étant pas sûrs de revoir jamais leur petit-fils. C'est l'intercession du père de Mire qui arracha leur permission : elle pouvait emmener son fils avec elle.

La veille de leur départ, Mire vint avec son père leur souhaiter un bon voyage. Le père de Mire s'était occupé de leur trouver une place dans une Land Rover du gouvernement qui retournait à Mogadiscio. Ne sachant pas de quel type d'aide elle aurait besoin à son arrivée dans la capitale, le père de Mire lui donna des lettres de recommandation pour certains de ses amis. Les deux jeunes compagnons attendaient avec impatience le moment où ils seraient réunis, car ils n'avaient aucun doute sur ce point.

Le garçon et sa mère logèrent d'abord dans sa famille à elle dans la capitale. Aucune trace de l'homme qui l'avait engendré. Les premiers mois furent très pénibles pour le jeune Mohamoud ; son ami Mire lui manquait, ses grands-parents aussi, ainsi que l'air de la petite ville et la maison dans laquelle il avait toujours vécu. De plus, maintenant qu'ils étaient à Mogadiscio, sa mère n'avait plus rien de spécial, car il y avait des milliers de femmes comme elle. Rarement conviée comme invitée d'honneur ou pressée de préparer un repas de noce, elle entra à l'école normale pour être qualifiée comme institutrice et finit par trouver un poste dans une école.

Deux ans plus tard, Mire et Mohamoud furent réunis à Mogadiscio, mais ils vivaient aux deux bouts de cette cité très étendue et ne pouvaient pas se voir autant qu'ils l'auraient souhaité. À la rentrée, Mohamoud fut transféré dans l'école de Mire, consentant à faire tous les jours un trajet de quatre kilomètres à pied, à l'aller et au retour.

Il se trouva qu'il y avait trois autres garçons dont le premier, le deuxième et le troisième noms étaient le même que celui de notre ami Mohamoud, ce qui était source de confusion. Un jour, un maître qui faisait l'appel se demanda comment il allait bien pouvoir faire pour les distinguer. Comme ce jour-là il était d'humeur malicieuse, Mire donna à notre ami le surnom de « Bosaaso ». Et bien que Mohamoud fît remarquer qu'il n'était pas originaire de la ville ainsi nommée, mais de G., le nom lui resta.

Certain que Duniya était avec lui et qu'elle était contente d'avoir entendu l'histoire de son enfance, Bosaaso reculait l'instant où il allait devoir ouvrir les yeux. Quelque part dans la maison à deux étages, pleine d'échos, où il vivait seul, on ouvrit une porte puis on la fit claquer, on fit couler un bain et on tira une chasse d'eau. Son visage se tendit car il pensait tristement que maintenant elle allait disparaître ou qu'elle n'allait pas pouvoir l'entendre ni répondre à son appel. Cependant, tout en gardant les yeux fermés, il reçut de sa main tendue l'information que dans son lit s'était creusée une dépression à sa droite, là où elle avait dormi ; et sur ses joues passa une caresse, ses lèvres furent effleurées d'un baiser.

Il avait l'air pleinement satisfait, même quand il ouvrit les yeux et ne la trouva nulle part dans la maison, dans aucune des pièces où il pénétra. Entendant un sifflement très aigu, il eut un sursaut ; c'est alors qu'il vit un martin-pêcheur à col dans la cuisine, installé sur la chaise même où Duniya aurait pu s'asseoir.

Le martin-pêcheur, sans avoir à donner aucune explication, s'envola.

Avec un sourire timide, Bosaaso se déplaçait tout doucement dans sa propre cuisine comme s'il n'avait pas envie de déranger un invité endormi quelque part dans l'appartement. Il attendait que l'eau de la bouilloire vienne à ébullition. Il caressait le bec de la théière, comme l'on caresse le pis d'une vache pour lui faire donner plus de lait, avec un mouvement de va-et-vient doux et élégant. Petit à petit il se mit à se remémorer avec un certain plaisir un moment de son passé, se souvenant de l'univers qu'il avait partagé avec sa femme maintenant décédée. Des obsessions plus récentes firent aussi intrusion dans son esprit, particulièrement quand il s'aperçut qu'il avait mis le couvert du petit déjeuner pour deux, plaçant set de table, assiette et couverts devant la chaise où s'était perché le martin-pêcheur.

Bosaaso avait acheté le service de porcelaine à une Danoise qui retournait à Copenhague après un séjour de trois ans dans une organisation charitable scandinave. Cette femme avait souligné qu'elle vendait ce service « à très bas prix, à ce prix c'était pratiquement un cadeau ». Il avait payé une somme symbolique, dix dollars américains, puisque Ingrid exigeait qu'il paye une certaine somme, n'importe laquelle. Étant africain, il se sentait mal à l'aise de n'offrir que dix malheureux dollars pour une vaisselle de porcelaine qui avait survécu à neuf ans de Mogadiscio (la Danoise l'avait elle-même achetée à une Anglaise qui travaillait dans un autre organisme d'aide internationale, War on Want, et avait payé en livres sterling).

À ce qu'il se rappelait, tandis qu'il prenait son petit déjeuner en faisant face à la chaise de Duniya, Ingrid la Danoise était pâle, avec un rouge à lèvres si vif qu'il ne pouvait le regarder sans loucher. Elle avait un fort accent et parlait vite, pulvérisant devant elle des missiles de salive qui fusaient de sa bouche avec une vitesse déconcertante. Ses dents de devant étaient fausses, celles d'en haut blanches, celles du bas très foncées.

Bosaaso et Yussur, sa défunte épouse, étaient allés à la

maison d'Ingrid pour voir ce qu'ils pouvaient acheter d'occasion à prix réduit. C'était Yussur qui avait eu l'idée de rendre cette visite et les deux femmes avaient transformé la session en une discussion sur les aspects philosophiques impliqués dans le fait de donner ou de recevoir des dons. Bosaaso écoutait, fasciné. Elles lui adressaient les points les plus marquants de leur débat. Ingrid proposait des généralisations sur l'échange de cadeaux en Europe, disant, entre autres arguments, que sur son continent il était possible d'offrir des vêtements déjà portés à un ami ou un parent dans le besoin ; mais l'idée de faire un cadeau pour le plaisir était un concept étranger, et n'était pas une habitude irrésistible comme en Somalie. C'étaient les moments rituels qui étaient importants, et non les cadeaux eux-mêmes, avait-elle expliqué. Noël était une période où tout le monde participait à une orgie de cadeaux, donnant et recevant.

Yussur écoutait, faisant « non » de la tête, le poil hérissé, chaque fois qu'Ingrid faisait une remarque condescendante sur les Africains. Bosaaso trouvait l'ensemble des généralisations de la Danoise particulièrement éclairant ; mais quand elle en venait à des exemples précis, tout son appareil logique commençait à se désagréger.

À un moment donné, Ingrid avait dit : « Ce service en porcelaine, par exemple, a survécu pendant presque dix ans entre les mains soigneuses d'Européens qui savaient apprécier un tel trésor. » Puis, ajoutant une note de déception à sa remarque, Ingrid avait ajouté : « Cela me rend triste de savoir que vous, Yussur, allez peut-être vous comporter comme ces Africains à qui il manque quelque chose pour pouvoir apprécier les dons technologiques et culturels qui leur sont faits. » Et elle sourit à Bosaaso dont la joue avait été la cible d'une boule volante de salive.

Yussur avait caressé légèrement son corps enceint, comme pour lui offrir une petite tape encourageante. Se tournant vers Ingrid, et ne témoignant apparemment aucun ressentiment devant ces remarques péjoratives sur les Africains, mais au contraire, les acceptant sans broncher, Yussur avait demandé : « Donc cette vaisselle que vous avez vendue à mon mari et à moi pour presque rien est pratiquement un cadeau ?

– Pratiquement un cadeau, oui.

– Dites-moi, Ingrid, continua Yussur, si vous vendez vos cadeaux en dollars américains, qui en monnaie locale valent plus que le salaire d'un fonctionnaire en fin de carrière, comment donc allez-vous pouvoir appeler les dons que les organisations gouvernementales ou non gouvernementales font à mon gouvernement et à son peuple affamé, receveur d'aumônes ?

– Nous appelons cela de "l'aide". Cela peut prendre la forme de nourriture d'urgence ou d'assistance technique ou de crédits à rembourser plus tard, ou de prêts à long terme. Il y a des appellations différentes, selon la situation spécifique. Ingrid continuait, imperturbable.

– Nous recevons, dit Yussur, très clairement, vous donnez.

– De façon générale, oui. c'est bien cela.

– Pourquoi donner, Ingrid ? »

Ingrid se tut, interloquée, et Yussur lui demanda : « Quel intérêt votre peuple a-t-il à donner à mon peuple ?

– C'est que nous avons des choses dont vous les Africains avez besoin. »

Yussur dit : « Mais c'est ridicule. »

Ce fut au tour d'Ingrid de se sentir offensée. « Qu'y a-t-il de ridicule dans ce que je viens de dire ?

– Vous n'allez certainement pas donner un objet auquel vous tenez simplement parce que quelqu'un ne l'a pas ou en a besoin ? »

Silence. Yussur chercha le regard de Bosaaso et reçut en réponse un hochement de tête approbateur. Mais Ingrid n'entendait pas en rester là : « Venir en aide c'est venir en aide, plus ou moins bien, même s'il y a des contreparties et quels que soient les termes de cette démarche. Il y a ce que vous dites, et il y a ce dont vous avez besoin, vous les Africains. J'en ai assez d'écouter toutes ces bêtises. Pourquoi demander de l'aide si vous n'avez pas envie d'en recevoir ? Les grands titres de vos journaux sont pleins des appels à l'aide de votre gouvernement, qui demande encore plus d'aide, encore plus de prêts. Ça n'a pas de sens. »

Yussur sentait ses jambes s'engourdir. Pour y faire revenir la circulation, elle se leva et se mit à marcher de long en large tout en parlant.

« Mon mari m'a dit tout récemment que les États-Unis, le pays le plus riche du monde, avait donné entre 1953 et 1971 une soi-disant aide économique d'une valeur de quatre-vingt-dix millions de dollars à la Somalie, l'un des pays les plus pauvres du monde. Plus de soixante millions de cette action de soi-disant aide devaient aller au financement de projets de développement, comprenant la formation des maîtres et un système d'adduction d'eau pour la cité de Mogadiscio. Mais savez-vous que presque vingt millions de dollars consistaient en des produits alimentaires produits aux USA par les fermiers américains, produits qui nous sont donnés dans des sacs sur lesquels sont écrits les mots DONS DES USA À LA RÉPUBLIQUE DE SOMALIE ? Et, bien sûr, il nous faut déduire de cela les salaires des Américains qui travaillent ici et vivent comme des seigneurs dans un luxe qu'ils ne trouveraient jamais chez eux. Pourquoi devons-nous accepter une situation aussi absurde qu'intolérable ?

– Ce n'est pas à moi qu'il faut le demander, répliqua Ingrid, haussant les épaules.

– À qui dois-je le demander ?

– À vous-mêmes. »

Bosaaso avait hoché la tête d'un air pensif, gardant le silence.

Yussur continua, changeant de ton : « L'autre jour, je rappelais à Bosaaso un proverbe somali : "*Qeebiyaa qada*".

Peux-tu le traduire en anglais pour Ingrid ? » Les deux femmes se tournèrent vers lui.

Il avait réfléchi un instant, puis avait dit : « Je pourrais le traduire à peu près comme ceci : Celui qui distribue ce que le sort lui offre ne reçoit pas une grande part pour lui-même. » Souriant, il se dit que ceci était jusque-là sa seule contribution à la conversation.

Yussur dit : « Ce que j'essaye de dire, ma chère Ingrid, c'est que la langue d'un peuple résulte de son attitude envers le monde où il se trouve. Maintenant, est-ce que vous pouvez comprendre comme cela m'irrite de vous entendre dire de ce service que nous avons payé dix dollars américains que c'est un cadeau ?

– Vous avez droit à votre opinion et moi à la mienne », répondit Ingrid.

À cet instant, Yussur ressentit les premières contractions et ses traits se tordirent de douleur, tout son corps se tendit, gémissant. Comme vacillante, elle cherchait une chaise, elle pivota. L'ironie tragique voulut que dans ce moment d'aveuglement douloureux, elle brisât une tasse de porcelaine.

Bosaaso la conduisit en hâte à l'hôpital. Ce fut un accouchement pénible, le premier de Yussur et il dura plusieurs jours. C'est à cette occasion que Bosaaso et Duniya firent connaissance. Yussur donna naissance à un garçon vigoureux portant le nom du docteur Mire, mais elle n'avait pas suffisamment de lait et il fallut apporter un supplément. Cela ne l'aurait pas gênée outre mesure si ne lui étaient alors revenus en mémoire les souvenirs traumatisants de son propre sevrage, quand on l'avait arrachée du sein maternel. Des incidents que Yussur avait complètement oubliés revinrent la hanter avec une clarté effrayante, y compris le jour où elle avait surpris sa mère qui confiait à une voisine à quel point elle avait plaisir à nourrir, de ses seins lourds de lait, sa fille Yussur, âgée alors de quatre ans, plus de plaisir qu'à faire l'amour avec son mari, le père de l'enfant.

Déprimée, Yussur ne supportait pas bien ses angoisses. Elle faisait une montagne de cette légère incapacité, prédisant un avenir sombre au bébé que pourtant elle adorait. Son identité de mère était blessée et elle s'enfonça dans la morosité, perdant toute volonté.

Parce que Yussur était de constitution fragile et ne voulait rencontrer personne, elle demanda à Bosaaso de chercher conseil auprès du docteur Mire. On lui prescrivit des remèdes et du repos au lit. Mire fit venir un psychiatre qui eut une longue conversation avec Yussur. Toutes ces démarches furent d'un certain secours. Pendant un certain temps, elle se comporta en personne qui a des besoins normaux, heureuse d'être seule avec son mari et son bébé, et insistant pour sortir de l'hôpital où elle occupait une chambre privée. Puisque Mire n'était pas à Mogadiscio, d'autres docteurs acceptèrent de signer les formulaires la concernant.

Personne ne s'était rendu compte que Yussur était sujette à des accès d'une dépression profonde comme la mort. Pour surmonter ces moments de tension, elle avait l'habitude de s'enfermer à clef dans la chambre principale où elle se sentait en sécurité, et coupée aussi de sa mère et de sa sœur qui venaient souvent la voir en passant. Sa mère parlait, posait des questions, suggérait des remèdes absurdes pour les maux de Yussur, craignant que meure cette fille aux œufs d'or ou que quelque chose arrive au bébé : car dans ce cas Bosaaso cesserait d'entretenir la mère et la sœur. Yussur ne voulait voir personne, excepté son bébé, son Bosaaso et sa servante.

Dans un des rares moments paisibles où elle était moins mélancolique, Yussur demanda à Bosaaso : « Ça ne te fait rien d'être seul avec moi et le bébé dans cette immense maison, coupé du reste du monde ? Ça te gêne, Bo ?

– Bien sûr que non, avait-il dit.

– Tu ne penses quand même pas que je suis folle ?

– Bien sûr que non. »

Discrètement efficace, la servante s'occupait de Yussur et de son bébé. Comme elle était mère de plusieurs enfants déjà grands, elle se permettait de lui donner quelques conseils d'une voix douce et se comportait avec bon sens chaque fois que Yussur avait des paroles un peu vives, discourtoise comme seuls le sont parfois les jeunes.

La sonnette de la porte d'entrée tintait nuit et jour, à n'importe quelle heure. C'étaient la mère et la sœur de Yussur qui désiraient entrer. Quand personne ne répondait, les deux femmes en concluaient que le contact était défectueux ou que le courant était coupé, alors elles se mettaient à tambouriner si fort sur la porte que l'on aurait pu les prendre pour des officiers de police se préparant à donner l'assaut. Ne recevant pas de réponse, elles campaient dans la cour de devant, sous un arbre, près du portail.

Le docteur Mire arriva deux jours plus tard ; on l'accueillit immédiatement. Bosaaso sortit de la maison pour que la voiture de Mire puisse entrer dans la cour. Trois heures après, ils revinrent, accompagnés d'un neurologue, et furent surpris de trouver toutes les portes ouvertes et les servantes qui se lamentaient. Les trois femmes pleuraient la mort de Yussur et du jeune Mire.

Les versions des événements données par la servante et la mère de Yussur divergeaient quant aux détails essentiels aussi bien que sur le fond. Apparemment la servante, touchée dans son cœur de mère, avait laissé entrer la vieille femme et la sœur immédiatement après le départ de la voiture du docteur.

Dans les deux versions, il y a un balcon qui domine le jardin, et Yussur debout sur ce balcon. Et dans les deux cas, Yussur serre son bébé dans ses bras, disant : « Tu veux être gentil et aller cueillir cette fleur là-bas toute seule dans le jardin pour me la donner ? »

Mais à partir de là, les versions diffèrent. Dans le récit de la mère, Yussur s'éloigne, se penche pour poser le bébé dans son berceau, puis change d'avis et revient sur le balcon d'où elle demande à son fils d'aller lui cueillir la fleur. Là se termine l'histoire de la mère. Dans celle de la servante, il ne s'écoule pas une minute entre le moment où Yussur fait cette étrange requête à un bébé qui n'a pas une semaine et l'instant où elle le jette pour qu'il lui donne « cette fleur là-bas toute seule ». La servante évoqua un éclair de folie illuminant le regard de Yussur entre le moment où elle prononça le mot « donner » et sa chute mortelle. Où donc était la jeune sœur de Yussur ? Eh bien, elle était allée voir la garde-robe de sa sœur pour essayer une robe, parce qu'elle était invitée à une soirée – soirée qu'elle manqua.

Toutes les versions convergent sur un point : Yussur et Mire, son bébé, moururent.

MOGADISCIO (SONNA, 1er août)
Liv Ullmann vient d'être nommée Ambassadeur extraordinaire des Nations Unies et dans ce nouveau rôle elle s'est rendue dans plusieurs pays d'Afrique subsaharienne.

Un des aspects de sa charge sera de voyager sans confort dans des avions transportant des céréales, des médicaments et d'autres produits de première nécessité envoyés en urgence dans les zones affectées par la famine et la malnutrition. Ms. Ullmann a dit qu'elle était heureuse chaque fois qu'elle voyait un sourire se dessiner et illuminer le visage d'un enfant, heureuse quand elle voyait un enfant reprendre espoir dans sa propre survie. Dans sa mission charitable, Ms. Ullmann va visiter certains centres de nutrition et des projets liés aux réfugiés dans tout le continent, dont on dit qu'il héberge la plus grande proportion de personnes déplacées au monde.

CHAPITRE VI

Duniya se réveille d'un rêve dans lequel Bosaaso lui raconte une histoire. Elle a des conversations matinales avec Nasiiba et Mataan. Et on lui prête un article de la veille tiré du quotidien national.

DUNIYA se réveilla au bruit d'un verrou que l'on tirait bruyamment. Un instant après, elle entendit un bâillement à décrocher la mâchoire, puis des pas qui approchaient et s'éloignaient. La porte qui donnait sur la rue fut ensuite ouverte à toute volée et la chaleur du soleil matinal pénétra à grands pas dans la pièce. Une bouffée d'air chaud lécha la partie du visage de Duniya exposée à ces premiers rayons, l'embrasant d'un coup.

« Il est l'heure de te lever, Maman », dit Nasiiba.

Pourquoi donc Nasiiba était-elle debout et active à une heure si matinale, plus tôt que son jumeau qui s'était attiré le surnom de « réveil-matin familial », et pourquoi insistait-elle pour que le reste du monde se lève aussi ?

« Secoue-toi, cesse de paresser au lit, Maman », claironna Nasiiba.

Duniya ne bougea pas.

« Mais qu'est-ce qui vous prend tous aujourd'hui ? »

Le soleil était maintenant très chaud, loin de ses premiers balbutiements. Duniya aurait voulu prolonger encore le confort douillet du sommeil et reprendre son rêve interrompu. Mais pas question de se rendormir. Nasiiba expliquait à voix bien haute qu'elle s'était levée avant sa mère et son frère, bien que s'étant couchée la dernière. Duniya se demanda si sa fille n'avait pas quelque idée qui lui trottait dans la tête – qu'est-ce que cela pouvait bien être ?

« Maman,

– Non », répondit Duniya. La réponse fusa toute seule.

« Qu'est-ce que tu dis ? Tu dis non à quoi ? » demanda Nasiiba.

Comme les jeunes sont donc peu attentionnés, songea Duniya, ils ne pensent qu'à eux. Elle se rappela le proverbe somali qui dit que vos enfants ne sont pas vos parents – les attentions des enfants sont un puits peu profond dont la générosité se tarit très vite.

« J'ai quelque chose à te dire », dit Nasiiba, avec une certaine urgence dans la voix.

Duniya n'avait pas envie qu'on lui dise quoi que ce soit.

« Ça ne sera pas long, je te le promets. »

Tout cela était égal à Duniya.

« Ouvre les yeux et écoute-moi.

– Non, répondit Duniya.

– Tu es d'humeur bien négative aujourd'hui. »

Duniya garda le silence.

« J'ai quelque chose d'important à te dire, Maman. »

Duniya demeurait immobile et silencieuse. Une de ses oreilles commençait à se remplir d'air et cela lui faisait un peu mal ; l'autre oreille n'entendait rien du tout, comme si elle souffrait d'une crise soudaine de la maladie de Ménière. Son corps se laissa glisser un bref moment dans cette zone ambiguë entre torpeur et sommeil tandis qu'elle se rappelait son rêve, dans lequel Bosaaso lui avait raconté comment sa femme avait ressuscité d'entre les morts et où elle avait vu un bébé serrant très fort une fleur solitaire dans ses doigts aux ongles longs. Ce bébé était né sans anus et comme il n'y avait pas dans la ville de chirurgien capable d'effectuer cette opération, il était mort, sans personne pour le pleurer.

Nasiiba, elle, disait : « Tu ne vas pas travailler aujourd'hui, Maman ? »

La décision de Duniya fut immédiate. Elle dit : « Non. » Il y eut un bref silence. « Et toi ? Tu ne vas pas au lycée ? demanda-t-elle.

– Je n'y vais pas, répondit Nasiiba.

– Pourquoi ?

– Parce que je n'irai pas », fut la réponse typique de Nasiiba.

Duniya se découvrit le visage et ses yeux cillèrent, lui faisant un peu mal jusqu'à ce qu'il s'habituent à l'éclat du soleil éblouissant.

Les deux femmes se tournèrent alors vers la porte de leur chambre, qui était grande ouverte sur la cour centrale. Un courant d'air furtif passa sur le visage de Duniya et sortit par la fenêtre. Annoncé par des pas maladroits, Maatan les héla pour leur dire bonjour. Nasiiba ne le salua pas en retour. Duniya pouvait imaginer la réaction de son fils étonné, bouche bée. Elle le voyait en esprit, interloqué, dévisageant sa sœur.

« Bonjour, Mère », dit Maatan, d'une voix plus forte.

Les pensées de Duniya étaient occupées ailleurs, elle essayait de déterminer si elle avait vu un moineau replier ses ailes et tomber du ciel sur la terre.

Puisque Duniya ne répondait pas aux salutations de son fils, Nasiiba en profita pour dire : « Notre mère a un comportement bizarre ce matin, Mataan ; elle agit comme un enfant qui refuse de manger et dit non à tout.

– N'as-tu aucun respect pour les parents, chère sœur jumelle ?

– Et toi, tu sais ce que c'est, le respect ? répliqua Nasiiba.

– Je te suggère seulement de montrer du respect à ta mère, dit-il.

– Et je te réponds seulement que cela ne te regarde pas, fit Nasiiba sur le même ton.

– C'est à croire… », commença-t-il, mais il abandonna son raisonnement au milieu de la phrase. Il s'éloigna presque sans faire de bruit, comme un cambrioleur qui quitte sur la pointe des pieds la maison dans laquelle il s'est introduit par erreur.

« Mataan ? » l'appela Duniya pour le faire revenir. Elle se rappelait que la veille au soir il n'était pas rentré à bicyclette mais dans la voiture d'une femme.

« Oui, Maman ? » Discrètement, il se tenait là où elle ne pouvait le voir. Il n'aurait jamais eu l'idée d'entrer dans une pièce sans frapper, même quand la porte était grande ouverte.

Comme elle ne répondait pas, il dit : « Je voulais te parler quand je suis rentré hier soir, Maman », d'une voix qui se faisait plus sourde.

Elle attendit, espérant qu'il allait lui parler de la femme qui l'accompagnait.

« C'est à propos de ma bicyclette, Maman, continua-t-il. Hier, comme je rentrais, un homme, en faisant une marche arrière avec sa voiture, m'a renversé. Je voulais te le dire quand je suis rentré à la maison. »

Elle se releva en sursaut sur son lit, inquiète : « Tu t'es fait mal ? Elle s'enveloppa d'un drap. Approche-toi, fais-moi voir un peu. »

Mataan était grand et très mince. Au collège on le surnommait Longo, ce qui veut dire « long » en italien. Il indiqua ses coudes couverts de bleus, ses genoux, de même qu'un endroit un peu violacé sur sa cage thoracique… « Ça ne m'a pas fait très mal, dit-il.

– Si seulement tu ne faisais pas de vélo la nuit sans éclairage.

– Mais j'avais mis l'éclairage, Maman, dit-il.

– Alors pourquoi est-ce qu'il ne t'a pas vu ?

– Parce que lui il n'avait pas d'éclairage.

– Est-ce que tu as vu cet homme qui t'est rentré dedans ? Tu as pris les détails de son assurance et tout le reste ? » demanda Duniya.

Mataan fit signe que oui.

« Et où est ton vélo maintenant ? s'enquit sa mère.

– Chez un ami », dit-il.

Nasiiba, qui s'était retenue jusqu'à présent, dit : « Demande-lui de te dire le nom de cet ami chez qui il a laissé sa bicyclette, Maman. »

Mataan et Duniya lui jetèrent tous les deux un regard de reproche.

« Pourquoi est-ce que tu me regardes comme cela, comme si j'avais égorgé ta chamelle favorite ? C'est à ma mère que je parle.

– Tu es vraiment ridicule », dit-il, s'étranglant à moitié sur ce dernier mot.

Duniya supplia ses enfants : « Je vous en prie, pas de dispute. »

Nasiiba était blême de rage. « Maman, peux-tu m'expliquer pourquoi tu refuses de me parler alors que tu bavardes avec Mataan comme une commère au marché ?

– Parce qu'il s'est fait mal dans un accident de bicyclette.

– Si ça avait été moi, tu n'y aurais pas même fait attention.

– Et pourquoi cela ? demanda Mataan.

– Parce que tu es son fils et que je suis sa fille », dit Nasiiba.

Le dialogue entre les jumeaux fit penser à Duniya que depuis plusieurs nuits Nasiiba grinçait des dents dans son sommeil, peut-être parce qu'elle était rongée par un vrai souci.

Manifestement furieuse, Nasiiba enfilait des jeans.

« Où vas-tu ? demanda Duniya.

– Là où l'on me répondra quand je prendrai la parole.

– J'ai préparé le petit déjeuner, tu ne veux pas manger ? » demanda Mataan.

Nasiiba quitta la pièce, comme si elle était en retard pour un rendez-vous.

Après avoir déjeuné, Duniya lut l'article écrit la veille par Taariq dans le journal :

L'histoire d'une vache.

Ceci est une histoire vraie. Elle s'est passée dans un village dans le Juba inférieur en Somalie et concerne deux famille liées par le mariage et par le sang. Je resterai vague quant à leur identité, bien qu'assez précis pour dire que cela s'est passé au plus fort de la plus grande famine du siècle dans la Corne de l'Afrique.

Ce furent des mois difficiles, en particulier pour celui qui avait fait vœu non seulement de survivre à la famine, mais, de plus, de s'en sortir avec son intégrité intacte. Beaucoup cédèrent à la faim ou à d'autres formes de pression, beaucoup de ceux qui se considéraient comme bons, honnêtes et incorruptibles découvrirent à leur surprise et à leur tristesse que les famines rendent la quête d'un tel idéal un brin téméraire, pour ne pas dire discutable.

Dans ce village vivaient deux familles très nombreuses dont les concessions se faisaient face, dont les enfants jouaient ensemble, dont les jeunes gens et les jeunes filles dansaient ensemble et même se mariaient entre eux. Avant la famine, personne n'a souvenir que la moindre querelle, que ce soit pour rire ou pour de bon, ait jamais commencé entre les membres de ces concessions sans que l'on y mette fin immédiatement. Des désaccords qui auraient pu engendrer des frictions étaient enterrés avant que quiconque ait le temps de faire des commentaires, des soupçons étaient lavés avant qu'ils aient pu semer des germes de haine dans l'esprit de quiconque, enfant ou adulte, homme ou femme.

Puis vint la famine. Les premiers neuf mois décimèrent le bétail, il n'y eut plus qu'une poignée de bêtes efflanquées. Pendant ce temps, la terre ne produisait guère. On voyait des vaches émaciées dont les os saillaient tellement que les corbeaux, les prenant pour des brindilles sèches d'eucalyptus, se perchaient dessus.

Pour hâter le cours de cette histoire, concentrons-nous sur deux chefs de famille représentatifs, et en accord avec les mœurs d'aujourd'hui, nous assumerons que ce sont des hommes. Disons que l'un s'appelle Musa et l'autre Harun. Nous sauterons les détails inutiles et prendrons notre récit au moment où il ne reste plus qu'une vache et où toutes les autres familles ont quitté la région pour se rendre dans des centres de nutrition gérés par l'aide internationale. La vache qui avait survécu appartenait à Harun.

Pendant plusieurs jours, les deux familles partagèrent la petite quantité de lait produite par cette vache affamée, y ajoutant des fruits du désert cueillis par Musa dont c'était la contribution.

À la suggestion que sa famille et lui feraient mieux de se mettre en marche vers le centre nutritionnel de l'UNICEF le plus proche, Musa répondit qu'ils préféraient mourir que d'accepter en aumône du grain venant d'ailleurs, donné par des infidèles pour lesquels il n'avait guère de respect – quant à leur religion et leurs mœurs, il les contestait ou les condamnait et, en fait, il doutait de leur humanité.

La terre a certains moyens de subvenir aux besoins de ceux qui font confiance en sa générosité. Musa ne cessait de s'étonner de tout ce qui était disponible. Il allait se promener et tombait sur un lapin tapi dans l'ombre d'un acacia poussiéreux, ou trouvait un pigeon bien gras blotti dans la chaleur d'un nid de fortune comme s'il l'attendait ; de temps en temps une petite antilope dik-dik lui courait après, s'offrant à lui. En échange de cette viande, Harun donnait à la très jeune fille de Musa assez de lait pour humecter sa gorge sèche. Musa, cependant, divisait tout ce que lui donnait la nature en deux moitiés égales, une pour lui, une pour Harun. Un jour, la nature fut à bout de ces dons qui surprenaient Musa. Et la vache donnait si peu de lait qu'Harun déclara qu'il ne pouvait se permettre d'en préserver une goutte pour le bébé de Musa. Vint l'aube du deuxième jour, une autre nuit tomba ; la vache produisit encore moins de lait qu'avant, pas assez pour les besoins immédiats de la famille d'Harun. Musa adressa une prière à Dieu, dont on dit que de temps en temps il prend aux riches pour donner aux pauvres. Il pria et attendit.

Le troisième jour, un événement inhabituel se produisit. La vache entra dans la concession de Musa et refusa de s'en faire déloger. Ni les coups ni la douceur ne purent la convaincre de revenir à son propriétaire légal. Étant de tempérament généreux, Musa accepta que l'on traie l'animal là, dans sa concession, bien qu'Harun lui eût dit très clairement qu'il ne fallait pas compter sur une goutte de lait. Toute cette nuit-là, Musa écouta les pleurs de faim de ses enfants et les malédictions furieuses de sa femme. Mais juste après minuit, ils entendirent frapper à leur porte. Avec un mélange d'angoisse et de curiosité, Musa alla ouvrir. Quelle ne fut pas sa surprise de voir la vache qui insistait pour qu'on la traie. Que fallait-il faire ? Sa femme fit remarquer que la fortune favorise les faibles d'entre les hommes, ceux qui ne savent pas la saisir quand elle s'offre. Quant à lui, Musa avait fait le vœu de ne jamais voler. Il referma la porte, laissant la vache où elle était, sans la traire.

Le lendemain matin, il expliqua à Harun ce qui s'était passé, mais Harun l'accusa de vol et de mensonge. La femme de Musa lui dit : « Qu'est-ce que je t'avais dit ? » Mais quand Harun essaya de traire la vache ce jour-là, ce fut une autre surprise. La vache ne voulait absolument pas qu'il la touche.

Ne sachant que faire, Harun fit appel à Musa qui offrit de traire la vache à sa place. Mais allait-il le faire pour rien ?

Harun dit : « Un tiers de sa production t'appartient. »

Musa s'approcha prudemment de la vache. Elle était toujours placide, avec ses yeux grands ouverts comme des oignons venant d'une terre fertile. Et elle ne donna pas de coups de pied mais se soumit à ses caresses savantes, ses mamelles devenant plus pleines à chaque seconde. Sans pouvoir expliquer pourquoi, même à sa femme, Musa donna un nom à la vache : il l'appela Marwa ! En bref, elle offrit trois fois la quantité qu'elle produisait avant la famine. Les deux tiers allèrent à Harun et un tiers, comme convenu, à Musa.

Mais Harun n'était pas satisfait. Il raisonnait ainsi : « Si Musa est un magicien et appelle la vache Marwa, nom auquel elle répond avec bienveillance, je peux en faire autant. »

Cependant, quand ce soir-là Harun appela la vache Marwa, elle lui donna un tel coup de pied sur le tibia qu'il laissa tomber la jatte de lait qui se fracassa. Musa indiqua qu'il était prêt, généreusement, à essayer de nouveau. Il put traire la vache qui cette fois-ci lui donna quatre fois plus de lait qu'avant, et il l'appela alors Safa. Cependant il jura à sa femme qu'à chaque fois il n'avait pas su comment il allait appeler l'animal, si ce n'est au moment même où il avait prononcé le nom qui convenait. Ce soir-là, un groupe de voyageurs rendit visite aux deux familles à l'improviste. C'était la nuit du Qadr, pour les croyants la nuit la plus bénie de l'année, et les hommes des autres hameaux firent des commentaires sur l'abondance du lait de la vache. Toute la nuit Musa garda le silence. Mais pas Harun ; il parla beaucoup, se vantant de ce que la vache lui appartenait. Un des hommes fit part de son étonnement : si la vache était à lui, pourquoi se trouvait-elle dans la concession de son voisin ? Harun répondit qu'elle préférait loger chez son ami : « Tu sais ce que c'est avec les vaches », dit Harun, essayant un ton badin, avec un rire gêné.

Le lendemain matin, la vache n'était plus là. Les voyageurs donnèrent leur parole qu'ils avaient vu sortir de la concession de Musa non une vache mais un homme, grand et beau, revêtu de la sainte tunique blanche de la mosquée du vendredi.

C'est alors qu'il se mit à pleuvoir abondamment, et qu'il y eut une période de répit où la famine disparut, amélioration malgré tout progressive. Les autres familles s'en retournèrent chez elles, moins nombreuses, car certains étaient morts de faim en se rendant aux centres de nutrition, et d'autres décidèrent de rester dans les cités où la famine les avait chassés.

Harun et Musa écoutèrent leurs récits. Quand vint leur tour, Harun raconta sa version des faits, mais Musa refusa d'ouvrir la bouche. Quelqu'un demanda à Musa s'il était vrai que Khadr, le saint qui accomplit des miracles, l'alter ego d'Élysée (Elijah ?), s'était transformé en vache pour les éprouver ?

Musa ne fit aucun commentaire.

Taariq Axmad.

Bizarrement, Duniya entra dans une certaine agitation dès qu'elle eut fini de lire cet article et, en une minute, elle se prit à mettre la chambre sens dessus dessous, vidant tiroirs et placards. Et pourtant elle ignorait pourquoi elle agissait ainsi, ne savait pas du tout ce qui lui prenait, ou ce qu'elle cherchait.

Elle ouvrit tous les tiroirs de sa fille, l'un après l'autre, replaçant méticuleusement les objets là où elle les avait trouvés. Dans le second tiroir, elle tomba sur un magazine iranien pour femmes musulmanes, *Mahjouba*, bien caché sous une pile de sous-vêtements sales. Duniya soupçonna que le numéro de ce magazine d'un islamisme radical était là pour quelque raison bien éloignée de la piété, et ne fut pas surprise quand sa fouille fut récompensée par une liasse de billets de banque somaliens, attachés par un élastique. Un instant, Duniya parut complètement découragée ; elle ne comprenait pas ce qui lui arrivait.

Elle ne se remit de ce choc qu'après avoir compté l'argent et s'être rappelé qu'elle l'avait elle-même donné à Nasiiba pour qu'elle règle ce que la famille devait pour le mois au magasin du quartier. Est-ce que cela signifiait que Nasiiba avait oublié de payer pour le mois dernier ?

Complètement exaspérée, Duniya se changea pour sortir et parcourut les quelques centaines de mètres jusqu'au magasin. Elle était muette, incapable de rendre les salutations des voisins, la langue inerte dans sa bouche. Mais le magasin était fermé pour la journée parce que le propriétaire était en déplacement.

Duniya rentra chez elle, plus furieuse qu'avant.

DEUXIÈME PARTIE

UN BÉBÉ DANS UNE POUBELLE

CHAPITRE VII

Duniya rentre chez elle pour découvrir qu'un bébé, apparemment abandonné par sa mère, a été trouvé par sa fille.

DUNIYA trébucha et faillit tomber en avant, reprenant l'équilibre juste à temps. Elle pénétrait dans la maison quand, le pied à peine tenu par des sandales découvertes, elle heurta le bout exposé de ses orteils contre le seuil et se fit très mal. Appelant par quelques jurons coraniques bien sentis la malédiction sur les mauvais djinns qui s'étaient mis en travers de son chemin et l'avaient fait se cogner, Duniya se pencha pour tâter l'ongle de son gros orteil qui était ébréché. Qu'est-ce qui la rendait si maladroite et si vacillante ? Elle tomba par hasard sur le souvenir récent de sa maladresse, hier, dans le cabinet du docteur Mire quand elle avait tout fait tomber. Elle se rappela aussi comme elle avait basculé la tête la première en trébuchant sur le mur de brique de Taariq le soir où ils avaient décidé de se marier. Et elle ne put éviter de revoir l'image de Zubair, son premier mari, sa démarche hésitante dans la maison, sa façon de renverser tous les objets avec sa canne d'aveugle. Duniya se fit la promesse solennelle de garder l'équilibre et de ne plus tomber.

À ce moment précis, elle fut prise d'un vertige encore

plus déroutant et elle perçut la présence d'un esprit qui rendait à sa maison une visite invisible. Elle ne pouvait s'expliquer comment elle en était venue à une telle conclusion, mais était sûre d'être le témoin privilégié d'un événement extraordinaire.

Et soudain elle entendit distinctement les gémissements d'un bébé qui affirmait son existence, des pleurs légers qui venaient de la chambre qu'elle partageait avec Nasiiba. Peut-être qu'elle s'imaginait être encore à l'hôpital, où l'on venait probablement de mettre au monde un nouveau-né, qui émettait ce cri aussi doux que le placenta. Elle se dirigea vers la porte ouverte, remettant les questions à plus tard. Elle resta immobile quelques secondes sur le seuil, le temps de voir un bébé enveloppé dans une serviette-éponge couché sur les genoux de Nasiiba. Un court instant, Duniya fut sur le point de prononcer des paroles terribles mais la minute d'après, la langue brusquement pesante comme une tortue, tout ce qu'elle put dire fut : « Comme il est mignon ! » Elle tendit les bras pour le recevoir. Nasiiba ne semblait guère décidée à se séparer du bébé.

« Je l'ai trouvé, dit la jeune fille.

– Donne-le-moi, demanda Duniya.

– C'est un garçon », dit Nasiiba en tendant le bébé.

Duniya fit des efforts pour reprendre son souffle tandis qu'elle prenait le bébé dans ses bras et s'asseyait avec la lenteur délibérée d'une personne profondément troublée. Est-ce que ce bébé ressemblait en rien à celui de son rêve ? Nasiiba brûlait de lui dire quelque chose, mais elle n'y prêta aucune attention.

Comme elle restait ainsi assise, une contraction musculaire rappela à Duniya les douleurs de l'enfantement, à plus de dix-sept ans de là. Elle se rappela aussi que ces derniers temps elle avait reçu plusieurs visites mystérieuses, des oiseaux et d'autres créatures. Elle décida de ne pas être comme le mauvais nageur du proverbe qui, quand il se noie se raccroche à l'écume à la surface de l'eau même qui le tue.

Non, elle n'allait pas poser de questions à Nasiiba, elle n'avait aucune envie d'établir l'identité de l'enfant trouvé ou de tenter de savoir où on l'avait ramassé. Le moment viendrait bien assez tôt où tout cela se mettrait en place.

Elle écouta à peine les explications terre à terre de Nasiiba sur l'endroit où elle avait par hasard découvert le bébé et l'état de saleté où il se trouvait, mais elle ne put s'empêcher de se rappeler l'histoire de Musa et Harun publiée dans le journal, histoire dans laquelle l'alter-ego d'Élysée, le prophète Khadr dans la mythologie islamique, s'était métamorphosé en vache, peut-être pour tester leur résistance. Est-ce que Khadr avait maintenant choisi de pénétrer chez elle sous la forme d'un bébé abandonné près d'une poubelle ?

À peine un examen rapide lui eut-il confirmé que le bébé avait bien un anus qu'ils entendirent une voix d'homme qui criait de loin les salutations somalies. Le nouveau visiteur étant Bosaaso, Duniya lui dit : « Entrez, je vous prie. »

Nasiiba se redressa, tendue et nerveuse comme si cet homme venait pour réclamer l'enfant trouvé et l'emmener. En ce qui concernait Duniya, trop de pensées nouvelles réclamaient son attention ; il lui fallait les traiter l'une après l'autre. Elle aurait bien voulu savoir si chacun des éléments isolés faisait partie d'une même chaîne d'incidents, liant étroitement son sort à celui de Bosaaso.

Pour l'instant, Bosaaso se tenait sur le seuil. Son regard se porta de Nasiiba qui s'était levée, à Duniya, puis au bébé. Après un moment d'hésitation, il reprit confiance quand il put conclure que le bébé n'appartenait ni à Duniya ni à sa fille. Cela devait avoir un lien avec le travail de Duniya, mais il ne pouvait pas dire lequel. Il avait été à l'hôpital et le docteur Mire avait deviné que la raison pour laquelle son infirmière-chef ne s'était pas présentée à son service aujourd'hui était certainement qu'elle n'avait pas trouvé de moyen de transport.

Nasiiba dit à Bosaaso : « Nous l'avons trouvé.

– Ah bon ? » dit-il d'un air aussi dégagé que s'il était au courant depuis le début. Il salua Nasiiba d'un signe de tête et elle répondit à son salut, chacun reconnaissant la présence de l'autre. Il était difficile de croire qu'ils ne s'étaient jamais rencontrés auparavant et que Bosaaso n'avait jamais mis le pied dans cette pièce. Voici qu'il examinait le bébé de près, se concentrant sur son poing fermé ; il demanda à Duniya : « Où l'avez-vous trouvé ?

– C'est Nasiiba, dit-elle, avec l'air solennel de quelqu'un qui présente un membre de la belle-famille à un autre. Bosaaso et Nasiiba échangèrent un sourire.

– Où ? » demanda Bosaaso, traversant la pièce pour aller s'asseoir dans le fauteuil de l'autre côté du petit mur de pierre, faisant face à Nasiiba.

Elle lui dit où.

Il resta silencieux, la tête baissée. Puis il parcourut des yeux toute la pièce avec l'air satisfait d'un habitué. Il était ici chez lui, complètement à l'aise.

C'est dans cette atmosphère que Mataan entra, poussant sa bicyclette avec sa roue voilée, le visage pincé de surprise quand il aperçut sa mère et sa sœur en compagnie d'un homme qu'il n'avait jamais vu. Il vit alors le bébé. Après un bref moment de réflexion, il décida que l'homme et le bébé allaient ensemble.

Il marmonna : « Je m'excuse », fit demi-tour et se préparait à repartir en poussant sa bicyclette à la roue voilée quand sa mère le fit revenir, lui expliquant l'affaire de l'enfant trouvé pour ensuite le présenter à Bosaaso.

Quelqu'un nomma l'enfant trouvé Magaclaawe, ce qui veut dire « Celui qui n'a pas de nom ». Par la suite, Nasiiba et Mataan ne purent se mettre d'accord sur celui qui avait eu l'idée de ce nom, acceptant cependant de reconnaître l'heure où ce nom avait été donné : au début de l'après-midi, après que Duniya avait dit, à la grande joie de

Nasiiba et de Bosaaso et à la grande surprise de Mataan, qu'elle allait le garder. Nasiiba n'avait pas insisté pour que sa mère prenne cette décision ; elle savait très bien que cela aurait eu le résultat inverse du résultat escompté. Mataan admit plus tard qu'il n'avait même pas envisagé la question, tandis que Bosaaso, qui y avait réfléchi, pensait qu'à cette époque il n'était pas assez proche de Duniya pour qu'elle prenne en compte ses conseils. Mais il était clair que tous étaient très enthousiastes. Quand Nasiiba produisit un berceau pour Magaclaawe, Bosaaso fut tenté de leur offrir la layette qui avait appartenu à son fils maintenant disparu, mais il n'en fit rien de peur que Duniya le prenne mal.

Les bruits que faisait l'enfant trouvé en têtant, aussi touchants que ceux d'un animal affamé, firent penser à Duniya à la notion somalie de *ilmo jinni*, l'enfant des djinns. Cette idée entraîna dans son sillage tout un assortiment de souvenirs, y compris celui de la première femme de Zubair que l'on avait soupçonnée d'avoir une liaison avec un djinn. Bien que Duniya essayât de les ignorer, toutes ces images ne cessaient de l'assaillir. Par exemple, comment se faisait-il que Nasiiba ait oublié de régler les dettes de la famille ? Et pourquoi avait-elle fait don de son sang ? Duniya décida d'attendre le bon moment, n'étant pas sûre d'obtenir la bonne réponse de Nasiiba.

Il y avait quelque chose d'autre. N'attendait-elle pas depuis toujours avec une certaine impatience le jour où ses enfants seraient assez grands pour qu'elle puisse jouir comme elle l'entendait de son temps et de sa liberté ? Et ne s'était-elle pas vantée auprès de Bosaaso, le jour où il l'avait transportée dans un taxi, disant qu'elle avait beaucoup de temps à elle ? L'enfant trouvé était maintenant une réalité. Il restait à voir si maintenant Duniya allait avoir plus de temps à elle, plus de place et plus de liberté.

Bosaaso, anxieux, s'éclaircit la gorge : « Je suppose qu'il va nous falloir nous soucier de l'aspect bureaucratique du problème de cet enfant trouvé. Je suggère que nous allions enregistrer son existence auprès des autorités. »

Duniya remarqua qu'il se comprenait dans le « nous ». Elle en fut contente.

« Mais est-ce que nous en savons assez à son sujet, assez pour remplir même un seul formulaire ? demanda Mataan.

– C'est un des points les plus importants », dit Bosaaso. Duniya était stupéfaite de voir comme tout cela avait l'air familier : Mataan en train de converser avec un ami adulte de sa mère. « Nous déclarerons que nous n'avons aucune information sur son lignage, aucune idée de l'identité de ses parents. »

Duniya fit un signe d'approbation.

« Il doit bien y avoir quelqu'un qui sait, dit Mataan. Qui en sait un peu plus que nous », ajouta-t-il. Duniya regarda son fils, puis sa fille et son visage se contracta ; elle se préparait à une dispute entre les jumeaux. En un sens cela ne lui déplaisait pas, car elle se demandait comment Bosaaso s'en sortirait.

Pour faire diversion, elle tâta les joues du bébé puis défit les nœuds de la serviette de toilette qui lui servait de couche. Tous les trois l'observaient. Maintenant elle palpait les petits pieds de l'enfant trouvé l'un après l'autre, puis les articulations des mains ; elle faisait tout cela avec le toucher professionnel de l'infirmière, comme si elle avait l'intention de consigner tous ces détails dans un registre. La sage-femme en Duniya prenait les choses en main davantage que la mère et la femme.

L'atmosphère était si tendue que Bosaaso ne pouvait plus respirer. Il dit : « Peut-être que Mataan et moi devrions aller au poste de police du quartier pour déclarer la présence ici de cet enfant trouvé. » Il se leva.

Duniya sourit et attendit.

Mataan dit alors respectueusement à Bosaaso : « Avant d'y aller, je suggère que Nasiiba nous dise où et quand elle a trouvé ce bébé. »

Duniya regarda tour à tour Mataan et Bosaaso, évitant délibérément de croiser le regard de Nasiiba. Les nuages à l'horizon de son esprit s'assombrirent car un orage se préparait.

Mataan, prudent par nature, s'adressa à Bosaaso : « Au moins elle va nous brosser un tableau de la situation plus clair que celui que nous avons jusqu'ici, et cela nous rendra certainement la tâche plus facile. » Le ton était parfaitement raisonnable.

Nasiiba dit : « Il y avait ce petit groupe de femmes qui entourait le bébé quand je suis arrivée, et il était dans un panier. Je peux vous dire que je n'ai jamais vu de visages aussi effrayants que ceux de ces femmes. Elles ne voulaient pas s'approcher de "Celui qui n'a pas de nom" et ne voulaient pas non plus que quiconque s'en approche. »

Ils échangeaient des regards interrogateurs. Ils étaient un peu perdus, mais la tempête n'était pas encore là.

Nasiiba continua : « D'abord, les femmes m'ont avertie qu'il ne fallait pas le toucher. Puis l'une d'entre elles a dit qu'elle allait déclarer la condition de ce bébé à la police – c'est vrai, c'est l'expression qu'elle a utilisée : la condition du bébé, comme s'il s'agissait d'une maladie. Elle s'est éloignée, l'air furieux, comme si on l'avait offensée. Puis les autres se sont mises à discuter de tout ce qui n'allait pas, ce genre de discussion courant de nos jours où les gens se plaignent des restrictions de nourriture et d'essence. Tu sais comment parlent ce genre de femmes », et Nasiiba changea de voix pour imiter celle de la femme, « elle dit : "Est-ce que tu penses que les jeunes femmes de notre époque vont avoir la moindre hésitation avant de forniquer avec le premier venu qui leur propose un tour en voiture et un petit cadeau ?" Eh bien moi, je lui ai répondu, lui disant que c'étaient les hommes qu'il fallait blâmer et non les jeunes femmes. Ça les a fait repartir de plus belle, elles avaient des opinions opposées, bien qu'étant d'accord la plupart du temps. L'une d'entre elles a protesté, disant qu'il y avait un lien entre la dégradation de la vie en ville et l'absence d'un solide code de conduite morale dans une ville comme Mogadiscio. Une autre a contesté cette idée, mais une troisième l'a approuvée, ajoutant qu'il y avait un lien véritable entre l'exode vers les villes et le manque de respect des jeunes envers les anciens ; elle s'est mise alors à citer toute une variété d'exemples, dont certains la touchaient de près. » Nasiiba s'arrêta un instant, ravie de l'attention qu'elle recevait et, en bonne actrice qu'elle était, décidée à amener son monologue à son terme avant qu'on ne l'interrompe. « Pendant qu'elles étaient toutes absorbées par leur discussion, je me suis éclipsée avec l'enfant trouvé, sans qu'elles me voient, et c'est ainsi que je l'ai amené ici.

– Pourquoi ? » demanda Mataan.

Nasiiba fit semblant de ne pas entendre sa question et se tourna vers Bosaaso, qui à son tour demanda : « Tu dis que personne ne t'a vue ?

– Je veux dire que personne ne m'a suivie ici, bien que de toute façon cela n'ait pas d'importance. »

Mataan avait une autre question. « Tu l'as emporté dans un sac en plastique percé de trous, ou dans quoi ? Il était clair qu'il se moquait d'elle. Et d'abord, pourquoi donc l'avoir volé ?

– De quel droit est-ce que tu me poses toutes ces questions ?

– Ce sont mes affaires, de la même façon que tu as décidé que c'étaient tes affaires d'apporter un enfant trouvé à la maison sans demander l'avis de personne. » Mataan était calme. « Ce sont mes affaires parce que s'il reste ici pour partager le peu de place que nous avons, ou s'il pleure la nuit et que nous n'arrivons pas à dormir, eh bien alors, tu vois, ma chère sœur jumelle, ce sont mes affaires et celles de notre mère par la même occasion. »

Un sourire assombrit les yeux de Duniya. Bosaaso était impressionné par Mataan ; sans réfléchir, il toucha le coude du jeune homme, comme pour le féliciter de s'être bien sorti d'un long discours. Nasiiba était de côté par rapport à eux, le corps penché vers le mur comme si elle allait perdre l'équilibre. « Que se passera-t-il si je refuse de vous en dire plus ? dit-elle à Mataan.

– Tu n'en feras rien, parce que ça ne va pas se passer comme ça. »

Nasiiba le reprit d'un air de défi : « Tu ne peux pas me forcer à en dire plus. »

Mataan jeta un coup d'œil à sa mère, cherchant son soutien. Plusieurs expressions parcouraient le visage de Duniya, le divisant en segments divers marqués de tristesse et d'exaltation. Elle resta silencieuse.

Nasiiba s'adressa à Bosaaso, qui était très attentif : « C'était formidable de rentrer à la maison en ramenant ce bébé. Il ne pèse que quelques livres. C'était comme si je glissais des documents non autorisés dans une salle d'examen en présence de surveillants soupçonneux.

– Où as-tu eu la couche et le biberon ? demanda Mataan.

– Une voisine me les a donnés.

– Le mensonge a une jambe plus courte que l'autre, Naasi, dit Mataan, et il ne court pas aussi vite que la vérité, qui le rattrapera un jour ou l'autre. Je soupçonne qu'il y a très peu de vérité dans ce que tu nous racontes. »

À cet instant Duniya dit : « J'aimerais que nous puissions l'emmener à l'hôpital pour le faire voir par un pédiatre. »

Nasiiba, inquiète, demanda : « Il a quelque chose qui ne va pas, Maman ?

– Nous avons tous des blessures, visibles et invisibles », dit Duniya, appliquant autour du nombril de l'enfant une crème à la pénicilline : « Et certaines blessures sont guérissables, et d'autres non. »

L'infection autour du nombril avait été remarquée par tout le monde dans la pièce, car les Somalis associent cet endroit à la chamelle que les parents allouent au nouveau-né, en un sens le premier potlach que reçoit l'enfant mâle.

Les Somalis attachent le cordon ombilical aux deux bouts avec un poil arraché à la queue de la chamelle donnée. Aucun présent de la sorte n'avait été offert à l'Enfant sans nom.

« Nous pouvons l'emmener à l'hôpital, non ? » s'enquit Nasiiba. Elle se tourna vers Bosaaso. « Vous avez une voiture – ça ne vous fait rien de nous y conduire, n'est-ce pas ? »

Mataan dit : « Ça ne sert à rien.

– Pourquoi pas ? répliqua Nasiiba, défiant son jumeau.

– Nous ne pouvons l'y conduire qu'après avoir enregistré son existence auprès de la police, expliqua Bosaaso.

– C'est bien typique de la logique des hommes, dit Nasiiba, ridicule !

– Il est dans la nature de la bureaucratie de se perpétuer elle-même. » Bosaaso continua : « D'abord l'Enfant sans nom doit exister. Pour exister il a besoin de papiers. Pour les acquérir il doit fournir des noms. Pour avoir ceux-ci il faut qu'il ait des parents, dont l'identité puisse être établie. Alors seulement la bureaucratie de l'hôpital s'occupera de lui.

– Il faut faire quelque chose », dit Nasiiba, et elle plaida auprès de sa mère : « S'il te plaît, essaye de faire bouger quelqu'un ou quelque chose.

– Alors, allez-y, vous les hommes », dit Duniya à Mataan et Bosaaso.

Mataan et Bosaaso s'en allèrent. Levant les yeux, Duniya se rendit compte que Nasiiba se préparait à partir. Était-ce parce qu'elle ne voulait pas rester seule avec sa mère de peur d'être forcée à dire tout ce qu'elle savait sur l'enfant trouvé ? Duniya demanda : « Où vas-tu, Naasi ?

– Ça ne sera pas long. »

Elle faillit demander à sa fille de transmettre son meilleur souvenir à la mère du bébé et de l'assurer que l'on s'en occuperait très bien. Mais elle n'en fit rien ; son regard s'était arrêté sur une libellule qui venait d'entrer dans la pièce. Et Nasiiba partit.

La libellule s'envola par la fenêtre par laquelle elle était entrée, mais non sans avoir présenté ses respects à l'enfant trouvé en voletant quelques instants au-dessus de lui et en frôlant son front de ses pattes – geste de bénédiction ?

Nasiiba et la libellule n'étaient pas parties depuis une minute que l'Enfant sans nom se mit à vagir de si bon cœur que Duniya se demanda si c'était l'odeur de sa fille qui lui manquait ou la présence de l'insecte. L'enfant trouvé pleurait comme un possédé, dominant la conscience de Duniya comme aucun bébé ne l'avait jamais fait, pas même les siens. Il fit une vraie scène, montrant tout ce dont il était capable, toussant, éternuant, rotant et se mouillant pour tout arranger. Pour la première fois de sa vie, Duniya n'avait pas envie de rester seule avec un bébé. Elle aurait voulu que quelqu'un d'autre soit à ses côtés pour lui donner un coup de main, pour partager son angoisse, pour porter témoignage de ce qui était en train de se produire.

Sa prière fut exaucée. Dehors une femme cria : « *Hoodi-hoodi.* » Duniya reprit à son tour la salutation coutumière : « *Hodeen* », mais aucune voix n'était assez forte pour noyer la colère furieuse de l'enfant trouvé. Une femme âgée, courbée sous le poids des ans, fit son entrée. Duniya était contente de la voir. Elle se rappelait que la femme était une voisine, mais ne se souvenait pas de son nom.

La vieille femme dit : « Te voici donc, mon bébé, touchant les joues trempées du bébé et souriant. Tout le monde parle de toi dans le quartier et de la générosité de Duniya, rare par les temps qui courent, et toi tu pleures sans raison. »

L'enfant trouvé se tut, écoutant les remarques moqueuses de la vieille comme s'il en comprenait chaque mot. Duniya commençait à se rendre compte de quelque chose : l'Enfant sans nom avait besoin de voix humaine et non de contact corporel. Devait-on en conclure qu'il avait été entouré depuis le moment de sa naissance par un murmure continuel de voix humaines ?

Duniya ne se rappelait pas que Nasiiba ait mentionné qu'il pleurait lorsque toutes les vieilles curieuses discutaient autour de lui ; il est certain qu'il n'avait pas du tout crié quand quatre adultes dans la pièce avaient débattu pour savoir que faire de lui.

« Il va bien, dit la vieille, n'est-ce pas ?

– Oui. Ça va.

– Vous êtes très généreuse, dit-elle à Duniya, que Dieu vous bénisse. »

Duniya se sentit gênée et mal à l'aise. C'est alors qu'elle remarqua que la vieille avait un long poil sur la lèvre supérieure, un poil isolé qui sortait d'un grain de beauté, noir comme la plus fertile des terres. Duniya ne pouvait s'empêcher d'être obnubilée par ce poil, actif comme l'antenne d'un insecte tandis que la vieille parlait : « Ma petite-fille va au même collège que votre jumelle, c'est comme cela que je vous connais. Peut-être que vous connaissez ma petite-fille, celle qui n'a pas un nom somali : Marilyn. Vous n'allez pas me croire, mais on lui avait donné mon nom, et je m'appelle Maryam. Elle me dit que Marilyn est le nom d'une actrice célèbre qui est morte maintenant. Vous savez comment sont les jeunes de nos jours, à apporter dans nos vies des mystères et des manières étrangères.

– Oui, je connais Marilyn », dit Duniya.

La vieille s'assit sur la chaise que Duniya lui indiqua. « Je suis venue pour offrir les bénédictions de notre famille. Je suis venue avant les autres pour vous dire de ne pas hésiter à demander si vous avez besoin de quelqu'un pour garder le bébé pendant que vous serez au travail et que vos enfants seront au collège, dit la vieille.

– C'est très gentil de votre part et votre offre est bienvenue, je l'accepte volontiers. » Et Duniya vit que la vieille regardait du côté du bébé avec une inquiétude bien compréhensible.

« Nous avons beaucoup de gens qui peuvent aider, dit la femme. Il y a un certain nombre de jeunes filles dans notre maison ; nous pouvons toujours vous trouver une paire de mains en cas de besoin. Aussi n'hésitez pas à venir quand il vous faudra quelqu'un pour vous remplacer. »

Duniya la rassura : « Je n'hésiterai pas. Merci. »

Puis la vieille femme tendit la main pour toucher le bébé. Au dos de cette main se trouvait un ganglion, proéminent comme une bosse de chameau. « Vous n'êtes pas allée travailler aujourd'hui, par hasard ?

– Le fait que je ne sois pas allée au travail n'a rien à voir avec le bébé, dit Duniya.

– Ce que je veux dire, c'est que vous ne pourrez peut-être pas aller travailler demain ? »

La vieille s'attendait à des décisions rapides, et Duniya n'avait pas encore pensé à tout cela. C'est parce qu'elle n'avait pas encore vraiment réfléchi et que personne ne savait ce qui allait se passer, Duniya moins que les autres.

« Votre fille sait où nous habitons, pas très loin d'ici, dit la vieille à Duniya, rappelez-vous, ma petite-fille s'appelle Marilyn », et elle hocha tristement la tête. « Attention, ce n'est pas que j'aie quoi que ce soit contre cette actrice américaine, mais j'aurais tellement souhaité que ma petite-fille se rappelle qu'elle avait reçu mon nom à sa naissance, et pas celui de quelque femme nue américaine qui orne les rêveries et les chambres des hommes frustrés ; de plus, je ne serai pas toujours là. Mais c'est ainsi. »

Sans plus de cérémonie, elle se leva pour partir, et il semblait que chacun de ses pas était une épreuve. Elle s'arrêta sur le seuil pour dire : « Rappelez-vous, n'hésitez pas. Nous pouvons vous trouver une baby-sitter.

– Oui, je me rappellerai que le nom est Marilyn », promit Duniya.

Un homme était en train de dire *Hoodi-hoodi* et un autre parlait sans interruption, essayant de convaincre. C'était Bosaaso qui annonçait que Mataan et lui étaient de retour et le jeune homme qui faisait des efforts pour impressionner son aîné. Quand la vieille passa devant eux en sortant, par déférence pour son âge ils s'écartèrent de son chemin et se turent.

Puis Bosaaso dit d'un ton inquiet : « L'inspecteur, qui vous envoie son meilleur souvenir, dit que personne n'a signalé la disparition d'un bébé, et que personne non plus n'a déclaré en avoir vu un près d'une poubelle. Il dit qu'il est reconnaissant d'avoir été mis au courant, et content de savoir que l'enfant trouvé est entre vos mains compétentes, et il espère que sa présence ne vous causera pas de problèmes. »

Duniya hocha la tête sans rien dire.

« Mais la bureaucratie étant la bureaucratie, continua Bosaaso, l'inspecteur a suggéré que vous et moi soyons enregistrés comme cotuteurs puisque c'est moi qui ai rapporté ce cas en personne et qui ai signé la déclaration.

– Vous et moi comme cotuteurs de l'enfant trouvé ? » dit Duniya, se demandant ce que cela allait impliquer à l'avenir. Elle se demandait aussi s'il n'avait pas assumé son accord un peu à la légère.

« L'inspecteur se demandait si Bosaaso voulait bien inscrire son nom comme coresponsable – c'est le terme qu'il a utilisé – afin que tout soit en règle, dit Mataan, et c'est ce que nous avons fait, nous avons mis vos deux noms comme coresponsables de l'enfant trouvé. »

Il y avait quelque chose qui ne lui plaisait pas du tout dans cette affaire, et elle ne savait pas ce que c'était. Était-ce l'idée qu'une femme sans mari, la trentaine, avec des adolescents au lycée, aurait été jugée incapable de s'occuper à elle toute seule d'un autre bébé, de plus un enfant trouvé ? Était-ce parce que l'inspecteur qui la connaissait avait pensé que mettre le nom de Bosaaso comme coresponsable ferait bien sur le papier ?

« L'inspecteur a confessé, dit Bosaaso, qu'il n'avait aucune idée du statut légal de tels enfants trouvés et de ceux qui les trouvent par hasard, puisque c'est un phénomène récent, selon son expression, qui fait partie des fruits que récolte notre société trop tolérante. »

Mataan ajouta : « J'ai cité à l'inspecteur le proverbe somali : "Que celui qui trouve un objet que personne ne réclame se l'approprie."

– L'inspecteur nous a cuisinés, posant une série de questions auxquelles nous n'avions aucun moyen de répondre, expliqua Bosaaso. Franchement, ça n'a pas beaucoup aidé quand Mataan a dit que Nasiiba en savait beaucoup plus que ce qu'elle avait dit.

– Pourquoi avoir fait une remarque aussi stupide ? dit Duniya à Mataan.

– Je suis désolé, Maman, dit Mataan, mais la vérité est que Nasiiba en sait beaucoup plus que ce qu'elle nous a dit, et il va bien falloir qu'elle nous parle.

– Pourquoi ?

– Pour le bien de tous ceux qui sont concernés. »

Duniya replaça doucement dans son berceau le bébé maintenant endormi et se tourna vers Mataan : « Est-ce que moi je te demande de tout me dire sur… tout le monde et un chacun ? N'y a-t-il pas des zones de ta vie qui ne concernent que toi ? Est-ce que je te demande jamais ce que tu fais de ton temps, et qui tu vois, Mataan ?

– Non, acquiesça-t-il, mais ceci est différent.

– Et à supposer qu'elle ne veuille rien dire. Qu'est-ce que je vais faire ? La battre ? Jeter l'enfant trouvé à la poubelle ? Je ne vais pas faire pression pour que Nasiiba me dise ce qu'elle n'a pas envie que je sache », dit Duniya. Ayant réglé cette question, elle dit à Bosaaso : « Comment avez-vous fait tous les deux pour enregistrer cet enfant trouvé ?

– J'ai fait une déclaration et je l'ai signée, dit Bosaaso. Comme vous n'étiez pas avec nous, Mataan l'a contresignée. Nous avons donné tous les détails que nous avions. L'inspecteur a ouvert un dossier étiqueté BÉBÉ ABANDONNÉ CONFIÉ À DUNIYA. Il nous a dit qu'il diffuserait l'information à la presse, et surtout à Radio Mogadiscio. Nous devrons retourner le voir dès que nous aurons emmené le bébé à l'hôpital pour un examen médical complet, à nos frais, ce à quoi je n'ai pas fait d'objection. L'idée est de donner aux parents de l'enfant trouvé le temps de revenir sur leur décision ; et parce qu'un pédiatre trouvera peut-être les raisons pour lesquelles ses parents l'ont abandonné. En d'autres termes, ce bébé est-il en bonne ou en mauvaise santé ?

– Et après ? demanda Duniya.

– Un comité décidera de nous confier ou non la responsabilité de l'éducation de l'enfant trouvé, puisque de fait nous sommes coresponsables.

– Vous et moi ? dit Duniya, amusée, d'humeur moqueuse.

– Puis à la suite d'un entretien avec le comité, on décidera si nous sommes aptes à être ses parents.

– À condition que nous soyons mariés ? demanda Duniya.

– Peut-être.

– Ne parlons plus de tout cela », dit Duniya.

Ils se turent, et pendant un certain temps personne ne prit la parole. Les poumons du bébé explosèrent alors du plus furieux des cris, d'une tension qui surpassait ceux qu'il avait émis quand il était resté seul avec Duniya. Comme ils se mettaient tous à s'affairer autour de lui, le son de leur voix le ramena au silence, le réconforta.

Pour aider à calmer l'enfant trouvé, Mataan narra un conte arabe :

« Un jour, Juxaa, le fou très sage, invita un bon nombre d'amis à un repas mais il découvrit qu'il n'avait pas de marmite assez grande pour le faire cuire. Il en emprunta une à un ami, promettant de la rendre.

» Le lendemain après-midi, Juxaa rendit l'énorme chaudron qu'on lui avait prêté, mais il y plaça une plus petite marmite. Le voisin lui rappela qu'il ne lui avait prêté que la grande marmite. Peut-être que la petite avait été empruntée à un autre voisin ?

» “Votre énorme chaudron, tout bien pensé, a dû donner naissance à un petit pendant la nuit, dit Juxaa. J’ai pensé qu’il n’était pas juste de te cacher cette naissance miraculeuse. Étant donné la situation, l’assura Juxaa, le petit pot et le grand pot sont tous les deux à toi et tu peux les garder.”

» Le voisin fut hautement impressionné et décrivit Juxaa comme un gentilhomme tout à fait digne de confiance, une race bien rare. Les deux hommes se séparèrent, chacun chantant les louanges de l’autre et aussi celles d’Allah.

» Environ un mois plus tard, Juxaa emprunta la grande marmite à son voisin dans un but similaire, pour donner une fête. Juxaa ne rendit pas le pot le jour promis, ni même une semaine plus tard, si bien que le voisin alla en personne chez Juxaa, lui demandant de lui rendre son bien.

» Juxaa, la tête basse, dit : “Je suis désolé, j’ai oublié de venir te porter mes condoléances, car l’énorme marmite est morte et nous l’avons enterrée.

– Morte ? demanda le voisin, complètement incrédule.

– C’est bien cela. Elle est morte et nous l’avons enterrée.”

» Le voisin éclata d’un rire méchant. “Qui va donc croire à cette histoire d’un chaudron qui meurt et que l’on enterre ?

– Tout bien pensé, répliqua Juxaa, qui donc a jamais entendu dire qu’une grande marmite ait donné le jour à une petite ?”

» Vaincu, le voisin s’en fut et ne chercha plus querelle à Juxaa. »

CHAPITRE VIII

Dans lequel le demi-frère de Duniya arrive à l'improviste et où leur vieille animosité se réveille. La fille cadette de Duniya, née de son second mariage, lui rend visite. Mais c'est Bosaaso qui arrive le premier le matin.

POUR BOSAASO, l'enfant trouvé était un excellent prétexte pour se rendre chez Duniya chaque fois qu'il le souhaitait. La veille, il était arrivé au moins à dix heures du soir et, voyant la lumière allumée et les portes ouvertes, s'était présenté en s'excusant à moitié. Invité à se joindre à eux, il avait partagé un repas mal préparé. C'était à la bonne franquette. Nasiiba, avec l'audace de la jeunesse, lui avait dit : « Vous voulez que nous vous offrions un lit, étant donné que vous êtes tout le temps ici ? » Il prit cette offre à la plaisanterie, dans l'esprit où elle lui était faite, répondant en riant que ce serait un honneur d'accepter une proposition si généreuse, surtout de la part de Nasiiba. La vieille femme était là, et sa participation à ces jeux et ces fantaisies était bienvenue ; elle dit à Bosaaso : « Mais bien sûr, elle plaisante. »

La soirée avait pris l'allure d'une fête, avec des gens qui, arrivés après Bosaaso, étaient repartis après minuit. Il fut ravi de faire la connaissance de Marilyn qui avait véritablement une certaine ressemblance avec la star du même nom. Mataan, Nasiiba et elle se relayèrent pour préparer et servir du thé, tandis que d'autres voisins, qui étaient venus voir l'enfant trouvé et rendre visite à Duniya, alternaient entre le désespoir et l'optimisme, considérant la partie comme tantôt gagnée, tantôt perdue. La vieille Maryam se rendit utile en portant le bébé dans ses bras ou en changeant sa couche quand son ventre se soulageait, se vidait de kilomètres d'angoisse diarrhéique, comme il tendait souvent à le faire, alarmant tout le monde. On demanda à Duniya son opinion professionnelle pour savoir s'il fallait s'inquiéter ; elle suggéra qu'il fallait attendre un jour de plus.

Un groupe de gens comprenant essentiellement des voisins curieux étaient assis comme pour une célébration en plein air, à l'extérieur de leurs maisons étouffantes et bavardaient entre eux tout en surveillant les allées et venues des visiteurs de Duniya avec un intérêt non dissimulé. Certains faisaient des commentaires sur la bonne entente entre les jumeaux de Duniya et Bosaaso, et entre Duniya elle-même et Bosaaso.

À environ minuit et quart, Bosaaso était parti en voiture, revenant moins d'une heure après avec un sac plein. Les curieux, de là où ils étaient, n'arrivaient pas à voir s'il avait apporté des remèdes pour le bébé ou de la nourriture pour les adultes. Mais ceux qui étaient à l'intérieur purent rapporter que l'on buvait beaucoup de thé et que l'on continuait à faire la donne, attribuant de bonnes ou de mauvaises cartes. Au milieu de tous ces rires, on aurait pu déceler du bonheur, certes, mais aussi un peu de tension. Il est même possible que ceux qui étaient présents dans la chambre de l'enfant trouvé aient pu apercevoir quelques regards échangés par Bosaaso et Duniya en silence.

Et maintenant, se protégeant les yeux du soleil, voilà qu'il disait : « Bonjour, Duniya. »

Elle semblait contente de le voir, mais lui, observant ses yeux rougis, devina qu'elle n'avait guère dormi. La maison était si tranquille, Nasiiba devait être déjà sortie, et Mataan, dont la porte était fermée, devait être encore en train de dormir. Une jeune fille que Bosaaso n'avait jamais vue était occupée à laver des couches et des serviettes. Était-ce l'aide que la grand-mère de Marilyn avait promise, la servante prêtée en attendant une autre solution ?

« Est-ce que tu as réussi à dormir un peu ? demanda-t-il.

– Pas assez pour rêver », dit-elle.

Les tympans de Bosaaso résonnaient des battements précipités de son cœur. « J'aimerais bien pouvoir t'être utile. » Un moment de réflexion. « Pourquoi pas ?

– Tu es bien rentré la nuit dernière ? demanda-t-elle.

– Oui, je ne sais comment, mais je suis rentré. La voiture m'a ramené chez moi », dit-il.

Ils se turent, se regardèrent, sourirent, regardèrent ailleurs. Quelque chose les mettait mal à l'aise. Cela se voyait à leur expression figée, à la façon dont ils évitaient de se regarder en face.

Il dit : « Avant que j'oublie. Qu'est-ce que tu fais ce soir ? »

Elle avait les yeux dans le vague, avait perdu tout sens du temps. Elle se prit à observer les longs doigts de Bosaaso, à avoir envie de les toucher. Elle dit : « Je m'occupe de lui, voulant parler de l'enfant trouvé. Pourquoi, tu veux m'emmener au cinéma ? »

La radio était allumée avant qu'il arrive, et voici maintenant qu'il y arrêtait son regard, n'écoutant rien de son bavardage, comme si cela lui rappelait quelque événement de son passé. Duniya expliqua pourquoi elle avait allumé la radio : l'enfant trouvé semblait avoir un besoin maladif d'entendre des sons ininterrompus, en continu ; sinon il éclatait en des pleurs exaspérants.

« Quand je suis rentré après deux heures, dit Bosaaso, j'ai trouvé un mot de Mire m'invitant à dîner. En *post-scriptum*, il se demandait s'il te plairait de lui faire l'honneur de ta présence, en d'autres termes, si tu voulais bien te joindre à nous.

– Pourquoi en *post-scriptum* ? demanda-t-elle en souriant.

– Je suppose qu'il n'est pas très sûr du type de rapport que nous avons, ou qu'il ne sait pas si tu accepteras son invitation. De plus, tu pourrais trouver présomptueux de sa part qu'il suggère tout simplement que je t'amène avec moi.

– Pourquoi cela ? dit-elle.

– Peut-être que s'il t'avait envoyé une invitation en bonne et due forme et que tu l'avais refusée, il aurait été blessé. Alors que si, tout en étant invitée par un simple *post-scriptum*, comme une idée de dernière minute, tu viens quand même, il se sentira honoré. Au fond, je n'en sais rien.

– Et si je n'y vais pas ?

– Ça ne sera pas très amusant, juste lui et moi.

– Qu'est-ce que tu as envie que je fasse ?

– Cela me ferait plaisir que tu viennes.

– Alors je viens. »

Ils s'avancèrent l'un vers l'autre comme pour s'embrasser, mais n'en firent rien. Ils étaient gênés d'être seuls tous les deux et auraient bien voulu que quelqu'un d'autre soit présent. Peut-être que si une autre personne se joignait à eux, leur malaise et leur nervosité s'atténueraient et que la tension engendrée par leur tête-à-tête assumerait alors une certaine noblesse, fruit de la beauté de l'instant.

Bosaaso avait l'air pressé de partir, et elle lui dit : « S'il te plaît, pas encore. »

Elle appela Mataan qui émergea de sa chambre, vêtu à la hâte d'un sarong, une serviette de toilette accrochée au cou et un livre à la main. Il disparut à la vue de Bosaaso, pour refaire surface peu de temps après, avec un pantalon convenable et un T-shirt de l'UNICEF deux fois trop grand pour lui. Bosaaso voulait-il prendre quelque chose ?

« Du thé, s'il te plaît. Et aussi, Mataan », dit Bosaaso, plus à l'aise maintenant que le jeune garçon était entré en scène : « J'ai apporté un peu de sucre. Il est dans une boîte de lait en poudre, sur le siège avant de la voiture. » Il lui tendit les clefs, ajoutant : « Tu veux bien aller le chercher ? »

Sans prêter attention aux clefs, ni à l'offre de sucre, denrée peu facile à se procurer dans le pays, Mataan dit : « Nous avons du sucre, n'est-ce pas, Maman ?

– Je crois bien que oui », dit-elle.

Mataan ne la quittait pas des yeux, plein d'attentions. Il ne voulait offenser personne, surtout pas sa mère, se rappelant des cas précédents où il avait apporté à la maison des dons qu'elle n'avait pas approuvés.

Elle dit : « Pourrais-tu trouver un savon pour que la jeune fille qui nous aide puisse laver sa propre tunique ? Tu sais où nous rangeons le savon pour la lessive, en haut du placard de ta chambre ; et sur le rayonnage juste en dessous, tu trouveras du sucre, s'il n'y en a plus dans la cuisine.

– Oui, Maman », répondit Mataan, se préparant à sortir.

Bosaaso manifesta une certaine déception à voir ses dons ainsi rejetés. Il était à la fois inquiet et détendu, à la fois heureux et malheureux. « Mataan ? l'appela-t-il.

– Oui ?

– Je viens te donner un coup de main. » Il ne voulait pas rester seul avec Duniya. Pour le moment du moins, il préférait la compagnie de son fils à la sienne.

« Ce n'est pas la peine, dit Mataan.

– Je te suis de toutes façons. » Et les deux hommes s'éloignèrent côte à côte en direction de la cuisine, petite pièce séparée du reste, avec à côté un endroit pour la douche dont les murs, remarqua Bosaaso, avaient des taches laissées par l'eau, sombres comme de l'argent.

Duniya était en train de penser que le mariage était un lieu où elle s'était déjà rendue deux fois, mais que l'amour était un palais où jusqu'à présent il ne lui avait pas été donné de pénétrer. Si le trajet que Bosaaso et elle suivaient en ce moment était le début d'une longue cour qui les conduirait peut-être à ce château de l'amour aux pièces innombrables, qu'il en soit ainsi. Jusqu'ici elle ne l'avait qu'entr'aperçu, dans un rétroviseur, dans les yeux d'un conducteur qui n'était pas chauffeur de taxi. Avant cela, elle en avait perçu des signes, dans un rêve, signes brouillés sous la forme d'un papillon voletant en zigzag. Certes, elle s'était depuis pleinement régalée de moments vraiment savourés, de regards adressés furtivement et en même temps dissimulés aux autres. Rien ne presse, se dit-elle. Ils avaient tout leur temps pour explorer la profondeur de ce qu'ils ressentaient l'un pour l'autre.

L'enfant trouvé commença à s'agiter dans son berceau. À cause des fluctuations dans le voltage de l'électricité de la cité, le niveau sonore de la radio avait beaucoup baissé, jusqu'à être à peine audible. Lorsque le courant fut stabilisé, le volume de la transmission radio en fit autant et le bébé se rendormit.

Duniya était en train de se dire : Les gens vont dire toutes sortes de choses désagréables sur mes motivations, m'accusant probablement d'en vouloir à l'argent de cet homme. Mais que savent-ils des motifs d'une femme comme moi ? Qu'ils disent d'elle tout le mal qu'ils veulent ; elle se moquait bien de ce que disaient les gens. Il faudrait attendre ; impossible de prévoir comment finirait ce conte. Quand elle avait accepté d'honorer la requête de sa mère à moitié sourde qui lui demandait d'épouser Zubair, elle avait dit que c'était une aberration. Si ce mariage avait été une erreur et que Taariq n'avait été qu'un bouche-trou, est-ce que Bosaaso allait être le confluent des rivières de leurs âmes, qui coulaient l'une vers l'autre pour être ensemble, à jamais ?

Bosaaso entra. « Voici », dit-il, plaçant sur une table basse un plateau sur lequel étaient disposées trois tasses, pleines de thé à ras bord. Mataan arriva avec des tranches d'un gâteau fait maison, préparé la veille par Nasiiba.

Tous trois étaient assis dans la cour, buvant leur thé à

petites gorgées et picorant les tranches de gâteau quand Nasiiba se joignit à eux. Comme d'habitude, la jeune fille était toute aux dernières histoires qu'elle rapportait, animée par les péripéties de ses contes, nourris des bruits qui couraient. Tout en narrant des bribes de certaines de ses nouvelles, et des fragments de certaines autres, Nasiiba se servait, tantôt buvant à la tasse de Duniya, tantôt au verre d'eau de Mataan, tantôt entamant les tranches de gâteau intactes, comme un papillon va de fleur en fleur pour récolter du pollen.

« Oh, quelles histoires ! » s'exclama-t-elle.

Juste avant midi, un homme rendu furieux par une de ces rumeurs se présenta à la porte. Il était venu dès qu'il avait entendu parler de l'enfant trouvé. C'était Shiriye, le demi-frère de Duniya, de douze ans plus âgé qu'elle. Sa voix désagréable annonça qu'il était là.

En entrant, il cria le nom de Duniya d'un ton hargneux au lieu de la héler avec les salutations d'usage. Son gros ventre en avant, il reçut leurs regards hostiles avec indifférence. C'est Bosaaso qu'il dévisagea le plus longuement : c'était un visage qu'il n'arrivait pas à replacer, un homme qui, en ce qui le concernait, lui Shiriye, n'était "pas-de-la-famille".

Bientôt lui aussi se sentit mal à l'aise à force de respirer la gêne dans l'atmosphère et de croiser des regards peu amènes. Sa pomme d'Adam montait et descendait à toute allure, comme s'il s'étranglait sur sa propre salive, et il s'essuyait le front avec l'intensité de celui qui cache des pensées qu'il vaut mieux taire. Bosaaso, se sentant très mal à l'aise, finit par se lever pour serrer la main tendue du visiteur. Mataan se leva, non seulement pour céder son siège à son oncle, mais aussi pour recevoir une petite tape sur l'épaule, tandis que Nasiiba, comme Duniya, restait assise et regardait le drame en train de se dérouler devant elle avec un détachement amusé. Avant de prendre place,

Shiriye dit à Bosaaso : « Je ne me rappelle pas vous avoir déjà rencontré, et je ne pense pas que l'on va se donner la peine de nous présenter. Je m'appelle Shiriye.

– On me nomme Bosaaso », dit-il, les talons joints à la mode militaire, comme s'il y était obligé, devant saluer un officier de grade plus élevé.

Shiriye dit : « Je suis le demi-frère de Duniya, vocation que je n'ai pas choisie moi-même, croyez-le bien. » Il se tut, mais continua à se tenir aussi droit que possible, considérant la tension dans l'atmosphère.

Silencieux, mais ne tenant jamais en place, parce que le corps de Shiriye était incapable de tenir en place. Il était comme un énorme animal dont la queue fouette l'air pour chasser les mouches ; ou comme la large narine de l'hippopotame qui tressaille instinctivement ; ou comme les mâchoires d'une vache qui rumine la pâture de la veille ; ou un berger allemand qui halète avec son énorme langue pendante. Duniya avait à l'esprit ces images bestiales quand elle pensait à son frère qui, à la vérité, n'était pas très beau.

Il était de petite taille, bien gras, et presque complètement chauve. Son ventre se répandait dans sa chemise pardessus son ceinturon militaire bien serré, comme le triple menton d'un homme obèse et affligé d'hypertension, et il portait un foulard soigneusement noué dans son col. Il respirait comme un fort ronfleur. Il avait les mains courtes et des doigts trapus avec lesquels, pour l'instant, il se curait le nez et tiraillait les poils de ses narines. « Qu'est-ce que j'apprends, Duniya ? » dit-il, faisant un pas dans sa direction comme pour la frapper. Entraîné à protéger ses arrières, comme un coupable qui s'attend à ce qu'on le poignarde dans le dos, il ne se détendit que lorsque Nasiiba se fut levée pour s'éloigner de lui, afin qu'il n'y ait plus aucun siège placé derrière le sien.

« Et alors, qu'est-ce que tu as entendu dire ? dit Duniya.

– J'ai entendu parler d'un bébé. Où est-il ? » En fait, il

ne donnait pas du tout l'impression de se soucier du bébé lui-même. « Un enfant trouvé, de sexe mâle, à ce que j'ai entendu dire.

– Je pensais que tu aimais bien les bébés de sexe masculin, répondit-elle.

– Seulement s'ils sont à moi ou qu'ils sont vraiment à ma sœur », dit-il et il éclata de rire comme si ce qu'il venait de dire était comique. Il se calma, embarrassé de voir que personne ne riait avec lui. Puis il commença à parler lentement, avec l'intention de blesser Duniya. Il dit : « J'ai entendu dire que l'on t'avait confié le sort d'un bâtard.

– D'un quoi ?

– On t'a confié le sort d'un bâtard », dit-il délibérément.

Nasiiba et Mataan échangèrent un sourire de conspirateurs, comme des clowns d'un théâtre de rue, et attendirent la réaction de leur mère, espérant que d'une façon ou d'une autre elle allait prendre Shiriye à contre-pied et gagner ce premier round. Bosaaso, cependant, décida que Duniya et Shiriye se regardaient en personnes qui se sont beaucoup blessées mutuellement par le passé et ne sont pas prêtes à oublier ou à pardonner la haine ainsi engendrée. Et il pensa à d'autres disputes entre feu son épouse Yussur et la mère de celle-ci. Il n'aurait pas cru possible de communiquer autant de haine en un seul regard, dans ce regard que Duniya adressait maintenant à Shiriye.

Shiriye était en train de dire : « Élever un bâtard est un péché, dont le salaire est le feu de l'enfer et la colère d'Allah.

– Comment sais-tu que le bébé est un bâtard ?

– C'est vrai, non ?

– J'ai dit, comment sais-tu ceci ?

– Nous ne savons pas qui sont ses parents, non ?

– Ne pourrait-il pas être un orphelin, dont les deux parents seraient morts ?

– Un bâtard est un bâtard. Quelle différence cela peut-il faire si l'on ne connaît pas l'un de ses parents, ou ni l'un ni l'autre ? Où l'as-tu trouvé, de toutes façons ? Dans une poubelle ? »

Ne voulant pas se fâcher, elle dit : « C'est Nasiiba qui l'a trouvé.

– C'est une source d'ennuis, ta Nasiiba. Elle ne ramène que des ennuis, ne se trouve mêlée qu'à des ennuis. » Son regard courroucé rencontra les yeux moqueurs de sa nièce. Ils n'avaient que haine l'un pour l'autre, Nasiiba et Shiriye – il apparaissait souvent dans les rêves de la jeune fille pour la punir de sa désobéissance. « Regarde-toi », dit-il alors à sa nièce. « Ton frère jumeau n'a jamais amené de déshonneur dans notre famille. »

Nasiiba ne dit rien. Mais Duniya le contredit : « Tu ne te rappelles pas avoir dit que Mataan serait alcoolique avant d'avoir dix ans ?

– J'avais fait beaucoup de cas d'un petit incident, dit-il.

– Mataan n'est en rien un alcoolique, comme tu le vois, insista-t-elle.

– Comment le sais-tu ? »

Duniya dit : « Nous agissons ouvertement dans cette maison, et pas dans le dos des autres. » Ils échangèrent des regards comme des couteaux. « Ce n'est pas moi qui vais récupérer une dot dans le dos d'une demi-sœur plus jeune, ce n'est pas moi non plus qui écris des lettres pleines de mensonges décrivant Duniya comme une prostituée et Mataan comme un alcoolique avant l'adolescence. »

Shiriye, furieux, se leva. Bosaaso détourna les yeux. Les jumeaux étaient l'un près de l'autre, chuchotant dans un coin. Il était évident que Duniya n'avait pas pardonné à son demi-frère, qui, elle l'avait dit un jour, n'avait jamais eu à son égard un seul geste de bonté, pas un seul ; avec lequel elle n'avait jamais partagé un seul moment de joie, pas une seconde de camaraderie. Elle lui dit alors : « Assieds-toi. Où vas-tu ? N'es-tu pas venu voir ta sœur Duniya ? Mets-toi à l'aise, fais comme chez toi.

– Tu crois que c'est possible ? dit-il, ne cessant de hocher la tête.

– Nous avons convenu dans le passé, toi et moi, dit Duniya, qu'il ne fallait pas déterrer les os enterrés. Mais tu n'arrêtes jamais, comme un chien affamé qui creuse en suivant son instinct et son odorat. Et quand je montre au grand jour les hideux squelettes que tu as déterrés, tu te lèves et te prépares à prendre congé. » Elle fit une pause, puis, toujours sarcastique : « Cette fois-ci, qu'est-ce qui a conduit ta sagesse de demi-frère aîné à la décision de me rendre visite ? »

Shiriye, mal à l'aise, changea de position sur son siège. Bosaaso, comme un asthmatique qui quitte la pièce où vient d'entrer un fumeur, se leva. Duniya lui fit signe de se rasseoir, ce qu'il fit de bonne grâce ;

« Je suis venu animé uniquement de bonnes intentions, dit Shiriye, et pour demander si je peux t'être utile. Je ne suis pas venu déterrer des os blanchis par la mort. Et je n'aime pas non plus être comparé à un chien.

– Dis-moi très précisément ce que tu es venu m'offrir, dit Duniya.

– Je suis venu proposer les conseils d'un grand frère, dit-il. Nous n'allons pas rentrer dans des discussions sémantiques pour savoir si cet enfant trouvé est un bâtard ou un orphelin. La question que je me pose depuis le début est celle-ci : comment vas-tu faire pour nourrir une autre bouche ?

– Dieu donne à qui il veut », dit Duniya.

Bosaaso détourna le regard, le laissant se poser sur un aigle au-dessus d'eux.

Shiriye demanda : « Est-ce qu'Abshir sait quel usage tu fais de ses dons mensuels et très conséquents en argent liquide ?

– Que penses-tu que fera mon frère s'il apprend que je suis à la tête d'un mini-orphelinat ? dit Duniya d'un ton sec. Tu penses qu'il ne sera pas d'accord et cessera de me donner ces mensualités ?

– Si j'étais Abshir, je cesserais de les donner.

– Abshir est mon frère, dit Duniya, le fils de ma mère.

– Remercie ta bonne étoile que je ne sois pas Abshir, dit Shiriye.

– Ça, je le fais tous les jours », dit Duniya.

Tous deux se rappelaient la querelle entre leurs mères respectives au cours de laquelle Duniya, qui n'était alors qu'un fœtus, avait reçu des coups comme les deux femmes se frappaient à coups de pilons. Duniya se rappelait aussi avoir accusé Shiriye d'avoir écrit une lettre à Abshir dans laquelle il la décrivait comme une femme du trottoir. Elle avait affirmé avoir reçu une photocopie de cette missive. S'ajoutait à cela le fait que Duniya n'avait jamais pardonné à son demi-frère d'avoir accepté en secret de la part de Zubair les dons constituant sa dot.

Shiriye dit : « Sans déterrer d'autres squelettes pourris par des années de haine et de méfiance, pourrais-tu répondre à ma question et me dire pourquoi tu veux garder cet enfant trouvé ?

– Est-ce qu'un homme comme toi peut y comprendre quelque chose, toi qui n'as jamais su ce que signifiait un simple geste généreux : comment peux-tu comprendre que nous, nous le gardons par simple bonté, motivés par notre envie de bien faire, que c'est un acte de compassion comme lorsque nous aidons un aveugle qui s'apprête à traverser une rue dangereuse ?

– J'ai bien entendu que tu disais “nous” ? » demanda Shiriye.

Elle dit : « Oui, tu as bien entendu. »

Bosaaso fit alors sa première et sa seule contribution à la discussion : « Duniya et moi sommes coresponsables de l'enfant trouvé.

– Dans ce cas, il n'y a plus de soucis à se faire, fut la réaction de Shiriye.

– Qu'est-ce que tu veux dire ? » le défia Duniya.

Haussant les épaules, Shiriye eut d'abord un sourire

pour Bosaaso puis se tourna vers sa demi-sœur : « Je n'ai plus à me faire de soucis, puisqu'il y a un homme qui s'est engagé à t'aider à élever cet enfant trouvé, et je suis persuadé que tu n'auras pas à faire face à des problèmes d'ordre financier ou social. »

Brutalement, la rage de Duniya explosa. « Est-ce que tu essayes de me dire, Shiriye, que par le seul fait qu'un homme ait enregistré son nom à côté du mien comme cotuteur de l'enfant trouvé, il n'y a plus de problèmes ?

– Je dis qu'il n'y a pas de soucis à se faire quand il y a un homme tel que Bosaaso qui partage les responsabilités. Une femme a besoin d'un homme à côté d'elle si elle veut que les gens la prennent au sérieux et que les portes s'ouvrent afin qu'elle puisse entrer partout la tête haute, en personne respectée. »

Duniya se leva d'un bond, la voix chargée de colère : « Je te demande de t'ôter de ma vue immédiatement. »

Shiriye fit un geste de connivence en direction de Bosaaso, qui décida de prendre le parti de Duniya. Shiriye se retourna alors vers son neveu et sa nièce : « Mais qu'est-ce qui lui prend ? »

Elle répéta : « Je veux que tu quittes cette maison à la minute, Shiriye.

– Mais… !

– Sans cela, je ne réponds pas de ce qui peut arriver. »

Shiriye vit la haine dans les yeux de tous ceux dont il cherchait le soutien. Dans ceux de Bosaaso, les rayons du soleil étaient mêlés à du mépris. En militaire bien formé, Shiriye savait quand le moment était venu de battre en retraite. C'est ce qu'il fit, sans dire mot.

Durant un long moment, personne ne prit la parole, pas même Nasiiba ; pas plus que le bébé ne se réveilla ni ne pleura dans ce silence prolongé. La jeune servante, cependant, trouvant toute cette scène incompréhensible, s'esquiva furtivement, peut-être pour rapporter au monde extérieur ce qui s'était passé.

Mataan raconta alors comment le dik-dik, petite antilope africaine, se vengea un jour des éléphants : « Un jour un dik-dik vaquait à ses affaires, cheminant sur un étroit sentier dans une forêt très dense, quand un éléphant très pressé essaya de le dépasser. Après plusieurs essais, l'éléphant courroucé frappa le dik-dik de sa trompe, et l'animal tomba dans un énorme tas de crottes d'éléphants. Reprenant ses esprits après ce choc, le dik-dik convoqua un rassemblement de son clan, au cours duquel les dik-dik décidèrent de marquer leur territoire et de faire leurs crottes toujours au même endroit afin d'en faire une énorme montagne dans laquelle un éléphant pouvait s'enliser tout entier, y compris la trompe. Et il advint que ce soir-là un éléphant femelle eut cette mésaventure. »

Un quart d'heure après que Mataan eut raconté cette histoire qui tomba plutôt à plat, on entendit un vrai cri primal. Bosaaso vit que Duniya levait la tête dans l'attitude de la chamelle qui flaire l'approche de l'un de ses petits. Une série de grognements de bienvenue furent émis par les jumeaux, suivis par une spirale croissante de bruits divers, culminant dans un grand cri qui annonça une fillette, laquelle se jeta dans les bras ouverts de Duniya. Dans leur rencontre s'exprimait une joie absolue, une jubilation animale. Bosaaso pensa à nouveau à la réunion de la chamelle avec un de ses petits après que pendant des mois on lui a donné à allaiter un veau factice empaillé.

Les jumeaux se joignirent à ces embrassades, mais Bosaaso ne se sentait pas exclu. Il était heureux d'être témoin d'une réunion si joyeuse, venant juste sur les talons de tant de haine entre demi-frère et demi-sœur.

« Allons, allons », Duniya donna de petites tapes dans le dos de ses enfants. « Il nous faut présenter Hibo-Yarey à Bosaaso. »

Tout d'abord, Mataan et Nasiiba ne voulurent pas la lâcher. Et Yarey disait : « Où est-il celui-là, où est-il ? » Impossible de savoir, même une fois qu'elle fut libérée par les jumeaux, de qui elle voulait parler : de Bosaaso ou du bébé.

Duniya calma Yarey en la prenant par la main et en la tirant vers Bosaaso, à qui elle avait l'intention de la présenter. Mais la fillette voulait qu'on lui montre le bébé, et répétait sa question : « Où est le bébé, Duniya ? » (Ne vivant pas avec elle, Yarey appelait sa mère Duniya, ni Mère ni Maman comme le faisaient les jumeaux.)

Tous les deux prirent alors l'une des mains de Yarey et l'amenèrent dans la chambre où le bébé dormait dans son berceau. « Est-ce que l'un de vous peut le sortir du berceau pour que je le porte dans mes bras ? » dit-elle.

Mataan souleva l'Enfant sans nom de son berceau et le tendit à Yarey, qui le reçut comme une denrée fragile. On aurait cru que sa poitrine allait exploser tant sa respiration était excitée.

« Assieds-toi s'il est trop lourd pour toi », suggéra Duniya.

Les jumeaux s'assirent de chaque côté, aidant à tenir le bébé en équilibre sur les genoux de la petite fille. Tous les trois parlaient à la fois sans retenue. Nasiiba résuma l'histoire de l'enfant trouvé depuis le début.

« Comment se fait-il que tu n'aies pas ton sac avec tes affaires pour passer la nuit ici, Yarey ? demanda Duniya.

– Parce que Oncle Qaasim n'avait pas d'essence dans sa voiture, alors il n'a pas pu me conduire ici. Quelqu'un d'autre m'a prise jusqu'à un endroit pas très loin, et j'ai fait le reste du chemin en courant.

– Qui est-ce qui t'a parlé du bébé ? demanda Nasiiba.

– J'étais en train de courir pour venir ici, tu vois, quand Marilyn m'a arrêtée pour m'en parler. J'ai couru encore plus vite après cela tellement cette nouvelle me faisait plaisir. » Malgré une dent mal plantée et une autre sans vie, noirâtre, rabougrie, Yarey avait néanmoins un sourire charmeur.

Duniya saisit alors cette occasion pour la présenter à

Bosaaso : « Yarey, voici Bosaaso. » Et à lui : « Voici Hibo-Yarey.

– C'est bien ce que je pensais », dit Bosaaso.

Le sourire de Yarey était aussi désarmant qu'un sortilège de gitan. « Est-ce qu'on a déjà donné un nom au bébé ? demanda-t-elle à Nasiiba.

– Il s'appelle Abshir, du nom du frère de maman », mentit Nasiiba.

Mataan corrigea sa jumelle : « Non, Yarey. On n'a pas encore donné de nom au bébé.

– Mais il faut lui en donner un, insista Yarey.

– Nous l'appelons depuis le début l'Enfant sans nom, dit Mataan.

– Pourquoi ne pas lui donner un vrai nom, son propre nom ? demanda Yarey.

– D'abord nous devons savoir si nous pouvons le garder, intervint Duniya.

– Mais c'est nous qui l'avons trouvé, argumenta Yarey, c'est Nasiiba qui l'a trouvé, alors il est à nous.

– Il y a des problèmes légaux à résoudre avant que nous puissions lui donner un nom », dit Duniya. Elle essayait de noyer la voix de Nasiiba qui était en train de parler de Bosaaso à Yarey, lui disant qu'il habitait dans une maison plus grande que celle d'Oncle Qaasim, avait un poste de télévision, la marque la plus récente de magnétoscope japonais et une collection très variée de cassettes vidéo ; et qu'il retournerait un jour aux États-Unis où il avait vécu pendant plus de vingt-cinq ans. Si Duniya et lui se mariaient, ce qui était probable, alors ils iraient tous vivre en Amérique.

Soudain, Yarey s'exclama : « Je vais aller porter le bébé chez Oncle Qaasim et Tante Muraayo et je le leur laisserai pour qu'ils l'élèvent. Tu es d'accord, Duniya ?

– Pourquoi ? répliqua Duniya, bien surprise.

– Alors je pourrai venir à la maison, vivre ici.

– Mais… !

– Si mon oncle et ma tante ont un autre enfant pour me remplacer moi, alors je ne me sentirai pas aussi mal de les quitter, non ?

– Mais tu peux venir ici quand tu veux », dit Duniya.

Nasiiba chuchota encore quelques secrets à l'oreille de Yarey. Yarey eut un regard vers sa mère, puis vers Bosaaso, puis à nouveau vers Nasiiba qui lui fit un signe de tête pour l'encourager. Pendant quelques secondes, Yarey resta silencieuse.

« Qu'est ce que Nasiiba t'a chuchoté à l'oreille, Yarey ? demanda Duniya.

– Rien. »

Mataan s'éloigna de ses sœurs, prenant ses distances par rapport aux événements. Bosaaso, un peu gêné, se soumit au regard insistant de Yarey qui se demandait ce qu'il pouvait y avoir entre lui et sa mère. Mais Duniya paraissait ravie, et la maison avait un air de fête, à cause d'un enfant trouvé qui les rendait tous amis.

« Est-ce que je peux venir vivre à la maison, Duniya ?

– Bien sûr.

– Est-ce qu'Oncle Bosaaso me laissera regarder sa vidéo ? » dit Yarey.

Duniya ne sut comment répondre. Elle regarda Bosaaso, puis Nasiiba, puis se concentra sur l'horizon, trop embarrassée pour parler.

« Oui, bien sûr », dit Bosaaso.

Mais Yarey sentit qu'elle avait bouleversé Duniya. Elle fit signe à Nasiiba de prendre l'enfant trouvé. Elle alla alors à l'endroit où sa mère était assise et s'agenouilla auprès d'elle, lui embrassant la main. « Excuse-moi, Duniya. Je n'écouterai plus Nasiiba, je te le promets. »

Bosaaso se leva pour partir. « Nous sommes attendus chez le docteur Mire à sept heures et demie. Je viendrai te chercher, dit-il.

– Porte-toi bien, répliqua Duniya.

– Toi aussi », dit-il.

MOGADISCIO (SONNA, le 30 juillet)
Chaque foyer somali coupe en moyenne (pour une utilisation complète ou partielle) environ 150 arbres ou arbustes par an, selon une étude publiée la semaine dernière par le Ministère de l'Agriculture et de l'Élevage. Un grand nombre d'arbres et d'arbustes sont déracinés pour un usage ou un autre, et une grande partie est brûlée comme combustible ou utilisée comme matériau de construction pour faire des clôtures ou des enceintes de concessions.

Cette destruction du couvert forestier est en partie responsable de la diminution des pluies, du dessèchement de manière générale et de la réduction drastique du nombre d'animaux sauvages sur de vastes zones de la République. Ce rapport, le premier du genre établi par des experts somalis, ajoute que les troupeaux de chameaux, d'ovins et de bovins en surnombre dénudent de plus en plus larges portions du territoire, faisant disparaître arbres, broussailles et herbe et contribuant ainsi à la sécheresse.

Le rapport approuve le gouvernement de la Somalie, les organisations caritatives et les nations amies qui ont essayé d'atténuer ce désastre national, ce qui peut se comprendre à la lumière de problèmes similaires concernant l'environnement en Afrique et dans le reste du Tiers-Monde.

CHAPITRE IX

Dans lequel Duniya, vêtue selon les directives de Nasiiba d'une robe empruntée, va dîner avec Bosaaso chez le docteur Mire.

PENDANT sa sieste, Bosaaso vit un oiseau aux plumes élégantes et aux pattes lourdes, croisement entre l'aigle et le faucon, dont il ne put trouver le nom. Cet oiseau demeurait immobile et contemplatif, perché sur un poteau télégraphique, à la lisière d'un parc où sa femme défunte et lui-même pique-niquaient avec leur fils dans son berceau, tandis qu'on entendait non loin de là un poste à transistors.

À un moment donné, l'oiseau s'envola et demeura hors de leur champ de vision pendant un long moment. Quand ils furent à nouveau conscients de sa présence, il fondait sur eux d'une grande hauteur, effrayant, de plus en plus près comme s'il allait s'en prendre au bébé. Les deux parents furent bien soulagés de voir l'oiseau repartir, tenant dans son bec non pas leur enfant mais une fleur.

Bosaaso se réveilla, troublé. Immédiatement il se rappela que Duniya et lui étaient attendus chez Mire. Il prit sa douche à la hâte et, conduisant aussi vite qu'il était raisonnable, arriva à se garer à l'heure prévue devant chez Duniya. Il se précipita dans la chambre des femmes, tout essoufflé par l'angoisse, et ne se détendit que lorsqu'il put constater que l'enfant trouvé allait bien.

En se rendant chez Mire, tous deux se tenaient aussi raides sur leur siège que des mannequins – Bosaaso parce qu'il avait décidé de ne pas parler de son cauchemar pendant la sieste, et Duniya parce que la robe qu'elle avait mise sur les conseils insistants de Nasiiba commençait à la serrer à la taille, rendant sa respiration difficile. Tous deux arboraient un sourire aseptisé et gardaient le silence.

Bosaaso, gêné par ce silence, finit par dire : « J'envie Mire ; comme il vit seul, il a acquis une certaine qualité, celle de savoir se protéger. Je suppose que je t'envie aussi, surtout parce que comme ma mère, tu es toujours active. C'est-à-dire que toi, tu agis, alors que le reste des gens ne font qu'exister. »

Il vint alors à l'esprit de Duniya qu'elle connaissait à peine le docteur Mire, et bien qu'elle ne se risquât pas à le dire de façon explicite, elle suggéra avec circonspection : « Un ballon gonflé d'air va où le vent le pousse. »

Bosaaso ne comprit pas ce qu'elle voulait dire, mais répondit : « Si un jour tu le connais mieux, tu sauras à quel point il apprécie la compagnie des gens qui l'intéressent. Tu seras étonnée de voir qu'il parle beaucoup plus que moi, par exemple.

– Il ne parle jamais de lui ?

– Mais si.

– Et toi non ? »

Il sourit, et dit : « Je ne parle pas de moi ?

– Guère, dit-elle.

– Peut-être qu'il n'y a pas grand-chose à dire.

– Est-ce que tu attends de moi des chants de louange comme ceux que ta mère improvisait en guise de berceuse quand tu n'arrivais pas à t'endormir ? »

Elle fut frappée par leur tension à tous les deux, se rendant compte à quel point elle était agressive. Il lui était de plus en plus difficile de se forcer ainsi à se contrôler. Il était plus facile de discuter du docteur Mire que de leurs sentiments l'un pour l'autre. Ils n'avaient ni l'un ni l'autre prononcé le moindre mot tendre, à l'exception du seul moment où Bosaaso avait dit être attiré par elle. Ce n'était pas qu'ils ne se sentaient pas proches l'un de l'autre. Au contraire, il y avait entre eux une forte attirance physique. Mais ils étaient tous les deux prudents, sentant peut-être qu'ils ne pouvaient se permettre de décevoir leur attente mutuelle.

« Tu n'es jamais allée chez Mire, je pense ? demanda-t-il.

– Non. »

Silence. Les phares fendaient l'obscurité de la nuit comme un peigne fait une raie dans une tête ébouriffée.

« Mais vous vous entendez bien tous les deux ? demanda-t-il.

– Je n'ai jamais eu de rapports avec lui en dehors de mon travail, si bien que je ne le connais pas en tant qu'homme. En fait, c'est la première fois que nous nous voyons ailleurs qu'à l'hôpital. Il me rappelle souvent qu'il est ami d'Abshir, mais après tout, toi aussi. »

Bosaaso ne sut pas comment prendre cette dernière remarque. La tension montait en lui, ses poumons se gonflaient comme pour se préparer à l'action. Les mots jaillirent de sa bouche : « Que pensent les gens du docteur Mire ?

– Ils parlent de sa réserve, de sa retenue, et les infirmières ne peuvent s'empêcher de le comparer aux médecins étrangers qui travaillent avec nous à l'hôpital. Personnellement, je n'ai aucune difficulté à imaginer le genre de personne qu'il est au fond, mais je ne vois plus rien du tout quand j'essaie de penser à lui en dehors de son travail. Mon frère me l'a décrit un jour dans une lettre comme le Prussien – dans un sens positif, cela va sans dire.

– Ce serait intéressant de savoir comment le perçoivent les infirmières, commenta Bosaaso.

– Si elles sont lancées dans une conversation animée dans le corridor de l'hôpital, elles se taisent quand elles voient Mire approcher, dit Duniya. Lui-même m'a dit que ses neveux et ses nièces, jouant bruyamment dans la cour de leurs parents, ne font plus un bruit dès qu'ils l'aperçoivent.

– Ainsi les infirmières disent sur lui des choses désagréables ?

– Rien de bien terrible. »

Bosaaso se rappela à quel point la mère de sa femme avait détesté Mire. Et pourtant Mire se comportait comme si rien de tout cela ne l'atteignait. Il était clairement en paix avec lui-même et rien d'autre n'avait d'importance.

Duniya suggéra : « Les gens ici ne font guère de formalités, ce n'est pas étonnant qu'il surprenne certains de ceux avec qui il est en contact par son côté peu sociable. C'est drôle, mais ce n'est pas comme ça que je le vois.

– Non ? »

Duniya regarda sa main, cette main peu sûre qui avait renversé des objets le matin même où Bosaaso était entré dans sa vie en rêve, déguisé en papillon. Elle se rappela comme il avait été bon, comme elle avait été touchée par ce qu'il avait dit. Elle ne pouvait pas se rappeler ses mots exacts, seulement ses gestes gentils, signes qu'il l'aimait bien.

« Pour moi c'est un homme timide, embarrassé comme un enfant parmi des adultes qu'il ne sait comment aborder. Je l'ai observé dans des situations où il se retire en lui-même, ne montrant plus qu'une surface extérieure, comme une tortue que l'on attaque.

– C'est joliment formulé, dit Bosaaso, souriant et pensant à voix haute. Belle description, très poétique.

– Dans une lettre, mon frère Abshir m'a raconté comment Mire lui-même avait décrit ses accès de timidité comme aussi perceptibles que les bosses et creux qui déforment un miroir. » Pourquoi le nom d'Abshir ne cessait-il de lui venir à la bouche ? Était-ce à cause de la dispute déplaisante avec son demi-frère Shiriye ?

Bosaaso était maintenant en train de ralentir. Est-ce qu'ils étaient déjà arrivés ? Duniya pensa qu'elle aurait bien aimé qu'ils parlent tous les deux de sujets personnels qui les concernaient vraiment. Par exemple, du bébé. Il était certain que le cas de l'enfant trouvé allait être évoqué avec Mire au cours du dîner. Elle aurait souhaité pouvoir demander à Bosaaso ce qu'il en pensait ; pouvoir lui dire son point de vue à elle. Mais il était déjà garé sur un terrain vague à côté d'autres véhicules, parmi lesquels la Mini de Mire, tapie comme une naine au milieu des plus grosses voitures.

Le sourire de Mire quand il les accueillit, pensa Duniya, était l'expression d'un homme chez qui vous arrivez à l'improviste à la minute même où il a transporté un trésor précieux d'un endroit à un autre : un sourire plein de secrets. Ce sourire s'épanouit un instant, puis finit par s'amincir comme la ligne fine de la moustache soigneusement taillée de Mire. Il avait cinq bons centimètres de moins que Bosaaso, était plus trapu que son ami d'enfance, avec une voix sonore qui était un plaisir à entendre. Il s'écarta, très droit, courbant ostensiblement la tête et les accueillant d'un geste de la main qui signifiait « bienvenue ».

En entrant, elle pensa voir une expression peu élégante sur le visage de Mire, une légère hésitation, celle d'un homme qui hésite entre deux humeurs, l'une assez compassée, l'autre moins rigide. Duniya sourit intérieurement, se rappelant une autre occasion où elle avait remarqué chez lui un tel changement d'humeur : le matin où sa main à elle avait été prise de folie, renversant les stylos, les thermomètres et les crayons.

Bosaaso les conduisit dans la spacieuse salle de séjour, et Duniya fut ravie de constater qu'elle n'était pas particulièrement luxueuse. Il y avait peu de meubles, un décor simple, et chaque objet était de fabrication locale. Pas de couleurs agressives, rien de ce que les nouveaux riches associent avec le fait d'être moderne ; pas de télévision, pas de magnétoscope, aucun des gadgets compliqués dont regorge l'ère informatique, à part un lecteur de cassettes et une radio à ondes courtes, avec son antenne déployée. Les rideaux et le papier peint allaient bien ensemble. Est-ce que le salon de Bosaaso dans son palais de deux étages était aussi simple que celui-ci ? Ou faisait-il étalage de ses biens sans aucun goût ? Duniya était ravie d'être venue d'abord chez le docteur Mire.

Les deux amis se tenaient à un demi-pas derrière elle, comme des serveurs professionnels qui font asseoir un client de très grande importance. Arrivé à l'endroit de la pièce où se trouvaient les sièges, le docteur Mire encouragea Duniya à prendre le plus grand fauteuil.

« S'il te plaît », la pressa-t-il, la guidant doucement vers le vaste fauteuil tendu de vert.

Et les hommes ne s'asseyaient toujours pas. « Pour commencer, qu'est-ce que tu prends, Duniya ? demanda Mire.

– Quelque chose sans alcool, si c'est possible », répondit-elle.

Bosaaso pendant ce temps gardait la distance polie d'un maître d'hôtel, debout les mains dans le dos, le corps prêt à réagir en cas de besoin.

En réponse à la liste de boissons proposée par leur hôte, Duniya dit : « Une orange pressée, s'il te plaît.

– Mais bien sûr », dit Mire.

Soudain, tout se mit en mouvement. Mire partit, déférent, marchant à reculons la moitié du chemin. Bosaaso vint s'asseoir sur le petit fauteuil à côté de Duniya. Mire fit une pause juste avant d'entrer dans la cuisine, fit demi-tour et demanda : « Et toi, Bosaaso, qu'est-ce que tu prends ?

– Comme Duniya, s'il te plaît.

– Pourvu que ce soit simple, que ce soit naturel ? » se moqua Mire.

Bosaaso fit signe que oui. Mais pourquoi Mire ne sortait-il pas ? Anxieuse, Duniya croisa, recroisa et décroisa les jambes, tout en sachant que les regards ne convergeaient pas sur elle. Mal à l'aise, elle percevait l'humidité de ses aisselles et la façon dont sa robe la serrait à la taille. Et voilà que Mire s'éloignait, promettant de revenir sous peu.

Resté seul, Bosaaso se rapprocha un peu pour dire : « Ça va ? »

Elle ne voulait pas penser à la cause immédiate de sa détresse : sa robe. « Ça va bien, merci, répondit-elle.

– Est-ce que lui ou moi avons dit quelque chose qui t'a déplu, Duniya ? »

Elle arracha ses pensées au sujet qui la tourmentait depuis un moment. Elle dit : « Que lui as-tu dit à notre sujet ?

– Rien.

– Je ne te crois pas.

– En fait, pas grand-chose.

– Ça ne m'avance guère, dit-elle, à voix basse.

– Je ne lui ai pas dit grand-chose ; seulement des généralités.

– Et sur l'enfant trouvé ?

– Je lui ai donné les fait tels que je les connais, répliqua-t-il.

– C'est-à-dire ? Quels faits ?

– Je lui ai dit qui avait découvert l'enfant trouvé, où et comment. Ce genre de choses. Et comment nous l'avons enregistré sous nos deux noms, comme coresponsables. Les faits tout nus, sans fioritures. » Il s'arrêta. « Maintenant, qu'est-ce qui t'a déplu ?

– Je n'aime pas du tout cela, quand les hommes pensent que ma présence va de soi, du simple fait que je suis une femme », dit-elle.

C'était à son tour de dire : « Ça ne m'avance guère. »

Ils se turent et s'écartèrent, car Mire faisait son entrée à un moment opportun, en se râclant la gorge. Il s'approcha, portant le plateau. Il plaça soigneusement un petit napperon carré devant chaque personne. Duniya pensa que son appartement avait l'air d'être passé au pressing. Pratiquement pas de poussière. Elle n'arrivait pas à comprendre comment il arrivait à protéger ainsi son appartement, tout comme lui-même, des tempêtes de sable de Mogadiscio, de son humidité oppressante et de la rouille. Elle reçut dans ses deux mains la boisson qu'il lui tendait, disant « Mahadsanid » la tête penchée en signe de gratitude.

Mire servit son ami en plaisantant : « Depuis que je le connais, je n'ai jamais vu Bosaaso avec une boisson sans alcool. J'espère que tu te rends compte de l'effet que tu lui fais, Duniya. »

Elle dit : « Les occasions spéciales imposent certaines contraintes à ceux qui veulent en garder le souvenir. Peut-être que c'est pour cela qu'il prend ce type de boisson, tu ne crois pas ? »

Il y avait une légère touche d'irritation dans la voix de Mire, l'attitude d'un frère aîné qui se prépare à réprimander son jeune frère. « Tu veux dire qu'il t'en a déjà parlé ? dit-il à Duniya.

– Parlé ? Parlé de quoi ? »

Elle sentait que les deux hommes la dévisageaient avec une attention bienveillante. De quoi parlaient-ils ? Étaient-ils en train de dire que Bosaaso s'était réformé et avait définitivement renoncé à l'alcool, référence oblique à l'usage immodéré fait par Taariq de cette substance tout à fait nocive ?

Mire demanda : « Il ne t'a rien dit à propos d'Abshir ?

– Mon frère Abshir ? Qu'est-ce qui lui arrive ? » Cela ne pouvait pas être une mauvaise nouvelle, puisque leurs visages étaient éclairés par de grands sourires. « Dites-moi vite, je ne peux plus attendre.

– Il est possible qu'il vienne bientôt, en visite. »

Elle se leva à moitié de son fauteuil : « Pour me rendre visite à moi ?

– C'est cela. »

Elle ne sut que dire, ne sut comment réagir à cette nouvelle. Elle avait peur de prononcer des paroles ridicules, ce qu'elle ne se pardonnerait jamais, et pourtant rien de sensé ne lui venait à l'esprit. Elle écoutait la musique de la radio avec seulement une partie de son cerveau, une musique qui était nettement orientale, et non arabe. Non, en fait, la mélodie était un peu aiguë, plus probablement extrême-orientale. Elle se pencha en avant et dit, très tendue : « Mire, est-ce qu'il t'a écrit pour te dire qu'il arrivait bientôt ? » Et au fond d'elle-même, elle espérait bien qu'Abshir n'avait pas agi comme cela.

« Il est en vacances en Grèce et a rencontré une de mes amies, que j'ai eue au téléphone aujourd'hui : c'est son anniversaire. C'est elle qui m'a dit qu'il pensait venir te rendre visite », dit Mire.

Ils portèrent alors un toast à son frère, répétant son nom dans les brèves formules de souhait du *caafimaad*. La main peu sûre, elle lâcha son verre et répandit un peu de liquide sur sa robe. Elle se leva, très gênée, et aurait bien voulu être toute seule dans une salle de bains ou dans une pièce quelconque avec un verrou qu'elle aurait pu tirer de l'intérieur. Elle avait soudain du mal à respirer, car cette émotion inattendue était beaucoup trop forte. Elle avait très chaud derrière les oreilles, et ses aisselles étaient trempées comme un matelas mouillé par un enfant. Bosaaso lui indiqua où était le cabinet de toilette.

Elle n'en émergea que lorsque l'on annonça : « Le dîner est servi, Mada ! »

Les bonnes manières chuchotaient à l'oreille de Duniya qu'il n'était pas séant de confesser ouvertement qu'elle n'avait pas de nom pour le plat qu'elle était en train de manger, ce qui est anathème pour tout musulman dévôt qui s'attache à identifier tous les ingrédients des mets qu'il goûte ou qu'il consomme. Mire était assez délicat pour soupçonner que cette réticence, due à la tradition, était peut-être la cause du malaise qui se lisait sur son visage. Cependant il n'en dit rien, ni à elle, ni à Bosaaso : ses yeux se portaient de l'un à l'autre, signe qu'il espérait : son ami allait peut-être rassurer Duniya en lui disant qu'elle n'était pas en train de manger du porc.

Duniya, quant à elle, se faisait du souci à un autre sujet : pourquoi renversait-elle les objets, répandait-elle le contenu de son verre, se heurtait-elle l'orteil ? Que tout cela fût maintenant presque une affaire de routine, ennuyeuse à force d'être si prévisible, jurait avec l'image qu'elle avait d'elle-même. Avait-elle perdu contrôle de certains neurones de son cerveau, si bien que son équilibre mental et physique en était affecté ? Elle était fâchée à l'idée que dans son sillage survenaient automatiquement chutes, objets brisés et catastrophes diverses. C'était bizarre, les formes se brouillaient dans son champ de vision. Par moments, les murs reculaient. Ses poignets se pliaient, athlétiques et vigoureux comme ceux d'un lanceur de javelot. Elle se rappela que dans la mythologie somalie, le cosmos est en équilibre sur les cornes d'un taureau, animal qui est à jamais fasciné par une vache attachée à un piquet en face de lui. On dit que le corps du taureau perd l'équilibre chaque fois que l'objet de son amour, la vache, regarde dans une autre direction, et que ce déplacement physique occasionne les tremblements de terre dans le monde entier. Était-ce maintenant elle, Duniya, qui subjuguait l'univers en brisant ces objets en mille morceaux ?

« Sais-tu le nom du plat que nous sommes en train de manger ? » demanda Bosaaso.

Ces paroles mirent un certain temps à arriver à son cerveau et à y prendre sens. Elle percevait le poids des regards convergeant sur elle et savait qu'elle leur avait déplu d'une manière ou d'une autre. Elle n'avait pas touché à son assiette. Elle décida de tourner la situation à son avantage et de tirer un plaisir pervers à faire montre de son ignorance ; cela marchait très bien d'habitude avec les hommes en général qui étaient ravis de voir confirmer leur certitude que les femmes en savaient beaucoup moins qu'eux. Mais cela l'aiderait peut-être aussi à recouvrer sa confiance en elle-même qui était un peu endommagée ; de cette perte de confiance, elle ferait étalage comme de blessures accumulées au cours d'une bataille. Elle dit : « Comment l'appelle-t-on, ce plat ?

– De la moussaka », dit Mire.

Et immédiatement, Bosaaso intervint : « Tu vois, dit-il en se servant de sa fourchette pour sa démonstration, ce sont des couches de viande hachée, puis d'aubergines, recouvertes de parmesan. »

Duniya dit alors, en mettant le doigt avec insistance sur la blessure de son amour-propre : « Moussaka est un si joli nom que je parie que si ce plat devenait populaire un jour en Somalie, une mère en viendrait à appeler sa fille Moussaka. » C'était comme si elle leur signifiait que la conversation devait maintenant se diriger vers les noms que l'on donnait aux enfants.

« Tu appellerais ta fille Moussaka, Mire ? demanda Bosaaso.

– Certainement pas, répliqua Mire, mais je suis sûr que certaines femmes n'hésiteraient pas à le faire. »

Bosaaso dit à Mire : « Tu te rappelles cette fille en ville que l'on appelait Makiino, forme abâtardie de l'italien "macchina" ? Je me rappelle avoir pensé qu'il était vraiment bizarre qu'une mère donne à sa fille le nom d'un tel engin mécanique. Mais, rétrospectivement, je peux voir que cela avait un sens. En premier lieu, la machine fait le travail plus vite et mieux que n'importe qui. De plus, elle réduit les heures de travail et donc la fatigue. Enfin, elle aide la femme à aller de l'avant, puisque ce concept l'a fait entrer dans un monde plus vaste où les machines font partie intégrante de la vie quotidienne sur le plan culturel et scientifique.

– Il y avait une autre fille, non ? dit Mire. Sa mère l'avait appelée Aasbro, tu te rappelles ? Une autre a appelé sa fille Omo d'après le détergent, peut-être par reconnaissance pour l'utilité d'un tel produit ; ou Layloon, corruption de nylon, peut-être parce qu'elle avait la peau très douce.

– Nous connaissons un homme, n'est-ce pas, Mire, dit Bosaaso, qui, à sa naissance, présenta d'abord son séant et à qui l'on donna le nom de Daba-keen, expression qui décrit bien la position de siège dans laquelle il était né. »

Duniya mangeait en silence, se rappelant les raisons pour lesquelles sa mère avait appelé son fils unique Abshir. Sa naissance avait été pour elle une bénédiction, disait-elle, se rappelant avec fierté à quel point il avait réussi à l'école et l'université. Maintenant Abshir se préparait à lui rendre visite, ce frère qu'elle n'avait pas vu depuis des années, qu'elle n'avait vu que quelques jours lors d'un bref séjour à Rome.

Mire lui dit : « As-tu une idée de la raison qui a fait choisir ton nom ? Quant à moi, on m'a donné celui de mon grand-père et, bien sûr, tu connais l'histoire du surnom de Bosaaso ? »

Duniya espérait que Mire pouvait lire dans ses yeux le plaisir que la nouvelle de la venue d'Abshir lui avait donné. Intimidée et presque étranglée par l'émotion, elle dit : « J'étais la dernière fille de ma mère, son dernier enfant, aussi je présume que pour elle j'étais tout un monde. »

On aurait dit que Bosaaso était un parent qui adresse des encouragements à un enfant timide. « C'est le sens du nom de Duniya : le monde, dit-il.

– Le cosmos », dit Mire, avec une exactitude de spécialiste.

Ils se mirent alors à parler longuement des commerçants, arabes et européens, qui avaient parcouru le continent africain, propageant leur foi, faisant don de leur dieu et de leurs croyances (comme, de nos jours, le fait l'aide internationale) : présents que les Africains avaient acceptés sans beaucoup se poser de questions.

Bosaaso demanda à la cantonade : « Pouvez-vous penser à un concept somali comparable à la notion moderne de cosmos qui, en arabe, se dit Duniya ? Tu vois, selon les Arabes, ils nous ont donné la notion de cosmos en nous offrant non seulement leur foi islamique, mais en partageant avec nous leur vision du monde : c'est à partir de cette vision que nous avons construit par la suite notre compréhension du fonctionnement du globe.

– Qu'est-ce que cela leur rapportait, aux Arabes, de nous faire don, pour ainsi dire, de leur vision du monde, en même temps, bien sûr, que d'un cosmos créé par Allah, qui était en contradiction avec nos systèmes de croyance traditionnels ? » demanda Duniya.

Le visage de Bosaaso s'assombrit tandis qu'il essayait de formuler une réponse.

« En fait, Duniya a raison, dit Mire, bien que la différence entre les croyances traditionnelles africaines et la foi judéo-chrétienne ou islamique, selon moi, soit liée aux proportions mystiques d'un cosmos créé par un agent central. Le point de départ est celui-ci : qui adorons-nous, ou quoi ? Dans le cas du Somali qui fait du corbeau un dieu, la réponse est claire : les Somalis révèrent la mort, les corbeaux étant associés à la fin de la vie, au terme mis à notre existence. Ce que les systèmes judéo-chrétien et islamique offrent est une rationalisation qui est tournée vers l'avenir, donne des récompenses, offre une vie après la mort, une foi dans laquelle on vous garantit des délices paradisiaques après la mort.

– Qu'est-ce que tout cela veut dire, en termes simples ? demanda Duniya.

– Cela veut dire, dit Mire, qu'en surface au moins, tu investis tes efforts dans des activités quotidiennes de vénération de toi-même (puisque dans les systèmes judéo-chrétiens comme dans les systèmes islamiques, Dieu est recréé selon la plus haute image possible de l'homme, tandis que dans la pensée somalie, les corbeaux ne ressemblent en rien à l'idée que l'homme a de lui-même), et on te promet des dividendes célestes proportionnels à ta confiance en un dieu qui donne et reprend la vie.

– Dieu donne, l'homme donne ! » dit Bosaaso, pas très sérieux.

Et le silence s'établit. Mire commençait à se rendre compte qu'il ne se faisait pas comprendre de Duniya, qui semblait avoir renoncé à écouter ses grandes théories. Il était temps de passer à la salade de fruits.

Quand ils eurent terminé leur dessert, et que le café leur fut servi, Duniya se réfugia un certain temps dans la salle de bains, y cherchant le répit que donne le fait d'être seule dans une pièce qui se ferme à clef. Elle pensait aussi que les deux amis apprécieraient d'être entre eux un moment pour se laisser aller à leur dialecte masculin. En fait, elle avait l'impression qu'ils étaient comme deux personnes que l'on force à parler une langue étrangère au bénéfice d'un tiers. Comme ils avaient passé presque toute la soirée de la sorte, elle décida de leur faire don d'un peu de temps où ils puissent utiliser leur propre langue.

Depuis la salle de bains, et sans aucun effort, Duniya pouvait entendre leur conversation ; la première partie était entièrement consacrée à l'enfant trouvé, qui n'avait encore reçu ni vaccins ni nom. Bosaaso répondait aux questions de Mire avec une réticence visible, marmonnant certaines de ses réponses. À un moment donné, Mire demanda :

« Dis-moi, pourquoi le gardez-vous, je veux dire, tous les deux ?

– Qui a dit que nous le gardions ? répondit Bosaaso.

– Vous ne le gardez pas ? dit Mire, ne comprenant plus.

– J'ai l'impression, expliqua Bosaaso, que c'est lui qui nous garde, dans le sens qu'il cimente notre amitié à Duniya et moi et la renforce, de minute en minute.

– De quelle façon ?

– Cet enfant trouvé est devenu le point central où convergent nos soucis et nos plaisirs, il est au cœur de notre affection. Nous en prenons soin comme s'il était de notre propre sang.

– Et alors, qu'est-ce que cela signifie pour vous ? demanda Mire.

– Je ne peux parler qu'en mon nom propre, parce que Duniya et moi n'avons pas encore parlé de cet aspect de nos rapports.

– Qu'est-ce qu'il signifie donc pour toi, personnellement ?

– Jusqu'à ce que nos liens soient plus solides, dit Bosaaso, et peut-être même après cela, l'enfant trouvé aura été le symbole du fait que nous sommes ensemble.

– Je ne suis pas sûr de te suivre, dit Mire.

– On peut le voir ainsi : il occupe une place centrale pour elle, pour moi, et pour ses enfants, avec qui je m'entends très bien.

– Ainsi tu prévois un jour où vos rapports vont en quelque sorte décoller, sans l'aide de l'enfant trouvé ? demanda Mire, précautionneusement.

– Surtout maintenant qu'Abshir doit venir.

– Et pourquoi cela ? »

À voix basse, Bosaaso dit : « Nous ne pourrions pas en parler une autre fois ?

– Je vois ce que tu veux dire », dit Mire.

Ils se turent.

Duniya les rejoignit, et on lui fit visiter l'appartement. On l'emmena dans le bureau de Mire, qui faisait penser à celui d'un ermite, lieu où les idées se développent et où l'esprit progresse. Il y avait tout un désordre fait de livres, de piles et de piles de livres, entassés sur les tables, débordant des rayons d'une bibliothèque. Tandis que Bosaaso avait acheté deux voitures, l'une pour en faire don à son cousin comme taxi, et l'autre pour son propre usage, et en plus de cela une maison pour lui-même et une pour l'ensemble de ses cousins, Mire avait investi sa fortune à acquérir des connaissances.

Le bureau avait son propre type de confort. Il y avait un énorme fauteuil inclinable, une méridienne faite sur commande, avec des inscriptions en allemand (Bosaaso expliqua que c'était un cadeau de Claudia, l'amie allemande de Mire). Il y avait beaucoup de recoins non dépoussiérés dans cette pièce, et un certain nombre de tasses de café à moitié bues, non ramassées, abandonnées çà et là un jour ou deux auparavant. Pour Mire, dit Bosaaso, il fallait que le monde extérieur fût en ordre, mais cela ne s'appliquait pas à son bureau. Il ne pouvait imposer de l'ordre au développement des idées. Ici, il était un être humain ; ici, il n'était pas embarrassé par ses propres émotions.

C'était aussi un lieu privé. Il y avait une photographie grandeur nature de Claudia Christ, son amie allemande, qui dominait toute la pièce de l'endroit où elle était accrochée, assez haut et de telle façon, pensa Duniya, que l'on avait l'impression que cette Européenne pouvait lire dans les pensées de tous ceux qui se tenaient dans le bureau. Elle avait les lèvres minces, les cheveux courts, un tout petit nez, le menton pointu et la mâchoire en avant. À cause de cette photo, Duniya avait l'impression d'être dans un sanctuaire.

Bosaaso lui servait de guide. Il lui montra des traductions en somali de grands classiques européens, y compris Shakespeare, Goethe et Dante, dont Mire avait établi les brouillons, avec des notes et des introductions, chacune d'entre elles étant dédicacée à Claudia. Mire traduisait directement à partir des originaux, écrits dans des langues qu'il connaissait bien. Un jour il espérait être en mesure de publier ce travail de toute une vie.

Il montra aussi à Duniya les livres de Claudia Christ, quatre ouvrages, tous en allemand et dédicacés à Mire. C'était bien noble de sa part de dédier l'œuvre de sa vie à un homme qui ne l'avait pas épousée, ou pas encore, pensa Duniya.

La visite guidée une fois terminée, elle remercia Mire pour cette soirée fort agréable et souhaita qu'on la ramène chez elle. En partant, elle se demanda comment elle allait faire pour rendre l'invitation de Mire. Il lui faudrait trouver un moyen de le faire venir à son domicile quand il n'était pas envahi par des enfants bruyants. L'arrivée de son frère lui fournirait un bon prétexte. « Il faudra venir dîner chez nous quand il sera là », dit-elle.

Avec un regard malicieux, Mire répondit : « J'attends davantage qu'un simple dîner. »

Bosaaso et Duniya gardèrent le silence pendant tout le trajet jusqu'à chez elle, où ils remarquèrent un certain nombres d'allées et venues. Duniya ne l'encouragea pas à entrer. Ils se dirent au revoir à l'extérieur. Elle sortit de la voiture, mais pas avant de lui avoir donné un baiser léger.

« On se voit demain, dit-il.

– Bonsoir et merci pour tout », répondit-elle

MOGADISCIO (SONNA, ANSA, le 7 janvier)
Un Accord de coopération avec le gouvernement italien a été signé avant-hier au cours d'une réception organisée à l'hôtel Caruba, à Mogadiscio. Ce projet de coopération a des applications dans plusieurs secteurs en développement, de la réhabilitation des rizières dans la région de Jowhar et ses environs, jusqu'à l'augmentation du nombre de lits dans plusieurs hôpitaux régionaux sur tout le territoire de la République, et il vise aussi à renforcer les liens entre les deux pays.

Dans ce contexte, le gouvernement italien a promis d'augmenter le nombre d'enseignants détachés à l'Université nationale de Somalie par les établissements d'enseignement supérieur italiens. L'université somalienne est la seule, en dehors de l'Italie, où toutes les matières sont enseignées en italien. Il est prévu dans le programme que les spécialistes italiens de somali doivent aider leurs homologues à achever un dictionnaire italiensomali et un projet linguistique auquel l'équipe travaille depuis un certain temps, supervisée par l'Université de Rome et l'Académie somalie de Langue et de Littérature.

Cet Accord a été signé par le Secrétaire d'État aux Affaires étrangères au nom de la Somalie et, au nom de l'Italie, par le Chargé d'affaires.

CHAPITRE X

Dans lequel Duniya et ses trois enfants reçoivent de nombreux visiteurs, y compris Muraayo. Et, comme d'habitude, Bosaaso passe les voir.

CE MATIN-LÀ était d'argent lumineux, et un courant d'air frais avait pénétré dans la pièce en même temps qu'une libellule qui, avec ses mouvements désordonnés, de haut en bas, semblait écrire un nom en code. Pour le lire, Duniya essuya la légère rosée sur ses yeux, peu sûre tout d'abord de réussir. Le bébé poussa un cri à cause de ce courant d'air froid dans la chambre des femmes et Duniya se leva pour le couvrir avec l'une de ses tuniques *guntiino*. Comme cela ne suffisait pas à le calmer, elle le prit et le tint serré dans la chaleur de ses bras, lui gazouillant à l'oreille jusqu'à ce qu'il s'arrête de hurler. Elle le remit dans son berceau et, ayant fermé la fenêtre, se remit au lit.

Elle vit alors en esprit le langage codé de la libellule, elle était sûre de pouvoir lire un nom, écrit en bleu, un bleu couleur de tatouage, auréolé d'une eau claire comme de la glace. C'était le nom de la jeune femme que Duniya avait vue à la consultation le matin où Bosaaso l'avait conduite dans son taxi-papillon.

Elle se réveilla, l'esprit encombré de souvenirs sans aucun lien entre eux.

*

« Tu sais, je ne plaisante pas quand je dis que je ne retournerai pas chez Oncle Qaasim et Tante Muraayo », dit Yarey.

Duniya fit taire sa fille de neuf ans. La radio était allumée. Elles écoutèrent un instant les nouvelles, mais rapidement Yarey cessa de suivre sa mère dans son intérêt pour les événements du monde extérieur et se mit à insister pour que Duniya fasse enfin attention à elle.

« Tu as entendu ce que j'ai dit ? » dit Yarey, fâchée.

Duniya ne voulait pas être distraite de l'attention qu'elle portait à un communiqué sur le Chef d'État qui recevait une délégation conjointe d'Amérique du Nord et de la Communauté européenne, qui venait étudier les besoins de la Somalie. Immédiatement après, on parla d'un bébé de deux jours trouvé près d'une poubelle dans le quartier de Duniya. Mais on ne donna pas d'autres détails ; on dit seulement que le bébé avait été abandonné, pas même qu'on lui avait trouvé un foyer et deux cotuteurs, Duniya et Bosaaso.

« Tu vas m'entendre maintenant ? demanda Yarey.

– Que veux-tu ?

– Je veux que l'on apporte mes affaires ici, dans la voiture de Bosaaso. »

Duniya n'était pas d'humeur à être bousculée. Elle préférait régler les problèmes l'un après l'autre. De plus, il était trop tôt pour qu'elle saisisse bien ce dont parlait Yarey. Elle avait trop de sujets de préoccupation, y compris les préparatifs pour l'arrivée d'Abshir, plus d'autres problèmes dont elle devait parler à Nasiiba.

« Ça ne peut pas attendre un peu, Yarey chérie ? dit-elle.

– Je veux que l'on apporte mes affaires ici. Aujourd'hui. » C'était un ordre.

« Pourquoi ?

– Parce que je ne veux pas retourner chez mon oncle et ma tante. »

Duniya rappela à sa fille qu'Oncle Qaasim et Tante Muraayo avaient été choisis comme tuteurs après un compromis, puisque elle-même, Duniya, et Taariq, le père de Yarey, ne pouvaient se mettre d'accord pour savoir qui allait la garder. Naturellement, ils n'avaient pas voulu aller au tribunal. Taariq à cette époque était handicapé par des crises de dépression liées à la boisson, Duniya par des difficultés financières, car elle ne pouvait subvenir à elle toute seule aux besoins de trois enfants. On parvint à un accord : il fut décidé que Duniya resterait dans la maison de deux pièces où ils vivaient maintenant en ne payant qu'un loyer de principe, et que Yarey serait élevée chez le frère aîné de Taariq, étant donné que sa femme Muraayo n'avait pas d'enfant à elle. Tout ceci avait fait l'objet de négociations délicates (Duniya essayait de faire comprendre à Yarey la complexité de la situation), et avait demandé de fort longues séances de discussions. De cette façon, Taariq pouvait voir sa fille quand il voulait, et elle passait ses week-ends avec Duniya.

« On n'a qu'à leur donner l'enfant trouvé, cela résoudra les problèmes de tout le monde, dit Yarey.

– Quels problèmes ?

– Et alors je pourrai venir à la maison. »

Duniya fit un claquement de langue pour exprimer son désaccord. « Ton retour à la maison n'a rien à voir du tout avec l'enfant trouvé. C'est un tout autre problème. Et comme je te l'ai déjà dit, tu peux revenir vivre ici quand tu veux. Mais il faudra que je discute des modalités avec ton père, Oncle Qaasim et Tante Muraayo.

– Mais ce n'est pas juste.

– Qu'est-ce qui n'est pas juste ?

– Tu vois, si je viens vivre ici, alors Oncle Qaasim et Tante Muraayo n'auront plus d'enfant à eux, tandis que nous serons quatre enfants ici, tous à toi, raisonna Yarey.

– Ton oncle a des enfants de ses mariages précédents, lui rappela Duniya.

– Mais sa femme actuelle, Tante Muraayo, ne veut pas les laisser entrer chez elle. »

Duniya ne fit aucun commentaire.

« D'ici à ce que l'enfant trouvé ait mon âge, il aura accepté Tante Muraayo comme mère. Tu as pensé à cela ? insista Yarey.

– Je suggère que tu restes chez Tante Muraayo qui t'a acceptée comme sa propre fille », lui dit Duniya, d'un ton de plaisanterie, essayant de l'amadouer. Mais elle n'avait pas plus tôt dit cela qu'elle regretta ses paroles.

« Tu veux dire que tu préfères ce bébé à moi ? dit Yarey.

– Grand Dieu, non !

– Pourquoi est-ce que ce vilain enfant trouvé est si important pour toi ? la défia Yarey.

– Il n'a pas d'autre foyer, et toi tu en as au moins deux. Il faut être juste, Yarey.

– Hier, tu as eu une horrible dispute à son sujet avec Oncle Shiriye, continua Yarey d'un ton hostile. Et maintenant tu me dis ces choses cruelles, à moi, ta fille. Pourquoi est-il si important ? »

Par une idée lumineuse, aussi intense qu'un éclair, Duniya aperçut un moyen d'apaiser Yarey. Elle tendrait un piège habile à la fillette. Elle allait lui donner de l'importance, se confier à elle.

« Est-ce que tu es assez grande pour garder un secret, Yarey ?

– Bien sûr que oui, dit Yarey, toute oreilles.

– Est-ce que je peux te faire confiance pour ne rien dire à Nasiiba ou à Mataan ou à personne d'autre ?

– Bien sûr ! »

Duniya dit : « Oncle Abshir va bientôt arriver. »

Yarey ne put contenir sa joie. « Quand ? »

Satisfaite de voir qu'elle pouvait manipuler les humeurs changeantes de sa fille cadette, Duniya dit : « Je ne sais pas exactement quand.

– Tu as eu un télégramme ou une lettre de lui ?

– Un ami du docteur Mire a pris son petit déjeuner avec lui hier, lâcha Duniya. Tu ne l'as pas encore vu, mon frère Abshir ?

– Non, pas encore.

– Il faut cependant que tu gardes tout cela pour toi.

– Je ne dirai rien », promit Yarey.

Par ce biais, Yarey avait complètement oublié l'enfant trouvé de même que ses projets pour qu'on l'échange avec elle. Elle débordait d'enthousiasme.

« Tu penses qu'il est encore temps que je lui écrive avant qu'il n'arrive ? voulut-elle savoir.

– Pourquoi ?

– Parce que je veux qu'il me rapporte quelque chose d'Italie.

– Ce n'est peut-être pas une bonne idée, dit Duniya d'un ton peu encourageant.

– Cette hôtesse de l'air somalie, je ne sais plus son nom, elle peut prendre une lettre pour lui. Essayons de voir si elle prend l'avion pour Rome et nous lui donnerons une lettre ou quelque chose, un message. »

Au nom de cette hôtesse, tout le corps de Duniya se raidit.

« Qu'est-ce qu'il y a ? s'enquit Yarey.

– Que veux-tu qu'Oncle Abshir te rapporte d'Italie ? dit Duniya, le sourcil froncé.

– Je veux un walkman. »

Duniya eut un sourire limpide. « Nous essayerons de lui faire passer un message.

– Et il y a quelque chose d'autre », Yarey était trop excitée pour rester en place.

Commençant à perdre patience, Duniya demanda : « Quelque chose qu'il n'aura pas de mal à faire passer par la douane ?

– Un film qui s'appelle *E.T.*

– Un film ?

– Une vidéo, ainsi je pourrai la regarder sur l'appareil de Bosaaso.

– Nous essayerons de le contacter demain.

– Promis ?

– Et tu promets de ne rien dire de sa venue à âme qui vive ? »

Yarey fit signe que oui.

« Si tu ne respectes pas ta part du contrat, je ne respecterai pas la mienne, dit Duniya.

– Je la respecterai, dit Yarey, je suis grande maintenant. »

Nasiiba, qui venait de prendre sa douche, entra dans la pièce. Comme Yarey et sa mère gardaient un silence de conspirateurs, Nasiiba soupçonna qu'elles venaient de parler d'elle. Autrement, comment se faisait-il qu'elles évitaient de croiser son regard ? Ses yeux se portèrent de sa sœur à sa mère, de sa mère à l'enfant trouvé et finalement à la radio qui continuait à jacasser, mais finalement elle ne sut que dire. Et Duniya dit à Yarey, d'une voix enjouée : « On va prendre une douche, toutes les deux ?

– Ça sera amusant, Duniya », dit Yarey.

Elles quittèrent la pièce, laissant Nasiiba convaincue que ou bien elles venaient de parler d'elle, ou bien qu'elles détenaient une information qu'elles ne voulaient pas partager avec elle.

Après la douche, que toutes deux prirent avec beaucoup de plaisir, Duniya emprunta la chambre de Mataan pour se changer. Dans la glace, son visage paraissait doux comme la terre après les pluies du printemps : brun, comblé, souple. Un instant, elle écouta le bavardage des jeunes dans la cour : Mataan, Marilyn et l'amie de celle-ci et une autre dont elle n'arrivait pas à replacer la voix. Nasiiba et Yarey étaient en train de nourrir le bébé. Les rideaux tirés, la porte verrouillée de l'intérieur avec juste assez de soleil pour pouvoir se voir dans la glace, Duniya examina son corps avec attention pour la première fois depuis de nombreuses années. Et ce qu'elle vit la déprima.

Elle avait négligé son propre corps tout en s'occupant

des besoins physiques des autres, en tant qu'infirmière, en tant que mère de trois enfants et maintenant comme co-tuteur d'un enfant trouvé. Elle ne s'était pas rendu compte qu'elle avait pris tant de poids, qu'elle avait une ceinture de graisse autour de la taille.

On dit que les hommes somalis sont très attirés par la petite colline de chair autour du nombril d'une femme. Mais par quel type de femme Bosaaso était-il attiré ? Est-ce qu'il les préférait minces, jeunes de corps, pas un gramme en trop ? Pour une femme de son âge et de son milieu, Duniya savait que son corps était encore en forme. Allons, pensa-t-elle, ce n'était pas un corps à dédaigner. Il l'avait servie fidèlement durant toutes ces années, se donnant à elle autant qu'il était possible, et il n'avait connu que deux hommes, l'un d'entre eux à la soixantaine. Pendant les deux années où elle avait été l'épouse de Zubair, ils n'avaient guère fait l'amour plus de trois fois par mois. Et pourtant elle n'avait pas ressenti d'insatisfaction sur le plan sexuel ; la plupart des couples traditionnels ne faisaient pas l'amour souvent et, de toutes façons, personne ne faisait toute une affaire du sexe.

Son second mari, Taariq, voulait faire l'amour tous les soirs. Et le calendrier des périodes de Duniya ne l'empêchait pas d'exiger qu'elle cède à sa demande. Cependant, sa vigueur était de courte durée et il jouissait au moment exact où elle commençait à gravir les marches de son propre plaisir. Quand il était saoul, elle le repoussait comme un nourrisson qui tète pour s'amuser. Sans faire d'histoires, il s'endormait, se mettant instantanément à ronfler si bien qu'elle devait le secouer et le réveiller afin d'avoir une nuit tranquille.

Par un grand bond logique, elle en vint à considérer les femmes que Bosaaso avait connues et qui avaient peut-être laissé sur lui des influences indélébiles. Sa mère. L'Afro-Américaine avec laquelle il avait cohabité pendant plusieurs années. Et Yussur. Duniya prit note mentalement de ce qu'il lui faudrait s'informer le plus possible sur ces femmes, non en tant que rivales, mais seulement en tant que personnes. Est-ce que Nasiiba savait quelque chose sur l'Afro-Américaine, elle qui détenait toujours ce genre d'informations ?

S'habillant d'une robe prise parmi celles qu'elle avait coutume d'appeler « les folies de Nasiiba » (Nasiiba avait la manie coûteuse d'acheter des vêtements qu'elle ne portait jamais, des robes acquises sur un coup de cœur qu'elle oubliait ensuite), elle se sentit trahie par sa propre faiblesse. Certes, elle n'avait jamais pensé que le jour viendrait où elle, Duniya, se gratterait la cervelle pour trouver ce que les hommes aimaient ou n'aimaient pas ou choisirait ses vêtements pour faire plaisir à un homme ! Elle était tout bêtement en train de tomber amoureuse et voulait bien l'admettre ; elle était idiote d'emprunter une des robes de Nasiiba quand celle qu'elle avait portée le soir précédent lui était si mal allée, trop serrée à la taille, inconfortable et humide aux aisselles.

On frappait à la porte. Des coups urgents.

« Qui est-ce ?

– Ouvre la porte, Maman.

– Qu'est-ce qu'il y a ?

– Ouvre et je te le dirai. » Nasiiba était hors d'haleine comme si tous les djinns du cosmos avaient réuni leurs forces pour la poursuivre jusqu'à cette porte.

« Qu'est-ce que c'est, Naasi ? Dis-le-moi, dit Duniya, ouvrant la porte.

– C'est au sujet du bébé. »

Un instant, Duniya resta sans comprendre ce qu'elle voulait dire. « Quel bébé ?

– L'enfant trouvé.

– Qu'est-ce qu'il a ? »

Duniya se rappela alors le nom de la jeune femme qu'elle avait vue à la consultation – le numéro dix-sept. Elle s'appelait Fariida. C'était la sœur de l'hôtesse que Yarey voulait contacter afin qu'elle prenne une lettre pour Abshir. Ciel, que de complications !

Duniya dit à sa fille de se calmer : « Quel que soit le contenu que de ce que tu vas me dire, rappelle-toi que l'univers a deux millions d'années et ne s'arrêtera pas d'exister avant que tu aies communiqué ta nouvelle. Bon, quel est ton problème ?

– Muraayo est ici », dit Nasiiba, le cœur palpitant d'angoisse.

Duniya ne fut guère émue par cette nouvelle. Elle se retourna, demandant à Nasiiba de lui remonter sa fermeture Éclair dans le dos. Ceci fait, Duniya alla jusqu'au miroir en pied pour se contempler avec satisfaction. Elle était très étonnée de voir qu'elle avait accompli tout cela sans trébucher ou renverser des objets avec des gestes maladroits, en perte d'équilibre. Elle dit alors : « Pourquoi donc es-tu aussi terrifiée par l'arrivée de Muraayo ?

– C'est à cause de l'enfant trouvé. »

Duniya s'efforça de rester calme. « En quoi cela le concerne-t-il ?

– Promets que tu ne donneras pas l'enfant trouvé à Muraayo ? »

Duniya comprit que Yarey avait fait des siennes et avait menacé de ne pas retourner chez Muraayo mais de rester ici, dans cette maison où, à cause de Bosaaso et du bébé, on s'amusait bien jusque tard dans la nuit, plus que chez Oncle Qaasim. « Pourquoi ne faut-il pas donner l'enfant trouvé à Muraayo ? demanda-t-elle à Nasiiba.

– Il n'est pas destiné à aller chez eux, dit Nasiiba.

– Je ne suis peut-être pas la femme la plus intelligente du monde, mais je ne suis pas stupide et rien de ce que tu m'as dit jusqu'à présent ne me paraît logique. » Duniya fit une pause. « Dis-moi, quand as-tu vu Fariida pour la dernière fois ? »

Nasiiba se mit à se comporter de façon étrange, regardant de tous côtés comme si Fariida se cachait dans les ombres de la pièce sombre. Puis elle avala sa salive, et ses yeux semblèrent jaillir de leurs orbites, comme si elle avait avalé sa propre pomme d'Adam. Elle se ressaisit assez rapidement pour dire du ton de défi qui la caractérisait : « Qu'est-ce que Fariida a à voir avec le sujet de notre conversation ?

– C'est pourtant toi qui as trouvé ce bébé, dit Duniya, pas moi. »

Duniya sentit en voyant Nasiiba, le souffle coupé, que sa réponse avait touché juste. Mais cette sensation fut de courte durée. Ce qui lui donna l'impression de triompher, ce fut quand Nasiiba heurta son orteil sur le seuil de Mataan et non pas elle, Duniya.

« Dis à Tante Muraayo que je suis avec elle dans une minute », dit Duniya.

Fariida : la mère de l'enfant trouvé ? Alors qui donc était le père ?

Muraayo embrassa Duniya légèrement sur les joues et la prit brièvement dans ses bras. C'était une femme de vastes proportions, d'environ un mètre quatre-vingts et presque deux fois plus large que Nasiiba. Ses bras nus étaient énormes, de la taille de ceux qui peuplent les fantasmes de certains Somalis affamés de sexe. Elle avait la peau très noire, luisante, et allait souvent chez sa coiffeuse favorite pour se faire faire différents styles, car elle ne se couvrait pas les cheveux. Elle allait tout aussi souvent chez son tailleur, ne manquant jamais de lui apporter des journaux de mode pour qu'il s'en inspire, persuadée que personne à Mogadiscio n'avait de robes semblables aux siennes. Avec un panache et un enthousiasme similaires, Muraayo rendait visite aux bijoutiers travaillant l'or ou l'argent, avec qui elle marchandait sans relâche afin d'obtenir des taux de reprise favorables pour ses bijoux. La carrure de Muraayo était telle que les gens s'écartaient sur son passage, prêts à lui céder autant d'espace qu'elle le souhaitait. De surcroît, ils ne pouvaient s'empêcher d'obéir à ses ordres.

Les jumeaux n'appréciaient pas de se voir traités par elle comme des bébés. Mataan, avec une franchise inhabituelle, avait dit un jour : « Tante Muraayo bichonne son énorme corps avec une adulation excessive. » Selon Nasiiba, « quand on pense à Muraayo on se rappelle son humeur bouillante et son contentement d'elle-même ». Duniya partageait l'opinion de ses deux enfants, ajoutant que Muraayo était une femme qu'il valait mieux avoir comme amie que comme ennemie.

Duniya et les jumeaux l'avaient connue à l'époque où elle était mince, quand elle venait d'épouser Qaasim, le frère aîné de Taariq. Une force vitale, c'est ainsi que Duniya la décrivit alors. Muraayo était l'âme même de la féminité. Quand un certain nombre d'années se furent écoulées sans qu'elle soit bénie d'une grossesse, ceci ne gêna pas leur couple, ne l'attrista pas. On rapportait qu'elle avait dit que son mari Qaasim avait autant d'enfants qu'il pouvait en souhaiter. « Ce que je lui donne, c'est ce qu'aucune de ses femmes précédentes ne lui a jamais offert : la vie et l'amour. » Personne ne mit en doute cette déclaration. Selon la rumeur, elle n'était pas infibulée. On tenait aussi pour certain que les murs de sa maison se fendaient sous leurs cris enthousiastes quand ils faisaient l'amour, ce qui donna naissance aux commérages d'une voisine qui décrivait tout cela comme une représentation truquée, impliquant que Muraayo prenait plaisir non à faire l'amour mais à jouer la comédie. Certaines de ces femmes se demandaient si elle n'était pas infibulée malgré tout.

Certains des hommes pensaient que Qaasim était cocu ; car on disait que Muraayo avait l'habitude de recevoir des amis de sexe masculin dans l'aile de la maison la plus éloignée de l'entrée principale, où ils avaient une chambre quand le mari n'était pas chez lui.

Muraayo pinça la joue de Duniya à la façon italienne, en utilisant les phalanges du milieu de l'index et du majeur. Et tout en accomplissant ce geste avec élégance, elle dit : « Et qu'est-ce que nous avons là, Duniya ma chérie ? Un petit enfant trouvé, récupéré dans une poubelle, déjà assez célèbre pour être dans les nouvelles du matin à la radio ? Et quoi d'autre encore ? » Les mots émergeaient de la bouche de Muraayo à la vitesse de ceux d'un journaliste quand il est pressé par l'horaire et qu'il fait des coupures dans son texte tout en improvisant. « Une nouvelle robe, Duniya, toutes les plumes de paon sont étalées, une excellente silhouette, pas un cheveu qui dépasse et, de plus des fleurs dans les cheveux. C'est du beau travail ! Une union est scellée ? As-tu déjà fait tes promesses jusqu'à ce que la mort vous sépare et toute cette sorte de choses ? »

Duniya se donnait bien du mal pour essayer de comprendre tout ce que Muraayo lui disait. Elle voulait certainement parler de Bosaaso et du bébé. Mais que voulait-elle dire avec cette fleur dans les cheveux ? Dans les cheveux de qui ?

Muraayo dit alors : « Et toi, comment tu vas ? Heureuse ?

– Nous allons tous bien, merci.

– Mais il y a un homme après toutes ces années, Duniya, un homme : mon Dieu, qu'est-ce qui t'arrive ? » Elle était agaçante, Muraayo, elle ne lui laissait pas le temps de placer un mot, en parlant aussi vite, et sans s'arrêter. « Je veux dire : est-ce toi qui arrives, Duniya, dans le sens où tu t'épanouis comme une femme-fleur dans une floraison tardive – l'amour, encore l'amour, tu te rends compte – est-ce bien à cela que nous assistons, au début de quelque chose, ma chère ? »

Prenant son courage à deux mains, Duniya dit : « Tu veux bien t'asseoir et faire tes déclarations dans un fauteuil confortable ? » Elle était contente de pouvoir parler aussi vite que Muraayo et de se faire quand même comprendre. Arriverait-elle à tenir le rythme du babillage de Muraayo qui accélérait encore ?

« Ça fait un moment que je suis là », dit Muraayo.

Qu'est-ce que cela pouvait bien signifier ? Des ennuis ? Est-ce que Muraayo se sentait offensée, puisqu'on l'avait fait attendre avant que Duniya ne la rejoigne, pendant que les jeunes s'occupaient du nourrisson et discutaient entre eux ?

« Viens prendre le thé, suggéra Duniya. Ça nous calmera les nerfs. » Elle savait qu'il lui faudrait tenir les rênes de la conversation pour éviter qu'elle aille n'importe où. Elle n'avait jamais aimé les directions que prenait le bavardage de Muraayo, mais parvenait d'habitude à en contrôler le flux et le reflux, et au besoin à faire changer le cours de cette marée à sa guise.

« Pas de thé », dit Muraayo du ton d'une enfant boudeuse.

Yarey se prépara à aller au magasin, à quelques centaines de mètres de là, pour y prendre pour Tante Muraayo une boisson de son choix. Tous se rendaient bien compte que chez Muraayo personne ne sortait pour aller chercher un jus de fruit frais ou tout autre produit chez le détaillant le plus proche, car on se servait dans l'un des trois réfrigérateurs, tandis que chez Duniya il n'y en avait pas. Pour les boissons qu'il gardait au frais, le commerçant se faisant payer un petit supplément.

« Tu ne sors pas, Yarey, commanda Muraayo. Cela fait presque vingt-quatre heures que je ne t'ai pas vue et je ne veux pas te quitter des yeux. Que quelqu'un d'autre aille me chercher un Coca, ou ce qu'ils auront de frais. »

Nasiiba dit à Mataan d'aller chercher cette boisson ; elle sentait bien que beaucoup de choses étaient en jeu, de nature à affecter l'avenir de l'enfant trouvé. Duniya prit note mentalement du fait que Nasiiba n'avait pas dit un seul mot depuis leur conversation dans la chambre de Mataan, où la jeune fille avait été incapable de répondre à la question : avait-elle vu Fariida ? Fariida que Duniya soupçonnait d'être la mère du bébé abandonné.

Il était en train d'arriver quelque chose. Était-ce le bébé

qui arrivait ? L'atmosphère se faisait de plus en plus lourde. Nasiiba n'avait pas connu une demi-heure aussi tendue depuis le matin où Shiriye leur avait rendu visite. Marilyn et son amie se sentirent bientôt de trop et partirent ; leur hôtesse, Nasiiba, ne les accompagna même pas jusqu'à la porte. Duniya avait l'impression que sa maison était en train de se vider comme une ville qui craint le pillage.

Personne ne prononça une parole jusqu'au moment où Mataan revint avec la boisson fraîche de Muraayo. La lui remettant comme s'il esquivait une balle destinée à quelqu'un d'autre, lui aussi alla se réfugier dans l'abri plus sûr de sa chambre, dont il ferma à demi la porte. Yarey resta puisque Muraayo ne voulait pas lui lâcher la main, tandis que Nasiiba restait non seulement parce qu'elle pressentait que la destinée de l'enfant trouvé était en train de se jouer, mais aussi (comme elle devait le dire par la suite), parce qu'elle adorait ce genre de querelles familiales. Nasiiba, à un moment donné, éteignit la radio et le bébé ne fit pas un murmure.

Ayant bu une gorgée de son Coca, Muraayo dit : « C'est étrange de trouver un bébé près d'une poubelle. Il y a d'autres gens qui tombent sur des trésors ou d'autres trouvailles. Pas toi, Duniya. Tu trouves un bébé, un bébé en vie, en pleine santé, dans un panier, un bébé que personne ne réclame et qui attend déjà qu'on l'emmène à la maison, qu'on le couvre d'affection et qu'on le montre à tous. Cette histoire a un petit côté Moïse, un côté presque mythique, tu ne trouves pas ? »

Duniya ne réagit pas.

Muraayo continua, d'une voix triomphante, occupant toute la scène, rappelant à tous qu'elle avait de l'instruction. « Quand une nation traverse une crise comme celle que nous traversons, Dieu sort un atout, sous la forme d'un miracle et il remet cette carte entre les mains de quelqu'un qu'Il choisit dans ce dessein. Est-ce que cet enfant trouvé est un bébé né pour sauver la nation somalie d'un désastre imminent ? C'est bizarre, en plus de trouver un bébé, tu déniches un homme, à ton âge, Duniya, un Idris qui descend sur terre dans son chariot, un des meilleurs qui soient, un Bosaaso qui a fait ses études en Amérique, aussi prospère que les billets verts dont on murmure qu'il a une grande quantité. C'est bizarre, ma chère Duniya – un homme riche, instruit, et un enfant trouvé, tout cela d'un seul coup d'un seul. Quel coup de chance ! Les cartes du tarot porteront ton portrait à partir de maintenant, je t'assure. »

Muraayo tenait bien son auditoire, assurée qu'elle pouvait dire tout ce qui lui plaisait. C'était Duniya qui était nerveuse, parce qu'elle pensait quant à elle que peut-être Muraayo savait qui était le père de l'enfant trouvé, atout qu'elle gardait dans sa manche et qu'elle se préparait à jouer uniquement quand elle y serait forcée. Qui pouvait bien être le père ?

Muraayo dit : « Yarey m'a dit qu'elle souhaitait rester chez toi et qu'elle voulait qu'on apporte ici toutes ses affaires. Tu es au courant ? »

Nasiiba se cala dans son fauteuil, avec une attention passionnée comme si elle assistait à un combat de coqs.

Duniya restait calme. « Je ne partage pas l'opinion de Yarey et je le lui ai dit quand nous en avons parlé ce matin. Il nous faudra en discuter, lui ai-je expliqué, il faudra que son père Taariq, Oncle Qaasim, toi et moi prenions place autour d'une table pour en parler. »

Muraayo serra plus fort le poignet de Yarey et, se tournant vers elle, lui dit : « Dis-moi, pourquoi voudrais-tu nous quitter pour venir ici ? »

Le visage de Yarey prit une expression douloureuse ; la petite ne dit mot.

« N'avons-nous pas été très gentils avec toi ? Ne t'avons-nous pas toujours traitée comme notre propre enfant ?

– Tu as toujours été bonne avec elle, dit Duniya.

– Que la petite dise ce qu'elle a à dire », dit Muraayo à Duniya.

Le visage de Duniya avait une expression lamentable, avec des lambeaux effilochés de colère, mais elle laissa passer cette remarque sans la relever, conservant son artillerie pour d'autres sujets de plus haute importance stratégique.

Muraayo fit mettre Yarey debout à l'écart des autres, comme un écolier indiscipliné que le maître interroge pour qu'il confesse un méfait. C'était humiliant pour Duniya, mais elle n'en fit rien paraître.

Muraayo dit : « Est-ce que Qaasim et moi ne t'avons pas donné tout l'amour qu'il te faut ? Qaasim et moi ne t'avons-nous pas acheté tous les jouets modernes qui te faisaient envie, et d'autres encore ? Ne t'avons-nous pas acheté tout ce que tu réclamais ? » Et ainsi de suite. Donner. Acheter. Recevoir. Reconnaissance. Des mots-clefs qui parlaient de donner et de recevoir. Qu'est-ce que la fillette avait à voir avec tout cela ?

Yarey hocha la tête sans dire un mot.

Alors Muraayo reprit : « Tu te rends compte qu'ici, chez Duniya, il n'a pas de télé, pas de vidéo, et que tu n'auras pas de chambre à toi, même pas de lit à toi, seulement un lit pliant que l'on rentre le matin sous le lit de quelqu'un d'autre, un lit acheté d'occasion, qui ramasse la poussière sous un matelas roulé dans un coin encombré, qui n'est pas fait pour un être humain, mais bon seulement pour un animal ! »

Duniya dit : « Allons, Muraayo, c'est assez ! »

Muraayo se tourna vers elle, le regard fixe, comme si elle ne comprenait rien à ce qu'elle disait. « Assez de quoi ? Alors que toi, tu ne parles pas à ta fille, cette fille stupide et ingrate pour la faire venir à la raison, Duniya ?

– Tu en as dit plus que ce que peut tolérer ma patience, dit Duniya, certainement plus que ce que pourra accepter ma fierté.

– La pauvre fille ne sait pas ce qui peut faire son bonheur », cette dernière phrase énoncée sans respirer, toute en traits d'union, comme si cette déclaration ne formait qu'un seul mot composé.

« Si ma fille a envie de venir habiter chez moi, je ne veux pas l'en dissuader. »

Muraayo ne releva pas ce commentaire de Duniya, disant à Yarey : « Tu es notre fille depuis presque six ans, six années sur tes neuf ans, c'est bien cela ? »

Yarey fit signe que oui.

Muraayo se tourna alors vers Nasiiba : « Et toi et ton jumeau : tu te rappelles que Qaasim et moi t'avons donné un toit et un foyer quand ta mère est partie pour un stage au Ghana, alors que son propre frère Shiriye ne voulait pas vous prendre ? Et ceci se passait bien avant que nous faisions partie de sa belle-famille, bien avant que Taariq l'ait épousée ? »

Nasiiba ne broncha pas.

Sans s'adresser à personne en particulier, Muraayo continua son monologue : « Les enfants ne signifient pas grand-chose pour moi, mais une maison sans enfants est un endroit où se rassemblent les djinns et les fantômes. » Puis à Yarey : « Je me suis attachée à toi parce que je t'ai vue grandir sous mes yeux et que j'aimerais que tu aies la possibilité de faire des études à l'étranger, aux États-Unis ou au Canada. »

Duniya, irritée, dit : « Ça y est, tu recommences, Muraayo.

– Qu'est-ce que je fais ? demanda Muraayo, interloquée.

– Parlons d'autre chose, changeons de sujet. Tu es en train d'offenser mes sentiments et ma fierté. Nous pouvons t'offrir ceci, nous pouvons te donner l'Amérique et le Canada sur un plateau, et toutes les télés, vidéos et jouets du monde, il suffit d'appuyer sur un bouton. Ce n'est pas ainsi que l'on parle à ma fille.

– Comment veux-tu que je lui parle ? Muraayo se redressa dans son fauteuil.

– J'aimerais que l'on change de sujet de conversation.

– Que cela te plaise ou pas, Yarey sait qui lui a acheté les habits qu'elle a sur le dos à cet instant précis ! » dit Muraayo, amère.

Duniya fut choquée, au-delà de toute expression. Sa bouche s'ouvrit pour ne laisser passer qu'un souffle en O, puis ses lèvres se firent boudeuses, incapables de proférer une parole. Ses yeux ne voyaient plus rien, enfoncés comme des trous de serrure. Décidément, Duniya se contrôlait parfaitement aujourd'hui, jugea Nasiiba. « Je suggère que nous remettions toute cette discussion tant que nous ne serons pas d'humeur plus conciliante.

– Il n'y a rien à discuter ni à remettre, dit Muraayo.

– D'ici là nous aurons toutes les deux parlé à Taariq, le père de Yarey, et à Qaasim, son oncle et ton mari, puisque eux aussi sont concernés par cette affaire. Cessons de nous insulter mutuellement. »

Muraayo se gratta prudemment la tête avec un ongle. Par ce geste elle dévoilait à tout le monde son aisselle poilue. Duniya pensa aux femmes somalies qui se laissaient pousser les poils aux aisselles et au pubis – caractéristiques des temps modernes, Amen !

« Alors, je veux l'enfant trouvé », dit Muraayo, selon sa vieille habitude de ne jamais réclamer des choses ordinaires.

« Qu'est-ce que tu as dit ? dit Duniya, incrédule.

– Soit Yarey, soit l'enfant trouvé. » Ce n'était pas une requête présentée poliment, mais un ordre donné sur un ton sans réplique. Et les mortels comme Duniya n'ont pas d'autre choix que d'obéir à de tels ordres.

« Il faut que je consulte le cotuteur de l'enfant trouvé.

– Qui est-ce donc ? demanda Muraayo.

– Bosaaso », dit Duniya, trouvant une certaine jouissance à prononcer ce nom.

On pouvait percevoir dans la voix de Muraayo un étrange mélange d'amertume et de sarcasme. « Ainsi c'est donc lui, l'homme qui est l'événement de ta vie, et qui nous rend à nous la vie impossible.

– Que veux-tu dire ? dit Duniya.

– Aucune importance », dit Muraayo, ignorant la question.

Le silence qui suivit pesait sur les nerfs de tout le monde, sauf sur ceux de Muraayo qui trônait, majestueuse et contente d'elle, occupant le terrain avec le bruit que faisaient ses chaînes, ses bracelets d'or et d'argent. Les yeux de Nasiiba s'éclairèrent d'un sourire de malice. Mataan venait d'arriver et se tenait à la périphérie, avec l'air d'un supporter de foot qui regarde une finale. Yarey s'était amarrée à Duniya, partageant son fauteuil. Les enfants, en bref, gardaient le silence avec un air de conspirateurs comme s'ils partageaient le secret de ce qui allait se passer.

Muraayo, avec un bégaiement qui n'était pas dans ses habitudes, dit : « Tout ce que je voulais te faire comprendre, c'est qu'élever quatre enfants sera pour toi un poids financier très lourd à moins que ce Bosaaso soit prêt à te donner un coup de main. Il faut être honnête, tu n'es même pas capable de faire face aux goûts assez dispendieux de Yarey. »

Duniya était trop irritée pour réagir.

« Je sais bien que Yarey ne peut se passer de sa vidéo et de sa télé », continua Muraayo.

Yarey dit : « Oncle Bosaaso a un magnétoscope plus perfectionné. » Elle n'avait pas plus tôt dit cela qu'elle se rendit compte qu'elle avait fâché sa mère. Elle se cacha la figure derrière Nasiiba.

« Rappelle-toi que cette maison dans laquelle tu vis pratiquement sans payer de loyer appartient à mon mari, se vanta Muraayo. Sois raisonnable, Duniya. Réfléchis un peu. Ou bien tu me donnes l'enfant trouvé ou tu laisses Yarey revenir chez moi sur-le-champ. »

Duniya se leva, courroucée. Elle ne savait même pas ce qui sortait de sa bouche. Elle dit : « Nous allons garder l'enfant trouvé afin de te le donner, que penses-tu de cette solution ? »

D'un air supérieur, Muraayo dit : « Cela n'a aucun sens.

– Cela en a un pour moi, répliqua Duniya.

– Et que fait-on de Yarey ? »

Les yeux de Duniya s'embrasèrent d'une rage qu'elle ne pouvait plus retenir. « Lève-toi, mets-toi debout sur tes gros pieds gras, Muraayo », dit-elle, se redressant comme si elle se préparait à régler cela à la lutte, femme contre femme, poing contre poing.

Muraayo se leva, perplexe.

Les jumeaux se rapprochèrent l'un de l'autre et Yarey se joignit à eux, formant un club de spectateurs de trois personnes pour applaudir leur mère. C'était comme si Duniya et Muraayo étaient deux petites filles qui se battaient pour la possession d'une poupée, jusqu'à ce qu'il ne s'agisse plus d'une poupée, mais de quelque chose d'autre, quelque chose de beaucoup plus conséquent, placé à un niveau symbolique.

« Tu sais où est la porte ? » demanda Duniya, encore calme.

Muraayo ne se laissa pas intimider ; elle lança des regards furieux à Duniya, la défiant de faire un pas de plus.

« Je veux que tu sortes d'ici à la minute, et en vitesse.

– Tu le regretteras.

– J'ai entendu assez de bêtises pour la journée, dit Duniya, va-t-en. »

Muraayo dit :

« Tu n'es pas une bonne mère pour ta propre fille. »

Elle indiqua le menton de la fillette :

« Regarde ça, c'est de l'eczéma. Yarey est à peine ici depuis vingt-quatre heures et sa peau est à nouveau irritée. Et tu te dis infirmière. Pourquoi ne lui as-tu pas mis le médicament qu'elle a apporté avec elle ? Tu n'as plus de temps à lui consacrer. Tu n'as de temps que pour le nouvel homme dans ta vie et pour l'enfant trouvé. »

Duniya cria : « Va-t-en, sors d'ici, que je ne te voie plus !

– C'est la maison de mon mari. » Muraayo ne bougea pas d'un pouce, avec un air de défi.

« Je suis locataire et j'ai le droit de te jeter dehors, la menaça Duniya.

– Attends que je dise à Qaasim ce que tu m'as fait. »

À la surprise générale, y compris la sienne, Duniya dit : « Transmets mes compliments à Qaasim et dis-lui de trouver un nouveau locataire pour ce logement. Nous allons bientôt déménager. » Et soudain Duniya sut qui était le père de l'enfant trouvé. Elle ne savait pas comment elle en était arrivée à cette conclusion, mais de toute façon elle le savait.

Interloquée, Muraayo lâcha la main de Yarey et partit.

Alors Duniya déchira sa robe pour l'ouvrir, comme quelqu'un qui redevient sain d'esprit et brise les fers de sa folie. Yarey et les jumeaux restaient assis en silence, partageant un fauteuil et se tenant par la main.

L'atmosphère était tendue, électrique. Tous se tenaient soigneusement à l'écart de Duniya. L'enfant trouvé ne faisait pas un bruit, avait bien bu, dormait. Il ne s'était pas réveillé et n'avait pas pleuré quand Nasiiba avait éteint la radio.

Et Duniya ? Elle s'était mise à l'aise, les jambes surélevées, et contemplait ses orteils. Elle n'était pas sur la même planète, ne voyait rien autour d'elle, restait où elle était, silencieuse, perdue dans ses pensées. Elle se sentait soulagée. Elle savait qu'il lui faudrait quitter la maison de Qaasim tôt ou tard. Les problèmes qu'elle aurait à surmonter maintenant qu'elle s'était donné congé étaient d'autre nature : il lui faudrait trouver assez vite un logement, afin d'y recevoir Abshir.

Quelqu'un pria, Dieu, fais que Bosaaso arrive ! Ils entendirent alors des pas qui couraient, légers comme les gouttes de pluie sur un toit en zinc. Nasiiba dit : « Il arrive, en espadrilles, en petites foulées », et tous attendirent. Quand il entra, ils étaient comme des soldats soulagés d'apprendre qu'ils sont enfin en territoire ami. Ils accueillirent chaleureusement Bosaaso et commencèrent à lui raconter en chuchotant tout ce qui s'était passé. Il jetait des coup d'œil en direction de Duniya comme quelqu'un qui est pris en otage par des bandits, mais il resta avec les enfants. Nasiiba insista pour que Mataan leur raconte une histoire de Juxaa. Yarey et Bosaaso l'encouragèrent aussi, et Nasiiba ajouta que Duniya serait certainement ravie d'en entendre une.

« Un chasseur qui était un des amis de Juxaa lui apporta un jour un faisan en cadeau, que la femme de Juxaa se mit à préparer pour les deux hommes. Deux mois plus tard, un homme que ni Juxaa ni sa femme ne connaissaient frappa à leur porte. "Qui es-tu ? demandèrent-ils à cet homme.

– Je suis un ami de l'homme que vous connaissez, le chasseur, se présenta l'homme, celui qui vous a fait cadeau d'un faisan que ta femme a préparé et dont vous vous êtes régalés tous les trois."

Juxaa et sa femme firent entrer cet homme et le nourrirent généreusement. Le visiteur partit, promettant de faire savoir au chasseur qu'un vrai festin lui avait été donné en son honneur.

Quelques semaines passèrent et un autre homme frappa à la porte de Juxaa. À la question "Qui es-tu ?" l'homme répondit qu'il était un voisin de l'ami de l'homme qui connaissait Juxaa, le chasseur, qui leur avait fait cadeau d'un faisan, dont il s'étaient tous régalés.

"Bienvenue", dit Juxaa à cet homme, le faisant entrer.

Une demi-heure plus tard, Juxaa plaça devant l'homme une énorme marmite, avec un couvercle dessus. Quand l'homme eut enlevé le couvercle, il découvrit à sa grande surprise qu'il n'y a avait rien dans ce grand pot, sauf de l'eau bouillante. “Qu'est-ce que cela veut dire ?” s'enquit le visiteur.

Juxaa dit : “Cette eau qui bouillonne devant toi a été cuite dans exactement la même marmite que le faisan dont l'homme que je connais, le chasseur, nous a fait cadeau ; de plus, cette marmite est bien le pot dans lequel le repas de ton ami a été préparé. Sois le bienvenu. Mange.”

Sans dire un mot, l'homme sortit de chez Juxaa. »

Une demi-heure plus tard, Duniya était toujours assise dans le fauteuil où ils l'avaient laissée. Une voix la pressait de se lever, d'aller au berceau de l'enfant trouvé pour voir pourquoi il ne faisait aucun bruit depuis si longtemps. Mais une autre voix, tout aussi convaincante, l'encourageait à se concentrer sur la beauté d'un aigle qui volait haut dans les cieux et refusait de se poser nulle part. Et la voix de ce second rêve disait : « L'enfant trouvé a fait ce qu'il était venu accomplir dans cette vie. Il est arrivé sans être annoncé et en partira probablement de même. C'est un enfant mythique, si tu veux », continua la voix. Cela ne ressemblait pas du tout à celle de Bosaaso, plus à celle de Nasiiba : « C'est un bébé dont l'origine relève de l'intemporalité des fables, et qui expire dans l'inexactitude des légendes. Pense à Moïse dans son berceau d'osier, flottant au fil du fleuve, pense aux bébés miracles, pense aux mythes », conclut la voix.

« Mais je veux me lever ! » se dit Duniya bien qu'au fond d'elle-même elle ne ressentît pas l'envie de se mettre debout. C'était comme si un poids plus lourd qu'elle la maintenait assise, lui interdisant de se lever.

Alors une libellule se posa sur le bout de son nez.

Mais Duniya était trop proche du sommeil pour la chasser. Elle pensa entendre des coups frappés à la porte d'entrée, et peut-être quelqu'un qui entrait bruyamment. Ou était-ce le bruit fait par l'enfant trouvé s'agitant dans son berceau ? Duniya vit un aigle qui fondait sur la maison, le vit pénétrer dans la chambre du bébé, le vit émerger, tenant dans son bec comme il s'envolait vers les cieux non pas un bébé, mais une libellule.

Tout était si plein de rêve et de silence que Duniya pensa qu'elle non plus n'était pas chez les vivants.

CHAPITRE XI

Dans lequel Taariq et Qaasim rendent visite à Duniya. Mire vient la voir plus tard dans l'après-midi.

DUNIYA se réveilla, un calme cabalistique régnait : était-ce son imagination qui, au cœur de cette tranquillité, lui faisait entendre la voix de Taariq, qui demandait si elle voulait une tasse de thé ? Mais comment allait l'enfant trouvé ? Et où était Taariq ? Durant un instant de demi-sommeil, tout lui parut aussi réel qu'un rêve que l'on est en train de rêver.

Des bruits lui parvenaient de la cuisine : on rinçait une bouilloire, on la remplissait au robinet ; on faisait craquer des allumettes, les flammes du gaz avaient une odeur bleue et écœurante. Quelqu'un marchait de long en large, en sifflotant. Ces indices renforcèrent ses soupçons : Taariq était bien là, c'était sa voix qu'elle avait entendue. Elle s'étira le dos, le cou un peu raide. Elle s'était endormie dans un fauteuil juste devant la chambre de Maatan, comme si elle montait la garde devant sa porte. D'une main elle tenait la chaîne de vélo de son fils et de l'autre elle étreignait fermement la robe que Nasiiba lui avait donnée. Elle avait dû sombrer dans le puits peu profond de cette sieste au moment même où Bosaaso et les autres partaient. De nouveau la question : comment allait le bébé ?

Elle demanderait à Taariq d'aller voir, pensa-t-elle, engourdie de sommeil.

Il avait pris de l'âge depuis qu'elle l'avait vu pour la dernière fois, il y avait Dieu sait combien de temps. Maintenant il avait l'air d'un homme en paix avec lui-même. Un ami commun du nom de Cige, lui-même excellent journaliste, l'un des meilleurs de Somalie, avait dit un jour à Duniya : « Il n'y a rien de plus laid qu'un journaliste qui n'écrit plus. Toute cette énergie non utilisée, c'est si triste. C'est comme une rivière qui s'ensable, qui se perd. Cige, Taariq et Duniya se tenaient alors devant l'imprimerie du gouvernement où s'imprimait le seul quotidien du pays, *Xiddigta Oktoober*. Duniya était allée chercher l'assurance auprès de Taariq que Yarey ne serait pas soumise à la torture de l'infibulation. Qaasim et Muraayo avaient tous les deux donné leur parole, mais Duniya voulait être absolument sûre. Ce même matin, Hibo avait amené à l'hôpital sa plus jeune fille qui venait d'être circoncise à son insu par sa belle-mère, la mère de Gallayr, qui était venue en visite. Pour rassurer pleinement Duniya, Taariq avait fait remarquer que Muraayo elle-même n'avait pas subi une telle amputation. Ses craintes ainsi apaisées, elle avait accepté que Yarey habite chez Oncle Qaasim et Tante Muraayo.

Tous les bruits qu'elle avait entendus prirent enfin un sens quand Taariq arriva, portant un plateau de thé et une carafe d'eau fraîche tirée de la jarre d'eau en argile. Bien réveillée, Duniya le vit hésiter, se demandant où il allait poser le plateau. Soudain, elle se remit debout, pleine d'énergie. Par ce geste, elle lui communiqua à son tour sa vitalité. Duniya embrassa d'un regard tout ce qu'il y avait autour d'elle, remarquant que la maison n'était pas en bon état – était-ce une bonne idée de déménager sans tenir compte de cette situation ? Rien à regretter, se dit-elle, aucun péché à se faire pardonner. On passerait un badigeon blanc sur les sols, sur les murs aussi ; tout se passerait bien.

Il avait trouvé une table basse pour le plateau et demanda : « Où est tout le monde ? Où sont les enfants ? »

Le mariage est une façon de créer des habitudes, bonnes ou mauvaises. Taariq connaissait ses préférences ; il savait comment elle aimait son thé, combien de sucre elle prenait, et qu'elle le buvait rarement avec du lait. Elle remarqua aussi qu'il avait apporté une carafe d'eau afin qu'elle se débarrasse d'abord du goût du sommeil. Il versa deux tasses de thé.

Elle prit une gorgée d'eau, se gargarisa, puis cracha. Elle ne savait pas vraiment si c'était le sommeil, ou si c'était du sang qui donnait ce goût à sa salive. Elle se rinça le visage avec l'eau froide, puis s'assit. Entre eux, pas de manières. À la réflexion, elle aurait préféré faire tous ces gargouillis et ces ablutions en privé, dans son cabinet de toilette. Elle se sentit soudain embarrassée, comme si sa conduite résultait de la compagnie constante de Bosaaso ces derniers temps.

« Les filles sont allées voir un film, je ne sais pas où, dit-elle.

– Tu sais ce qu'elles sont allées voir ?

– *Nosferatu*. Je crois que c'est ce que Nasiiba a dit.

– Pas *Profuma di Donna* ? »

Duniya réfléchit. Elle se rappelait avoir vu ce film à Rome en version originale, avec Abshir, et l'avoir beaucoup aimé. Elle était sûre que ses filles n'étaient pas allées voir *Profumo di Donna* chez une amie. Mais ils étaient courtois l'un avec l'autre jusque dans leurs désaccords, ne se déchirant pas mutuellement pour le simple plaisir de relever des travers, ainsi qu'ils l'avaient fait dans les sept derniers mois de leur mariage. Il but une gorgée de thé.

« Et Mataan ?

– Bosaaso lui a demandé de rester avec lui. »

Il ne fit pas de commentaire, ce qui donna à Duniya le

loisir de le regarder de plus près. Il était venu habillé pour la circonstance, avec une chemise impeccablement repassée, des pantalons convenables, et une ceinture – vous vous rendez compte, Taariq avec une ceinture ! Et il avait aux pieds des chaussures décentes, avec des chaussettes assorties. Elle l'avait connu avec des chaussettes dépareillées, et avec des boutons de taille, de forme et de provenance différentes à sa chemise. Et il avait les yeux bien ouverts, il n'habitait plus dans un brouillard, engourdi par la boisson.

Duniya se rappela qu'il avait cessé de boire et de fumer, et qu'il écrivait et était publié de nouveau. Dieu, qu'est-ce qui était arrivé à son Taariq ? Avec de grands gestes des mains devant ses yeux, comme pour chasser une toile d'araignée tissée là, Duniya demanda : « Pourquoi es-tu ici, Taariq ?

– Je suis venu te rendre visite, dit-il.

– Tu as toujours été menteur, Taariq.

– Qu'est-ce qui te fait dire ça ?

– Est-ce que Muraayo est pour quelque chose dans cette visite inattendue ?

– Probablement.

– Est-ce que je me trompe quand je pense que tu viens m'annoncer la visite de Qaasim plus tard dans la journée ?

– Tu as raison. »

Pendant cette conversation, les mains de Duniya caressaient le bec de la théière. Elle remplit sa tasse à ras bord ; il lui tendit la sienne et elle lui en reversa aussi. « Ainsi tu es venu parce que deux femmes – l'une ton ex-femme et l'autre ta belle-sœur du moment – ont eu ce qu'on peut appeler une querelle de bonnes femmes ? Tu es venu », elle leva la main du geste de quelqu'un qui ne souhaite pas être interrompue : « Tu es venu, sage et masculin, parce que deux femmes stupides ont eu une misérable dispute. J'ai bien peur que tu n'arrives trop tard. Ces deux femmes ont fait tous les dégâts dont elles sont capables. Ton arrivée tardive en tant que sage médiateur masculin des querelles irrationnelles des femmes ne va rien réparer du tout. »

Il garda le silence. Il eut le bon sens de ne pas gêner le cours régulier de ses réflexions. Elle avait un caractère bien à elle et il savait que ce n'était pas le moment de dire un mot. Il attendit.

« Il se trouve, continua-t-elle, que mon père en fit autant, il y a bien des années, quand ses deux femmes, l'une d'elles étant ma mère, l'autre celle de Shiriye, se mirent à se disputer à son sujet, dispute au cours de laquelle l'une des deux fut blessée. Mon père arriva, comme le font les hommes sages, bien après l'événement. Il vint donner l'ordre aux deux femmes de se serrer la main devant lui et devant d'autres témoins mâles. Faites la paix, commanda-t-il. Serrez-vous la main, ordonna-t-il. Taisez-vous, leur intima-t-il. »

Taariq demeurait immobile et silencieux. « J'ai appris à me méfier des hommes qui se présentent comme des conciliateurs entre les femmes, continua Duniya, quand eux, les hommes, sont la cause de leurs querelles, la source de l'hostilité et de la rivalité entre les femmes de la maison. Dis-moi donc, Taariq, cher ex-mari et père de ma fille cadette que j'aime tendrement, dis-moi pourquoi tu es ici.

– En fait, je suis venu voir l'enfant trouvé, par curiosité.

– Je ne crois pas, lui rétorqua Duniya.

– Comme si tu m'avais jamais cru. »

Se détournant, elle dit : « Alors vas-y. Va le voir et va-t-en.

– Je l'ai déjà vu.

– C'est vrai ? »

Taariq fit signe que oui. « Il dort.

– Est-ce qu'il ressemble à quelqu'un que tu connais ? demanda-t-elle.

– C'est beaucoup trop tôt pour le dire avec précision.

– Tu l'as bien regardé ? demanda-t-elle.

– Il est endormi, les deux poings couvrant en partie sa

figure, comme s'il se défendait contre des coups. Oui, je l'ai bien regardé, autant qu'il était possible de le voir dans cette position.

– Pourquoi ?

– Réponds d'abord à ma question, Duniya.

– Vas-y, pose ta question.

– À qui est-ce qu'il devrait ressembler ?

– Dis-moi pourquoi tu l'as regardé de si près et je dirai à qui il est censé ressembler, offrit Duniya.

– Je suis journaliste et l'enfant trouvé figurait dans les nouvelles ce matin, ainsi c'est de ma part de l'intérêt professionnel », se justifia Taariq.

Elle conclut intérieurement que Taariq ne soupçonnait pas que Qaasim était peut-être le père de l'enfant trouvé. Ou peut-être était-ce elle qui se trompait en lui attribuant implicitement cette paternité, puisque tout ce que Nasiiba avait dit était : « Le bébé n'est pas pour eux, il ne doit pas aller à Muraayo et Qaasim. »

Il dit : « Tu te rappelles avoir dit souvent que la plupart des hommes n'ont aucune idée de la façon de réagir devant les bébés tant que le visage du nouveau-né ne s'est pas illuminé de sourires parce qu'il reconnaît son père.

– Je ne me rappelle pas avoir dit précisément cela, mais ces expressions peuvent bien être de moi.

– Eh bien, aujourd'hui, j'ai rencontré deux hommes qui ont été affectés par la présence de l'enfant trouvé ici dans ta maison. Qaasim et Shiriye.

– C'est Qaasim qui m'intéresse, pas Shiriye. Qu'est-ce que Qaasim a trouvé à dire ?

– Nous étions dans le séjour quand Muraayo est rentrée, après votre dispute. Tu sais comment elle est, un torrent de paroles qui se brise contre ses berges, quelle que soit la saison. Eh bien, elle nous a abandonnés au milieu d'un marécage de mots. En ce qui me concerne, j'avais du mal à comprendre l'objet de la dispute. Bien sûr, les aspects de la querelle qui concernaient Yarey étaient suffisamment clairs, mais rien de ce qu'elle disait sur l'enfant trouvé n'avait de sens. J'avais entendu parler d'un bébé trouvé près d'une poubelle, mais la radio ne disait pas qui lui avait donné un foyer. Alors Qaasim s'est mis à interroger sa femme sur ce bébé d'une façon si intime que cela m'a intéressé. Qui avait apporté le bébé à la maison ? Qui se trouvait là à ce moment ? Est-ce que Muraayo connaissait les jeunes filles qui se trouvaient alors chez Duniya ? Y avait-il une jeune fille de l'âge de Nasiiba qui s'occupait aussi du bébé ? Muraayo se rappelait une jeune fille de l'âge de Nasiiba qui l'aidait avec le bébé. Se redressant dans son fauteuil, alerté, Qaasim avait demandé comment elle s'appelait. C'est seulement quand Muraayo avait dit qu'elle s'appelait Marilyn qu'il avait commencé à se détendre. Mais dès cet instant, j'étais accroché et il fallait que je vienne voir.

– J'attends avec impatience la visite de Qaasim, dit Duniya.

– Qui est cette Marilyn ? demanda Taariq.

– Ce n'est pas elle la mère du bébé si c'est ce que tu penses. »

Il fit signe que non : « Je veux dire, est-ce que cette Marilyn a une grand-mère qui s'appelle Maryam et est-ce qu'elles habitent dans le quartier ? Si tu n'esquives pas la question, mais si tu me réponds clairement, je te raconterai une histoire.

– J'adore les histoires », dit Duniya.

Il décida de tout faire pour s'assurer de sa bonne volonté et se mit à parler de la nuit où elle l'avait chassé de la maison, complètement ivre et presque endormi. C'était la première fois qu'il en parlait.

« Je me suis endormi à l'ombre d'un arbre, dit-il, ne sachant pas si c'était le jour ou la nuit, quand de l'éclat argenté de la pleine lune a émergé la silhouette d'une vieille femme qui me faisait don d'une couverture. Elle m'a couvert, me bordant comme un bébé orphelin. Mais elle ne m'a pas quitté de toute la nuit. Elle est restée là assise, à me protéger contre les voleurs et les chiens qu'elle chassait dès qu'ils approchaient. Tu vois, quand je me suis réveillé le lendemain matin, je me rappelais vaguement d'une voix de vieille femme disant à une fillette qu'elle appelait du nom inhabituel de Marilyn de se rendormir parce qu'il faudrait aller en classe le lendemain.

– As-tu jamais revu cette vieille ?

– Durant des semaines après cette histoire, j'ai pris l'habitude de venir dans une voiture d'emprunt, de me garer de façon à voir la porte d'entrée de la famille, espérant la voir, la remercier et lui rendre la couverture. Quand j'ai réussi à rassembler assez de courage, j'ai frappé à la porte et ai demandé si il y avait une femme qui correspondait à la description que j'en avais gardée dans mon ivresse, ou une jeune fille appelée Marilyn : le maître de maison a réagi négativement et à ma visite et à mes questions, me disant de partir. Tu ne me croiras pas, mais j'ai encore la couverture, en souvenir de la nuit où tu m'as chassé de la maison. » Il n'y avait aucune amertume dans ses souvenirs de cette nuit.

« C'est certainement cette femme, dit Duniya.

– Comment se fait-il qu'elle figure aussi dans ta vie ?

– Elle est arrivée comme ça un beau matin, pour nous proposer de nous prêter une jeune servante, pour nous aider à nous occuper de l'enfant trouvé, expliqua Duniya. Elle est venue la première, toute seule comme Khadr, et a été d'une aide précieuse. À la réflexion, je l'avais déjà vue ici ou là. C'est un tel plaisir de les connaître, elles sont une compagnie si agréable, elle et Marilyn. Elles arrivent à n'importe quelle heure, pour s'occuper du bébé. Elles s'entendent bien avec tout le monde, l'une et l'autre, y compris avec Bosaaso qui est cotuteur de l'enfant trouvé. »

Taariq commençait à être agacé, n'arrivant pas à décider, dans tout l'écheveau présenté par Duniya, quel devait être le fil qu'il devait suivre. Il avait un esprit ordonné, dans lequel les pensées étaient immédiatement cataloguées, assorties d'un sous-titre, et les idées divisées en paragraphes comme s'il les notait dans un ordre systématique. Ajoutant un autre brin au fil déjà filé, Taariq dit : « Shiriye, qui était chez Qaasim aujourd'hui, pense que tu es folle de vouloir garder l'enfant trouvé.

– Que vient faire Shiriye dans cette affaire ? dit Duniya d'un ton soupçonneux.

– Il voulait de toute urgence parler en privé avec Qaasim, dit Taariq, sans rien révéler de plus. Peut-être qu'il voulait gagner plus d'argent par une combine quelconque, en vendant des montres ou en les achetant à Qaasim à prix réduit, je ne sais pas.

– Quelles raisons Shiriye t'a-t-il données quand il a dit que j'étais folle de garder ce bébé ? demanda Duniya.

– Shiriye ne donne pas de raisons. Il crache des opinions, des préjugés grossiers et pontifie en homme ignorant qu'il est.

– Quelle est ton opinion, ton opinion raffinée, celle d'un homme instruit ? » demanda Duniya.

Il arbora ce sourire distant qui le caractérisait, comme un mirage promettant de l'eau au voyageur assoiffé et lui donnant l'espoir d'une oasis derrière la colline. L'eau du sourire de Taariq finit par surgir, boueuse et grise. Il dit : « C'est si difficile de donner des conseils dans des cas de ce genre. C'est comme pour un mariage, il vaut mieux remettre la décision aux mains des deux personnes concernées, et pas à des tiers ou des gens qui viennent en quatrième ou cinquième position.

– Mais que ferais-tu si tu étais à ma place ?

– Il faudrait que j'en sache beaucoup plus que je n'en sais à présent pour me faire une opinion.

– Mais même si tu connaissais la situation, la démarche de ton esprit et la direction que prend le mien sont si différentes que je serais surprise si nous arrivions à la même conclusion.

– Je suis complètement d'accord avec toi », dit-il.

Durant tout ce temps, elle était tenaillée au fond d'elle-même par l'envie non réalisée d'aller voir pourquoi l'enfant trouvé ne bougeait ni ne pleurait depuis si longtemps. Mais une voix lui murmurait à l'oreille, l'assurant que le bébé allait bien, qu'il n'y avait pas de souci à se faire.

« Dis-moi comment tu vois les choses, dit-elle.

– Je ne le donnerais pas à Muraayo, par exemple.

– Pourquoi pas ?

– Muraayo – attention, j'ai beaucoup d'affection pour elle – est incapable de comprendre les symboles en profondeur. Elle se contente de vivre à la surface des choses, de jouir de beautés à l'éclat mensonger, de se satisfaire de plaisirs superficiels. Un bébé comme cet enfant trouvé a besoin de parents qui le traiteront comme s'il était d'une essence spéciale, sans lui rappeler ses débuts terrestres, ou – que Dieu nous garde – lui dire que l'on ne connaît pas son lignage. Imagine si les pairs de Jésus s'étaient moqués de lui, lui disant avec mépris qu'il n'avait pas un père comme eux. La force du mythe de Jésus est que l'on ne nous dit pas grand-chose. Dans le cas de Moïse, nous le voyons d'abord comme un enfant trouvé au fil de l'eau, dans un panier, suçant son pouce. Puis nous le rencontrons quand il est adulte, en tant que messager de Dieu. Nous ne voyons pas les bébés mythiques quand ils grandissent, parce que cela les priverait de cette crédibilité magique qui est l'essence de tous les mythes. Ainsi, pour demeurer fidèle à la tâche incroyable qui l'attend, l'enfant trouvé doit grandir dans un milieu éloigné de gens comme Muraayo ou Qaasim, il doit grandir dans une partie du monde qui le protège comme une couveuse, loin des réalités quotidiennes qui entourent la plupart d'entre nous.

– Et si nous savions pour certain qu'il a des parents, que nous les connaissons ?

– Cela ne signifie pas grand-chose.

– Comment cela ?

– Jésus avait un parent que l'on connaissait, dit Taariq, sa mère, de même que Moïse ou que Soundiata l'Africain ou que Mwindo : tous ces enfants mythiques avaient une mère que l'on connaissait. Peut-être qu'ils étaient mi-divins, mi-humains.

– Et s'il meurt en bas âge, disons, même demain, ou dans dix ans, ou s'il meurt d'une maladie incurable ou si le tétanos s'empare de lui ? Tout ce débat sur les mythes n'aura-t-il alors été que du bavardage, des mots, rien d'autre ? dit-elle.

– Il aura alors assumé un rôle distinct dans chacune de nos vies, chacun retirera de son passage quelque chose de différent. » Il marqua une pause. « Au pire, il aura servi à faire réfléchir sérieusement certains d'entre nous.

– Et si Qaasim vient le réclamer ? »

C'était amusant de le voir hésiter, comme la prudente Huda, gênée, ayant peur de trébucher sur certaines syllabes. Car tout ceci était très proche d'eux, il ne s'agissait pas d'un mythe d'origine judaïque, chrétienne, islamique ou mandingue ; ceci était plus réel, touchait à des réalités et à des vérités fraternelles, à la relation entre frère aîné et frère cadet. Et Taariq le savait bien, et il savait que Duniya le savait aussi. Il exprima franchement son opinion.

« Qaasim n'a pas idée de la valeur des dons. Je l'ai connu qui donnait certains objets avant même d'en avoir pris possession lui-même.

– Dis-moi pourquoi tu penses que je dois le garder.

– Parce que tu en es la plus digne.

– En quoi ? »

Il afficha un sourire distant et Duniya comprit ce que cela voulait dire. Néanmoins, elle l'écouta avec respect. « Je ne veux pas donner l'impression d'être bigot, dit-il, mais je tends à penser de plus en plus que l'humanité doit avoir foi en des abstractions ; c'est sur ces bases que nous reconstruirons le monde tel que nous le connaissons, à partir des mythes auxquels nous croyons, mais que nous ne connaissons pas, ou mal. Il y a dans le mythe de quoi nous soutenir, nous enrichir. »

Duniya ne comprit pas de quoi il parlait, mais pensa qu'il ne servirait à rien de lui demander des explications. La lumière dans les yeux de Taariq se fit plus faible comme le bleu de la veilleuse d'une cuisinière qui s'éteint par degrés parce que la bouteille de gaz qui l'alimente s'est vidée. Est-ce qu'une certaine impression d'épuisement s'était emparée de lui ? Était-ce une forme de manque, des réactions désagréables dues à l'absence de nicotine et d'alcool au même moment ? Elle changea de sujet de conversation en grande hâte.

« J'ai beaucoup aimé ton histoire d'une vache », dit-elle.

Il chercha ses mots avec la maladresse d'un homme doté de très gros doigts qui essaie de défaire un nœud compliqué. Il n'arriva pas à prononcer une seule phrase qu'elle fût capable de comprendre. Ses yeux, sous ses sourcils froncés, n'étaient plus qu'une fente.

Duniya était sûre qu'il dormait, et elle le laissa faire. Elle se rappelait le nombre de fois où il était rentré à la maison comme anéanti. Ou quand, en rentrant du travail, elle l'avait trouvé affalé par terre ou sur n'importe quel lit dans la position informe où le sommeil l'avait terrassé, de même que ses trois enfants. Elle les emmenait alors à leurs lits respectifs.

Soudain Duniya entendit indubitablement des bruits indistincts. Parce qu'elle avait le dos à la porte, elle se retourna pour voir qui était ainsi venu puis avait décidé de repartir. Sans le vouloir, elle donna à Taariq un coup de pied qui le réveilla : sursautant, il eut un cri qui ressemblait à : « Qui ? »

La voix d'une femme, également affolée, répondit : « C'est moi.

– S'il te plaît, reviens », dit Duniya, reconnaissant la voix de la vieille femme.

Pendant ce temps, Taariq s'était redressé dans son fauteuil, avec des yeux injectés de sang qu'il frottait vigoureusement, les rendant encore plus rouges et plus irrités. Elle s'excusa de l'avoir réveillé ; lui, de s'être assoupi.

Et Duniya se leva pour accueillir Maryam, la grand-mère de Marilyn, avec ces mots : « Les enfants sont tous partis avec Bosaaso et ils m'ont laissée de garde aujourd'hui. » Elle présenta alors Taariq.

C'était étrange, mais la vieille femme ne voulait pas regarder Taariq qui s'était levé pour lui serrer la main. Dévisageant attentivement Duniya, elle dit : « Je suis désolée de passer comme cela sans prévenir, mais en fait j'étais à la recherche de Marilyn, espérant que j'allais la trouver ici.

– Non, j'ai bien peur qu'elle ne soit pas ici.

– Est-ce qu'elle est allée avec tes enfants ?

– Je ne pense pas. »

Elle fit demi-tour et dit à Duniya : « Dans ce cas, il faut que j'y aille. »

À ce moment, Taariq dit à son dos : « Nous ne nous sommes pas déjà vus, vous et moi ? »

Un sourire vint salir les traits bien propres de la vieille. « Est-ce possible ? demanda-t-elle.

– Vous m'avez donné une couverture un matin à l'aube, et vous avez monté la garde pour que mon corps ivre ne soit pas livré aux chiens errants, aux chats affamés ou aux voleurs de minuit, ce pourquoi je ne vous ai jamais remerciée. »

La grand-mère de Marilyn fit un signe de dénégation : « Je ne me rappelle rien de la sorte.

– J'ai gardé une couverture en souvenir de votre bonté.

– Ce doit être quelqu'un d'autre, vous confondez, insista la vieille femme.

– J'avais l'intention de rendre cette couverture mais ne l'ai pas fait pour un certain nombre de raison compliquées, et donc j'ai gardé en mémoire cet épisode comme un souvenir personnel de la bonté d'une vieille femme.

– Dans ce cas, dit la femme, pourquoi dévaloriser la signification de cet acte en le mentionnant en public ? Pourquoi faut-il que vous en parliez ? »

Taariq réfléchit à ce que la vieille femme venait de dire.

« Elle a raison », dit Duniya, approuvant son attitude.

La vieille femme, d'une voix maintenant assurée et prête à croiser le regard de Taariq, dit : « Est-ce que le bébé va bien ? Pourquoi fait-il si peu de bruit ? »

À peine Duniya avait-elle réfléchi à ce qu'elle allait répondre que la porte d'entrée s'ouvrit, pour laisser place à la silhouette ventrue et suante de Qaasim. Comme Shiriye, Qaasim avait l'expression d'un homme qui aurait bien voulu être ailleurs. Il était très gros, comme Shiriye, le corps rond comme la base d'un baobab, avec des doigts courts aux ongles ras. Il avait de petits yeux, des dents jaunes de tabac. Son ventre, pensa soudain Duniya, avait la forme d'une bétonneuse. Qaasim, à la différence de Shiriye, était un homme de peu de mots. Il laissait son argent s'exprimer à sa place. Comme un empereur avec un coffre plein à distribuer, Qaasim donnait, et donnait et donnait encore. Il partait avant que les gens qui le bénissaient ou le louaient en soient arrivés à l'Amen de leurs prières.

« Où est ce petit diable, dit-il, fort pressé.

– Quel petit diable ? demanda Duniya.

– Le petit djinn qui est la cause de tous ces désaccords. »

La vieille femme semblait regretter de n'être pas partie plus tôt.

Duniya dit : « Quand on vient chez quelqu'un, on salue d'abord, puis on prend un siège, on reste poli.

– J'ai dit : où est-il ?

– Et où sont tes bonnes manières ?

– Bonnes manières, écoutez-la me parler de bonnes manières ? s'adressa-t-il à la vieille femme. Où sont tes bonnes manières, Duniya ? J'aimerais savoir où sont parties tes bonnes manières, alors que tu décides de cesser tout rapport avec nous, d'un seul coup. Ne me parles pas de bonnes manières. »

Comme la vieille femme se préparait à partir, Qaasim lui dit : « Est-ce que vous savez où se trouve ce petit diable ?

– Ce n'est pas un petit diable, bien sûr ; un ange peut-être.

– Où est-il ?

– Vous savez qu'il n'y a que deux pièces ici, puisque vous êtes le propriétaire, dit la vieille femme, fâchée. Trouvez-le vous-même. »

Il suivit son conseil et alla dans la chambre des femmes. Quand il finit par en émerger de nouveau, il ne disait plus rien et n'était plus pressé. Il prit un siège, tristement. Un voile de tristesse couvrait chaque pouce de son vaste corps, y compris sa bedaine qui semblait s'être dégonflée comme un ballon crevé.

Sans qu'on le lui dise, Duniya comprit que l'enfant trouvé était mort.

Comme s'il était une mare dans la brousse où tous les animaux assoiffés seraient venus s'abreuver, tous firent cercle autour de Qaasim. Seules Duniya et Nasiiba se tenaient à l'écart et elles savaient pourquoi. Yarey, ayant du mal à rester tranquille, était assise à califourchon sur ses genoux et ne cessait de demander : « Mais pourquoi ? » Yarey portait son regard de Nasiiba qui avait été la première à le voir vivant à Oncle Qaasim qui avait été le premier à le voir mort. Duniya, un court instant, eut l'idée sinistre que Qaasim aurait bien été capable d'étrangler ce petit diable qui était la cause de tant de désaccords.

La mort de l'enfant trouvé ébranlait profondément Duniya. Elle ne se rappelait pas avoir jamais été aussi affectée. Elle ne pouvait pas non plus être aussi philosophe à ce sujet que Taariq, qui avait cité le proverbe somali qui dit que la mort nous touche moins si elle frappe une famille qui est loin de la nôtre, ou un berger que nous ne connaissons pas au milieu de son troupeau de chameaux. Elle se demanda ce qu'il allait advenir de Bosaaso et de sa construction mythique ?

Bosaaso fut le premier à s'écarter du cercle assis à s'abreuver autour de Qaasim. Troublé, il revit défiler dans sa mémoire certaines séquences concernant deux autres morts, celle de sa femme et celle de son fils. Il restait là debout, oscillant sur ses talons. Il dit : « Il nous faut maintenant penser à son enterrement et au rituel bureaucratique qui s'y attache. »

Un court instant, Duniya le détesta. Comment un homme pouvait-il être aussi sensible et aussi terre à terre à la fois ? Elle se demanda si quelqu'un lui avait parlé de l'ordre d'éviction qu'elle s'était adressé à elle-même. Et qu'allait-il bien pouvoir dire quand il aurait l'occasion de lui parler ?

Taariq, d'autre part, avait les joues mouillées de larmes et ne cessait de chercher maladroitement un mouchoir propre, pour ne découvrir, à chaque fois qu'il mettait la main dans la poche de son pantalon, qu'un mouchoir en papier tout froissé, tout sec avec les trous et le mucus laissés par des utilisations antérieures.

« Je pense qu'il nous faudra soumettre le corps du bébé aux services médicaux pour une autopsie, continua Bosaaso, pour trouver de quoi il est mort, et remettre six exemplaires de son certificat de décès au poste de police où nous l'avons enregistré en premier lieu. »

La vieille femme fut la seule à entrer dans la chambre des femmes où se trouvait le corps, pour le veiller, et réciter quelques versets du Coran. Elle ferma la fenêtre qui donnait sur la rue et couvrit le cadavre avec un drap pris dans le placard de Duniya.

Duniya se demandait ce qu'il adviendrait de Bosaaso et elle.

Est-ce qu'un événement irrationnel comme la mort de

l'enfant trouvé démolirait les symétries qu'ils avaient construites ensemble ?

À la veillée funèbre de l'enfant trouvé, on raconta des anecdotes sur la mort et des mythes de création. Un certain nombre d'amis étaient présents, y compris Mire et tous les parents immédiats de Duniya. Mire raconta la première histoire.

« Un enfant meurt à six ans et s'aperçoit qu'on lui a alloué une couche placée beaucoup plus bas que celle d'un homme bien plus vieux qui est mort à soixante ans. Le jeune garçon dit à Dieu : “Comment se fait-il, Seigneur, que l'on m'ait attribué un lit beaucoup plus bas dans la hiérarchie du paradis que ce vieil homme gris, là au-dessus de moi, quand je n'ai même pas vécu assez longtemps pour pécher ?” Et Dieu répond : “Parce que ce vieillard a non seulement atteint et dépassé l'âge de raison, mais il a résisté à la tentation sans commettre un seul péché. C'est pourquoi il a été bien récompensé.” Toujours pas convaincu, l'enfant dit alors : “Je supplie Ta divine patience de me dire pourquoi il a fallu que je meure jeune et que je n'aie pas la possibilité soit de me montrer digne de tes récompenses ou de pécher pour mériter cette punition ?” Dieu répond : “Parce que Nous savions que tu étais un pécheur, et Nous t'avons épargné, car tu aurais sûrement encouru Notre colère si Nous t'avions permis de vivre un moment de plus. Dieu sait tout et est compatissant.” Alors l'enfant se prosterne devant le Tout-Puissant à qui il demande pardon, répétant la litanie : “Dieu donne, Il sait tout et est compatissant.” »

Dans le silence qui suivit ce récit, Duniya alla chercher à boire pour ceux qui le souhaitaient. C'était Bosaaso qui avait apporté toute une caisse de boissons glacées à la veillée funèbre.

Pour une fois, Duniya ne souleva aucune objection à l'idée de recevoir quelque chose de lui. Elle revint alors vers eux tous, pour écouter Taariq raconter un mythe de création.

« Dieu, pour passer le temps, décida de créer les êtres humains, seulement il ne les voulait pas à son image, comme le dit la Bible, mais à l'image d'un Éthiopien. Le voici qui donne l'ordre que l'on façonne l'argile en lui donnant forme humaine et que l'on construise des fours pour faire cuire cette argile. Alors Dieu, un peu à l'écart, regarde travailler Ses anges-assistants : avec un enthousiasme bien compréhensible, ils Lui apportent un modèle en argile dès qu'il y en a un de prêt à Lui montrer. Le premier est trop cuit, trop sombre. Ça ne va pas, dit Dieu. Disposez cette créature très sombre dans un endroit perdu du continent africain. On allume le feu à nouveau, on met au four une autre figurine d'argile et on la sort et Dieu ordonne qu'on l'expédie en Scandinavie : elle est trop pâle, cela ne va pas non plus. Les anges s'exécutent. Le même processus se répète à plusieurs reprises, maintes et maintes fois, jusqu'à ce que Dieu obtienne finalement ce qu'Il voulait : un modèle de beauté et de vertu, la bonne couleur de peau, la bonne texture de cheveux, l'intelligence et la fierté humaines qui conviennent, bref tout ce qu'il faut. Après avoir examiné cette créature spéciale, Dieu la place en Éthiopie. Il donne à cette créature les meilleures terres, le meilleur climat, les meilleurs fruits que peuvent offrir les saisons. Il en fait l'envie de ses voisins, en bref, l'envie de toutes les races. Et c'est ainsi que l'Éthiopien est venu au monde. »

On raconta encore d'autres histoires. Duniya allait et venait, offrant des boissons et des mets légers, et Bosaaso l'aidait. Elle n'entendit qu'une partie de certains des autres mythes que Mataan et Qaasim racontèrent à nouveau, y compris un mythe de création cynique venant du Nigeria dans lequel Dieu reste assis toute une journée à regarder les Nigérians mal se conduire et se contente de rire. Alors un Tchadien et un Somalien, tous les deux vêtus des haillons élimés de la famine, se présentent devant Dieu et lui demandent pourquoi Il a été si peu généreux à leur égard alors qu'Il a comblé le Nigeria de toutes sortes de richesses. Ce à quoi Dieu répond, pince-sans-rire : « Regardez bien les habitants que j'ai donnés à ce pays. Je vous assure que vous êtes bien mieux là où vous êtes, croyez-moi. » Et le Tchadien et le Somalien s'en vont satisfaits.

Duniya pensa qu'au centre de chaque mythe se trouve un autre mythe : celui qui décrit les hommes qui l'ont inventé. Chacun avait transformé l'enfant trouvé en ce qu'il pensait désirer, ou en ce dont il croyait avoir besoin. Dans ce cas, se dit-elle, l'Enfant sans nom n'est pas mort. Il continue de vivre, en moi et en Bosaaso.

TROISIÈME PARTIE

DUNIYA AIME

CHAPITRE XII

Dans lequel l'enfant trouvé est enterré et les formalités liées aux rites funéraires sont accomplies simplement. Plus tard ce jour-là, Duniya est invitée à sortir au restaurant.

DUNIYA se réveilla en sursaut et resta agitée un bon moment, se tournant et se retournant dans son lit, très mal à l'aise. Elle avait rêvé d'un chien, de race indistincte, laid, le museau court comme celui d'un bouledogue ; une bande d'adolescents mal élevés l'excitaient, le chien aboyait, la queue effrayée timidement collée à ses pattes tremblantes, et les jeunes s'amusaient beaucoup à le tourmenter.

À une bonne distance de ces jeunes bruyants, comme si elle essayait de s'en détacher, se tenait une jeune femme qui ne ressemblait à aucune des personnes que connaissait Duniya, une femme qui de façon inexplicable, par atavisme, paraissait être proche du chien en corps et en esprit, en ce qu'elle avait le regard fixe d'un animal sauvage et les canines les plus pointues que Duniya ait jamais vues dans une bouche humaine. De toutes façons, l'attention de Duniya était attirée par cette femme qui ne cessait de regarder vers sa droite, semblant attendre. Est-ce qu'elle pensait que quelqu'un allait venir de cette direction ? Duniya remarqua la silhouette d'un homme couché sur le dos à même le sol ; au centre de son corps poussait un arbre avec une seule feuille. Le chien se mit à aboyer de plus belle tantôt en direction des jeunes qui le tourmentaient, tantôt en direction de la femme qui paraissait ne pas se rendre compte du tout de sa présence, puis en direction de l'homme qui semblait indifférent à tout ce qui se passait autour de lui, et enfin vers la maigre feuille d'arbre ; ses aboiements se calmèrent un peu quand apparut dans le paysage un aigle, aussi silencieux que ses ailes repliées, un aigle qui se posa sur l'arbre : l'arbre y perdit sa seule feuille, son intégrité, sa vie.

Le silence s'établit.

Pendant ce temps-là, la femme semblait se creuser la cervelle pour trouver un sens à ce qui se passait. De ses yeux puissants, l'aigle fixait le chien, qui maintenant se taisait. Le chien était pétrifié par un serpent dont l'arrivée créait une agitation angoissée chez tous les participants, excepté la femme. De tous côtés, ce n'étaient que mouvements désordonnés. Alors se leva une bourrasque de vent qui enveloppa tout et chacun dans sa mystérieuse énergie, un tourbillon qui souleva la poussière, s'élevant en spirale ; sur quoi les yeux de la femme furent un instant illuminés de bonheur. De la même façon, le doute s'insinua dans son regard dur, et l'adoucit, y faisant naître le plus joli des sourires. Et le serpent mordit la femme.

Les cieux prirent alors des teintes d'algues.

Avec une démarche aussi éloquente que celle d'un somnambule, la femme s'éloigna des lieux, suivie par les jeunes tapageurs et par le chien, ne s'arrêtant que lorsqu'ils arrivèrent au berceau où gisait le corps du bébé.

À cette vue, Duniya se réveilla.

L'enterrement de l'enfant trouvé eut lieu en toute simplicité, en présence seulement de la famille, des amis et du prêtre invité pour conduire une courte cérémonie religieuse. Le taxi du cousin de Bosaaso servit à transporter ceux qui, sans véhicule, voulaient suivre la procession. Mire ne put pas venir, Taariq ne put se dégager de son travail, tandis que Qaasim arriva très en retard, juste au moment où l'on quittait le cimetière. Quand le corps eut été enterré et que toutes les formalités furent accomplies, Bosaaso et Duniya se rendirent directement au poste de police du quartier pour informer les autorités de la mort du bébé. L'inspecteur fut profondément affecté par cette nouvelle, disant : « Et pourtant, hier encore ce bébé était dans les nouvelles du jour, témoignage vivant de l'esprit généreux de Duniya. » L'inspecteur ne pensait pas que les médias seraient intéressés par l'annonce de la nouvelle de ce décès.

Du poste de police du quartier, Duniya et Bosaaso se rendirent à l'hôpital, où ils apprirent que l'infirmière avait ce jour-là un service assez léger. Ses collègues lui exprimèrent toute leur sympathie, l'une après l'autre, et elle se fit la remarque qu'il était bien touchant de voir qu'elles lui parlaient comme si elle avait perdu un bébé de son propre sang et non un enfant trouvé. Tout ce temps, des torrents de larmes affluaient à sa poitrine, son nez était prêt à éternuer, ses yeux cillaient, leurs paupières s'ouvrant et se fermant toutes seules : ceci culmina au moment où son larynx explosa en une déflagration de sanglots, sa bouche écumant d'une salive comme du sperme, de sécrétions gluantes. Mais ses yeux restaient obstinément secs.

Malgré tout, un tourment intérieur martelait aux oreilles de son cœur. Et elle bâillait de façon inquiétante, avec l'impression d'avoir été vidée de sa force naturelle, l'impression qu'un changement s'était produit en elle. Un voile de mystère s'étendait autour de la question : pourquoi la mort de l'enfant trouvé l'affectait-elle d'une façon qu'elle n'aurait pas crue possible ? Elle se sentait éparpillée. Pire que cela, elle avait l'impression d'être vidée de toute possibilité : qu'allait-elle faire d'elle-même, de son temps, que dire de lui, celui qui était venu et parti, que penser, comment penser clairement ? Par moments, de la tristesse se lisait dans son regard. Avec un mouvement assez lourd, les jambes un peu tremblantes, les plantes de pieds fourmillant de piqûres d'épines pointues comme des aiguilles, Duniya s'assit, ayant la nette impression de ne plus rien peser. En fait, elle avait une telle peur de s'envoler qu'elle se cramponnait au dos de son fauteuil, incapable de jauger les effets de cette réaction de son corps. Seule la pensée de Bosaaso la fit revenir à la raison et retrouver son calme.

Une fois de plus, l'émotion l'envahit à l'idée que leur maison paraissait maintenant vide de toute vie, avec la radio éteinte et toutes les portes fermées à clef. Duniya était contente de déménager, espérant des jours meilleurs. Ses enfants, pendant ce temps-là, étaient partis chacun de son côté, Yarey choisissant de passer la journée avec Marilyn, Mataan avec Waris, et Nasiiba – Dieu sait quelles surprises elle préparait pour sa mère lorsqu'elle finirait par réémerger. Une maison vide est une triste chose, avait dit Bosaaso, mais une vie vide est plus triste encore.

Il s'enhardit et prit des décisions de plus en plus nettes, parlant de remplir leurs soirées et leurs fins d'après-midi vides avec diverses activités. Nous ferions ceci, disait-il, nous ferions cela. Nous apprendrions à nager. Nous irions au restaurant. Nous apprendrions à conduire, afin de nous rendre indépendants, de ne plus avoir à nous faire déposer ici ou là, ou même d'être importunés par des hommes épouvantables. Il s'avéra que nous était une personne composite (Duniya + Bosaaso = nous !) capable d'accomplir des miracles, capable de remplir ses jours et ses nuits avec des entreprises délicieuses dignes de l'emploi du temps d'un ange.

Quand le bébé était en vie, ni Duniya ni Bosaaso n'avaient eu l'idée d'inventer des occupations : il avait donné une forme à la vie autour d'eux. Et les gens étaient venus, les visiteurs venaient en hordes, pour jouer aux cartes, pour boire du thé, pour se raconter mutuellement des histoires et devenir amis. Duniya ne pouvait s'empêcher de tenir compte du fait que la mort de l'enfant trouvé imposait nécessairement des changements dans la grammaire de leur langage, produisant un « nous » qui n'était pas là auparavant, un « nous » fait de contraintes hybrides, à moitié réelles, à moitié inventées.

Le service allégé que le docteur Mire lui avait établi aujourd'hui consistait pour l'essentiel à recevoir les clichés radios des malades et à enregistrer leur nom à l'endroit prévu, c'est tout. Pendant de nombreuses minutes, elle examinait chaque négatif d'un air vague, fascinée, rêveuse, suivant distraitement du bout des doigts ces reproductions toutes ridées, pensant (comme c'était étrange !) à un fœtus mort préservé dans un bocal rempli de vinaigre transparent – mon Dieu, ceci est vraiment choquant, se dit-elle tristement. Une partie d'elle-même imaginait le vide complet des plaques cryptographiques qui représentaient la mort du bébé et les taches pleines qui signifiaient les endroits occupés par Bosaaso.

C'est alors que Bosaaso vint la chercher. C'était le début de l'après-midi.

En le voyant, elle se dit qu'elle avait eu faim toute la journée et pourtant n'avait pas eu envie de manger, car elle n'avait pas d'appétit. Ou peut-être qu'elle ne s'exprimait pas très bien ? Bosaaso exprima l'idée que se nourrir était en soi toute une entreprise. Il cita en exemple les semaines qui avaient suivi la mort tragique de Yussur et de son fils et où il avait cessé de fumer. Il se rappela aussi comme il s'était senti vide quand il avait enfin soutenu sa thèse. Il était si mal à l'aise qu'il n'était capable de remplir le vide au fond de son âme qu'avec du travail, et encore du travail. C'est alors qu'une idée lui vint.

« Nous sortons pour dîner ce soir », dit-il.

Avec un sourire condescendant, elle dit : « Qui est ce nous, puis-je le savoir ?

– Toi et moi, bien sûr. »

Un long moment s'écoula avant qu'elle se rende compte que la présence de Bosaaso lui faisait un effet agréable et qu'elle ne se sentait plus si vide que cela, ou plutôt qu'elle avait l'impression d'être emplie de certains aspects de Bosaaso. « Et où allons-nous ? demanda-t-elle.

– Je connais un bon restaurant.

– À tout à l'heure », dit-elle.

Il proposa de venir la chercher autour de sept heures.

Duniya ressentit de nouveau l'impression de flotter sans pesanteur dès qu'elle fut seule, si bien qu'elle dut s'appuyer à la porte d'entrée qu'elle venait d'ouvrir. Elle resta là jusqu'à ce que sa poitrine se soulève au rythme de sa respiration, que son cœur se mette à battre plus rapidement : elle se préparait à se haïr elle-même, et ce sentiment lui donnait la nausée. Ou était-ce donc ça, l'amour ? Quoi que ce fût, elle ne voulait pas en entendre parler. Sûrement, être affecté par une si nébuleuse sensation de malaise, ce n'est pas de l'amour, non ? Se poser ainsi des questions lui redonna courage et elle eut la force de franchir le seuil, la démarche mal assurée, tout le corps engourdi d'angoisse.

Elle ouvrit la porte de la pièce qu'elle partageait avec Nasiiba et en sortit un fauteuil ; peut-être que si elle ne bougeait plus, la brume allait s'éclaircir dans sa tête. Mais elle n'arrivait pas à rester en paix avec elle-même ; c'était comme si son cerveau transportait des graines qui avaient soudain éclos, donnant un baobab en pleine croissance. Elle pensa que les événements de la semaine passée avaient planté des graines prêtes à germer, ce qui devait se produire tôt ou tard, mais que l'enfant trouvé qui avait semé tout cela n'était plus là.

Les pensées de Duniya n'étaient que chaos et bouleversement, quand la porte s'ouvrit, et que quelqu'un entra avec un pas léger comme de faibles applaudissements. L'expression inquiète qui se lisait dans ses yeux, alors qu'elle accueillait Nasiiba avec un sourire, trahit ses sentiments réels. Des émotions contradictoires étaient déguisées par le large sourire de défi qui définissait les traits de Duniya tandis que sa fille et elle se touchaient, s'embrassaient. Comme d'habitude, la jeune fille était pleine de vie, toute animée du désir de faire bouger les choses. Elle était manifestement triste de la mort de l'enfant trouvé, mais cela ne l'empêchait pas d'investir son énergie soit au bénéfice de sa mère soit à son propre profit. « Qu'y a-t-il, Maman ? », demanda-t-elle.

Duniya ne tenait pas en place aujourd'hui et elle se leva, le feu aux joues. Elle n'arrivait pas à décider ce qu'elle allait dire et ne pas dire à Nasiiba ; beaucoup de choses étaient en train d'arriver, et tout n'était pas bon ou mauvais, ni même facile à expliquer. Par exemple, l'amour était en train d'arriver. Par exemple, une forme de nausée était en train d'arriver. Elle lui adressa un sourire aussi rassurant qu'elle le pouvait et dit : « Nous sortons dîner, Bosaaso et moi. »

Nasiiba dit : « Nous allons au restaurant ? »

Duniya jugea que l'usage que faisait Nasiiba de la première personne du pluriel était essentiellement différent du sien, se rendant compte, comme pour la première fois, que ce pronom avait un pouvoir d'association très riche. C'était comme si elle apprenait une nouvelle langue. À ce moment-là, Duniya reconnut cette sensation agréable : dès la mention du nom de Bosaaso, toutes ses impressions de vertige s'en allaient. Elle était comme ancrée, l'âme bien arrimée dans son intention de poursuivre son destin, de rechercher son bonheur.

« Il va nous falloir nous habiller pour sortir, non ? », dit Nasiiba.

Duniya s'immobilisa dans la tristesse d'un choc qu'elle n'avait pas anticipé. La vérité est qu'elle n'avait pas songé à s'habiller particulièrement pour l'occasion, elle n'avait pas eu la sérénité nécessaire pour se préparer aux changements qui étaient en train de se produire autour d'elle tout comme en elle. Elle s'agrippa alors à la chaise la plus proche, jetant un coup d'œil en direction de Nasiiba et reconnut la nécessité de se remettre entre les mains de sa fille ; essentiellement, d'admettre qu'elle était amoureuse.

Avec un ton de voix assez semblable à celui d'une petite fille qui essaie les chaussures à talons de sa mère, Duniya dit : « Et si je prenais d'abord une douche ? Tu ne penses pas que c'est une bonne idée ? Pendant ce temps, tu peux choisir la robe que tu veux que j'essaie.

– Quelle excellente idée ! » dit Nasiiba, tout excitée.

Un rayon de soleil frappa malicieusement son regard et Duniya sourit. Les choses étaient beaucoup plus compliquées que ce qu'elle imaginait, et aucun don n'était innocent. Qu'est-ce que Nasiiba venait de dire ? Qu'elle allait l'aider à s'habiller ? Duniya était ennuyée à l'idée que sa fille allait lui demander de se déshabiller, de se tenir nue devant elle, de faire des pirouettes avant de décider que porter. Elle s'arrêta alors dans une attitude d'intense perplexité, se demandant que faire. Elle était enveloppée dans les plis d'une tunique, complètement couverte, excepté sa tête dont les boucles luisaient après un shampooing hâtif mais un rinçage soigneux.

Nasiiba dit : « J'ai fermé la porte qui donne sur la cour et nous sommes aussi tranquilles que possible. Ce que je veux, c'est que tu sortes de ta tunique puritaine afin que je voie bien quelle sorte de corps tu as. Nous n'avons pas beaucoup de temps, dépêche-toi s'il te plaît. »

Stupéfaite, Duniya dit : « Tu ne parles pas sérieusement ?

– Mais si, l'assura Nasiiba.

– Je suis ta mère », lui rappela Duniya.

Nasiiba, avec un regard en direction de la porte de la chambre qu'elles partageaient, dit : « Je suis ta fille, est-il besoin de te le rappeler, et de toutes façons, je t'ai vue nue ou à moitié nue très souvent. Aussi pourquoi tant d'histoires ? Allons-y. »

Duniya était hantée par une image, celle de Nasiiba la voyant totalement nue, occupée à faire l'amour avec Taariq : elle avait appris cela de sa fille l'avant-veille. La voix marquée par des hésitations, par son manque de confiance en elle, elle s'enquit : « Qu'est-ce qu'il y a sur le dossier de cette chaise ?

– La robe que je veux que tu essaies. »

Si elle avait su comment s'en sortir, Duniya aurait mis un terme à toute cette comédie. Nasiiba pensait-elle que parce qu'elle lui avait offert une robe ou parce que Duniya avait accepté qu'on l'habille, la jeune fille pouvait exiger que sa mère se mette nue ?

« Tu n'es pas un sanctuaire, dit Duniya, et je ne fais pas l'offrande de mon corps. » Sur ces mots, elle tourna le dos à Nasiiba mais ne parvint pas à esquisser un seul pas pour s'en aller, comme si elle était incapable de comprendre la signification de sa propre décision. Elle avait le cœur lourd de tristesse parce que, pour l'instant, toute pensée amoureuse l'avait désertée. Elle était sur le point de supplier qu'on la laisse tranquille quand Nasiiba lui suggéra à nouveau de se dévêtir.

Duniya se rendit compte, bon gré mal gré, qu'elle ne pouvait plus revenir en arrière et que ce qui devait arriver arriverait, se rappelant que le père des jumeaux, étant aveugle, n'avait jamais porté les yeux sur son corps nu et qu'il était ironique que ce soit la fille de ce premier mari qui soit maintenant en train de la déshabiller. Elle se réconforta aussi en se remémorant qu'en tant que sage-femme, elle avait vu plus d'une femme toute nue, des femmes dont elle avait manipulé le corps, dont elle avait touché avec compétence les parties les plus intimes. Le regard inquiet, le corps tremblant, elle rejeta la tunique qui l'enveloppait : « Ça y est », dit-elle, prononçant ces mots avec emphase.

Le jugement de Nasiiba fut immédiat : « Pas mal du tout. »

Duniya, quant à elle, était trop paralysée pour dire quoi que ce soit. Le seul effet positif de cette humiliation était qu'elle se sentait maintenant lourde comme un pied-bot : plus de risque de s'envoler par excès de légèreté. Ceci fit naître en elle une certaine acrimonie ; elle était sûre cependant que cette sensation allait disparaître et que Bosaaso et elle seraient une fois de plus unis – et amoureux.

Pendant tout ce temps, Nasiiba était animée d'une excitation extraordinaire, se lançant dans des tirades qui étaient un mélange d'idées à moitié comprises et d'autres complètement assimilées ; elle lançait généreusement en l'air un merveilleux bouquet de mots qui ne signifiaient rien pour elle. Il y avait un réseau souterrain dans son langage, quelque chose de sérieux qui ne plaisantait pas, comme une mère qui prépare sa fille pour un goûter d'enfants donné chez un membre de sa belle-famille avec lequel elle ne s'entend pas très bien. Duniya devait faire beaucoup d'efforts pour rester ainsi nue et immobile.

Nasiiba dit : « Tu dois relever tes cheveux, te faire un chignon en forme de couronne. Mais d'abord nous allons les coiffer, et avant cela, nous allons leur appliquer une sorte de brillantine pour les rendre plus beaux. Un chignon très haut t'ira parfaitement. Et rien sur la tête.

– Est-ce que je peux mettre quelque chose en attendant ?

– Une minute, pas de panique. »

Duniya attrapa un foulard avec lequel elle couvrit son embarras dans l'attitude d'une Ève qui se serait cachée derrière des feuilles de vigne freudiennes. L'expression de son visage était indéniablement celle d'une personne humiliée, cependant elle restait silencieuse, mais pas vraiment immobile.

« Voici un caraco, une culotte et un soutien-gorge, dit Nasiiba à sa mère. Enfile donc cela et ne fais pas d'histoires, s'il te plaît. » On aurait dit que la jeune fille était une mère qui donnait deux bouchées pour faire taire provisoirement un enfant qui pleure de faim.

« Je n'aurais jamais dû te demander de m'aider à m'habiller », regretta Duniya.

Nasiiba répliqua : « Les parents se rappellent rarement les millions de moments embarrassants que subissent leurs enfants, habillés de vêtements qu'ils aimeraient mieux ne pas porter, nourris de mets qu'ils aimeraient mieux ne pas manger, lavés quand ils seraient tout à fait ravis de rester sales, leurs parties intimes manipulées, mutilées, massées. Non seulement tu as fait tout cela et pire encore avec moi, mais te rends-tu compte, ma chère mère, qu'en tant que mère somalie, et de plus musulmane, tu as le droit légal et parental de vérifier si je suis vierge ? »

Ayant mis la culotte, le soutien-gorge et le caraco, Duniya demanda : « Et maintenant, que veux-tu que je fasse ? »

Nasiiba s'empara d'une chaise et la plaça de façon à ce que Duniya soit tournée vers l'est, où la lumière était meilleure. Puis elle revint saisir fermement sa mère par la main et sa mère la suivit, timide comme une épousée qui pénètre dans son nouveau foyer. « Assieds-toi, ne bouge plus et ne dis pas un mot », ordonna Nasiiba.

Duniya n'était pas très contente quand quelqu'un d'autre faisait preuve d'autorité à son égard, elle détestait ce sentiment d'impuissance, ne pas savoir ce qu'on lui voulait. « La raison pour laquelle je me rebelle contre l'autorité des hommes, avait-elle dit un jour à une amie, c'est qu'ils ont tendance à prendre des décisions qui affectent la vie des femmes dans des assemblées d'où les femmes sont absentes. » Est-ce que Duniya percevait maintenant Nasiiba comme « de sexe mâle » ? Ne l'avait-elle pas dénudée, comme l'avaient fait certains hommes, ne l'avait-elle pas rendue impuissante comme l'avaient fait certains hommes ?

« Qu'est-ce que tu es en train de me faire, Nasiiba ? » demanda-t-elle.

« Aie confiance en moi », fut la seule réponse que Nasiiba se risqua à donner.

Elle commença à tordre et à enrouler les tresses sur le sommet de la tête de Duniya. Toutes deux étaient passablement détendues ; Nasiiba était la plus contente des deux du résultat de ses efforts artistiques, et Duniya maintenant était moins tendue, son corps était moins raide. Comme si cela ne lui plaisait pas, elle fit un effort pour dire : « Incidemment, Nasiiba, ai-je bien vu, n'y avait-il pas des liasses de billets glissées et bien cachées dans un magazine féminin iranien appelé *Mahjouba* ? »

Ce fut comme si Duniya avait introduit un chat domestique, bien nourri et même gâté, qui aurait apporté dans le salon, devant des invités, le cadavre d'un lézard. « Je ne supporterai pas de telles bêtises », fit Nasiiba, furieuse, ayant dans sa colère jeté le peigne qui, dans ses cabrioles furieuses, alla frapper le mur à l'autre bout de la cour. « Que faisais-tu à fouiller dans mes tiroirs, dans mes affaires personnelles ? » Plus de coup de peigne, plus de tresses et de construction de chignon, tout cessa brutalement. Nasiiba était pâle de rage.

« Je croyais avoir perdu quelque chose, quelque chose à moi.

– Il y a des moments où je te déteste, dit Nasiiba.

– Mais non », dit Duniya.

Comme quelqu'un qui évalue une œuvre d'art, Nasiiba fit deux pas en arrière. Les mains sur les hanches, avec un air de défi, elle dit, imitant le ton de sa mère : « Est-ce que ce ne serait pas par hasard Fariida que j'ai vue à la consultation aujourd'hui ? » Ou : « En quel honneur as-tu fait don de ton sang, Nasiiba ? Et qu'est-ce que c'est que ça encore ? » Puis, avec sa voix normale : « Qu'est-ce que tu faisais à fouiller dans mes affaires ?

– Il y a des moments où je me demande si c'est à toi ou à moi de perdre patience ? Allons, dit Duniya, ne perdons plus de temps car, à la vérité, je crois que je soupçonne d'où vient cet argent. Viens finir ce que tu as commencé et dépêche-toi. » Ceci d'un ton très ferme.

En quelques minutes, et sans souffler mot, Nasiiba s'était remise à l'édification de ce chignon haut comme un château. Et toutes deux continuèrent à se taire jusqu'au moment où Nasiiba annonça qu'elle avait fini. Et quand elle vit la gêne sur le visage de sa mère, la jeune fille apporta un miroir pour que Duniya jette un coup d'œil au résultat.

Duniya : « Je ne suis jamais sortie sans rien sur mes cheveux, pas depuis l'âge de dix-sept ans, Nasiiba.

– Tu as l'air moderne quand tu as la tête découverte, suggéra sa fille.

– Elle se voit de loin comme le rouge d'un sémaphore dans une rue sombre et le monde entier peut la contempler à un mille à la ronde.

– Tu t'y habitueras, et Bosaaso t'en aimera davantage », se risqua Nasiiba.

À la mention du nom de Bosaaso, Duniya se détendit.

Cependant, le ton de voix de Nasiiba se fit moins déterminé. Elle dit : « Tu as besoin d'un peu de maquillage sur la figure, une couche légère, c'est tout. » Et elle s'approcha, menaçante, en direction de Duniya, portant une variété de pinceaux et de flacons.

« Pas de maquillage pour moi, merci. »

La minute d'après, Nasiiba était de retour, avec une paire de boucles d'oreilles. « À qui sont-elles ? s'étonna Duniya d'un air soupçonneux.

– En fait elles sont à toi, elles t'ont été données par Oncle Abshir. »

Duniya fit signe qu'elle reconnaissait la véracité de cette affirmation.

« Si tu penses que tes oreilles ressortent comme les poteaux d'un stade de foot, peut-être que cette paire de boucles d'oreilles corrigera cette tendance. »

Elles étaient très jolies, de forme circulaire, avec une étoile à cinq branches sertie dans la monture, et peinte en bleu.

D'ici au moment où elles entendirent l'avertisseur de Bosaaso annoncer son arrivée, Duniya avait eu le temps de donner un petit coup à sa coiffure ici et là et se sentait à l'aise dans la robe qu'elle avait choisie et que Nasiiba avait approuvée. C'est seulement lorsqu'elle rejoignit Bosaaso qui était resté dans la voiture que Duniya dit à Nasiiba : « S'il te plaît, transmets mes condoléances à Fariida qui, à ce que je comprends, est la mère de l'enfant trouvé, et dis-lui de venir nous voir quand elle en aura envie. » Et Duniya quitta la maison à la hâte, pressée d'éviter les questions de sa fille.

Et « nous » allèrent au restaurant.

Dès que le serveur qui était venu prendre leur commande les laissa seuls dans la pénombre, ils s'embrassèrent, alors que seule une lampe à pétrole procurait un semblant de lumière. Cette envie de s'embrasser les avait pris par surprise, soudaine comme un éternuement de rhume des foins : cela dégage le cerveau. Il restèrent longtemps dans les bras l'un de l'autre, mêlant leurs souffles : chacun avait le pouvoir de rendre l'autre à la fois détendu et vulnérable.

Silencieux, ne s'embrassant plus, ils étaient maintenant assis sur une natte à même le sol, sous une tente épineuse d'acacias : une lampe à pétrole était accrochée à une branche de l'arbre, lampe dont la lumière n'interférait en rien dans leur intimité.

Tout Mogadiscien en quête d'un lieu calme et protégé, ou à la recherche du meilleur agneau au riz de la ville, en fait tout résident de Mogadiscio désireux de goûter à l'image romanesque d'une jungle à l'état de nature : tout ce monde se rendait ici, hommes et femmes amoureux, étrangers en mal de couleur locale ou voyageurs voulant un repas souvenir pour se remémorer la Somalie. Nul besoin d'ajouter que ces restaurants entreprenants attiraient les automobilistes originaires de Mogadiscio, et pour une bonne raison.

Les serveurs portaient des lanternes, se conformant strictement au code de bonne conduite qui garantissait une complète intimité aux clients qui fréquentaient cet établissement. Ils se déplaçaient sans bruit, se râclaient la gorge ou toussaient quand ils s'approchaient d'un arbre-tente sous lequel un couple se blottissait en toute intimité, dans les bras l'un de l'autre.

Duniya se remit debout, un peu chancelante, une fois qu'elle eut repris son souffle après ce qui constituait le baiser le plus long, le plus passionné qu'elle ait jamais connu. Peut-être qu'ainsi étourdie elle ne savait plus où elle était, avec qui et pourquoi. Elle avait la tête qui tournait, ses jambes n'étaient pas assez stables pour supporter le poids de son corps vacillant, et cependant elle était sur le onzième nuage, ne se rappelant aucune joie comparable à celle-ci. Est-ce que ce baiser long et passionné l'avait étourdie au point de lui faire prendre les clefs de Bosaaso au moment où elle se relevait, et tout ceci sans s'en rendre compte ? Il lui dit alors : « Et où m'emmènes-tu en voiture, je te le demande ?

– Mais je ne sais même pas conduire ! répondit-elle.

– Dans ce cas, je vais t'apprendre », dit-il.

Elle reprit ses esprits instantanément.

Elle s'assit à une certaine distance de lui, se rappelant sa conversation avec Nasiiba qui avait offert de lui apprendre à nager. Cela voulait-il dire qu'on la préparait, elle, Duniya, à atteindre un plus haut niveau de complétude, en quelque sorte, en lui apprenant à nager et aussi à conduire ? Elle fit glisser les clefs de voiture dans la direction de Bosaaso.

Comme en réaction devant ce geste inamical, les cieux retentirent d'un coup de tonnerre menaçant, et un vent fou se leva. Bosaaso se leva pour transférer la lampe à pétrole de son emplacement très haut dans l'arbre à un endroit beaucoup plus bas, éloigné du courant d'air. Levant les yeux vers lui, Duniya vit des comètes qui volaient vers la terre, tombant, comme disent les Somalis, sur les djinns et les non-musulmans. Elle sursauta quand un éclair frappa les cieux, lui faisant penser au fouet à trois lanières que les fermiers font claquer pour chasser les oiseaux qui picorent leurs récoltes.

Se rasseyant à côté d'elle, il dit : « Quel feu d'artifice !

– Ce ne sont que des étoiles filantes qui tombent sur les djinns : n'est-ce pas ce que disent les musulmans ? », demanda-t-elle, s'emparant de sa main tendue et la serrant doucement. Elle ne savait pas ce qu'elle disait ou pourquoi.

« Le Coran nous informe que ces comètes de feu sont violemment lancées contre les djinns qui écoutent aux portes du paradis, commenta Bosaaso.

– Oh ! les vilains ! » dit Duniya.

Quand les cieux cessèrent de tonner et que les étoiles filantes s'arrêtèrent de tomber, Duniya se dit que peut-être que les djinns, devenus moins curieux, étaient venus sur terre et chuchotaient des petits riens agréables à ses oreilles, qu'elle toucha instinctivement.

« Tu as perdu une de tes boucles d'oreilles, ou tu es sortie avec une seule boucle ? demanda-t-il.

– Mes boucles d'oreilles ? » Et elle tâta ses lobes, un à la fois. « Je suis arrivée avec une paire, l'informa-t-elle, sans bouger davantage.

– Tu ne l'aurais pas perdue dans la voiture ?

– Je suis sûre que non. »

Immédiatement, il se mit à genoux, cherchant la boucle perdue à tâtons, dans la pénombre, parce qu'il était certain qu'elle n'avait pas envie qu'il descende la lampe à pétrole. La natte de paille rugueuse et grossière lui piquait les paumes. Il continua néanmoins sans se laisser distraire, bien qu'elle ne montrât guère d'intérêt pour la quête de cet objet perdu. « À quel moment penses-tu l'avoir perdue ? », demanda-t-il.

Elle décida d'encadrer leur moment de passion au plus intime de sa mémoire, choisissant de n'en pas parler de peur de le dévaloriser. Et pourtant elle était sûre que c'était à ce moment-là que la boucle d'oreille était tombée, quelques minutes avant que le ciel fasse exploser un feu d'artifice d'étoiles filantes. « Je ne me rappelle pas quand », dit-elle.

Il s'approcha d'elle. « Je me souviens de la forme de

l'étoile de la boucle, peinte en bleu clair, sertie dans un cercle complet d'argent. » Il était si près d'elle qu'elle entendait sa respiration et percevait la chaleur de son corps. Il lui prit la main ; elle le laissa faire. « Elles étaient très belles sur toi. »

Elle ne répondit rien parce que la tête de Bosaaso s'approchait de sa bouche et que leurs lèvres se préparaient à se joindre en un baiser de passion folle. Elle se sentit parcourue par un frisson ; « quelles flammes ! », pensa-t-elle. Lui retenait son poids – il était plus léger qu'elle l'aurait imaginé – et revenait à elle, encore et encore et encore, demandant davantage et encore davantage. Finalement, elle le repoussa doucement, disant : « S'il te plaît, ne me presse pas. »

Il eut une respiration bruyante et explosive, comme s'il était resté longtemps sous l'eau et venait juste de faire surface. Il s'assit et un sourire compréhensif lui envahit le visage. Elle l'aurait jugé peu délicat s'il avait prononcé un seul mot d'explication ou d'excuse. Et chacun des deux fut ravi de voir l'autre garder le silence.

Elle étudiait l'ombre portée par la tête de Bosaaso, une tête penchée de côté. Il se mordillait les lèvres en silence. En regardant la nuit au-dehors, au-delà des ombres mouvantes projetées par la lampe à pétrole, Duniya voyait des silhouettes qui portaient des lanternes ; celles-ci se balançaient, quittant momentanément son champ de vision, comme des étoiles filantes qui mettent un temps infini à atteindre la terre avant d'exploser.

Silencieux, ils observaient une lumière qui approchait en tournoyant. Le bruit des pas du serveur fut suivi par celui d'un moteur Diesel au ralenti, probablement la voiture d'un client que l'on escortait jusqu'à une tente-arbre. Puis ils entendirent que l'on parlait à voix basse, c'était un homme et une femme qui commandaient leur repas. Puis le silence.

Bosaaso dit : « Si c'était ma mère qui avait perdu une

boucle d'oreille, elle aurait murmuré un air et dansé un chant triste pour l'avoir perdue si bêtement. Si c'était mon amie afro-américaine qui l'avait égarée, alors elle en aurait fait toute une histoire avec une dimension rhétorique. Et si ça avait été Yussur, elle aurait poussé un gémissement de regret, et d'une façon ou d'une autre aurait inclus sa mère dans la discussion, pour la blâmer de cette perte. Mais toi ? Tu ne dis rien et ne semble pas concernée du tout. »

Une lanterne émergea de l'obscurité et celui qui la portait cria un numéro à une distance convenable. Comme ce n'était pas le leur, ils ne réagirent pas à l'appel du serveur. Quand le calme fut revenu, elle demanda : « Comment s'appelle ton amie afro-américaine ?

– Zawadi.

– Est-ce que Zawadi est un nom hausa ?

– C'est un nom swahili.

– Et combien de temps avez-vous vécu ensemble ? »

Il pesa sa réponse un long moment.

« Tu n'as pas besoin de répondre si tu n'as pas envie. »

Il hocha vigoureusement la tête. « Ce n'est pas que je n'aie pas envie de répondre à ta question, c'est que notre vie ensemble a eu deux phases, dans la première nous avons simplement partagé un appartement, j'étais son locataire, puis un an et demi plus tard nous avons commencé à partager de plus en plus les responsabilités de la maison et le côté affectif de notre existence, y compris ses deux enfants.

– Quel âge avaient-ils ?

– Ils étaient beaucoup plus petits à cette époque, bien sûr, la fille avait huit ans, le garçon six. C'était il y a treize ans quand je commençais à travailler pour un organisme dépendant des Nations Unies, basé à New York, un an après avoir soutenu ma thèse.

– Et que faisait-elle comme travail ?

– Elle était assistante sociale », dit-il, ne s'arrêtant que pour commenter une seconde plus tard : « Tu vois, ça ne me fait rien de vivre tout seul, mais prendre mes repas tout seul, ça, je ne le supporte pas. C'est ainsi que je préparais d'énormes portions et que j'invitais les enfants à partager mon repas, étant donné que leur mère rentrait rarement à temps pour les nourrir. Les enfants jouaient avec les enfants des voisins, et je leur demandais seulement de s'arrêter un moment pour venir manger, ce qu'ils faisaient. »

Ceci évoqua pour Duniya sa propre situation avec Taariq avant qu'ils ne se marient : il s'occupait de ses jumeaux car son service à l'hôpital la retenait souvent hors de chez elle. Elle allait lui demander s'il envisageait de l'épouser quand elle vit une lanterne s'approcher doucement. Un serveur appela leur numéro, ce à quoi ils répondirent simultanément. Ce grand serveur pénétra dans leur tente-acacia la tête courbée, souriant. Il plaça la nourriture devant Duniya, et glissa l'addition, « qui devait être réglée avant toute consommation de nourriture », selon ses termes, devant Bosaaso. Duniya insista pour que chacun règle la moitié de la note, mais Bosaaso ne voulut pas en entendre parler, disant que c'était lui qui l'avait invitée ce soir, et lui demandant de ne pas gâcher une soirée en débattant de si petites sommes – après tout, il avait toujours accepté l'hospitalité qu'elle lui avait offerte.

L'addition réglée, le serveur partit. Duniya se demanda si le pourboire laissé par Bosaaso avait été généreux.

En silence, ils se rincèrent les doigts tour à tour dans l'eau chaude que le serveur avait apportée à cet effet. Dans la pénombre, elle jugea que Bosaaso avait le sourire de celui qui va faire une remarque malicieuse. Calme et confiante, elle attendit et il eut la courtoisie de ne pas l'interrompre pendant qu'elle mangeait.

« Si Zawadi avait dit oui, je l'aurais épousée », dit-il.

Duniya inspira profondément mais ne dit rien.

Ils mangeaient en silence, Duniya affectant de ne montrer aucun intérêt pour les raisons qui avaient poussé Zawadi à refuser le mariage. Elle prenait soin de ne pas mastiquer bruyamment, pour ne pas gêner leurs réflexions silencieuses. Une fois ou deux, leurs doigts se heurtèrent et chacun s'excusa auprès de l'autre. Quand ceci se fut produit à plusieurs reprises, Duniya se mit à rire sous cape. Bosaaso continua : « Au fond, Zawadi ne se fiait pas aux hommes en tant que maris, mais les acceptait comme amants, ou même comme amis platoniques. Elle détestait que l'on assume à sa place ce qu'elle voulait, ce qui était typique, disait-elle, de la façon dont les hommes noirs se comportent, dans quelque partie du monde qu'ils vivent, États-Unis, Afrique, Antilles, des hommes qui considèrent les femmes comme leur propriété de plein droit. Certains des Noirs qu'elle connaissait arrivaient chez une femme la braguette gonflée de désir non satisfait. C'était comme s'ils entraient dans un urinoir, disait-elle, le pantalon défait, tout prêts à passer à l'action. »

Il prit le temps de manger un morceau de viande en silence.

« Veux-tu me dire comment quelqu'un comme Kaahin est entré dans ta vie ? demanda-t-elle. Je n'ai pas l'impression qu'il appartienne à tes années de jeunesse dans la ville de G. Je me trompe ?

– C'est Zawadi qui l'a fait entrer dans ma vie.

– Comment cela ?

– Dans une des activités liées aux communautés urbaines, Zawadi est tombée sur Kaahin qui vivait dans une commune près d'Harlem, sans aucun papiers lui permettant de résider aux États-Unis, ne faisant pas ce qu'il était venu faire, c'est-à-dire obtenir un diplôme. Elle le prit en main, dans ses mains compétentes d'assistante sociale et en un an, il était sur le droit chemin, en état de retourner à Harvard. »

Duniya dit avec beaucoup de conviction : « Quelle femme extraordinaire, cette Zawadi.

– C'est une bénédiction. Tu devrais faire sa connaissance. »

Ils se turent à nouveau, pensant tous deux que Zawadi et Duniya étaient vraiment faites pour s'entendre.

Puis Duniya dit : « Ce que je ne comprends pas, après tout cela, c'est la raison pour laquelle Zawida n'est pas ici, à vivre avec toi ou à te rendre régulièrement visite. Sûrement, il y a le mythe afro-américain et le souhait de beaucoup d'entre eux de revenir à leur continent d'origine. Ou est-ce toi qui la dissuades de venir te rejoindre ?

– Au contraire. Quand Mire est venu nous voir à New York et que lui et moi avons commencé à réfléchir à l'idée de revenir chez nous pour y proposer nos services, Zawadi n'eut qu'encouragement pour le projet dans lequel nous nous embarquions, c'est certain. Bien sûr, elle était non seulement absolument ravie pour nous, mais elle ne voulait pas venir. C'est elle qui contacta Kaahin, et le convainquit qu'il devait lier son sort au nôtre.

– Tout ceci demeure pour moi un mystère, confessa-t-elle.

– Zawadi cita une variante d'un proverbe anglais, le changeant légèrement : "C'est chez toi que la charité peut vivre comme un étalon arabe de noble lignage." Elle insista, disant qu'il n'y avait aucun sens à ce qu'elle vienne en Afrique travailler comme volontaire alors que les siens, les Noirs des États-Unis, avaient tout aussi désespérément besoin d'elle. "De plus, ajouta-t-elle, l'Afrique n'est pas prête pour mon mode de vie afro-américain, et je suis trop vieille pour désapprendre tout ce que j'ai appris." Mais elle promit qu'un jour elle rendrait à l'Afrique une visite bien méritée. »

Pendant un long moment, aucun des deux ne prit la parole et ils mangèrent sans bruit, conscients de leurs gestes. Quand ils furent tous deux rassasiés, chacun aida l'autre à se laver et se rincer les doigts en tenant le savon, tendant la serviette et versant l'eau.

À cause de leur humeur soucieuse, leur conversation ne s'aventurait pas au-delà de questions immédiates, triviales, assorties de réponses brèves. D'une façon ou d'une autre, le nom d'Abshir surgit dans la discussion, et Bosaaso se rappela qu'un de ses amis partait pour Rome par le vol de Somali Airlines dans un jour ou deux. Souhaitait-elle qu'il prenne une lettre pour Abshir ?

« Vérifions si Miski est sur ce vol, suggéra Duniya, parce qu'elle a toujours été notre intermédiaire et qu'Abshir et elle ont convenu d'une méthode pour entrer en contact. »

BRUXELLES (A.F.P./Reuter)
Après des pressions économiques et politiques (et nul doute de délicates négociation), la Communauté européenne a fini par imposer sa toute-puissante volonté au président éthiopien Mengistu Haile Maryam en le forçant à accepter qu'un groupe d'officiels de la CEE vienne superviser la distribution de l'aide alimentaire dans les provinces du nord du pays, le Tigré et l'Érythrée. Le gouvernement éthiopien a communiqué au Comité pour le Développement de la CEE, établi à Addis-Abbeba qu'il acceptait ces conditions. La Communauté européenne s'est dite préoccupée par la possibilité que l'aide alimentaire ne parvienne pas dans les deux provinces aux mains des rebelles. Des préparatifs sont en cours à l'heure actuelle pour que ce groupe d'observateurs se rende à Addis-Abbeba.

À ce jour, la Communauté a accordé une aide alimentaire d'une valeur de 260 millions de dollars. De plus, elle a aussi fait don d'une aide au développement à long terme d'un montant d'environ 100 millions de dollars, pour que le gouvernement d'Éthiopie, dirigé par des marxistes, entreprenne des réformes dans sa politique agricole.

CHAPITRE XIII

Dans lequel Duniya prend sa première leçon de conduite.

UNE JEUNE FEMME était couchée, endormie, à l'ombre maigre d'un figuier, rêvant. Elle entendit un sifflement faible, celui d'un faucon crécerelle, puis le cri perçant d'une buse qui l'appelait par son nom, appel auquel elle refusa de répondre. Quand la jeune femme se fut imaginé que le faucon s'était lassé de crier son nom, elle ouvrit les yeux et, à sa grande surprise, vit un chapeau qui tombait des serres du faucon crécerelle, chapeau qu'elle attrapa au vol de ses mains adroites. Quand le faucon prononça à nouveau son nom, elle se prépara à se lever, mais ne put s'y résoudre, étant donné qu'elle était complètement nue. Une fois de plus, les serres du faucon lâchèrent un autre cadeau surprise, cette fois-ci une guirlande de feuilles, lui fournissant ainsi de quoi couvrir sa gêne. Cela fait, la jeune femme se mit debout, mettant aussi le chapeau.

Mais cette femme était sur un sentier qui allait vers le sud en direction d'un marécage. Avec le regard endormi du rêveur, elle remarqua la silhouette d'un homme qui vivait confiné dans une structure de fil de fer en forme de perle qui lui servait de cage.

Plus loin, il y avait une maison à trois étages entourée d'un grand verger. Assez soudainement, le faucon psalmodia ce message : « Sois mon amie, Femme, et je serai à toi pour toujours ; aie confiance en moi et je te donnerai ce qui t'est dû. »

Effrayée, la femme laissa tomber et le chapeau et la guirlande de feuilles, qu'elle se mit alors à piétiner. Les cris du faucon cessèrent, la nuit fit place au jour : et la femme se réveilla.

Duniya et Bosaaso se donnèrent rendez-vous en face de l'hôpital plus tard dans la journée. C'était juste après deux heures de l'après-midi. On pouvait voir à quel point ils avaient attendu cette rencontre, ayant été séparés par le sommeil comme par le travail. Ils avaient eu une conversation sérieuse : Duniya jugeait que sa famille dépendait beaucoup trop de la générosité de Bosaaso, de sa générosité fertile, et qu'il fallait mettre un terme à cette situation d'une façon ou d'une autre. Ils avaient fini par trouver un arrangement qui leur convenait à tous les deux : à partir du lendemain matin, le taxi du cousin de Bosaaso emmènerait Nasiiba et Yarey au collège et à l'école respectivement, en échange d'une certaine somme payée mensuellement par Duniya. Elle y trouvait son compte, de même que les enfants et que Bosaaso.

Ils étaient maintenant dans sa voiture, et il la conduisait chez elle. « Et comment s'est passée ta journée ? demanda-t-il.

– Elle a été difficile », dit-elle, se penchant en avant pour attacher sa ceinture, ce qui était obligatoire pour tout passager dans le véhicule de Bosaaso. Elle n'arrivait pas à la boucler mais continuait néanmoins d'essayer.

Il finit par l'aider, tous deux très conscients de leurs mains qui se touchaient. « La mienne n'a été que réunion sur réunion sur réunion ennuyeuse, sans aucun résultat tangible, dit-il.

– C'est la définition classique de la bureaucratie.

– Je déteste cela. »

L'interrompant brusquement, elle dit : « S'il te plaît, allons-y tout de suite. »

Il changea de vitesse sans poser de questions ni se retourner pour voir qui elle voulait éviter. Les pneus dans un crissement firent se lever la poussière, et aussi les sourcils d'un groupe de voisins qui attendaient taxis ou autobus. Pas un mot dans la voiture, jusqu'au moment où ils arrivèrent dans la rue principale qui menait chez elle ; et ce fut Duniya qui jugea nécessaire de rompre le silence. « Il y a un étrange mélange de possessivité et de culpabilité dans ma détermination à rester seule avec toi, et je n'aime pas ça ; cela me serait égal que tu prennes aussi dans ta voiture certaines de mes collègues, et pourtant je n'ai pas envie d'avoir quelqu'un avec nous. Je me demande si je ne suis pas en train de devenir égoïste, ou jalouse ? »

Bosaaso, étranglé par la joie, n'était pas tenté de se libérer de cette émotion qui l'étouffait.

« Comment expliques-tu mon comportement ? » demanda-t-elle.

Il était envahi par des pensées exaltées, et se fit tout sourire. « Peut-être parce que c'est la première phase de notre relation – peut-être que cela explique ce qu'on pourrait appeler par ailleurs ton "comportement possessif". C'est bien en partie pour cela que nous nous sommes organisés pour que le taxi de mon cousin aille chercher Nasiiba et Yarey au collège et à l'école, puisque nous avons l'intention d'être seuls ensemble ? »

Elle ne prit pas la peine de réfuter son interprétation de la raison pour laquelle elle avait accepté de payer tous les mois pour ces trajets ; ce n'était pas pour être seule avec lui, bien qu'elle y prît grand plaisir, mais pour moins dépendre de sa générosité. Mais ça ne fait rien, pensa-t-elle. « Comment alors expliques-tu que nous ayons envie de passer plus de temps ensemble, sans personne d'autre ?

– Je pense qu'il n'y a pas assez de "toi" ou de "moi" à distribuer à tout le monde, et c'est pourquoi nous donnons l'impression d'être possessifs, pourquoi nous semblons peu enclins à partager, dit-il. Toi. Moi. Nous. Ça revient à cela, en fin de compte. »

Duniya prit note de cette floraison de pronoms, certains inclusifs, d'autres exclusifs ; des pronoms qui divisent le monde en segments séparés, qu'ils étiquettent ainsi. Apparemment, tous les deux ensemble étaient « nous », et le reste du monde « ils ». Ensemble, seuls l'un avec l'autre, ils se fragmentaient de nouveau pour retrouver leur « je » respectif. En fait, ils étaient deux images qui reflétaient l'union de leurs âmes, ou encore des idées jumelles reliées par leur quête d'une identité à la fois séparée et conjointe. Était-ce là la définition de l'amour ?

À haute voix, elle dit : « Je ne peux m'empêcher de me sentir coupable d'avoir tourné le dos à une de mes collègues : j'ai évité de croiser son regard parce que j'avais tant envie de rester seule avec toi. Je t'accorde que ce sentiment me remplit de honte et de culpabilité. »

Il ralentit. La circulation progressait à une allure de tortue, au pas, à grands coups de klaxons. Un camion avait renversé les arbres qui séparaient les deux voies dans un accident brutal : la moitié de l'énorme véhicule était couchée sur le côté et la cabine était tournée dans la direction d'où elle venait. Ils parlèrent de l'irresponsabilité incroyable de certains conducteurs qui risquent non seulement leur vie mais celle des autres. Le temps qu'ils arrivent chez Duniya, Bosaaso était parvenu à lui expliquer qu'il avait tout organisé pour qu'elle prenne sa première leçon de conduite.

« Et qui va me donner cette première leçon ?, demanda-t-elle.

– Nous en reparlerons après le déjeuner », dit-il.

Ils furent accueillis à la porte d'entrée par Yarey qui était impatiente de les voir. Nasiiba, quant à elle, leur avait préparé un repas spécial. « Mais pourquoi le couvert est-il mis seulement pour deux personnes ? s'enquit Duniya.

– Nous avons déjà mangé, annonça Maatan, nous avons eu le genre de festin pour lequel on jeûne longtemps à l'avance.

– Profitez bien, dit Yarey.

– Bon appétit », dit Nasiiba.

Ne plus se couvrir les cheveux avait entraîné chez Duniya un changement dans sa façon de s'habiller, en un sens, un changement de personnalité. Bosaaso était ravi et les enfants eux aussi approuvaient ce nouveau style, mais n'y avait-il qu'eux qui comptaient ? Évidemment non. Car certaines de ses collègues de travail avaient fait des commentaires peu favorables. Elle-même avait souvent déclaré qu'une femme tête nue était narcissique, étant obligée de se servir de miroirs et d'autres gadgets modernes de ce genre. Après le déjeuner par exemple, Duniya s'accorda quelques minutes toute seule dans le cabinet de toilette ; elle prit le temps de se contempler, complètement absorbée par les trois cheveux blancs qui ne voulaient pas boucler malgré tous ses efforts, trois légers filaments comme du fin coton, comme un corps mince, maladif et pâle. Elle savait bien qu'il ne fallait pas les arracher, sinon ils allaient se multiplier ; elle tenait cela de Taariq, son second mari dont la barbe jadis très foncée était maintenant parsemée de très nombreux fils gris. Elle n'aurait jamais remarqué ces trois cheveux émaciés si elle avait continué à se couvrir les cheveux selon la prudence de la tradition islamique qui prescrit aux femmes de se couvrir les cheveux avec les foulards de la décence.

« Où sont les enfants ? demanda-t-elle.

– Peut-être pensent-ils que nous serions heureux d'un peu d'intimité », dit-il, se levant afin de l'accueillir comme il se devait.

« Ils sont tous en train de devenir fous », dit-elle, se

baissant pour ramasser les chaussures de tennis que Nasiiba lui avait achetées pour qu'elle les essaie. C'est donc ce qu'elle fit, assise, en silence. Ces chaussures ne lui faisaient pas mal, mais on ne pouvait pas dire qu'elles étaient confortables. Duniya fit deux pas en arrière, puis en avant, un peu gênée, comme si elle était chez un marchand de chaussures pour en acheter une paire. Elle aperçut alors un pantalon léger accroché au dossier d'une chaise vide, témoignage des extrémités où Nasiiba était prête à entraîner sa mère : Nasiiba, ne connaissant pas de limites, aurait voulu que sa mère change sa manière de s'habiller et, du même coup, sa personnalité très réservée. Pas de pantalon, se dit Duniya, angoissée à l'idée d'en enfiler un et de se trouver un peu ronde devant, à l'endroit où jusqu'ici il n'y avait rien, sans parler de ses hanches proéminentes, charnues ; ces imperfections étaient une atteinte à son sens de l'esthétique.

« J'ai préparé du thé », dit-il enfin.

Elle fut très contente en entendant cela, contente avant tout qu'il se soit senti assez à l'aise pour préparer du thé chez elle. « Où veux-tu que nous prenions le thé ? » demanda-t-elle, fort satisfaite de ses chaussures de toile.

« Dehors, à l'ombre », dit-il, et il déplaça les fauteuils, l'un après l'autre.

Comme elle acceptait le thé qu'il lui servait, elle dut reconnaître au fond d'elle-même le soin qu'il mettait à l'assurer de ses bonnes intentions en la faisant d'abord inviter chez Mire, puis en l'emmenant au restaurant, avant de lui demander de se rendre chez lui. Jusqu'ici, tout s'était passé sans anicroche. Seulement, pensa-t-elle, le fait qu'elle hésite à accepter ses dons l'indisposait, et ceci risquait, à terme, de créer une certaine tension dans leur relation. Mais il n'insistait pas pour qu'elle accepte tout ce qu'il lui offrait. Et rien n'indiquait une quelconque anxiété chez lui. De toutes façons, raisonna-t-elle en son for intérieur, elle acceptait les dons de Bosaaso sous forme de trajets en voiture, en échange des repas qu'il prenait chez elle. Ce qui est juste est juste, et il était le type même de l'homme juste.

« Tu as bien dit que tu ne savais pas où étaient les enfants ? » demanda-t-elle.

Il fit un signe de tête : « Non. »

« J'ai bien peur qu'ils ne soient en train de faire quelque bêtise, et je soupçonne que tu me caches quelque chose que je serais en droit de savoir, dit-elle, pour le taquiner. Alors, où sont-ils donc allés ? Ou bien est-ce toi qui les as emmenés quelque part ? »

Une fois de plus, il fit un signe de tête : « Non. » Une fois de plus.

Duniya renonça à l'idée de le forcer à lui révéler les secrets qu'il voulait garder pour lui, certaine que tôt ou tard, l'un de ses enfants la mettrait au courant de ce qu'ils avaient fait, ou de l'endroit où ils étaient allés, et avec qui. Elle but une gorgée de thé, se redisant que tous deux avaient fait beaucoup de chemin depuis leur première rencontre dans un taxi, alors qu'il était déguisé en chauffeur. Depuis, ils étaient devenus très proches, et ses enfants l'aimaient beaucoup. Bien qu'elle se soit promis de ne pas insister pour qu'il lui dise où étaient allés ses enfants, Duniya se demanda ce qu'il aurait fait si elle l'avait pressé de questions. Lui aurait-il cédé juste pour la satisfaire ?

« Et ta leçon de conduite de cet après-midi ? » demanda-t-il.

Bizarrement, ceci rappela à Duniya leur long baiser passionné de la veille au soir, quand elle s'était mise debout, sans se rendre compte de ce qu'elle faisait, ou du fait qu'elle avait à la main les clefs de voiture de Bosaaso. « Que veux-tu dire à propos de ma leçon de conduite ? demanda-t-elle.

– J'ai pris la liberté de demander à un de mes amis de te donner ces leçons, dit-il.

– Et où est-il, cet ami ? » Elle était sûre que ce n'était pas à Mire qu'il pensait, mais de toutes façons, elle ne connaissait pas ses amis ; il venait souvent chez elle tout seul et n'avait aucune envie de parler d'autres personnes. « Qui est cet ami ?

– Il s'appelle Kaahin », dit Bosaaso.

Il vit qu'elle n'était pas du tout contente à l'idée que ce soit Kaahin. « Je ne le connais pas vraiment », dit-elle, ce qui était vrai.

« Mais tu ne l'aimes guère ?

– Qu'est-ce qui te fait dire ça ?

– Cela paraît évident. »

Elle continua à se diriger vers la porte, comme si Kaahin devait entrer d'un moment à l'autre. « De toutes façons, où est-il ?

– Il est en retard, comme d'habitude.

– Notre seul contact, si l'on peut dire, est qu'il a renversé Mataan en faisant marche arrière, qu'il a manqué de le tuer, le pauvre, et que je l'aurais tué s'il l'avait blessé, je jure que je l'aurais fait, dit-elle.

– L'ennui avec lui, dit Bosaaso, c'est qu'il aime les femmes. »

L'anomalie du mot « aimer » utilisé par Bosaaso dans un contexte inapproprié la choqua, c'est le moins que l'on puisse dire. Elle se redressa. « Il fait quoi ?

– On dit partout que Kaahin aime les femmes », insista Bosaaso.

Elle fut aussi vive que sa colère. « Et toi, qu'est-ce que tu dis ? »

Il se sentit un peu bousculé, n'appréciant guère ce qu'elle était en train de lui faire subir, à lui ou à leur amitié, mais il espéra amener tout ce bruit autour de Kaahin à une conclusion pacifique, d'une façon ou d'une autre, en disant : « Il n'y a vraiment aucune raison pour que nous nous querellions de la sorte au sujet d'un homme qui nous est indifférent à tous les deux. » Après un moment de réflexion, il continua : « Ne parlons plus de cela, tu veux bien ? »

Mais elle n'était pas de cet avis et demanda : « Tu es en porcelaine, Bosaaso ? »

Dans un premier temps, il ne comprit pas ce qu'elle voulait dire.

« Est-ce que tu te casses comme une tasse de porcelaine quand nous ne sommes pas d'accord ? continua-t-elle. Est-ce que tu te brises en mille morceaux si quelqu'un crie du haut du minaret de sa rage pour exprimer son point de vue ?

– On laisse tomber tout cela, non ? suggéra-t-il.

– Pas question, espèce de lâche », dit Duniya.

Il accusa le coup, d'une grimace, mais garda le silence.

« Je veux que tu me dises ce que toi tu penses de Kaahin, pas ce que disent les gens, s'écria-t-elle. C'est ton opinion que je veux, pas celle des autres. »

Prononçant chaque mot avec précaution comme s'il avait une peur panique qu'ils se brisent, il obéit à ses injonctions. « Il me fait du tort et il fait du tort à Mire car il a sali la réputation de nos deux noms en s'en servant comme de certificats attestant de relations respectables. Et je suis d'accord avec toi, il déteste les femmes, en fait il se déteste lui-même, et son attitude envers les femmes en est le témoignage, c'est le moyen par lequel il se dissimule la réalité.

– Et que penses-tu de l'autocollant à l'arrière de sa voiture ? demanda-t-elle.

– Celui qui dit : « Kaahin : le Caïn des femmes », c'est de ça dont tu parles ?

– Exactement. »

Sans plus rien dire, Bosaaso haussa les épaules, puis se mit à regarder droit devant lui, perdu dans ses méditations. Finalement, il dit : « Nous avons tous notre compte d'amis ou de parents qui sont une cause d'embarras. De plus, ce n'est pas réellement un de mes amis, mais plutôt un ami d'amis. Même Zawadi n'est pas responsable de sa mauvaise conduite, et moi je suis prêt à passer sur ses fautes.

– Cet homme est misogyne, dit Duniya, il se cache derrière de fringantes voitures et des montagnes d'argent blanchi. Cela me gêne d'entendre le mot aimer dans un contexte comme celui de Kaahin et des femmes qu'il séduit avec des paquets d'argent. Il est malsain, toujours en chasse, suivant son désir sans aucun scrupule. »

Bosaaso vit que la flamme de son regard s'était éteinte. Il s'approcha d'elle pour profiter de cette humeur paisible, annonçant : « Ce n'est pas Kaahin qui va te donner des leçons de conduite, étant donné qu'il a déjà presque trois quarts d'heure de retard. Je regrette d'avoir suggéré cette idée. »

Là-dessus, Duniya se mit à défaire les lacets déjà très élimés de ses chaussures de toile en faisant bien attention qu'ils ne se cassent pas. « Et qu'est-ce que tu es en train de faire ?

– On reste à la maison, non ? Elle leva les yeux vers lui.

– Il n'en est pas question », dit-il.

Elle le regarda, bouche bée, intriguée.

« C'est moi qui vais t'apprendre. »

Elle eut un de ses fameux petits rires.

« Alors tu n'as pas confiance dans mes capacités comme professeur ? se moqua-t-il.

– Ce n'est pas cela, expliqua-t-elle. Mais seras-tu capable de me gronder et de te mettre en colère avec moi si je suis en marche arrière quand tu me demandes d'avancer, ou si je tourne à gauche quand tu me dis de tourner à droite ?

– Je te promets que je ne te laisserai rien passer, dit-il, très content de lui.

– Rappelle-toi bien une chose, Bosaaso. Je ne suis pas en porcelaine et je ne me casse pas aussi facilement que cela. Élève le ton chaque fois que tu as une bonne raison pour le faire, et ne retiens jamais ta colère. Crie du plus haut du minaret de ta rage, si c'est nécessaire. C'est peut-être divin de pardonner tout le temps, mais ce n'est certainement pas humain. Même Dieu punit ceux qui encourent Son courroux. »

Il rassembla les restes de la collation et dit : « On y va.

– Allons-y », dit-elle.

Duniya était au volant, se murmurant quelques mots comme pour tester sa mémoire. La voiture dans laquelle Bosaaso et elle se trouvaient était garée dans un espace ouvert, où beaucoup d'autres étaient en train eux aussi de prendre des leçons de conduite, et ils faisaient face maintenant à un vieux mur derrière le Genio Civile. Bosaaso lui avait suggéré de se concentrer, mais pour l'instant il n'en paraissait rien. Elle se demandait pourquoi elle apprenait à conduire alors qu'elle n'avait pas de voiture, et aucun espoir d'en acquérir une. Est-ce que cette démarche allait être un autre clou enfoncé dans le cercueil de son indépendance, ou est-ce que leur relation suivait le vieux cliché, pour ainsi dire, selon lequel la contribution des femmes était la cuisine, la chaleur du foyer, la paix domestique et leur compagnie en échange de l'apport des hommes : la promesse d'une mobilité sociale ascendante, la sécurité et l'argent liquide.

Quand ils sont anxieux, certains transpirent. D'autres ont des maux d'estomac. Certains sont paralysés. D'autres s'agitent. Duniya était tendue, ça c'est sûr, au point que ses oreilles étaient comme sous pression, remplies de l'air de son angoisse intérieure, et elle n'entendait plus rien. Extérieurement, elle était très calme et on n'aurait pas pu soupçonner qu'elle éprouvait la moindre tension.

« Concentre-toi ! répéta Bosaaso.

– C'est précisément ce que je suis en train de faire, d'abord », dit-elle.

Il commença par le commencement, donnant les noms des parties essentielles de la voiture, l'une après l'autre. C'était comme s'il donnait à chaque élément qu'il nommait une nouvelle vie, en les touchant chaque fois que c'était possible. Il voulait qu'elle les connaisse par leur nom, il voulait qu'elle se rappelle leur fonction, avant d'avoir fait avancer le véhicule d'un centimètre. Il se mit alors à toucher les instruments de contrôle au fur et à mesure qu'il les désignait, lui montrant comment fonctionnaient les vitesses. Il lui expliqua enfin comment marchait l'embrayage, puis appuya sur les pédales ; pour finir, le frein et l'accélérateur.

Les idées se bousculaient à coups de coudes, se battant pour trouver de la place dans sa tête, une réflexion positive l'emportant sur une réaction négative, ou vice versa. Elle s'aperçut à sa grande surprise que Zawadi faisait sentir sa présence. Pour se débarrasser l'esprit de Zawadi, Duniya dit : « Savais-tu que le surnom de mon frère Abshir était autrefois Scelaro ?

– Parce qu'il apprenait vite ? »

Elle fit signe que oui.

Après un court moment de silence, il dit d'un ton à moitié grondeur : « Concentre-toi. »

Duniya récita les noms des différentes parties du véhicule qu'il lui désignait. Il fut impressionné. Elle réagissait avec beaucoup de précision et très vite. Puis elle changea les vitesses, tout en restant sur place, et fit comme si elle conduisait au milieu de la circulation, tenant fermement le volant, un pied appuyant sur l'accélérateur, l'autre en alerte, près à la fois du frein et de la pédale d'embrayage.

« Comment fais-tu pour la marche arrière ? » demanda-t-elle.

Il hésita et allait dire « C'est pour plus tard », mais il changea d'idée et le lui expliqua, la voiture toujours à l'arrêt. Elle répéta ce qu'il lui avait dit, y compris ses instructions pour la marche arrière. Après une longue pause, assez pesante, elle demanda : « Tu es prêt ?

– Moi je suis prêt, si toi tu l'es, dit-il en souriant.

– Ta ceinture, s'il te plaît », dit-elle.

Ils démarrèrent très lentement, et au moment approprié

elle changea de vitesse, apparemment sans problème, avec l'aisance et l'assurance de qui conduit depuis de nombreuses années. Pendant tout ce temps, elle bougeait les lèvres. Des prières ? Ou était-elle en train de répéter dans sa tête la succession des gestes qu'elle allait accomplir ? La vérité était toute différente, car Duniya ne cessait de se répéter : si Zawadi peut le faire, alors je peux moi aussi ; si des tas d'hommes stupides y arrivent, alors moi aussi. Malgré tout, le reste de son corps était immobile comme une statue alors qu'au centre une tempête virulente faisait rage.

Elle arrêta le véhicule sans qu'il le lui dise. Tous deux restèrent silencieux, écoutant le moteur au point mort. Là encore, sans aucune indication, elle éteignit le moteur, pour le remettre en marche sur-le-champ et se remettre à conduire de plus en plus loin des cercles tracés par les pneus de la voiture. Comme elle ralentissait, Bosaaso discerna sur son visage des marques de fatigue.

Peut-être qu'il était facile d'impressionner Bosaaso : il était amoureux.

Elle jeta un coup d'œil furtif dans sa direction et pensa qu'elle avait attrapé son expression évasive dans le filet de son regard. Est-ce qu'il considérait que c'était téméraire de sa part de vouloir entreprendre tout cela de front, sans peur et sans inquiétude ? C'était bizarre, Bosaaso avait l'air préoccupé au moment même où elle venait d'être le plus hardie. Quel sorte d'homme était-ce ? Prudent ? Ou risquait-il de paniquer ?

La voiture cala maintenant qu'elle avait perdu sa concentration. Il y a des gens qui ne peuvent s'empêcher de sourire quand une voiture conduite par un débutant cale et fait des embardées. Apparemment sans s'en rendre compte, Bosaaso eut un sourire. Pour elle, ce sourire fut un coup de poignard, il lui fit mal. Si bien qu'elle se mit à accélérer puis à tourner en rond de plus en plus vite jusqu'à ce qu'il manifeste de l'inquiétude, et même de la peur. Alors seulement, elle coupa le moteur.

À peine se préparait-il à dire quelque chose qu'elle remit la clef de contact et les voilà repartis, cette fois-ci en marche arrière. La voiture fit des embardées. Mais elle ne perdit pas courage. Elle essaya de nouveau, répétant la même procédure. L'arrière du véhicule ne voulait pas obéir à ses injonctions, traçant des courbes comme un serpent, faisant en fait n'importe quoi, mais n'allant jamais en ligne droite comme elle le désirait. Comme Bosaaso ne disait rien, l'angoisse monta en elle, elle était certaine qu'il la prenait pour une idiote. Finalement, elle arrêta la voiture.

Un long silence.

Elle se rappela l'époque où elle avait quatre ou cinq ans, se rappela avoir monté l'étalon arabe de Zubair. Elle avait eu très peur, car les flancs de ce superbe cheval étaient trop larges pour elle. Abshir, son frère, était avec elle et elle s'était cramponnée à lui, certaine qu'ainsi il ne pourrait rien lui arriver de mal.

Bosaaso se demanda à haute voix si elle voulait continuer à s'entraîner.

« Certainement », dit-elle, acceptant son offre.

Tandis que la voiture roulait, Duniya se rappela une histoire que Zubair, son premier mari, lui avait racontée sur un cheval qui était devenu fou et ne voulait plus s'arrêter. Il lui avait poussé des ailes de folie et il volait vers l'est, vers le soleil, comme s'il avait l'intention d'atteindre sa source. On disait que dans de tels cas c'étaient des djinns qui étaient en selle. Et que se passerait-il si la voiture refusait de s'arrêter ? Et si un des cousins de la femme de Zubair qui sont mi-djinns mi-humains prenait le volant ? Ne voulant pas risquer sa vie ni celle de Bosaaso, elle testa les freins et fut soulagée de constater qu'ils fonctionnaient.

« Il y a quelque chose qui ne va pas ? » demanda Bosaaso.

Les lèvres de Duniya tremblèrent un peu, elle se reprochait son attitude ; elle regarda par la fenêtre puis tint les yeux fixés sur ses genoux avec l'appréhension de quelqu'un qui ne sait comment s'excuser. Bosaaso n'avait pas envie de découvrir ce qui l'ennuyait, et il fut ravi d'échanger son siège avec elle quand elle le lui suggéra. Il contrôla sa curiosité, fit le tour et vint s'asseoir du côté du conducteur, la frôlant alors qu'elle se glissait à la place du passager. Bosaaso mit le véhicule en marche sans dire un mot.

Comme ils passaient devant le magasin d'Aw-Cumar, où la famille de Duniya avait un compte, elle lui demanda de la déposer là et d'aller l'attendre à la maison. Elle lui donna la clef pour qu'il puisse entrer et se mettre à l'aise si ni Mataan ni Nasiiba n'étaient à la maison.

Il promit de le faire.

La boutique d'Aw-Cumar était une échoppe de quatre mètre sur six, les murs entièrement recouverts de rayonnages en bois, avec un comptoir pliant qui servait à la fois de table et de barrière. On y voyait des haricots, du maïs, du sel disposés dans des boîtes. Le comptoir était à la hauteur du nombril de Duniya. Il n'y avait personne dans la boutique ce jour-là et elle se demanda où Aw-Cumar pouvait bien être.

Elle entendit alors ses murmures de prière, séquence de sons familière aux musulmans du monde entier, consistant surtout d'un flot allitératif de lettres S, qui font partie des Bisimillahis sans lesquels les prières sont considérées comme sacrilèges. L'esprit complètement ailleurs, elle s'adossa à cette structure grossièrement assemblée : Aw-Cumar avait enfoncé des clous dans ses montants pour décourager les bavards pas pressés qui s'y appuyaient avec leurs coudes pour discourir et lui faisaient perdre son temps. Duniya eut un petit cri de douleur, en se piquant à ces clous, et espéra que cela n'allait pas irriter Aw-Cumar.

Elle s'aperçut un moment plus tard qu'il n'en était rien. Il émergea de dessous le comptoir, émettant une salve de bénédictions coraniques. Une fois déplié, il ne faisait guère plus d'un mètre cinquante. Duniya ne répondit pas immédiatement à ses salutations, laissant les groupes de consonnes pieuses se heurter et exploser dans le final de cette cacophonie sémitique, consciente du sourire qui habitait ce visage amical. L'étiquette de l'islam exigeait qu'une femme n'entame pas de conversation avec un homme absorbé dans la communication avec son Créateur, les femmes étant impures. Elle resta là où elle était et attendit.

Il la salua plusieurs fois, gardant une distance courtoise. Après tout cela, il lui dit : « S'il vous plaît, acceptez mes tardives condoléances pour le décès prématuré de l'enfant trouvé. Que la bénédiction de Dieu s'étende sur votre maison, Amen. »

Elle ne savait pas pourquoi elle se sentait ridicule, mais c'était bien le cas. Et elle le remercia.

Il prononça encore plusieurs salves, puis se toucha le visage avec les doigts du milieu, puis un peu plus tard ses mains jointes en coupe descendirent à son menton ; il continuait à prier, les lèvres agitées par la lettre S, talonnée par une succession de gutturales arabes. Aw-Cumar lui tendit enfin la main, une main douce extraordinairement ronde, apparemment sans articulations ni cartilages ni os. En fait, il lui donna tout le poignet à serrer comme s'il voulait en garder un pour lui afin de gérer des affaires plus lucratives qu'une simple poignée de main. Duniya remarqua à part elle qu'il avait un bracelet de chair superflue là où avait dû jadis se trouver le poignet. Et au bout de tout cela des ongles circulaires. « Que puis-je faire pour vous ? » dit-il, sa main dans la sienne comme s'il ne voulait plus la reprendre.

« Je suis venue vous saluer, puisque cela fait longtemps que je ne suis pas passée vous voir, et aussi pour voir où en est mon compte, dit-elle.

– C'est très aimable de votre part », répondit-il.

Tout en parlant, Duniya dirigeait ses regards par-dessus lui vers l'intérieur de la boutique. Dans ces jours d'inflation galopante, de famine, de restrictions sur les devises étrangères et de transactions marquées par la corruption, des boutiques comme celles d'Aw-Cumar avaient le choix entre deux attitudes avec leurs clients. Il y avait ceux que l'on traitait avec une bienveillance toute particulière et à qui on vendait des produits difficiles à trouver. Et il y avait ceux à qui on indiquait les rayonnages vides, à qui, en hochant la tête, les marchands disaient que tel ou tel produit n'était plus disponible sur le marché depuis des mois ou des années, selon ce qui était le plus crédible. Duniya appartenait à la catégorie des clients qu'il favorisait. De plus, Aw-Cumar était attaché aux jumeaux, surtout à Nasiiba, à qui il avait souvent affaire, dont il pouvait déchiffrer les changements d'humeur, et à qui il achetait parfois des dollars provenant de Duniya à un tarif avantageux.

« Avez-vous du sucre ? » dit-elle.

Il ne dit ni oui ni non mais « Et avec cela ? », encore absorbé dans ses pensées, ou peut-être dans ses prières. Elle leva les yeux vers ses rayons clairsemés avec l'espoir que ce vide même allait l'inspirer. « Et du riz ? »

Mais tous deux se turent quand une voisine, qui de toute évidence n'était pas une des clientes favorites d'Aw-Cumar, vint lui demander s'il y avait la moindre chance qu'il lui vende une demi-livre de sucre au prix qu'il lui plairait de fixer. Aw-Cumar fit un signe théâtral de dénégation, hochant tristement la tête et disant : « Hélas, je n'ai pas de sucre, pas même pour ma propre famille. »

Quelques minutes après le départ de cette cliente, Aw-Cumar appela l'une de ses filles qui entra en courant par la porte de derrière, venant de la cour intérieure derrière la réserve, terrain de grande valeur appartenant à la boutique. Posant la main sur la coiffure en crête de coq de la fillette, le marchand se tourna vers Duniya, demandant : « Combien de sucre et combien de kilos de riz voudriez-vous ?

– Trois kilos de sucre, ou est-ce trop demander, hésita-t-elle.

– Cinq ?

– D'accord, cinq.

– Et trois kilos de riz, le meilleur, importé de Chine ?

– Merci », dit-elle.

Et il restait là, à attendre qu'elle commande tout ce dont elle avait envie.

« Voulez-vous de la farine ? » lui demanda-t-il, comme elle n'arrivait pas à commander autre chose.

« Vous avez de la farine ?

– Dix kilos, cela irait ?

– Merci, dit-elle.

– Voulez-vous un kilo de raisins secs ?

– Il y a des moments où je me demande pourquoi vous êtes aussi bon pour moi.

– Vous avez été bonne, vous avez été une mère pour un bébé abandonné » dit-il, et il continua, après un temps d'arrêt. « Et vous ne devez pas songer à me remercier, parce que tout ce que j'ai vous appartient et si je viens à manquer de quelque chose, je n'y peux rien. » Il griffonna quelque chose sur un bout de papier et donna cette note à sa fille dont il tenait fermement la crête de cheveux tout en disant : « Va porter cela à ta belle-mère et rapporte ce qui est écrit là-dessus. D'accord ? » Mais il ne lâcha pas la fillette avant d'avoir insisté pour que Duniya lui demande l'univers : lui, Aw-Cumar, le lui livrerait, sur ce même comptoir, le ciel, l'enfer et tout le reste.

« C'est tout pour l'instant », balbutia-t-elle.

Et la fillette sortit en courant du magasin par la porte de derrière, tout excitée et poussant des cris enfantins. Ces cris furent suivis par des éclats de voix furieux, car elle interrompait le jeu de marelle de ses sœurs.

« Puis-je avoir le livre de comptes, s'il vous plaît ? » demanda Duniya.

Aw-Cumar ouvrit et ferma quelques tiroirs à sa recherche. Duniya se rappela un incident embarrassant quand Mataan, très fier de ses prouesses en mathématiques, avait entrepris de faire lui-même le compte définitif des sommes dues par Duniya, et avait découvert des divergences flagrantes. Ceci avait affolé Aw-Cumar tout autant que Duniya, il jura qu'il ne l'avait pas fait exprès et, de ce jour-là, il fut convenu que ce serait Nasiiba et personne d'autre qui inscrirait dans le livre de comptes chaque somme due à Aw-Cumar.

« Voici », dit-il enfin, lui donnant le livre de comptes.

La somme qui lui était due était inscrite de la main de Duniya dans ce cahier d'écolier, dont l'une des pages de couverture était déjà arrachée. Comme une porte qui ne tient que par une charnière à demi cassée, l'autre moitié de la couverture ne tenait, plus ou moins bien, que par les agrafes supplémentaires ajoutées sur le côté. Nasiiba avait griffonné à l'encre les mots, « Duniya et sa famille, Comptes ».

Ouvrant le cahier et en tournant les pages, Duniya découvrit que toutes les factures avaient été réglées par Nasiiba, toutes jusqu'à la semaine dernière. Duniya parut alors très ennuyée, car elle se rendait compte que l'argent dans le magazine islamique iranien cachait peut-être une histoire douteuse.

Aw-Cumar dit : « Il y a quelque chose qui vous inquiète ?

– Non, ce n'est rien.

– S'il vous plaît, dites-moi ce qui ne va pas, parce que je vois bien que vos yeux pâlissent tant vous êtes soucieuse, dit-il. Laissez-moi vous assurer que votre livre de comptes est aussi propre que l'ardoise d'un saint le jour du Jugement dernier, il n'y a pas une seule tache. »

Improvisant une réponse, Duniya dit : « Je suis venue apporter une mauvaise nouvelle.

– Ah oui ?

– Nous déménageons et quittons le quartier. »

Les traits d'Aw-Cumar exprimèrent une réelle tristesse. « Mais vous allez nous manquer !

– Vous aussi allez nous manquer, aux enfants et à moi. »

C'était un homme très discret. Duniya soupçonnait qu'Aw-Cumar était au courant des bruits qui couraient dans le voisinage sur un riche Somali de retour des États-Unis qui s'était épris de « notre sage-femme ». Mais il n'y fit aucune référence, pas même quand il demanda s'ils savaient quand ils allaient déménager.

Quand la fille d'Aw-Cumar eut apporté les provisions de Duniya dans un grand sac plastique orné de publicité pour une marque de cigarettes, Duniya demanda : « Combien est-ce que nous vous devons pour cette manne bénie tombant du ciel de votre générosité ? »

Les lèvres du marchand tremblotaient au fil de ses additions, qu'il notait immédiatement sur un bout de papier ; finalement il fit le total de tête et le lui donna. Duniya l'inscrivit et l'attesta de ses initiales dans le cahier.

Elle se sentait mal à l'aise parce qu'elle lui avait menti. Après tout, elle n'était pas venue dans l'intention d'acheter des provisions, mais seulement pour jeter un coup d'œil au livre de comptes. Est-ce pour cela qu'elle se mit soudain à parler d'abondance ? Et pourquoi n'était-elle pas partie dès qu'elle avait reçu sa commande ?

« Mon frère Abshir va bientôt nous rendre visite et nous sommes très heureux à cette idée et impatients de l'accueillir chez nous, expliqua-t-elle.

– Cela fait combien de temps qu'il n'est pas venu à Mogadiscio ? » On aurait dit qu'il parlait d'une de ses connaissances. Peut-être qu'il se rappelait le nombre de fois où le nom d'Abshir avait surgi dans la conversation de Duniya ou de Nasiiba, tout naturellement, particulièrement en ce qui concernait leurs ressources en devises, puisqu'il en était la source principale.

« Longtemps avant la naissance des jumeaux », dit-elle.

Aw-Cumar était très bon. « J'aimerais certainement faire sa connaissance, bien qu'il n'ait été qu'un nom pour moi durant toutes ces années », dit-il.

La fille d'Aw-Cumar partit en courant pour diffuser aux

autres fillettes qui jouaient à la marelle la nouvelle selon laquelle la mère de Nasiiba quittait le quartier. Une minute plus tard, une autre petite fille sortit au galop de sa cachette, avec la nouvelle passionnante que l'oncle de Nasiiba allait bientôt venir à Mogadiscio. Ces deux nouvelles ravivèrent l'émotion de Duniya et les larmes lui montèrent à la gorge, ce qui lui rendit la voix très rauque. « Merci beaucoup, Aw-Cumar », répéta-t-elle, à peine capable de dire deux mots à la suite sans s'arrêter.

« S'il vous plait, ne quittez pas le quartier sans nous laisser votre nouvelle adresse, car nous aimerions rester en contact avec vous et vos enfants, à qui nous sommes très attachés », dit-il.

Elle promit qu'elle ne déménagerait pas sans les avertir.

En entrant chez elle, à moins de cent mètres de la boutique, Duniya cria « Hoodi-hoodi » et fut particulièrement ravie d'entendre le « Entrez » de Bosaaso. Il la rejoignit près de la porte ouvrant sur la cour pour l'aider à porter les provisions. Il dit alors, l'air inquiet : « Il faut que j'aille chercher Nasiiba et Yarey.

– Et où sont-elles ? » dit-elle, espérant qu'il allait le lui dire par pure distraction.

« Tu le leur demanderas quand elles seront de retour, insista-t-il.

– Tu sais bien que je n'en ferai rien, dit-elle.

– Comme tu veux, dit-il, mais moi je ne te dirai rien. »

Elle avait cependant l'impression bizarre que ses filles étaient chez Bosaaso, en train de regarder quelque chose sur son magnétoscope. Une expression hostile assombrit ses traits un court instant. Puis elle se dit qu'il lui faudrait parler clairement de tout cela avec Nasiiba. Après tout, Duniya voulait régler ses affaires de famille avant l'arrivée d'Abshir, et avant de prendre une décision pour Bosaaso.

« À tout à l'heure donc », dit-elle, le congédiant par ces mots.

Et il partit.

Ce soir-là, le repas était peu inspiré : des haricots rouges avec du riz, plat très ordinaire, nourriture de base, le soir, à Mogadiscio. C'était la sauce à l'ail de Nasiiba qui donnait un peu de vie à l'ensemble, donnant au plat un goût plus prononcé. Duniya aurait souhaité faire un repas plus intéressant, ne serait-ce que pour Bosaaso. Naturellement elle appréciait le fait qu'il partageait volontiers leurs mets, à la fortune du pot. Il n'était pas fier, ça non !

Dès qu'ils eurent terminé, Mataan demanda la permission de se retirer, disant qu'il avait du travail de classe à faire. Il entra dans sa chambre, poussa la porte derrière lui et ne fit plus un bruit, peut-être qu'il travaillait, peut-être que non. Yarey ne cessait de bâiller : elle s'ennuyait, elle était fatiguée. Mais Nasiiba et Bosaaso avaient envie de parler. C'était comme si ils avaient l'intention de sauver le monde par leur bavardage, de trouver des solutions aux crises du moment, guerres civiles, sécheresse et banqueroute intellectuelle.

Duniya se leva, prête à partir. Bosaaso, déférent, regardait tantôt la mère tantôt la fille, ne sachant comment agir. « Tu n'es pas obligé de partir. Qu'elle y aille. Elle doit écrire une lettre à son frère Abshir », dit Nasiiba.

Un instant, ni Bosaaso ni Duniya ne surent que dire.

« Dans ce cas, je viendrai te chercher demain matin, proposa-t-il.

– Ce n'est pas la peine », dit-elle.

Il eut l'air inquiet.

« Tu ne vas pas travailler ? demanda Nasiiba.

– Je me suis arrangée pour me faire conduire au travail autrement », dit-elle, d'un ton mystérieux.

Désespéré, il dit : « Tu ne prendras pas ta deuxième leçon de conduite demain après-midi ?

– Si, mais quand Nasiiba et moi aurons pu consacrer du temps à chercher un nouveau logement.

– C'est très amusant, Maman, de partir à la recherche d'une maison !

– Est-ce que je peux venir avec vous, Duniya ? demanda Yarey.

– Alors, bonsoir, dit Duniya à Bosaaso.

– Bonsoir. »

Et à Yarey : « Viens, ma chérie. Viens avec moi si tu t'ennuies. »

Restés seuls, Nasiiba et Bosaaso se mirent à parler, et à parler encore, tandis que Yarey s'endormait à la minute où sa tête touchait l'oreiller. Duniya lut un certain temps puis écrivit une lettre à Abshir, son frère.

Mon frère chéri,

Je t'écris en toute hâte et parce que le docteur Mire m'a dit que tu avais l'intention de nous rendre, à mes enfants et à moi, une visite que nous attendions depuis longtemps. Je ne peux pas te dire combien je suis ravie à l'idée de te recevoir, de t'accueillir avec toute l'affection accumulée depuis de nombreuses années.

Comme j'écris ceci, j'entends Nasiiba et Bosaaso qui discutent sur les tensions mystiques et religieuses présentes dans la notion de retour et je pense à toi, combien tu m'as manqué, et comme je languis le jour où nous serons réunis, pour partager nos joies et nos peines.

Tu vas me trouver bien changée. On ne peut pas dire grand-chose dans une lettre comme celle-ci. Mais j'attends avec impatience le moment où je pourrai tout te raconter de vive voix. S'il te plaît s'il te plaît s'il te plaît envoie-moi un télégramme à l'hôpital où l'on peut me joindre, avec tous les détails sur ton départ de Rome et ton arrivée ici afin que nous puissions aller t'attendre à l'aéroport.

On m'a fait promettre de te demander d'apporter des cadeaux spéciaux pour tes nièces et ton neveu. Jointe à cette lettre, tu trouveras la liste établie par Nasiiba – mais là encore tu fais bien comme tu veux.

Ta sœur qui t'aime,

Duniya.

Trop agitée, Duniya n'arrivait pas à dormir. Quelques heures plus tard, Nasiiba et Bosaaso discutaient encore. Si bien que Duniya cria à Nasiiba de venir chercher la lettre pour Abshir et de la donner à Bosaaso, qui connaissait quelqu'un qui partait pour Rome le lendemain après-midi. Bosaaso vit dans cet appel l'indication qu'il était temps qu'il s'en aille, ce qu'il fit.

La nuit résonna des bonsoirs entre lui et Nasiiba.

CHAPITRE XIV

Mataan conduit Duniya à son travail sur un scooter emprunté. Plus tard dans la journée, avant sa leçon de conduite, Duniya va à la recherche d'un logement et, ce faisant, rend visite à Miski, sœur de Fariida.

UNE FEMME d'une trentaine d'années regarde un coucher de soleil dans un cadre de rêve. Une femme plus jeune, probablement sa fille, surgit de nulle part et lui bloque la vue. La femme plus âgée détourne les yeux, comme si cela ne l'intéressait pas, et se perd dans la contemplation de plusieurs nuages du soir, qui, égarés, émigrent vers l'obscurité.

Mataan avait une jolie bouche, souvent ouverte. Ses silences s'étiraient longuement, comme une route interminable, toute droite, sans tournants, mais pas vraiment désolée. Il avait une certaine façon de s'entourer de silences sagaces et ses yeux avaient alors une remarquable vacuité. Quand vous étiez seul avec lui, vous étiez tenté de faire des commentaires sur ces silences. Timide, calme, grand et maigre, la bouche entrouverte comme une porte poussée par la brise, Mataan se concentrait parfois sur une verrue sur votre visage, attendant, ne disant rien, infiniment patient. Plus que ses reparties laconiques, c'étaient ses silences qui vous restaient en mémoire.

Les pauses silencieuses de sa sœur jumelle avaient des tournants sans visibilité et quand vous y arriviez il fallait vous tenir sur vos gardes pour ne pas tomber dans une embuscade. C'est ainsi que Duniya essayait d'expliquer son attitude différente devant les moments de silence de chacun de ses enfants.

Mataan dit ce matin-là : « J'ai emprunté un scooter, Maman, et je peux te conduire au travail. Je n'ai pas cours avant neuf heures et demie. »

Elle l'avait entendu quitter la maison aux premières lueurs de l'aube, peut-être pour aller chercher le scooter chez son propriétaire. Il était plus probable qu'il avait décidé de l'emprunter après avoir surpris sa conversation de la veille avec Bosaaso, au cours de laquelle elle avait dit s'être arrangée autrement pour se rendre à son travail.

« À qui est ce scooter, Mataan ? demanda-t-elle.

– Il appartient au cousin d'une amie, Maman », dit-il.

Elle n'eut pas de mal à conclure que la Vespa appartenait au cousin de Waris : Waris, l'amie de son fils. Et bien qu'il fût en dehors de son champ de vision pour l'instant, Duniya savait bien qu'il était en train d'avaler des boules de nerf. Cela faisait un quart d'heure que Nasiiba et Yarey étaient parties prendre leur douche ensemble, et c'est durant cet intervalle que Mataan était venu proposer d'emmener sa mère en scooter, sachant que sa jumelle ne verrait pas cette offre d'un très bon œil. « Approche-toi un peu que je te voie », suggéra Duniya et, quand il fut plus près, elle dit : « Je ne veux pas me mêler de tes affaires, mais crois-tu que ce soit une bonne idée que je repousse l'offre de service de Bosaaso uniquement pour que tu ailles emprunter un scooter à quelqu'un d'autre afin de me conduire au travail ? » Tout en parlant, elle s'enveloppa d'un dessus-de-lit.

Il dit humblement : « Je ne sais pas », croisant son regard pour la première fois.

« À qui appartient-il réellement ?

– Ce scooter appartient à un homme plus âgé qui aime emprunter mon vélo, afin de garder la forme. Je fais rarement cet échange, Maman.

– J'aimerais mieux que tu ne te mettes pas à emprunter pour mon compte », dit Duniya.

Il détourna les yeux. Et en voyant ce visage tourné ailleurs, la jeunesse de ses traits, une pensée traversa l'esprit de Duniya, pensée qu'elle ne put expliquer : la pensée que Mataan avait l'air d'un fils. Alors que Nasiiba lui faisait penser à une jeune femme destinée un jour à devenir mère, Mataan avait l'allure d'un jeune arbre vigoureux, ferme et solide comme le jeune fils de quelqu'un. Prêt à être étiqueté « Mataan : fils ! » comme un mannequin de tailleur dont une pancarte indique le prix. Duniya se fit le raisonnement qu'il était fort probable qu'un jour il épouse une femme plus âgée que lui.

« Combien coûte un scooter neuf ? demanda-t-elle.

– Impossible d'en trouver un à cause des restrictions en devises étrangères.

– Et combien irait chercher un scooter d'occasion ? »

Il se tut, puis dit : « Trouvons d'abord un logement dans lequel nous installer. »

Nasiiba et Yarey avaient fait leur entrée sur scène, aussi Duniya et Mataan s'adaptèrent à ces nouvelles présences. Yarey était d'humeur à bavarder. Elle dit : « Il faut que tu ailles voir un film italien appelé *L'Arbre aux sabots*. Nasiiba et moi l'avons vu hier, et il nous a beaucoup plu, n'est-ce pas, Naasi ? »

Duniya devina que le texte de Yarey lui avait été confié par Nasiiba et qu'il y avait eu des répétitions, à la virgule près, question et point d'exclamation inclus. Mataan eut lui aussi les mêmes soupçons.

Yarey continua : « Et il faut que tu viennes voir la grande maison où habite Bosaaso, une maison pour lui tout seul, Duniya, avec un grand jardin, une très vaste cuisine, plus vaste à elle toute seule que ce logement où nous vivons à quatre. »

Mataan partit en hâte, et ceci inquiéta un peu Duniya. « De quoi parlait-il, Maman ? » demanda-t-elle.

Pour éviter une confrontation entre les jumeaux si tôt le matin, Duniya suggéra à Nasiiba de se dépêcher, car il était impoli de faire attendre le taxi plus qu'il n'était absolument nécessaire.

Nasiiba avait bonne envie de ne tenir aucun compte du conseil de sa mère, et elle répéta sa question : « De quoi parlait-il ?

– Mataan a emprunté un scooter pour me conduire au travail », répondit Duniya, regrettant d'avoir parlé à la minute où les mots quittaient ses lèvres.

Nasiiba ne pensait guère de bien de l'homme qui possédait la Vespa : « Tu sais ce qu'on dit ?

– Non, qu'est-ce qu'on raconte ?

– Cet homme est homosexuel, c'est un vieux d'environ cinquante ans qui préfère la compagnie des hommes plus jeunes. Est-ce que Mataan t'a dit tout ça ? »

Il se fit le silence, défini par le cliché, où l'on aurait entendu voler une mouche.

Leur querelle cessa abruptement quand arriva le taxi qui emmenait Nasiiba et Yarey à leurs établissements scolaires respectifs. Nasiiba ouvrit les fenêtres qui donnaient sur la rue et cria quelque chose à l'homme qu'elle appela Axmad. Pendant ce temps, Yarey et elle enfilèrent à la hâte leurs uniformes, chacune pressant l'autre de se dépêcher. « Rappelle-toi, nous allons à la recherche d'un logement cet après-midi, dit Duniya à Nasiiba.

– OK », fit Nasiiba, imitant une héroïne américaine qui sort en courant d'une pièce.

Mataan et Duniya prirent leur petit déjeuner ensemble, Mataan préparant l'omelette et le thé, et ensuite débarrassant les plateaux et faisant la vaisselle, y compris celle de ses sœurs. Duniya n'arrivait pas à se décider : allait-elle sortir la tête couverte ou non ? Étant donné qu'elle allait être sur un scooter et non dans une voiture, le vent n'allait-il pas réduire sa coiffure à une masse de tresses éparses, flottant dans toutes les directions, comme les mains d'un mauvais nageur qui se noie ? Pensant à leur sécurité (en fait, elle pensait aux ceintures de sécurité tout autant que Bosaaso), elle se demanda s'il était possible de trouver des casques au dernier moment. Il était bien trop tard pour se faire du souci pour cela.

« Dis-moi, est-ce que tu apprécies Bosaaso ? », dit-elle à Mataan.

Mataan hésita, puis dit : « Je l'aime bien – vraiment.

– Qu'est-ce que tu aimes chez lui ?

– Je me sens à l'aise avec lui.

– À l'aise dans quel sens ? » Il semblait avoir des difficultés à trouver ses mots ; il bégayait, chaque consonne étant un obstacle à franchir. Le brun de ses yeux s'assombrit.

Elle avait presque renoncé à obtenir une quelconque réponse de sa part quand elle demanda : « Est-ce que tu l'aimes autant que tu aimais Taariq quand tu étais beaucoup plus petit ? » Et elle se sentit un peu idiote d'avoir dit cela.

« En fait, je préfère en général avoir des amis plus âgés que moi, et Bosaaso est la sorte d'homme dont j'aurais tendance à rechercher l'amitié ; j'aimerais en savoir autant que lui. Je ne regrette pas d'avoir été proche de Taariq, et je n'ai aucun ressentiment à son égard.

– Que ferais-tu si tu étais moi ? » dit-elle.

Il se pencha en avant sur son siège, comme si on lui braquait un pistolet sur la nuque. « Dans quel sens, Maman ?

– Est-ce que tu l'épouserais ? »

La langue de Mataan s'activa, non pour former des mots mais pour explorer l'intérieur de sa bouche comme s'il y cherchait un indice. « Telle que je te connais, Maman, dit-il enfin, tu te décideras d'une façon ou d'une autre, quand cela te chantera. Aussi je ne sais pas que te dire. »

Quelque part dans le labyrinthe du cerveau de Duniya,

il y avait une impasse. Elle dit : « Les gens disent que je cours après son argent.

– Les gens disent toutes sortes de méchancetés, dit-il en écho.

– Ça ne te gêne pas ? »

Ses lèvres se gonflèrent dans une moue élégante, comme il réfléchissait à cette question. Il dit : « Je n'ai pas l'intention de manquer de respect, mais que possède donc Bosaaso qui te fasse courir après son argent, une carte verte de résident aux États-Unis ou des propriétés ? Je ne suis pas du tout sûr que ses revenus soient supérieurs à ceux d'oncle Abshir qui est prêt à te donner tout ce que tu veux, et payer toutes les études que tu souhaites à n'importe quel endroit du globe.

– N'importe, les gens parlent, répandent des bruits malveillants.

– Si j'étais toi, je ne me ferais pas de souci pour cela, dit-il. On dit des choses épouvantables sur l'homme à qui j'ai emprunté le scooter. Ça le regarde s'il est homosexuel ; je ne vois pas ce qui concerne les gens dans ses préférences sexuelles. Il y en a qui disent des choses désagréables sur Waris à cause de la différence d'âge entre nous. » Ses lèvres à ce moment étaient comme celles d'un bébé qui vient d'être nourri au sein, mais qui n'a pas assez bu.

« Tu l'aimes, n'est-ce pas ? »

Sa bouche était béante comme une porte ouverte ; on était toujours tenté de jeter un coup d'œil à l'intérieur. Mataan avait une belle dentition, avec un intervalle entre les dents du haut. Les femmes faisaient toujours des commentaires sur ce fanax regrettant que ce ne soit pas Nasiiba qui en soit dotée, car on croyait communément que les filles sont plus jolies quand elles ont cet intervalle entre les dents. De telles caractéristiques sont des avantages qui assurent aux femmes l'attention des hommes, et le mariage. Et Nasiiba répondait d'habitude : « Et de toutes façons, qui a envie de se marier ? »

« Tu n'es pas obligé de répondre à ma question », dit Duniya. Ceci pour le pousser un peu, étant donné qu'il était sensible à ses requêtes. « Je pense que je suis amoureux d'elle, oui, dit-il, immédiatement mal à l'aise.

– On y va ? » demanda-t-elle.

Il se leva, grand, mince et timide. « Tu es prête ? »

Elle se mit debout à son tour. Elle était mal à l'aise dans les pantalons légers qu'elle portait, la rondeur à la hauteur de son nombril était pour elle une source d'irritation. Mais elle n'allait pas se changer pour mettre une robe, ou l'uniforme qu'elle avait fourré dans son sac ; ni l'une ni l'autre n'auraient été confortables pour un trajet en scooter. Mataan l'attendait près de la Vespa, aussi modeste que les couleurs ternes, brun ou gris humble, qu'il affectionnait.

« Allons-y », dit-il, démarrant l'engin au pied.

Duniya était assise en amazone. C'était la première fois qu'elle montait sur un scooter et elle avait un peu peur. Mataan dut s'arrêter deux ou trois fois pour lui rappeler qu'il était important qu'ils accordent la façon dont se penchaient leurs deux corps, sinon ils allaient basculer et se faire mal. « C'est comme un bateau avec un moteur hors-bord », dit-il, répétant ce que le propriétaire de la Vespa lui avait dit. Mais Duniya ne savait pas du tout de quoi il parlait, n'ayant jamais été dans un tel engin.

Cependant, après un certain temps, elle commença à prendre plaisir à ce mode de transport, avec le vent qui lui soufflait dans la figure, ses oreilles qui s'emplissaient d'air, sa tête libre de toute pensée dérangeante, si ce n'est la sensation agréable d'être sur un scooter et de ne plus avoir peur. C'était comme une forme de liberté toute neuve. Elle se sentait légère. Les rues étaient bordées de chaque côté par des gens qui attendaient indéfiniment des transports qui n'arrivaient pas. Dans son esprit, ils étaient tous venus les saluer dans leur course, comme une procession de voitures présidentielles qui reçoit un accueil enflammé.

Cette expérience avait un aspect inquiétant. Le ciel était

hors d'atteinte et la terre paraissait tantôt trop loin en dessous d'elle, tantôt trop près de ses pieds, qui pendaient, la touchant presque. Il semblait y avoir beaucoup plus de nids-de-poule que ce qu'elle se rappelait d'après ses trajets dans la voiture de Bosaaso. Mais par contre, on pouvait les repérer longtemps à l'avance et les éviter. Les yeux de Duniya était très actifs et notaient les détails des vêtements des passants. « Je me sens très très bien, s'écria Duniya. C'est très très bien.

– Que dis-tu ? » cria Mataan.

Elle répéta ce qu'elle venait de dire, ajoutant : « Il faut que nous achetions un scooter. » Il ne manifesta aucune réaction ; peut-être qu'il n'avait pas entendu sa suggestion.

Elle commençait à avoir mal aux côtés et elle étira ses muscles qui lui faisaient assez mal à force d'être assise dans une position incommode, comme une personne qui, dans un espace restreint, se retient de ne pas peser de tout son poids pour ne pas gêner les autres. Malgré tout, c'était nettement plus amusant que la situation humiliante de celui qui est serré contre des gens qu'il ne connaît pas. D'autre part, elle était contente de pouvoir prouver à Bosaaso qu'elle avait d'autres façons de se rendre à son travail, qu'elle ne dépendait pas entièrement de sa bonne volonté et de ses gestes généreux, merci beaucoup.

« Regarde-les », dit Duniya.

Il ralentit et demanda : « Regarder qui ?

– Regarde-les, habillés de ces vêtements superbement coupés ! » et elle désigna les hommes et les femmes de chaque côté de la route, passagers en puissance d'autobus qui n'arrivaient jamais, le pouce levé pour faire signe à des automobilistes qui ne s'arrêtaient jamais. « Je me demande s'ils se rendent à un mariage, ou à une fête à leur bureau. Comment se fait-il qu'ils se donnent tant de mal pour soigner leur apparence alors qu'ils n'ont pas un sou ? » Elle avait mal aux côtes d'avoir hurlé cette longue phrase, ses poumons étaient à bout de souffle, incapables de lui fournir encore de l'air. Elle fit une pause, puis, après un certain temps, continua : « À la fois en tant qu'individus et en tant que gouvernements, nous, les Somalis, et mieux encore, nous les Africains, nous avons tendance à vivre au-dessus de nos moyens. »

Ils firent le trajet en silence jusqu'au moment où ils arrivèrent à l'entrée de l'hôpital, et où elle descendit, heureuse d'être arrivée. Elle ne sentait plus ses pieds mais le reste de son corps lui paraissait très léger, comme si elle venait de descendre la passerelle d'un avion. Mataan cala le scooter sur sa béquille et descendit pour lui donner son sac à main, laissant son cartable sur le guidon.

D'une voix inaudible, même pour elle-même, elle dit : « Je veux que tu ailles me changer trois cent cinquante dollars, Mataan chéri » ; et elle lui donna sept billets de cinquante dollars, se remémorant tout ce qui s'était passé les jours précédents, y compris la découverte de l'enfant trouvé, sa rencontre avec Bosaaso dont elle était tombée amoureuse, et les liasses d'argent qu'elle avait trouvées cachées dans le magasine iranien de Nasiiba. « Nous aurons besoin d'argent liquide quand nous irons à la recherche d'un logement cet après-midi, au cas où un propriétaire exige un premier paiement tout de suite. Évite d'aller chez Oncle Qaasim, sauf si tu ne peux pas faire autrement.

– Mais je ne vois pas chez qui d'autre aller, confessa-t-il.

– Demande autour de toi, suggéra-t-elle. Un bon taux de change, quelqu'un de sûr. Je suis sûre qu'un de tes amis pourra te donner un nom. Après tout, ceci est du bon argent, de celui que Nasiiba appelle maintenant de l'argent-Bosaaso.

– Je vais voir ce que je peux faire. »

Elle le quitta, lui souhaitant une bonne journée et lui conseillant de bien faire attention.

Bosaaso vint la chercher après son travail et, après avoir échangé les formules d'accueil coutumières, ils restèrent silencieux. Les images qui se déversaient dans l'esprit de Duniya refusaient toute cohérence. C'était peut-être lié à cet insecte nerveux logé au creux de son estomac, réaction inquiète à sa décision hâtive de se donner à elle-même son congé comme locataire. Il n'était plus possible de revenir en arrière, elle allait devoir déménager, trouver un autre endroit où habiter. Mais où ?

Par où commencer ? La cité de Mogadiscio croissait sous ses yeux, son étendue était multipliée par mille, et elle arriva cependant à se convaincre de ne pas se décourager trop facilement. Il était bien dommage que les journaux n'aient pas de petites annonces proposant de petits appartements à louer, mais seulement de vastes villas destinées aux résidents étrangers de la métropole, qui étaient prêts à payer leur propriétaire somali avec des devises fortes. Pour les habitants locaux, toute nouvelle concernant un logement disponible, comme toute autre information, dans cette société essentiellement orale, était diffusée de bouche à oreille pour l'essentiel.

Sa fierté et son instinct de conservation lui conseillaient de ne pas impliquer Bosaaso dans ses recherches. Elle n'avait pas de moyen de transport et il était impossible de trouver des taxis. D'ailleurs, il était prêt à la conduire où elle voulait. Et pourtant, n'était-ce pas l'exploiter que de compter ainsi sur sa voiture ?

C'est quand elle pensait à elle-même en tant que femme et pensait au genre féminin dans le contexte général de la « maison » que Duniya se sentait déprimée. Les moments importants dans son cheminement de l'enfance à l'âge adulte avaient été marqués par diverses « gares », toutes placées entre les mains des hommes, gérées et dominées par les hommes. N'avait-elle pas quitté la maison de son père pour se rendre immédiatement chez Zubair ? N'avait-elle pas fui la maison de Zubair pour aller directement chez Shiriye ? Il y avait eu une parenthèse dans le temps, une brève période où elle avait été maîtresse chez elle et avait dirigé sa propre gare, pour ainsi dire, en tant que libre locataire de Taariq, mais ceci avait cessé du jour où ils étaient devenus mari et femme. Pendant ce temps, l'ombre de son frère aîné Abshir, omniprésent, bienveillant, bien intentionné, s'étendait sur toutes les structures provisoires qu'elle construisait, suivant à la trace chacun de ses mouvements, retraçant chacune de ses avancées : Abshir était une autre gare, encore un homme. Et maintenant il y avait Bosaaso. *Morale della storia* ? Duniya n'avait pas de foyer (maison) à elle, comme la plupart des femmes dans le monde. Et, en tant que femme, elle ne possédait rien.

Au déjeuner, sans rien en dire à personne, pas même à Nasiiba (qui avait préparé ce repas), ni à Yarey (qui avait essayé de l'inclure dans la conversation), Duniya se rappela comme elle avait souvent reculé le moment de se chercher une maison pour elle-même, loin de chez son demi-frère Shiriye, où les jumeaux et elle avaient vécu humiliés et quasi terrorisés. C'était parce qu'une voisine l'avait mal renseignée (après tout, c'était peut-être bien la grand-mère de Marilyn) qu'elle avait frappé à la mauvaise porte, celle de Taariq.

Et il avait eu pitié de cette femme sans domicile, avec des jumeaux à élever. Est-ce que quelqu'un la prendrait en pitié aujourd'hui, si elle se présentait transportée par un homme, dans une si belle voiture ?

« Voyons, tu as l'air si malheureuse. Souris un peu, Maman ! » dit Nasiiba.

Avec une tristesse aussi longue que son menton, Duniya répondit : « Donne-moi une raison d'avoir meilleur moral. »

Les jumeaux échangèrent un clin d'œil, puis regardèrent Bosaaso. Tout le monde remarqua cette mimique, sauf Yarey, qui était très occupée à démonter un stylo Parker qui appartenait à Bosaaso, sans que personne lui dise de ne pas le casser.

Comme pour lancer le thème d'un débat, Duniya dit :

« La vérité toute simple est que je suis une femme sans domicile, et c'est un fait indiscutable. »

En peu de temps, tous se lancèrent dans une longue discussion sur la notion d'absence de domicile qui, selon Bosaaso, avait pour origine le mythe du déplacement d'Adam et Ève. Ceci fut contesté par Nasiiba qui soutint que dans l'islam il n'y avait pas de mythe exprimant la chute de l'homme. Il y avait le personnage d'un migrant errant, dans la notion islamique de Hijra, que l'on peut aussi interpréter comme l'acte d'un musulman pieux fuyant la persécution. Dans une société islamique idéale, la mosquée est l'endroit où vont les gens sans domicile.

« Pas les femmes sans domicile, certainement pas », intervint Duniya..

Mataan affirma : « C'est vrai.

– Dans une société islamique idéale…, commença Nasiiba.

– Auquel cas il y aurait moins de femmes sans domicile, dit Duniya, peut-être à cause du grand nombre de femmes que les hommes ont le droit d'avoir comme épouses ou concubines. »

Percevant la tension qui montait, Bosaaso changea de sujet, passant des personnes sans domicile dans les sociétés islamiques à celles qui se trouvent à New York, hommes et femmes sans abri, qui dorment sous les ponts, sur des boîtes en carton aplaties qui leur servent de matelas. Duniya se rappela qu'on lui avait montré de tels individus aux alentours de la Stazione Termini, principale gare de Rome. Tout près se trouvait une place appelée Independenza, lieu de rencontre des Somalis et des Érythréens de la capitale italienne. Duniya se demanda comment il se faisait que les étrangers et les sans-abri se rassemblaient au point de départ et d'arrivée du pays de leur exil économique. On ne pouvait nier que les personnels expatriés vivant à Mogadiscio avaient tendance à aller à l'aéroport au moindre prétexte pour accueillir un de leurs compatriotes ou faire leurs adieux à ceux qui partaient. Les Somalis, eux, se rendaient en grand nombre à Fiumicino, l'aéroport international de Rome, à chaque départ ou arrivée d'un vol de Somali Airlines.

En réponse à une question de Mataan, Bosaaso dit : « Il y a plus de sans-abri dans la ville de New York qu'il n'y a de résidents officiels à Mogadiscio, capitale de la Somalie. Ce chiffre est choquant.

– La vérité est toujours gênante, commenta Nasiiba.

– En fait, continua Bosaaso, il y a eu récemment une controverse autour d'un film des Nations Unies sur les personnes sans domicile à travers le monde. Vous seriez étonnés d'apprendre que certains représentants au Congrès ou au Sénat ont essayé d'empêcher que ce documentaire soit montré au public. Et je crois savoir que vous avez aussi entendu parler du don de couvertures fait par le gouvernement polonais en faveur des sans-abri de New York ? », dit-il, s'adressant surtout à Duniya. Duniya admit qu'elle n'en avait pas entendu parler.

Nasiiba hasarda : « Est-ce que tout cela n'a pas commencé avec le geste du président Reagan qui a envoyé du lait concentré à la Pologne, après le désastre de Tchernobyl, dans un don calculé pour avoir un fort impact idéologique ? La Pologne face à l'Union soviétique. En fait, la plaisanterie se retourna bel et bien contre Reagan, apparemment, car on s'aperçut en ouvrant les boîtes de lait qu'il n'était plus utilisable. En réponse – et dites-moi si je me trompe, continua Nasiiba, ravie d'être au centre de l'attention, le gouvernement polonais expédia des couvertures aux sans-abri de New York, mais les paquets furent adressés “aux bons soins de la Maison-Blanche”. Ha, ha, ha !

– Et qu'ont fait alors les Américains ? s'enquit Duniya.

– Des grands titres dans les journaux, dit Bosaaso. Ce fut tout. »

Mataan dit : « Et pourtant, nous avons l'impression

erronée que le fait d'être pauvre, frappé par la famine, et sans domicile est un phénomène lié au sous-développement, à l'absence d'une monnaie forte et ainsi de suite. Il est troublant de penser que nous aussi, nous aurons un million de sans-abri dans nos cités si nous devenons un pays technologiquement avancé.

– C'est tragique », acquiesça Duniya.

La discussion glissa du particulier au général puis revint aux réalités particulières d'ordre économique et social, et tous furent de l'avis que les sans-abri étaient surtout des personnes de couleur, ou des personnes âgées, que les femmes noires semblaient avoir la force de survivre malgré leurs énormes fardeaux, mieux que leurs équivalents masculins.

Sans d'adresser à personne en particulier, Mataan dit : « Vous connaissez le concept islamique de *xabs* ?, Les spécialistes de l'islam interprètent cette notion comme le droit à l'obéissance, expliqua Mataan, bien que ce mot ait une racine commune avec un autre que l'on interprète comme "détention". En fait, les femmes n'ont pas le droit de quitter la maison de leur mari sans en informer leur mari à l'avance, et toute femme qui viole cette règle risque d'être définie comme rebelle. Donc pour ce qui est du foyer, notion qui recouvre à la fois le voile et le fait qu'une femme n'a pas le droit de sortir de la maison, par exemple pour travailler dans un bureau ou pour être infirmière dans un hôpital : tout cela appartient au xabs, le droit à l'obéissance. Une femme sans domicile est une femme qui n'a pas de mari ou de parent mâle pour l'abriter. »

Il se fit un bref silence et Duniya, profitant de ce répit, se demanda à haute voix si Yarey, qui s'était endormie, ne devait pas être portée dans son lit où elle serait bien mieux. En entendant son nom, Yarey leva la tête comme un bébé qui ne parle pas encore mais réagit quand son nom est mentionné dans une conversation. « Ça ne te fatigue jamais, Nasiiba, de parler ainsi sans arrêt ?

– Je n'étais pas en train de parler, dit Nasiiba pour se défendre.

– Quand je me suis endormie, tu parlais, et quand je me suis réveillée tu parlais encore, dit Yarey. Je croyais que tu avais dit que tu irais chez Miski ? »

Duniya examina Yarey puis Nasiiba. « Pourquoi Miski ? »

Yarey était maintenant bien réveillée. « Naasi a promis que toutes les deux vous iriez chez Miski lui remettre la liste de tout ce que je veux qu'oncle Abshir me rapporte.

– Qu'est-ce que c'est que cette histoire ? demanda Duniya à Nasiiba.

– Ne te fais pas de souci, Maman.

– Tu crois que c'est facile avec quelqu'un comme toi ! » Duniya avait l'air épuisé, comme un chien maigre dans une ville africaine qui, trottant çà et là, la queue en permanence entre les jambes, aux aguets, est prêt à décamper à la vue de toute ombre qui bouge, certain que l'on va lui jeter des pierres.

« La raison pour laquelle nous ferions bien d'aller chez Miski, Maman, dit Nasiiba, est que Miski a l'intention de quitter le trois pièces où elle habite avec Fariida. »

À peine Duniya s'était-elle préparée à la questionner à ce sujet qu'elle entendit Mataan dire qu'il avait oublié de lui donner l'équivalent des trois cent cinquante dollars américains en shillings somalis, et il revint de sa chambre avec une sacoche pleine de billets.

Comme ils partaient dans la voiture de Bosaaso pour aller voir Miski, Yarey et Mataan filèrent sur la Vespa empruntée pour passer chez Taariq et peut-être Qaasim. Nasiiba ferma toutes les portes de la maison comme s'ils partaient pour de courtes vacances. Duniya avait la triste impression que depuis la mort de l'enfant trouvé, son logement avait l'air abandonné d'un orphelin.

Quand ils arrivèrent chez Miski, elle venait tout juste de rentrer. Elle ne s'était même pas changée. De son corps émanait une odeur de désodorisant à usage domestique, et ses joues, quand Duniya les embrassa, étaient très sèches. Elles étaient très contentes de se voir toutes les deux. Nasiiba les conduisit dans la salle de séjour quand on en eut fini avec les formalités de présentation de Bosaaso à Miski.

Il y avait un étroit corridor, puis ce qui tenait lieu de salon. Pour arriver aux deux chambres, il fallait tourner à gauche, passer devant un W.C. et une cuisine, et vous vous trouviez tout à coup dans l'une des chambres. Ce n'était pas l'idée que Duniya se faisait d'une maison accueillante ; ce devait être un vrai cauchemar que de se réveiller à un tel endroit si vous séjourniez chez votre jeune sœur. Le pauvre Abshir n'arriverait pas à voir où était sa chambre par rapport à celle des autres. Peut-être que ce n'était pas trop gênant si on partageait avec une sœur, comme le faisaient Fariida et Miski. Il serait bien difficile à Duniya dans ces circonstances d'empêcher les jumeaux de se disputer.

Une fois qu'ils furent tous assis dans le séjour, Duniya se tourna vers Miski, qui avait entre vingt-cinq et trente ans, était de taille moyenne et de maintien généralement assez guindé, peut-être à cause de sa profession d'hôtesse de l'air. Elle remarqua cependant que la bouche de Miski était très mobile, ses mouvements involontaires donnant l'impression d'une grande douleur, subie mais non exprimée, douleur qu'il était impossible de jamais extérioriser.

Miski avait à la main un message que sa jeune sœur Fariida lui avait laissé pour lui dire qu'elle était allée chez le physiothérapiste et ne savait pas quand elle rentrerait. Miski avait l'air tourmentée.

Bosaaso prit le siège que Nasiiba lui indiqua d'un geste, siège séparé des autres par un îlot d'espace libre. Il se sentait hors du coup, non seulement parce qu'il ne pouvait suivre le sens du message de Fariida que Miski avait lu à haute voix, mais parce qu'il n'avait jamais vu Fariida et ne savait pas du tout qui elle était.

Le séjour sentait le renfermé. Peut-être que l'on n'avait pas ouvert les fenêtres de la journée. Quelqu'un avait fumé, laissé tomber sa cendre n'importe où et déposé des mégots dans une petite assiette ; la même personne peut-être avait mangé des restes de riz, des pommes de terre et du ketchup dans cette même assiette. La table basse était couverte de miettes, on avait dormi récemment sur le sofa sur lequel Nasiiba était assise, et les coussins étaient bruns de sueur. Partout des marques du désordre des jeunes. Miski, que Duniya connaissait comme une jeune femme très ordonnée, avait l'air gênée de recevoir un étranger comme Bosaaso avant d'avoir pu ranger l'appartement en vue de sa visite.

Chez les adultes il y avait une certaine complicité. Duniya se rappelait des moments où elle avait été bien embarrassée, comme lorsque Maatan avait mouillé le lit de Taariq ; ou du nombre de fois où Nasiiba avait été pour elle une source de gêne ; Bosaaso, quant à lui, se souvenait des occasions où le fils de Zawadi avait éteint sa cigarette dans un beurrier.

« Nous sommes désolés d'arriver ainsi sans avoir prévenu, dit Duniya.

– Je suis ravie de vous avoir ici. Je serais allée vous voir si vous n'étiez pas passés, répondit Miski, cherchant quelque chose dans son sac.

– Vous venez de rentrer ? demanda Bosaaso.

– À la minute, dit Miski.

– D'où ?

– De Rome.

– Quand es-tu partie pour Rome ? demanda Nasiiba.

– J'ai remplacé une hôtesse qui ne pouvait pas faire ce vol, expliqua Miski à Nasiiba. Et tu seras contente d'apprendre, dit-elle en se tournant vers Duniya, que j'ai vu Abshir et que j'ai une lettre de lui.

– Comment va-t-il ? demanda Nasiiba.

– Il a hâte d'être ici, dit Miski en remettant deux enveloppes à Duniya, l'une plus épaisse que l'autre.

– Quand est-ce qu'il arrive ? demanda Duniya, sans ouvrir les enveloppes.

– C'est tout écrit dans la lettre, Maman, dit Nasiiba, arrachant d'un mouvement impulsif les deux enveloppes des mains de Duniya. Pourquoi est-ce que tu ne les lis pas ? »

Bosaaso, d'un ton impatient, demanda : « Mais quand est-ce qu'il arrive ? »

Les lèvres de Duniya se mirent à trembler comme pour une courte prière.

Pendant ce temps, Miski comptait ses jours et ses nuits, consultant sa montre avant de répondre à la question de Bosaaso. « Je repars tard ce soir. Ce qui veut dire que nous serons sur le même vol demain après-midi.

– Je suis vraiment impatient de revoir Abshir », dit Bosaaso.

Duniya, étonnée, regarda Nasiiba qui était absorbée dans la lecture de la lettre d'Oncle Abshir. Pour s'assurer de n'être pas dérangée, Nasiiba s'était assise à l'écart des autres, comme un chat qui n'a pas envie de partager sa nourriture.

« Vous quittez cet appartement ? demanda Duniya.

– C'est une première nouvelle. Et où sommes-nous censées aller ? » demanda Miski.

Duniya espérait que Nasiiba allait dire quelque chose, expliquer d'où elle tenait cette nouvelle, puisque c'était elle qui lui avait dit que Miski avait décidé de déménager. Mais l'attention de Nasiiba était totalement prise par la lettre d'Abshir.

« Peut-être que Fariida a compris que vous alliez déménager, suggéra Duniya.

– Et quand est-ce que Fariida aurait compris cela ? dit Miski d'un ton sans réplique. Et moi, où irais-je donc, dites-le moi ? »

Nasiiba interrompit sa lecture. Elle regarda d'abord sa mère puis Miski, à qui elle dit : « Sais-tu s'il y a un appartement vide dans le quartier Mocallim Jaama, au centre-ville, Miski ?

– Oui, il y en a un, dit Miski.

– Et cet appartement n'appartient-il pas à un de tes parents ?

– Il appartient au père de mon ex-fiancé, c'est juste. »

Certaine que sa mère et Miski pouvaient maintenant continuer sans son aide, Nasiiba perdit tout intérêt pour la conversation. Se remettant à lire la lettre de son oncle, elle restait là comme insensible au reste du monde, les jambes repliées sous elle, et l'air satisfait.

Après une longue pause, Duniya demanda à Miski : « Tu crois que nous pouvons jeter un coup d'œil à cet appartement ? Il nous faut absolument en trouver un.

– Mais pourquoi est-ce que vous quittez celui où vous êtes ? demanda Miski.

– C'est une histoire trop compliquée à raconter », dit Duniya.

Miski soudain fut triste. « J'espère que cela n'a rien a voir avec le bébé de Fariida ? dit-elle. Je ne suis pour rien dans sa décision de l'abandonner. »

Bosaaso se redressa d'un coup, comme piqué par une fourmi noire, mais ne dit rien.

« Le fait que nous quittions la maison de Qaasim n'a rien à voir avec Fariida ou son bébé », dit Duniya.

Nasiiba interrompit sa lecture pour jeter un coup d'œil à sa mère puis à Miski et pour dire : « Maman te ment. La vérité est que le bébé de Fariida a tout à voir avec le fait que nous quittons la maison d'Oncle Qaasim. Mais c'est une longue histoire, comme l'a dit Maman. Je promets de te la raconter quand nous serons seules et que Maman et Bosaaso seront partis. » Puis, comme si rien ne s'était passé, Nasiiba reprit sa lecture.

Pas un geste, pas un bruit, seuls des regards troublés et interrogateurs. Amusé, peut-être, Bosaaso ne pouvait quitter Nasiiba des yeux. Décrire Duniya comme embarrassée et s'en tenir là serait bien loin de la vérité. Néanmoins, elle n'en voulait pas à Nasiiba, et était même plutôt contente. Sa toute première préoccupation était la crainte qu'il perde confiance en elle ; à cette idée, elle était prise de panique. Et si le pauvre homme allait croire que Duniya connaissait depuis le début l'identité de l'enfant trouvé et la lui avait cachée ? Allait-il la croire si elle lui disait qu'elle n'avait discuté de la question ni avec Nasiiba ni avec Fariida, ni même avec Miski ? Bosaaso était très important pour elle et elle ne voulait pas qu'il cesse de lui faire confiance.

Peut-être sous le choc de cette révélation, Bosaaso évitait de croiser son regard, tenant les yeux fixés sur le sol devant lui, décontenancé. Mais il n'avait pas l'air complètement perdu dans le naufrage causé par ces nouvelles découvertes quand il leva la tête et que leurs regards purent se fondre l'un dans l'autre, liés par un sourire de reconnaissance. Il y avait de l'espoir, pensa Duniya, il y avait toujours de l'amour pour elle dans ce regard.

Encouragée, elle dit à Miski : « Crois-tu que cela vaille la peine d'aller faire au moins une première visite à l'appartement de ton parent ?

– Il y a assez de place pour les jumeaux et vous, si c'est ce que vous cherchez, répondit Miski.

– Nous sommes quatre, plus Abshir qui va rester un certain temps. »

Miski fit la grimace, mais ne demanda pas pourquoi ils étaient quatre et non trois et son hésitation laissa un léger tremblement sur ses lèvres. La jeune femme était un peu faible, avec un cœur humble aussi grand que généreux. Peut-être que c'est à tort que l'on avait blâmé Fariida pour avoir présenté à Miski son ex-fiancé, fils du propriétaire de l'appartement qui intéressait actuellement Duniya ; à la suite de cette présentation la jeune fille était tombée enceinte et il l'avait donc épousée.

Pour l'heure, Miski était effondrée dans son fauteuil.

Tout ceci devenait trop difficile à gérer ; et comme si c'était la seule action qu'elle fût en mesure d'entreprendre, Miski prit une expression douloureuse. Puis elle dit : « Cet appartement de ville a deux pièces qui ouvrent sur une grande cour, un petit jardin avec une cuisine et deux W.-C. extérieurs conçus pour faire partie d'une aile pour domestiques qui ne fut jamais construite. Les pièces sont très grandes, chacune est équipée d'une salle de bains séparée avec W.-C., bidet et autres éléments de confort, et elles sont bien aérées avec de hauts plafonds. Apparemment elles appartenaient autrefois au bureau de la Mission catholique représentant le Saint-Siège à Mogadiscio.

– Sais-tu combien en demande le propriétaire ?

– C'est très cher.

– C'est-à-dire ?

– Combien pouvez-vous y mettre ? »

Duniya mentionna une somme.

Miski fronça le nez d'hésitation. « Je vais essayer d'obtenir les clefs du propriétaire pour cette somme, en disant que c'est moi qui emménage, ou peut-être que je lui dirai la vérité. J'espère que l'honnêteté sera d'un bon rapport.

– Prions Dieu que cela soit dans mes moyens », dit Duniya.

Comme si elle attendait cette remarque, Nasiiba dit : « Maman, Oncle Abshir t'a envoyé beaucoup d'argent liquide, trois mille dollars US. » La jeune fille se donna le luxe d'une longue pause, se leva et s'approcha du fauteuil de sa mère. Debout à ses côtés, elle continua : « L'argent est ici dans cette enveloppe, je l'ai compté. Et dans l'enveloppe moins épaisse, il y a une longue lettre qui contient une nouvelle importante : il arrive après-demain, l'après-midi, sur le vol de Somali Airlines qui vient de Rome, et non pas demain après-midi comme l'a dit Miski. »

Elle donna les enveloppes à Duniya et celle-ci remercia Miski de les avoir apportées.

Là-dessus Nasiiba la pressa : « Je te suggère d'y aller

maintenant, Maman, en emmenant avec toi Bosaaso, le pauvre, qui a été laissé à l'écart de toute cette affaire. Miski, après sa douche, m'emmènera voir le propriétaire et je rapporterai la clef en rentrant à la maison. Si l'appartement est pris, tant pis ; il nous faudra réfléchir à nouveau, chercher à nouveau. »

Duniya ne pouvait ignorer le bon sens des suggestions de Nasiiba. Quand par surcroît elle se vit offrir une main jeune, plus forte, pour l'aider à s'extirper du fauteuil défoncé au fond duquel elle avait sombré et à se mettre debout, elle la prit avec gratitude.

Bosaaso parut soulagé de partir et, tout en l'aidant, Nasiiba le taquinait (l'appelant « Vieux-Os ») ajoutant : « Partez tous les deux pour votre leçon de conduite et laissez-nous gérer cette affaire d'appartement. »

Miski avait l'air triste.

Comme ils faisaient leurs adieux, on pouvait lire toute l'angoisse de Duniya sur son visage. Cela n'allait pas être facile de convaincre Bosaaso qu'elle n'avait pas eu connaissance de l'identité de l'enfant trouvé avant cet après-midi.

Duniya s'entraînait à conduire depuis à peine un quart d'heure quand, avec le type de décision soudaine que Bosaaso commençait à reconnaître chez elle, elle arrêta brusquement la voiture. Elle dit qu'elle voulait parler, expliquer ce qui s'était passé, y compris la raison pour laquelle elle ne lui avait rien dit de ce qu'elle soupçonnait sur l'identité de l'enfant trouvé. C'était à lui de voir s'il lui faisait confiance ou non.

Elle commença l'histoire depuis le début, sans rien omettre, défendant l'idée que l'enfant trouvé était devenu pour elle un symbole qui les unissait tous les deux et qu'il en serait toujours ainsi. Leur affection l'un pour l'autre allait-elle survivre à un tel examen de ses motifs ?

La nature avait donné à Bosaaso un tempérament accommodant. Il écouta attentivement, longtemps, sans dire mot et sans broncher. Puis son nez se fronça involontairement comme s'il était assailli par une odeur sexuelle musquée ou par un autre parfum tout aussi immédiat, plein de vie. « Veux-tu m'épouser, Duniya », dit-il.

Elle ne fut pas surprise par cette question ; cela faisait un certain temps qu'elle s'y attendait. Et elle ne fut pas non plus gênée par le moment choisi. C'était plutôt sa façon de parler, comme s'il s'agissait d'une requête ordinaire, aussi commune que « Passe-moi le sel, s'il te plaît ». Silencieuse, comme un médecin déterminé à réduire une fracture, Duniya se fit la remarque qu'il avait dû se préparer si soigneusement à faire sa demande qu'il avait raté sa question.

« Peux-tu me ramener chez moi, s'il te plaît ? demanda-t-elle.

– Bien sûr », répondit-il.

Ils échangèrent leur place sur le siège avant et il la conduisit chez elle.

GENÈVE (UPI, AFP)
Les donateurs étrangers de plus de 80 gouvernements et organisations caritatives se sont engagés à fournir 300 millions de dollars pour couvrir les besoins urgents en Mozambique pour la prochaine année civile. Il est probable que davantage d'argent sera promis dans les mois qui viennent, ce qui amènera le total à 400 millions de dollars, somme demandée par le gouvernement du Mozambique.

La conférence internationale des donateurs a intégralement soutenu la position du gouvernement de Maputo selon laquelle la cause principale de la crise économique du pays était la guerre livrée par le mouvement de rébellion, assisté par les États-Unis et l'Afrique du Sud.

CHAPITRE XV

Dans lequel Duniya rencontre Caaliya, la femme qui a un problème de pseudocyesis, et apprend qu'elle est enceinte. Plus tard dans l'après-midi, elle prend sa première leçon de natation au Centro Sportivo, où elle rencontre Fariida.

C'ÉTAIT jour de consultation pour Duniya.

Les mendiants mendiaient et psalmodiaient ; et les pauvres femmes enceintes qui venaient à la consultation leur donnaient des aumônes au-dessus de leurs moyens, dans l'espoir d'avoir un accouchement sans complications. Ces femmes étaient assises en formation serrée, toutes tournées dans la même direction. Duniya passait et repassait, remplissant des formulaires, aidée dans sa tâche par plusieurs autres infirmières.

Aujourd'hui il n'y avait pas beaucoup de patientes, et les infirmières parlaient de faire une pause au milieu de la matinée et peut-être d'avoir tout fini à midi. Le médecin de garde était un obstétricien du nom de Cawil, qui avait une très haute opinion de sa personne. Il ne parlait que de lui-même, racontant combien d'accouchements il avait suivis, s'attribuant une extraordinaire proportion de succès. Il n'aimait pas Duniya, dont il préférait se passer les jours où il travaillait à la consultation, lui donnant à faire les tâches les plus ennuyeuses. Elle avait assez de force de caractère pour ne pas faire attention à ce type de mesquinerie.

Juste avant la pause du milieu de la matinée, la femme appelée Caaliya vint lui parler. Aux yeux de Duniya, il semblait que son comportement, tout comme son attitude physique, avaient changé, bien que la nature de ce changement fût malaisée à définir.

« J'aimerais que tu jettes un coup d'œil là-dessus », lui dit Caaliya, et elle tendit à Duniya un papier décoré des gribouillis illisibles d'un docteur. Duniya prit ce texte indéchiffrable.

« C'est l'écriture du docteur Mire, aussi étrange que cela puisse paraître », dit Caaliya.

Duniya examina attentivement ce mystérieux message codé.

« Qu'est-ce que ça dit ?

– Cela confirme qu'aucun doute n'est possible : j'attends un enfant », dit Caaliya.

Duniya fit mine de s'en aller, mais n'en fit rien.

« Tu ne me crois pas ? »

Le visage de Duniya sembla se préparer à un accès d'éternuement, mais ce n'était pas un éventuel éternuement qui était cause de cette grimace, plutôt la découverte d'une espèce de connivence, d'une sensation d'intimité soudaine avec Caaliya, à l'idée que cette femme pouvait être réellement enceinte.

« As-tu vu un autre docteur ? » demanda-t-elle.

À nouveau Caaliya fouilla son sac à la recherche de la preuve chinoise de son incroyable histoire : celle d'une femme qui avait la manie persistante de collectionner tous les bouts de papier sur lesquels un docteur avait griffonné, qui les avait avec elle comme preuve de son statut de mère, un peu comme un fou qui vous montrerait un document prouvant sa santé mentale ; Caaliya qui, durant des années, avait maintenu qu'elle était enceinte… et qui maintenant l'était enfin !

Pendant la pause, Duniya rencontra dans le corridor l'un des docteurs chinois. Elle s'amusa à l'idée du nom d'animal que les Chinois pourraient donner à une année où Caaliya était enceinte pour de bon, où Duniya tombait amoureuse, où Abshir confirmait qu'il allait venir la voir. En retournant à la consultation, elle croisa le docteur Mire. Puisqu'ils n'avaient pas l'air pressé ni l'un ni l'autre, ils conversèrent un moment et elle lui transmit la nouvelle de la venue imminente d'Abshir. Elle l'invita à dîner avec eux le lendemain soir. Puis elle lui demanda s'il était vrai que Caaliya était bel et bien enceinte.

« C'est vrai », répondit-il.

Duniya ne dit rien, de peur de dire des bêtises.

« Le corps humain a ses mystères et on ne peut pas toujours expliquer son comportement, et la façon dont il s'exprime et se manifeste n'est pas toujours facile à déchiffrer pour les praticiens. Peut-être qu'elle a tant envie d'être mère que cela va se réaliser.

– Mais pourquoi est-il nécessaire de lui rédiger un certificat adressé "à toute personne concernée" ?

– Eh bien, elle m'a demandé de lui fournir un document affirmant qu'elle était enceinte. À mon avis, c'est un papier à montrer à sa co-épouse. »

Duniya laissa un doux sourire se poser sur son visage, comme un oiseau se pose sur un arbre sans feuilles. Puis, sans même dire « Bonne journée », Mire lui fit un signe de tête et s'éloigna au moment même où elle se préparait à faire allusion à ce qui prenait forme entre elle et Bosaaso. C'était tout aussi bien, pensa-t-elle, et elle retourna aux consultations.

Bientôt ce fut midi et, deux heures plus tard, elle était chez elle, à préparer le repas. Bosaaso vint chercher Nasiiba et elle pour les emmener au Centro Sportivo, afin qu'elle prenne sa première leçon de natation.

Duniya eut d'abord des difficultés à toucher le sol de la piscine avec ses pieds ; elle était incapable de conserver son équilibre. Elle se rappela le rêve de la nuit précédente où elle était un écureuil. Elle avait monté la garde à l'entrée d'une grotte. Après cela, un grand oiseau était arrivé. Ce nouvel arrivant, un vrai géant, avait dans son bec un disque lumineux qu'il tendit à Duniya. Quand elle se réveilla, elle louchait et sa langue avait été prise en otage par ses propres dents, qui l'avaient mordue jusqu'au sang ; et elle était pâle de terreur.

Quand elle sauta dans la piscine du Centro Sportivo, l'après-midi était bien avancé. Marilyn était son professeur de natation, et Nasiiba était plutôt irritable, comme un parent qui a amené un enfant à une soirée entre adultes.

Duniya attribua cette tension à la situation particulière dans laquelle elles se trouvaient : elle était la seule femme de son âge, toutes les autres étant de la même génération que Nasiiba. Certaines s'entraînaient pour une rencontre africaine de natation qui devait avoir lieu en Afrique de l'Ouest, aussi on demanda à Duniya de bien vouloir utiliser un seul côté de la piscine et d'éviter le plus possible de gêner les sportives.

Marilyn usa de beaucoup de tact. Elle dit à Duniya pour la énième fois : « En fait c'est tout simple, si tu suis mes indications. S'il te plaît, concentre-toi et fais ce que je dis. » Mais Duniya cessa vite de se concentrer, suivant des yeux le regard mobile de Marilyn qui inlassablement parcourait de long en large l'entrée de la piscine. Marilyn et Nasiiba semblaient guetter l'arrivée de quelqu'un. Qui ?

« Essayons encore », suggéra patiemment Marilyn.

Duniya n'arrivait pas à croire qu'elle pouvait flotter. Ses pieds continuaient de tomber dans un trou encore plus profond dans l'eau, et l'eau l'avalait, plusieurs gorgées de Duniya, ses yeux ne lui servaient à rien, ses oreilles étaient inutiles, elle faisait beaucoup de bruit en éclaboussant de tous côtés, sonore et maladroite comme un enfant.

La panique justifie la fuite, et on finit par s'échapper, pensa Duniya. Mais sa peur de se noyer pesait encore plus sur son cœur qu'elle n'aurait pu l'imaginer. Et au moment où elle s'y attendait le moins, elle perdait pied. Quand quelqu'un riait, elle pensait que l'on se moquait d'elle. Elle était convaincue de se donner en spectacle, et ne commença à se détendre que lorsqu'elles parvinrent à la partie la moins profonde de la piscine, où elle avait enfin pied.

« S'il te plaît, laisse-moi reprendre mon souffle un moment, plaida-t-elle auprès de Marylin.

– Prends ton temps », dit Marilyn.

Duniya s'en voulut de ne pas avoir parlé de tout cela en détail avant de se précipiter dans la piscine. Avant sa première leçon de conduite, elle avait passé en revue les points essentiels avec Bosaaso, sans se presser, si bien qu'elle connaissait la théorie avant d'avoir mis le moteur en marche. Ici, c'était différent. Elle se sentait humiliée par les remarques désobligeantes faites par certains jeunes, garçons et filles ; elle se sentait sans défense devant ces attaques d'adolescents sans gêne, abandonnée par Nasiiba qui avait disparu Dieu sait où. Marilyn était gentille et attentionnée, mais Duniya ne pouvait entièrement compter sur elle ; Marilyn était jolie, mais un peu superficielle, et en un certain sens, incapable de s'exprimer quand il s'agissait d'expliquer la théorie de la nage, ou d'en enseigner les rudiments à quelqu'un d'autre. Enseigner à Duniya n'était qu'une activité secondaire pour Marilyn comme pour Nasiiba, c'était l'impression qu'avait Duniya. Qui donc attendaient-elles, elle aurait bien voulu le savoir, pourquoi gardaient-elles les yeux rivés sur l'entrée de la piscine ?

« Mais je n'attends personne, répondit Marilyn.

– Alors pourquoi est-ce que Nasiiba et toi ne cessez de regarder l'entrée avec inquiétude ? » demanda Duniya, curieuse.

Marilyn haussa les épaules comme sans s'en rendre compte : « Demande à Nasiiba. »

Elle était comme ça, Marilyn. Pour elle, c'était Nasiiba qui menait, il n'y avait rien à ajouter. Elle faisait ce que Nasiiba lui ordonnait de faire. Duniya était certaine que Marilyn savait qui elles attendaient. Il y a des secrets plus importants que ceux à qui ils sont confiés. En imagination, la femme mûre entendit sa fille dire un secret à Marilyn, et lui enjoindre ensuite de ne pas le divulguer, ajoutant : « Toi, tu lui apprends à nager et tu es gentille avec elle. »

Plus tôt, dans les cabines, les mains habiles de Nasiiba avaient aidé Duniya à s'immiscer dans un maillot de bain emprunté à Fariida. Duniya s'était sentie comme la mariée à qui l'on donne le bain rituel accompagné d'un massage parfumé. Nasiiba avait dit : « Tu perdras du poids. Tu vas laisser dans la piscine un minimum de deux kilos aujourd'hui, je te le promets. » Nasiiba et Marilyn l'avaient escortée à son entrée dans l'eau, comme des demoiselles d'honneur qui l'auraient assistée à son mariage. Au moment où ses pieds étaient entrés en contact avec l'eau, elle avait eu peur. Nasiiba avait dit : « Il n'y a aucune raison d'avoir peur, Maman, ne te fais pas de souci. Ferme les yeux et saute, et le temps que tu ouvres les yeux, tu seras de l'autre côté de la piscine. »

Duniya regardait des jeunes filles qui pénétraient dans la piscine avec la même aisance avec laquelle elle était entrée dans ses mariages. N'était-ce pas ainsi que cela s'était passé : elle avait fermé les yeux et s'était retrouvée mariée avec Zubair, avec Taariq ?

Elle aperçut alors Fariida qui passait à l'entrée. Fariida marchait en se dandinant un peu, traînant les pieds, comme une personne sénile avec un dos en mauvais état. Toute activité sembla cesser et un silence s'établit un instant dans toute la piscine. Certaines se rassemblèrent auprès de Fariida, bruyantes comme des mouches sur du halva. La réponse de Fariida à la question « Où étais-tu ces temps-ci ? » fut qu'elle était partie faire de la montagne dans le nord et était tombée d'une face de rocher, pour se trouver avec une vertèbre déplacée qui l'avait forcée à rester couchée sur le dos jusqu'à maintenant. Les amies de Fariida s'écartèrent pour lui laisser le passage, s'apitoyant sur sa santé tandis qu'elle avançait devant elles de son pas lourd.

Elles la connaissaient depuis longtemps comme une athlète accomplie qui avait à deux reprises privé de sa couronne la tenante du titre de meilleure nageuse. (Duniya devait apprendre plus tard que quand Fariida était allée en Afrique de l'Est avec Qaasim, on disait qu'elle avait été au sommet du Kilimandjaro.)

Au bout de quelques minutes, tout ce brouhaha prit fin. Certaines se regroupèrent pour échanger les commérages les plus récents. Les unes disaient que Fariida avait été enceinte et s'était fait avorter ; d'autres soutenaient que cette histoire était aussi incroyable que celle de l'ascension de la montagne par la jeune femme.

Puis Nasiiba apparut de nouveau et emmena Fariida pour la présenter à sa mère qui choisit de rester dans l'eau, au bord de la piscine. C'était plutôt bizarre de faire ainsi semblant de la voir pour la première fois. Aussi, elles échangèrent quelques mots, mal à l'aise. Durant les premières minutes de leur conversation, Duniya évita de regarder Fariida en face. Manifestement gênée, la jeune femme restait accroupie près de la piscine et Duniya n'osait pas sortir de l'eau, craignant de perdre tout courage et de renoncer à l'idée d'apprendre à nager. Pendant ce temps, son maillot commençait à la serrer comme un boa constrictor.

C'est alors que Nasiiba, très douée pour organiser la vie des autres, suggéra : « Pourquoi est-ce que tu ne viens pas nous rejoindre dans un moment ? Nous allons nous allonger au bord de la piscine, Fariida et moi. Fais ce que tu as à faire et nous en ferons autant de notre côté. » À Marilyn, Nasiiba dit : « S'il te plaît, continue à apprendre à nager à ma mère. »

Observant Fariida qui s'éloignait en traînant les pieds, Duniya pensa qu'elle avait perdu du poids, mais avait toujours du charme avec sa silhouette aux longs membres. Elle avait des yeux superbes, était plus grande que Miski et beaucoup plus belle. Elle avait quelques mois de plus que les jumeaux. Elle était vêtue d'une robe ample et sans forme, peut-être celle qu'elle portait en attendant l'enfant trouvé.

Duniya perçut alors l'eau dans laquelle elle se tenait comme un liquide amniotique et innocent. Elle se rappela le jour où Nasiiba avait soutenu que Duniya ne connaissait pas bien ses enfants, n'était pas au courant de ce qu'ils faisaient. Sa rencontre avec Fariida lui avait ouvert les yeux, c'était un moment à ne pas oublier.

Maintenant que Fariida et Nasiiba s'étaient retirées dans un coin que gagnait l'obscurité, la voix anxieuse de Marilyn se fit entendre : « Si tu te détends et suis mes consignes, Duniya…

– Je m'enfonce comme une ancre de navire chaque fois que mes pieds quittent le sol de la piscine, dit Duniya.

– Il ne faut surtout pas y penser. » Marilyn reprenait les choses en main, comme si elle avait retrouvé son courage au contact de Fariida et Nasiiba.

« C'est la première chose qui compte quand on nage. Laisse ton corps se débrouiller tout seul, laisse-le flotter à sa guise, laisse-le jeter l'ancre quand cela lui chante. »

Duniya acquiesça d'un signe de tête, comme un enfant que l'on a convaincu que la vaccination contre la rougeole ne lui fera pas mal. C'est peut-être le ton de voix de la jeune femme qui finit par la convaincre, car Duniya était maintenant comme hypnotisée. Avec un doux sourire, sans plus penser à rien, elle se remit entièrement entre les mains de Marilyn.

« Vas-y ! » dit Marilyn, donnant le signal du départ. Elle plaça sa paume ouverte, large comme une galette, sous le corps de Duniya pour la soulever un peu, comme le fait un patineur acrobatique sur une patinoire qui vibre sous les applaudissements enthousiastes. « Superbe, dit-elle pour encourager Duniya. Excellent, très bien ! »

Il y eut un moment de silence et Duniya pensa que tout le monde la regardait.

« C'est une belle histoire, un franc succès », disait Marilyn.

Et Duniya pensait : cette histoire, ce succès, c'est moi.

Duniya n'aimait pas l'échec. Elle ne voulait pas être une cause de gêne pour Marilyn ou Nasiiba. Son corps trouva enfin son équilibre, et ses pieds produisirent enfin les sons qu'il fallait, tandis que ses bras entraient et sortaient de l'eau. Sous le contrôle de Marilyn, elle remonta et descendit la longueur de la piscine, de plus en plus sûre d'elle, poussée à continuer par le récit victorieux que lui narrait son corps.

Marilyn sentit alors un tremblement inquiet dans le corps de Duniya. C'était comme un voyageur qui arrive soudain à un tournant sur la route, un tournant qu'aucune pancarte n'a indiqué. Marilyn plaça sa paume ouverte un peu plus haut, plus près de la poitrine de Duniya. En peu de temps, le corps de Duniya retrouva son équilibre perdu. Elle se dit que pour celui qui a atteint le sommet de l'Everest, aucune montagne n'est assez haute. Elle se concevait comme l'axe autour duquel tournait tout l'univers, ce qui était la raison pour laquelle elle ne pouvait se permettre de s'enfoncer, de couler ou d'abandonner le navire. Elle était contente que Marilyn ait corrigé à temps sa légère erreur, et ceci avec tact. Elles continuèrent donc à nager ensemble, faisant des longueurs de bassin, faisant attention à ne pas gêner les autres nageuses. Soudain la main de Marilyn disparut comme le mouchoir d'un magicien et Duniya continua à avancer, éclaboussant la surface de l'eau avec une complète décontraction. Debout sur la pointe des pieds, elle dit, une fois qu'elle eut repris son souffle : « Tu as vu ça, Marilyn ? »

Marilyn se vanta sans fausse modestie d'avoir appris à nager à Nasiiba et à Fariida.

Duniya ne dit pas à haute voix ce qu'elle pensait.

« Où sont-elles ? » se demanda Marilyn. Puis, les montrant du doigt : « Là. »

Suivant la direction indiquée, Duniya vit Fariida et Nasiiba allongées l'une à côté de l'autre à l'autre bout de la piscine. À la vue de Fariida, Duniya fut de nouveau impatiente de connaître par quelles épreuves était passée la jeune fille. Mais Fariida aurait-elle envie de parler, allait-elle tout lui dire ?

« Tu pourras les rejoindre toute seule ? demanda Marilyn. Parce que j'ai envie de nager un peu. » Et sans autre commentaire, elle s'éloigna à la nage.

Duniya était un peu inquiète à l'idée de sortir de l'eau, paralysée par le sentiment paranoïaque que tout le monde allait la regarder quand elle se dirigerait vers Nasiiba et Fariida. Elle venait de regarder l'endroit où se trouvaient les jeunes filles, voulant jauger la distance qui les séparait, quand elle remarqua que Nasiiba fumait une cigarette. Ceci choqua Duniya. Mais pourquoi ?

Le simple fait de s'être posé la question eut un effet positif sur son propre comportement : elle se sentit soudain indifférente, plus rien ne pouvait l'atteindre. Elles pouvaient toutes voir son corps trop exposé, cela ne lui faisait plus rien. Elle sortit de la piscine et marcha d'un pas décidé vers Nasiiba dont la cigarette était maintenant la balise sur laquelle elle se concentrait. Elle n'avait ressenti aucun frisson lui parcourir le corps lorsqu'elle avait gravi les marches de pierre et était sortie de la piscine ; et elle n'avait pas eu à ravaler une sensation de nausée comme elle l'avait craint. Duniya se rappela que dans sa famille, il y avait un certain degré de liberté individuelle et de discussion commune des problèmes, puisqu'il n'y avait pas d'autorité masculine : ne fallait-il pas profiter de telles libertés ? Mataan avait sa Waris, et Nasiiba ses cigarettes.

Quand elle fut près des jeunes filles, Nasiiba lui dit : « Assieds-toi ou étends-toi, comme tu veux. » Fariida accueillit Duniya d'un grand sourire.

Les chocs dans la vie peuvent survenir et partir sans laisser de traces, comme des couches de peau qui pèlent.

Duniya était maintenant capable de regarder Nasiiba fumer sans avoir en même temps à retenir ses émotions, sans avoir à faire semblant de ne pas s'en soucier.

De là où elle était, dominant de toute sa hauteur ces silhouettes affalées, elle jugea que les couleurs choisies par Fariida ressemblaient vaguement à une salade rincée à l'eau claire. Elle s'allongea à côté d'elles sur une serviette, leur faisant face. Duniya dit : « Qu'est-ce qu'il faut te dire, Fariida ? Bienvenue à ton retour ? Je suis contente que tu sois toujours en vie ? Ou pourquoi ne m'as-tu pas mise au courant depuis le début ? »

La mâchoire proéminente de Fariida réagit, sa bouche s'ouvrit encore plus grand comme elle se montrait de profil à Duniya. Elle eut un coup d'œil vers Nasiiba, comme pour chercher de l'aide, puis dit : « Nous ne raconterions pas la même histoire aujourd'hui si je t'avais parlé ce matin-là, non ?

– Certainement pas », acquiesça Duniya.

Nasiiba se leva : « Je vais vous laisser parler toutes les deux », dit-elle et, sans attendre leur réaction, elle s'éloigna, courant jusqu'au tremplin d'où elle plongea dans la piscine.

« Où étais-tu pendant tout ce temps ?

– J'avais une petite chambre dans le quartier de Buur Karoole, dit Fariida, à moins de deux kilomètres de chez vous. Nasiiba sautait des cours pour venir me voir. Pendant longtemps, personne n'a su où j'étais, personne, à l'exception de Nasiiba bien sûr. C'était une grossesse sans histoire, sur le plan physique, et le fait que je sois une athlète m'a beaucoup aidée. Je n'ai pas eu besoin de consulter un docteur. Pour faire analyser mon sang et mon urine ou faire vérifier ma température, j'ai contacté une amie par l'intermédiaire de Nasiiba. Ce matin-là, par contre, je n'avais pas le moral et je m'étais trompée dans les dates et Nasiiba n'était pas venue me voir.

– Qu'est-ce que tu as fait le matin où je t'ai aperçue ?

– Tu m'as appelée à plusieurs reprises et cela m'a inquiétée. C'est pourquoi je suis partie dans un taxi qui attendait et suis retournée dans mon logement.

– Je vois, dit Duniya.

– Mais puisque mon sang est du même groupe assez rare que celui de Nasiiba, tu peux dire que je lui dois la vie. Quand je t'ai quittée à la consultation, j'ai pris un taxi et me suis rendue tout droit à une clinique où j'avais l'habitude d'aller et le docteur a décidé de me faire admettre. Mettre au monde un bébé dans de telles circonstances est une honte terrible, mais Nasiiba a été un ange, faisant don de son sang, s'assurant que j'étais bien traitée. C'est elle qui a suggéré que je lui "abandonne" mon bébé. Aussi que dois-je te dire, je me le demande ? "Merci beaucoup" en réponse à ton "Bienvenue à ton retour" ? "L'expérience en valait la peine" en réponse à ton "Je suis contente que tu sois toujours en vie" ? Ou "Comment pouvais-je te mettre au courant alors que je n'étais pas au courant moi-même" en réponse à ton "Pourquoi ne m'as tu pas mise au courant depuis le début ?"

– Tu dis qu'il y avait un taxi qui t'attendait un jour où il n'y en avait pas un dans les rues de Mogadiscio. Comment est-ce possible ?

– S'il te plaît, ne me presse pas, je vais te raconter.

– Je m'excuse », dit Duniya.

Dans le regard de Fariida se lisait la fierté d'avoir vécu cette épreuve et de l'avoir surmontée.

« Je suis la sorte de femme dont le ventre ne grossit guère avant le huitième mois, dit-elle, mais je ne voulais pas courir ce risque, je ne voulais pas que Miski soit au courant avant que j'aie eu le bébé et peut-être même pas à ce moment-là. Nous avions déjà des rapports difficiles, tu sais, Miski et moi, à la suite de la rupture de ses fiançailles, pour laquelle elle me blâmait à tort. C'est pourquoi je n'ai rien dit à personne, sauf à Nasiiba, et le temps que je le fasse, il était trop tard pour que je m'en débarrasse. Les règles irrégulières jouent des tours aux jeunes femmes qui n'arrivent pas à se rappeler si elles ont pris ou non leur pilule. Mes règles irrégulières ont été la cause de mes problèmes.

– Qu'est-ce que tu as fait alors exactement ?

– Un matin, j'ai fait ma valise et je suis partie, laissant un mot sur le bureau de Miski pour qu'elle le trouve à son retour de Rome. Le court message disait que j'étais partie, mais qu'il ne fallait pas se faire de souci, pas besoin de paniquer. Je lui avais déjà laissé des messages du même genre quand j'avais quitté le pays, une fois pour aller à Nairobi, une autre fois à Dar es Salaam – chaque fois avec Qaasim qui me payait ces voyages. Quand je suis tombée enceinte, je n'ai pas voulu qu'il le sache. Nous avions eu beaucoup de plaisir au cours de notre liaison illicite, beaucoup de moments magiques, aussi à quoi bon avoir des regrets ? Il m'aurait peut-être demandée en mariage s'il avait su que j'attendais son enfant. Mais j'avais dit non quand il avait manifesté l'intention de m'épouser, avant que je sache que j'étais enceinte : non, non, non.

– Qu'est-ce qui t'a fait décider dès le début de ne pas épouser Qaasim ?

– La différence d'âge est la raison principale, je suppose. Imagine, quand il approchera des soixante-dix ans, j'aurai ton âge, encore jeune, prête à contracter un autre mariage, à tomber amoureuse, à apprendre à conduire, ou à nager. Pas question, c'est ce que j'ai dit.

– Où est-ce que tout cela a commencé ?

– Chez toi. »

Quand ? Si Duniya était censée se sentir coupable, il n'en fut rien. Souriant à ses souvenirs, Fariida dit : « J'étais venue te remettre un paquet de la part de ton frère à Rome. Nasiiba n'était pas là ce jour-là, il n'y avait que toi. Qaasim est arrivé, nous avons pris le thé, tous les trois. Puis il est parti, mais seulement pour se garer devant la boutique d'Aw-Cumar, à attendre. Je savais qu'il attendait comme seules les femmes peuvent savoir ce genre de choses, et ainsi, moi aussi, je suis partie, plutôt en hâte, refusant de rester jusqu'au retour de Nasiiba. J'avais soif d'aventure. J'avais perdu ma virginité avec un garçon de mon âge et avais envie d'essayer avec des hommes plus âgés, juste pour le plaisir. Qaasim m'a ramenée chez moi. Miski n'était pas là et nous avons été seuls presque toute la nuit. C'est ainsi que cela a commencé.

– Tu n'as pas pris de précautions ?

– Lui en a pris.

– Alors comment est-ce arrivé ?

– C'est de ma faute.

– Comment ?

– N'en parlons plus maintenant.

– Lui as-tu jamais dit que tu attendais son enfant ?

– Nasiiba le lui a dit.

– Et qu'a-t-il dit ?

– Qu'il payerait pour que je me fasse avorter si je voulais m'en débarrasser, là il a été clair. De plus, il était prêt à me prendre pour épouse. Je lui ai fait passer le message par l'intermédiaire de Nasiiba que ce que je faisais de moi-même ou du fœtus ne le concernait pas. J'avais fait une erreur, lui ai-je dit, et j'en supporterais les conséquences.

– Mais pourquoi ?

– Peut-être parce que j'avais commencé à expier le chagrin que j'avais causé à Miski.

– Cela n'a aucun sens.

– Il n'y a pas grand-chose dans la vie qui ait un sens, dit Fariida. Ne dit-on pas dans quelques versets coraniques que notre destin est notre berger et que nous allons là où notre destinée est déterminée à nous conduire. En d'autres termes, j'ai décidé que ces moments m'étaient donnés. Ma destinée a son ordre et sa logique. » Elle fit une pause pour arrêter les larmes qui lui montaient aux yeux.

« Allons, allons, dit Duniya, lui tapotant la tête, le bébé n'a pas été une gêne pour nous ; en fait un plaisir. » Elle se retint juste à temps de lui dire ce que diverses personnes avaient dit de l'enfant trouvé : comment Mire l'avait perçu comme un catalyseur ; comment Bosaaso et elle l'avaient vu comme une métaphore.

« Comment Miski a-t-elle appris l'affaire ? demanda Duniya.

– C'est Qaasim qui est entré en contact avec elle, proposant de m'épouser. C'est ainsi qu'elle a appris ma grossesse pour la première fois. Et ça a fait pas mal de problèmes. En fait ça a été la panique, et Nasiiba s'est sentie obligée d'amener Miski à ma cachette. Tu vas avoir du mal à le croire, mais cela s'est passé une semaine avant que tu me voies à la consultation. J'ai encore le carton avec le numéro dix-sept, que je garderai en souvenir, pour me rappeler tout ce que j'ai enduré.

– Mais pourquoi n'es-tu pas venue me voir pour tout me dire ?

– On n'est jamais sûr de la façon dont tu vas réagir, Duniya, répondit franchement Fariida. De toutes façons, il était trop tard pour que tu fasses quoi que ce soit, et puisque que nous ne t'avions pas informée de tout cela depuis le début, j'ai pensé qu'il valait mieux ne pas te mêler à cette affaire.

– Que penses-tu que j'aurais fait si tu m'avais mise au courant ? »

Les yeux brillants de Fariida s'assombrirent : « Nous ne serions pas ainsi allongées ensemble, à parler comme nous le faisons, si je t'avais parlé. »

Elles se turent quelques minutes. Puis Nasiiba vint les rejoindre.

Toutes les deux se mirent à échanger un moment les dernières nouvelles sur certaines de leurs amies. C'est lorsque Duniya se prépara à partir avec Bosaaso que Fariida se rappela que Miski lui avait donné les clefs pour l'appartement du centre-ville, dans lequel Duniya pouvait emménager dès qu'elle le souhaitait.

Bosaaso et Duniya laissèrent Nasiiba et Fariida allongées au bord de la piscine, dans la nuit qui tombait, à parler et fumer ensemble. Duniya était très fatiguée. Cette séance de natation lui avait pris une grande partie de son énergie, et l'attention qu'elle avait donnée à l'histoire de Fariida avait aussi beaucoup exigé d'elle.

Tandis qu'ils roulaient et se trouvaient sur une portion de route facile, sans nids-de-poule ni circulation, Bosaaso donna à Duniya un journal soigneusement plié, journal qui ne semblait pas avoir été lu.

« Le journal que tu tiens a un long article de Taariq, dit-il, j'ai pensé que ça te ferait plaisir de le lire. »

Duniya sursauta, l'image de l'enfant trouvé mort vint flotter dans son souvenir à la mention du nom de Taariq. Pourquoi commençait-elle à associer Taariq avec le bébé mort ?

« Est-ce que l'article est bon ? » demanda-t-elle à Bosaaso.

Il conduisait prudemment parce qu'il y avait des enfants qui jouaient au football au milieu de la rue. Il ne dit plus rien avant qu'ils soient arrivés devant chez Duniya.

« Oui, je l'ai trouvé plutôt bon », répondit-il.

En sortant de la voiture, elle dit : « Je suis trop épuisée pour recevoir quiconque, aussi ça ne te fait rien si nous nous voyons seulement demain ? À midi ?

– Bien sûr que non. »

La politesse excessive de Bosaaso commençait à lui porter sur les nerfs, mais elle était trop fatiguée pour faire la moindre remarque.

« J'espère que d'ici là nous aurons trouvé deux ou trois femmes de ménage pour épousseter, nettoyer et préparer l'appartement en ville dont j'ai maintenant la clef, pour qu'Abshir puisse l'utiliser quand il sera ici. »

– C'est une excellente idée », dit Bosaaso.

Elle réprima la réplique grossière qui lui vint immédiatement à l'esprit. Elle l'embrassa rapidement, disant : « À demain alors, demain midi. »

Et à la minute, elle n'était que trop contente de s'en débarrasser.

« Fais de beaux rêves », lui dit-il en démarrant.

Mataan et Yarey ne rentrèrent pas avant minuit passé. Et Duniya était très satisfaite d'être ainsi couchée dans son lit, calée par de nombreux oreillers, à lire l'article de Taariq.

Donner et recevoir : la notion de don, par Taariq

Donner est un instinct humain, peut-être le plus ancien, s'il nous faut croire l'histoire d'Adam et Ève avec la pomme paradisiaque que le serpent offre à la femme qui la partage à son tour avec l'homme. Nous donnons en espérant recevoir quelque chose qui corresponde à ce que nous avons offert. Nous donnons dans l'espoir que notre don exprimera notre affection et notre compassion envers les bénéficiaires. Nous donnons, en tant que membres d'un groupe, pour confirmer notre loyauté envers ce groupe. Nous donnons pour satisfaire aux exigences d'un contrat, ou à des obligations et aux droits que d'autres ont sur nos biens. Nous donnons, et il nous arrive de considérer cet acte comme une forme de pénitence. Nous donnons afin de nous sentir supérieurs à ceux dont les mains sont placées au-dessous des nôtres pour recevoir. Nous donnons pour corrompre. Nous donnons pour dominer. Il y a un million de raisons pour lesquelles nous donnons, mais je m'attache ici à une seule : les dons faits par les gouvernements d'Europe, d'Amérique du Nord et du Japon sous forme d'aide alimentaire aux affamés d'Afrique, et la raison pour laquelle ils sont reçus.

La semaine dernière, le monde a couru et l'Afrique a eu faim. La semaine dernière des millions de gens ont brisé des records olympiques. Un coureur soudanais a parcouru le globe en avion pour aller allumer une torche à New York. La semaine dernière, des millions d'appareils photo ont pris un cliché, enregistrant le spectacle d'hommes et de femmes ravis en train de toucher de la poitrine le ruban de la ligne d'arrivée – scènes qui étaient le point culminant de ces événements médiatiques. Les activités sportives organisées pour commémorer cette journée s'étendirent sur vingt-quatre heures, occupant des commentateurs radio et des équipes de télévision en Europe de l'Ouest, en Amérique du Nord, en Asie du Sud-Est, en Inde et au Japon. En fin de compte, ces événements en furent réduits à une compilation de statistiques ; combien de personnes ont participé, combien d'argent a été recueilli pour venir en aide aux populations affamées d'Afrique ? La semaine dernière, tandis que couraient les peuples du monde qui n'ont pas faim, prenant part au jeu narcissique des performances devant la télévision, l'Afrique attendait dans les coulisses, hors du champ des caméras, avec une écuelle vide à la main, espérant que des donations généreuses lui viendraient des gouvernements et des compatriotes des coureurs. Des bols de cuivre vides font d'excellentes photographies. Les caméras vidéo les filment sous tous les angles imaginables. Mourir de faim suscite l'intérêt des médias de nos jours. Excusez mon cynisme, mais je suis persuadé que c'est vrai.

La famine en Afrique devint une histoire digne des grands titres des journaux du moment où il fut possible de vendre des photos de visages vidés de tout, si ce n'est de la souffrance causée par la faim. Jonathan Dimbleby, de la BBC, fut le premier à se servir du pouvoir d'un message télévisé qui épelle clairement, avec des lettres aussi énormes que la politique de la sécheresse, le seul véritable thème sous-jacent à cette famine sur une si grande échelle : l'impuissance. Dimbleby produisit un programme plein de sensibilité sur la famine en Éthiopie au début des années soixante-dix. Dans ce documentaire d'une demi-heure, il fit alterner des séquences sur les masses affamées et des images montrant les plus puissants hommes politiques du monde invités au festin somptueux offert par l'Empereur où l'on servait de produits de luxe comme le caviar. Quelques mois plus tard, l'Empereur était renversé.

La question est celle-ci : comment se fait-il que le même récit en 1985 et en 1986 soit utilisé par des gouvernements sur tout le continent à leur avantage et qu'aucune tête ne tombe, qu'aucun régime despotique ne soit renversé ? Ne recevant aucun secours, puisque aucune aide alimentaire n'arrivait dans son pays, l'Empereur s'effondra. Pouvons-nous en conclure que si les gouvernements étrangers cessaient de venir en aide aux dictateurs africains par leurs dons alimentaires, alors leurs peuples se dresseraient contre eux ?

La famine est un phénomène auquel l'Afrique est habituée. En Somalie, il y a des gens qui portent le nom des années de sécheresse. Les gens se serraient la ceinture mais ne mendiaient pas. Ils gardaient la tête haute, ne permettant à personne de les humilier, ne laissant personne se douter que leur foyer n'avait pas été allumé la veille au soir. Ceux à qui le peuple avait confié le gouvernement étaient unis dans la conviction que ne mendie que celui qui n'a pas de vergogne, et que travaille de façon responsable celui qui veut se faire respecter. Mais nous savons de toutes façons que beaucoup des hommes qui tiennent les commandes du pouvoir, dans notre continent, n'ont pas été placés là par leur peuple, et qu'ils n'ont ni fierté ni sens de l'avenir. Nous savons aussi que leurs plans quinquennaux incompétents ne peuvent être exécutés que si le budget reçoit une rallonge de sources étrangères. Est-ce dire alors que nous nous trouvons devant la sagesse proverbiale selon laquelle les peuples ont le gouvernement qu'ils méritent : méritons-nous que des mendiants nous gouvernent ?

Il y a en Somalie une tradition qui consiste à faire passer un chapeau pour faire une quête. Cela s'appelle *Qaaran*. Quand vous avez besoin d'une aide urgente, vous invitez vos amis, vos parents et votre belle-famille à se rassembler chez vous ou chez quelqu'un d'autre, où, selon l'expression, on a étalé une natte. Mais il y a des conditions préalables. Il faut que le besoin soit réel, que la personne qui souhaite de l'aide soit un membre respectable de la société et non un fainéant, un bon à rien, un paresseux, un homme toujours endetté ou un voleur. Ici la discrétion est de première importance. Les donateurs ne mentionnent pas les sommes qu'ils offrent, et le bénéficiaire ne sait pas qui lui a donné quoi. C'est de toute la communauté que cette personne reçoit une offrande, et c'est envers elle qu'il est reconnaissant. Il n'est pas permis qu'un tel individu redemande des subsides par la suite, ou du moins pas avant longtemps. S'il faut tirer une leçon de tout cela, c'est que les cas d'urgence ne surviennent qu'une seule fois, et ne sont pas une excuse annuelle pour demander toujours plus. Et pourtant, cela fait combien d'années que nous tendons notre écuelle vide pour la quête ?

Les famines réveillent les peuples d'une léthargie d'ordre économique, social ou politique. Nous avons vu comment le peuple éthiopien s'est débarrassé de son Empereur, installé sur le trône depuis quarante ans. Les dons alimentaires de l'étranger créent une zone tampon entre les dirigeants corrompus et les masses affamées. Les dons alimentaires venant de l'étranger sabotent aussi la capacité de l'Africain à survivre avec dignité. Par surcroît, le résultat est que leurs enfants se sentent terriblement inférieurs, et cela les dissuade de manger les pousses de haricots maigres, les épis de maïs mal venus ou les brisures de riz. Pardonnez-moi de sortir tous ces clichés, et permettez-moi de vous citer une déclaration d'Humbert Humphrey qui dit en 1957 :

« J'ai entendu dire… que certaines populations risquent un jour de dépendre de nous pour leurs besoins alimentaires. Je sais qu'apparemment cela n'est pas une bonne nouvelle. Pour moi ce fut une bonne nouvelle, parce qu'avant de faire quoi que ce soit, les gens ont besoin de manger. Et si vous recherchez un moyen qui amène les gens à compter sur vous et à dépendre de vous, dans leur mode de coopération avec vous, il me semble que la dépendance fondée sur la nourriture peut alors être un atout formidable. » Bien exprimé, n'est-ce pas ? Nous pouvons maintenant continuer.

Un dirigeant d'Afrique de l'Est, connu pour ses convictions socialistes, accorda récemment une interview à un périodique africain basé à Londres, dans lequel il disait que les pays développés avaient le devoir d'aider l'Afrique. Mais pourquoi donc ? Qu'est-ce qui lui fait penser que l'Africain a des droits sur les biens des autres ? Est-ce que le pays qu'il a dirigé pendant un quart de siècle a donné généreusement aux affamés d'Éthiopie ou du Tchad ? On pourrait le comprendre si cet homme d'État africain éminemment respecté avait fait cette déclaration dans le contexte d'une société clanique ou tribale où l'échange des dons obligatoire ou volontaire fait partie du code de conduite. Dans un tel contexte, l'échange est direct. Tu donnes quelque chose à quelqu'un ; un an après, quand tu es dans le besoin, le bénéficiaire d'hier devient le donateur de demain. Est-ce que cet homme d'État intellectuel envisage le jour où l'Afrique sera en mesure de faire des dons alimentaires à l'Europe, à l'Amérique du Nord et au Japon ? Se rend-il compte qu'il transforme l'Africain en un dépendant perpétuel ?

Chaque don a une personnalité : celle de celui qui donne. Sur les côtés de chaque sac de riz offert par un gouvernement à un peuple affamé d'Afrique sont imprimés les caractéristiques et la mentalité du donateur, son nom et son pays. Un quintal de blé donné par une organisation caritative basée dans la Bible Belt, l'Amérique profonde chrétienne, a un goût différent de celui qui a été produit et offert par un membre de la Communauté européenne. Vous seriez d'accord avec moi, je l'espère, si je disais que l'un a comme base la notion théologique de charité ; tandis que l'autre vient de la conviction d'ordre temporel, philosophique, économique, que l'on crée ainsi une génération future de consommateurs potentiels de cette variété de blé de qualité. J'ai ici deux problèmes.

Le premier est que je suis persuadé que le bon chrétien américain sait bien que ces actions charitables, accompagnées d'une telle publicité, ne font pas l'affaire du Tout-Puissant. Tout ce qu'il en retire, c'est un sentiment de vanité bien terrestre. Le second est que le bureaucrate de la Communauté européenne sait fort bien que le blé ainsi offert n'est qu'un échantillon gratuit de produits dont il pense qu'ils se vendront très bien, dès que les Africains affamés d'aujourd'hui deviendront les acheteurs potentiels de demain. Il y a assez d'écrits pour remplir des bibliothèques, il y a des rapports rédigés par des spécialistes, à la suite de la politique américaine de dons alimentaires en faveur de l'Europe, du Japon, de l'Asie du Sud-Est. Je vous suggère de parcourir ce chemin bien balisé en compagnie de Susan George ou de Teresa Hayter. Mais laissez-moi traiter de la mentalité du bénéficiaire et de son système de croyances et de ce que les dons signifient pour lui.

La plupart des Africains sont des membres (payants ?) de familles étendues, qui sont des institutions comparables à des syndicats. Souvent vous remarquez que la fortune d'un seul individu fait vivre tout un réseau de besoins dans ce groupe important. Sur un plan psychologique, donc, on peut dire que l'Africain est incontestablement habitué à l'échange de potlachs.

Ceux qui possèdent en abondance donnent ; ceux qui n'ont rien à donner s'attendent à ce qu'on leur donne. Dans les zones urbaines, il y a des milliers d'hommes et de femmes valides qui reçoivent une « indemnité de chômage » d'un membre de leur famille étendue, de quelqu'un qui a un travail. D'où il s'ensuit que lorsque le revenu de ce gagne-pain ne suffit plus pour les besoins de chacun ; quand la terre ne produit plus assez parce qu'on ne la travaille pas suffisamment ; quand les cultures de rente qui procurent des devises fortes ne servent plus qu'à financer le coût de la dette ; et au moment même où tout le pays se prépare à se dresser pour se révolter contre un régime néo-colonial, alors un navire chargé de riz charitable, sans que personne l'ait demandé, accoste dans le port : du riz de bonne qualité, produit par les muscles et la sueur d'autrui. Vous connaissez le résultat. La famine (mes excuses à Bertolt Brecht) est un atout dans la manche des puissants ; elle n'a rien à voir avec les cycles saisonniers ou avec un déficit de pluie.

Si je pouvais me permettre d'être cynique, je dirais que l'Africain, sans se rendre compte de rien, accepte tout ce qu'on lui donne parce que c'est une insulte que de refuser ce qu'on vous offre. Si son cousin ou un autre membre de sa famille étendue ne lui donne rien, Dieu y pourvoira, Dieu ou quelqu'un d'autre. Dieu, tel que nous Le connaissons, nous a été « donné », avec tout le bric-à-brac mythologique, les truismes généalogiques qui nous mettent dans une catégorie inférieure, sans oublier la maxime philosophique du Moyen-Orient selon laquelle Dieu (au sens monothéiste) est le progrès. Oui, la vérité est que nos dieux et ceux de nos ancêtres, on nous l'a dit, ne nous donnent rien ; et puisqu'ils ont un commencement, ils ont aussi une fin.

Les Somalis pensent qu'il est dans la nature de la nourriture d'être partagée. Si vous tombez sur un groupe de gens en train de manger, ils vous invitent à vous joindre à eux. Il y a bien sûr la tendance prophylactique qui les fait se protéger contre les malheurs causés par le mauvais œil des affamés, mais ce n'est pas la raison principale pour laquelle ils vous offrent de partager le repas qu'ils sont en train de prendre. Liée à la notion de nourriture est la conviction de la nature temporaire de tout ce qui est périssable. Les rues de Mogadiscio sont envahies par des mendiants avec des écuelles vides qui vont de porte en porte suppliant qu'on leur donne les restes de la journée. Est-il possible, je me le demandais l'autre jour, de comparer les dons de surplus alimentaires faits par certains gouvernements aux Africains affamés, aux restes que nous offrons aux mendiants mal nourris ? Ou est-ce que je vais un peu trop loin dans ma démonstration ?

Quand les Somalis désespèrent de celui qu'ils considèrent comme un avare, ils disent souvent : « Untel ne vous donnera même pas un verre d'eau. » Aussi, quand ils entendent parler de beurre que l'on conserverait dans des grandes salles glacées sous la terre, de produits que l'on maintient à des températures au-dessous de zéro, de rangées et de rangées de viande alignées dans le froid, de rayonnages et de rayonnages de riz et d'autres denrées de luxe stockées dans une immense cave aussi froide que l'Arctique, c'est alors que les Somalis disent : « Mais ces gens sont pingres ! » Pressez-les de vous dire pour quelles raisons on devrait leur donner quoi que ce soit, et ils se réfugient dans des considérations générales. Demandez-leur pourquoi la Russie ne leur envoie pas d'aide alimentaire et ils se font cyniques. La seule différence entre nous et la Russie, bien que nous mangions le même blé américain, est que nous payons pour le nôtre par de la mendicité tandis qu'eux le payent avec leurs réserves en devises étrangères.

La semaine dernière le monde a couru et l'Afrique a eu faim. Sans doute la télévision est-elle créatrice de personnalités, et les donateurs y montrent leur image souriante, en alternance avec des scènes montrant des squelettes éthiopiens. Pour la première fois l'Afrique s'est vu attribuer un reportage à une heure de grande écoute, mais hélas, l'Afrique ne dit rien, elle a faim. Dans *Au cœur des ténèbres* de Conrad, le seul moment où un Africain a un texte d'une ligne à dire, le malheureux se voit gratifié d'une tournure grammaticale incorrecte. La signification littéraire a été ainsi clairement établie depuis le début, et cela perdure. Cent ans après, dans un film appelé *Out of Africa* (*La Ferme africaine*) dirigé par un Américain, basé sur le livre d'une Danoise qui vécut en Afrique et peut-être aimait la région du continent où elle habitait mais n'avait aucune affection pour son peuple, la distribution comprenait la plus connue des filles du peuple somali, Iman. Devinez quoi ? Elle avait un rôle muet. Tirez-en les conclusions que vous voulez ; mais posez-vous la question, qu'en est-il à l'heure actuelle ? Qui reçoit quoi, qui donne quoi à qui ?

Je me retire dans un silence de squelette : quand le monde court et que l'Afrique affamée meurt de faim ; quand les caméras ronronnent et que les coureurs sont à bout de souffle, ayant touché de leur poitrine les rubans de la ligne d'arrivée pour la gloire d'un instant. Et quand le public qui regarde la télévision, et que les équipes de production vidéo se tournent vers moi et me demandent de dire quelque chose, je me sens intimidé, je cherche mes mots. Comme un enfant à qui un adulte a fait un cadeau, qui sourit timidement puis le prend, et dont la mère dit : « Dis merci à ton oncle », moi aussi je dis : « Merci à toi, merci à vous tous, mes oncles Sam, Sung et Al-Mohamed aussi. »

Elle reposa le journal, ravie que Taariq puisse avoir encore des moments de virtuosité lucide. Mais pourquoi cet article était-il publié seulement maintenant ? Est-ce que les censeurs en avaient interdit la publication quand il le leur avait soumis, juste après la semaine où le monde avait couru pendant que l'Afrique avait eu faim ?

Épuisée et incapable de s'endormir, elle contempla d'un air soucieux le monde qui l'entourait. Et ce monde était une clef. En regardant fixement la clef de l'appartement en ville, celle que Fariida avait apportée de la part de Miski, Duniya eut l'impression que l'axe, les tours et les détours de son propre avenir y étaient gravés.

Et soudain, elle sut ce qu'elle allait faire : « Demain soir, dit-elle, Duniya passera la nuit chez Bosaaso pour lui faire don de son corps. Demain soir. »

QUATRIÈME PARTIE

DUNIYA DONNE

CHAPITRE XVI

Duniya, transportée d'enthousiasme, va voir l'appartement du centre-ville que trois femmes de ménage s'affairent à préparer ; c'est avec cette même exaltation qu'elle suggère que Bosaaso et elle passent la nuit chez lui.

LA SCÈNE débute dans l'obscurité, puis, à la lumière d'un projecteur, se détache une femme, debout dans une rivière. Comme elle se prépare à partir à la nage, un inconnu lui dit : « Gencive contre gencive, la poussière va à l'eau, le feu à la terre, et vous êtes dans une situation si merveilleuse, si merveilleuse, où sept vient avant huit, un berceau avant un bébé, le lit avant la bague. »

Frappant l'eau sans rythme, le femme s'éloigne à la nage, et le projecteur s'éteint : fin de la scène du rêve. Peu de temps après, une ampoule électrique brille dans la chambre de Duniya et Nasiiba.

Immédiatement après le petit déjeuner, Duniya, ses enfants et Bosaaso allèrent en ville voir l'appartement, qui plut à tout le monde. Elle s'était arrangée pour que trois femmes de ménage de l'hôpital, travaillant au noir, fassent la poussière et lavent sols et murs. Bosaaso allait et venait, pour faire venir un plombier afin qu'il répare les robinets qui fuyaient ou les W.C. dont la chasse d'eau ne marchait pas, ou un menuisier afin qu'il répare la porte grinçante sur le jardin qui ne fermait pas, ou pour acheter des produits chimiques fabriqués aux États-Unis avec lesquels déboucher éviers et canalisations.

Il fut convenu qu'Abshir utiliserait l'appartement en ville puisqu'il était plus central et plus spacieux. Il viendrait prendre ses repas chez Duniya. Ou encore Nasiiba irait habiter avec lui pour s'occuper de lui, et éventuellement lui faire la cuisine. Duniya envisagea de louer une voiture pour la durée de son séjour à Mogadiscio, afin qu'il soit libre d'aller et venir à sa guise. Mataan donna généreusement son lit avec son sommier à ressorts, disant clairement que cela ne lui faisait rien de dormir sur un matelas par terre. Nasiiba offrit de passer toute la journée à l'appartement avec les trois femmes de ménage, s'activant autant qu'elles, les bras sales jusqu'aux coudes, ses tresses emperlées brunes de la poussière coagulée par les toiles d'araignées. Bien qu'elle fût plus gênante qu'utile, la petite Yarey lava le minuscule évier de la cuisine, gâchant du détergent précieux, du temps et de l'eau. Duniya se promit de ne pas s'accorder de pause avant d'avoir préparé la chambre, dont les portes-fenêtres donnaient sur le jardin, certaine qu'Abshir la préférerait à l'autre chambre qui donnait sur un corridor. Pendant ce temps-là, Bosaaso avait loué un camion pour apporter de chez Duniya le lit à ressorts de Mataan, deux chaises et des tables. Un peu plus tard, Duniya l'envoya faire une démarche plus simple : faire copier les clefs du nouvel appartement.

« Pourras-tu rester cette nuit s'il le faut ? demanda Duniya à l'une des trois femmes de ménage.

– Bien sûr.

– Et personne ne va s'inquiéter si tu ne rentres pas ? »

La deuxième femme dit :

« Quand tu auras notre âge, Duniya, tu verras ce que cela veut dire quand tu ne manques à personne. De toutes façons j'habite à quelques minutes à pied d'ici et je peux aider à arranger un repas et aussi des nattes pour la nuit pour mes collègues.

– Je peux dormir n'importe où, à même le sol s'il le faut », dit la troisième.

Ayant travaillé pendant neuf heures sans s'arrêter, Duniya et les siens retournèrent à son ancien appartement, confiant le nouveau aux mains des femmes de ménage. Il était tard dans l'après-midi : on prépara du thé, on le but, et Duniya prit une douche, mit une robe d'intérieur et se reposa. Bosaaso rentra chez lui pour sa douche, puis revint chez Duniya comme convenu. Il la retrouva nerveuse, anxieuse, mais aussi le cœur léger, comme si sa personnalité adulte s'était provisoirement effacée devant une Duniya plus jeune, resplendissante de l'atmosphère heureuse née de leur énergie.

Comme les enfants avaient le dos tourné, tous deux s'esquivèrent sans bruit, comme des adolescents prêts à faire une bêtise. Elle avait les clefs de la voiture à la main et dit : « Je vais conduire. »

La lune vieille de neuf jours la dirigea vers la maison de Bosaaso.

Le ciel était vaste et plein d'étoiles. La voiture cala une ou deux fois, mais cela ne les gêna ni l'un ni l'autre, ils ne firent qu'en rire. Avec persévérance, Duniya faisait redémarrer le moteur chaque fois que la voiture s'arrêtait, et ils se comportaient tous les deux comme s'ils avaient tout le temps au monde pour parcourir la distance qui séparait leurs maisons respectives.

« Mais son absence n'allait-elle pas causer de problèmes ? » se demanda-t-il. Ou bien avait-elle dit à Nasiiba où elle avait l'intention de passer la nuit ? Mais les jumeaux étaient si contents de la venue prochaine d'Oncle Abshir qu'ils n'allaient peut-être pas penser une seconde à l'absence de leur mère, raisonna-t-il en lui-même.

Cependant, les pieds de Duniya appuyaient sur le débrayage, le frein et l'accélérateur, et la voiture roulait en douceur, un peu inquiète malgré tout, vers la maison de Bosaaso, comme si elle se fiait à son sens de l'orientation.

Dans les yeux de Duniya, le sourire joyeux de l'attente. Bosaaso était bien calé dans son siège, enviant son calme. Il gardait les mains sur les genoux ; elle n'aurait guère apprécié qu'il la touche pendant qu'elle conduisait, ça, il le savait.

« Je t'aime », dit-il.

Aucune indication qu'elle ait entendu cette déclaration.

Il se répéta les mots, et alors ils se touchèrent.

Il n'y avait presque plus de voitures dans les rues et ils passaient maintenant dans un quartier où l'on avait coupé le courant. À cause de cela, les gens sortaient de chez eux, se déversaient dans les rues où il y avait plus d'air et où il y avait des terrasses ; ils tournaient cette malencontreuse panne de courant à leur avantage, allant se promener au clair de lune, ou se rassemblant en groupes, debout, à bavarder. À un endroit, il y avait un petit attroupement d'hommes et de femmes engagés dans un débat animé au centre d'un carrefour. Tous phares allumés, Duniya était arrivée sur eux sans ralentir, si bien qu'ils s'étaient mis à courir dans tous les sens, jurant, proférant toutes sortes d'insultes, la qualifiant de folle.

« Je suis désolée », dit-elle, quand elle fut en état de parler.

Elle avait maintenant apprivoisé le véhicule qui lui était totalement soumis et était clairement d'humeur légère, euphorique, avec des ailes comme un griffon. Elle appuya sur l'accélérateur, augmentant graduellement sa vitesse. Elle se pressait ainsi, non pas pour raccourcir la distance entre son corps et celui de Bosaaso, mais entre elle et son frère Abshir. Entre eux deux, ce n'était plus qu'une question d'heures et elle voulait les passer complètement détendue, dans la maison de Bosaaso et dans sa présence. Elle voulait avoir répondu à plusieurs questions sur Bosaaso avant de serrer son frère dans ses bras.

Pour enrichir sa mémoire, elle revint en souvenir à cette zone ambiguë entre mythe et religion ou des *buraaq* (jument ailée du Prophète) semblables à des griffons se mêlent aux djinns qui écoutent aux portes du paradis ; où les étoiles filantes visent ces derniers pour les décourager ; où les femmes qui s'ennuient se lancent dans des aventures illicites avec des djinns ; où les djinns, par pure malice, montent la garde devant la porte de la vision de Zubair.

Ce soir-là, Duniya avait le désir très profond de se donner à lui, un désir qui avait pris des jours à mûrir. Elle était contente qu'il ne l'ait pas bousculée. Le moment était venu, et le caractère soudain de sa décision lui donnait plus de pouvoir, comme un coup de tonnerre inattendu durant la saison où l'on attend les pluies. Elle voulait savoir comment il était au lit ; s'il ronflait ; quelles étaient ses petites habitudes ; est-ce qu'il était attaché à toujours dormir du même côté du lit ; est-ce qu'il était d'humeur exécrable quand il se réveillait le matin ?

À la façon dont il bougeait sur son siège, elle sentit qu'il avait envie de dire quelque chose.

« Oui ?

– Nous aurons le temps de parler », entendit-elle, et cependant il paraissait malade d'angoisse, presque pâle, comme vidé de son sang. Elle lui toucha la main : elle était froide, sans vie.

« Allons, dis ce que tu as à dire, si ça ne peut pas attendre que nous arrivions chez toi », dit-elle.

Il hésita : « C'est juste. » Mais il n'eut pas le courage d'aller au bout de ce qu'il avait eu l'intention de dire.

Elle ralentit. À partir de maintenant, il allait falloir qu'il la dirige. Mais il lui dit de tourner à gauche alors qu'il voulait qu'elle aille à droite. Elle en conclut qu'il avait un sens de l'orientation déplorable, ce qui selon elle venait du fait qu'il avait vécu dans une ville avec des poteaux indicateurs et des cartes où l'on n'avait pas besoin de compter sur son sens instinctif de l'orientation. Elle ne comprenait pas de quoi il parlait, mais elle le laissa continuer longuement, puisque cela lui faisait du bien, et que cela réduisait considérablement la tension qui s'était établie. Mais que voulait-il dire au juste ?

Une femme qui a élevé trois enfants n'est pas facile à surprendre ; elle sait voir l'inquiétude sur le visage de ses enfants, sait ce qu'ils veulent bien avant qu'ils aient parlé. En tant qu'infirmière, elle avait entendu beaucoup de questions stupides venant de personnes par ailleurs intelligentes qui, quand elles vont mal, ne sont plus capables de se servir de leur cerveau.

« Sais-tu combien de temps Abshir va rester à Mogadiscio ? demanda-t-il.

– Je n'en ai aucune idée », répondit-elle.

Il est du genre à se faire du souci, pensa-t-elle. C'est un homme qui se pose des questions, se ronge les sangs, qui a peu confiance en lui-même. C'est peut-être le genre d'homme qui se lève à l'aube, inquiet de savoir s'il pourra se rendre à ses rendez-vous de la mi-journée.

Elle fut contente d'arriver à son portail, devant lequel elle freina. Des lumières étaient allumées au premier étage de la maison, et elle put voir un balcon bien abîmé. Était-ce le balcon d'où Yussur et son bébé étaient tombés, se tuant dans leur chute ? Duniya, sans arrêter le moteur, sortit de la voiture, lui disant : « Tu la rentres toi-même. »

Un gardien de nuit, du Peuple du Fleuve, lui montra le chemin avec une lampe de poche, lui indiquant la petite porte sur le côté par laquelle les piétons pénétraient chez Bosaaso. Mais lorsqu'il eut garé la voiture sous son abri et l'eut rejointe, en fait juste au moment où il lui prenait la main pour la conduire à l'intérieur, il y eut une panne d'électricité qui la fit sursauter tant elle était inattendue. La faible lueur de la lampe du gardien de nuit les éclairait suffisamment pour qu'ils voient les marches devant la porte d'entrée.

« J'ai un générateur et assez de diesel pour le faire fonctionner, dit-il.

– Si le reste du quartier n'a pas de lumière, pourquoi en aurions-nous ?

– C'est juste », dit-il.

Comme elle entrait par la porte qu'il tenait ouverte pour elle, Duniya vit que son ombre se divisait en deux, à cause de la lune qui éclairait le seuil. Elle fit un pas sur le bout de cette ombre, comme si elle était un paillasson sur lequel il lui fallait s'essuyer les pieds. Pénétrant plus avant, elle perçut que cette maison avait quelque chose d'accablé. Elle avançait tout droit, faisant attention cependant à ne pas être sur le parcours de Bosaaso, pensant qu'il voudrait chercher une boîte d'allumettes ou des bougies, ou ouvrir les rideaux ou les fenêtres. Un instant plus tard, elle entendit grincer les portes-fenêtres qu'il était en train d'ouvrir et il dit : « Il y a un fauteuil ici. Viens, je te prie.

– Dans un moment, dit-elle.

– Ou est-ce que tu préfères que nous restions assis dans le noir à regarder le clair de lune ? »

Ils se rencontrèrent à moitié chemin et il la prit dans ses bras. La nuit était fine comme de la gaze et Duniya n'avait aucune difficulté à passer au travers de la membrane un peu grise qui l'enveloppait. La lune la guidait vers sa lumière, à un endroit où elle occupait le centre d'une clairière : les nuages se tenaient à l'écart, comme un groupe de spectateurs bien élevés qui laissent toute la scène à l'acteur principal, héros de l'occasion. Elle aimait ce silence, aimait cette pénombre, elle aimait leur position à tous les deux, debout, poitrine contre poitrine, sans un mot. Puis elle perdit la lune de vue. Mais était-elle partie ? Elle compta jusqu'à trois, comme si c'était un phare dont on puisse calculer les éclairs de lumière. C'est alors que le monde extérieur vint troubler leur calme et leur paix intérieure.

Le gardien de nuit appela Bosaaso par son nom.

« Dois-je répondre ? » dit-il en chuchotant.

Le lâchant, elle dit : « Tu l'as déjà fait. »

La respiration de Bosaaso était pleine de tension,

comme la gorge d'un lézard effrayé. Ils s'écartèrent alors l'un de l'autre, projetant chacun une ombre distincte, celle de Bosaaso plus courte que celle de Duniya. Il était clair qu'il n'était pas content, mais il ne voulait pas s'en prendre au gardien de nuit, le pauvre. Il était furieux contre lui-même. Dans sa voix s'entendait une multitude d'émotions mêlées quand il dit : « Qu'est-ce que tu veux ? »

Le gardien de nuit se tenait sur le côté de la porte que Bosaaso venait d'ouvrir. On pouvait ainsi l'entendre mais pas le voir, et il transmit son message : « Waaberi, votre belle-sœur, est passée un grand nombre de fois. »

Bosaaso fut tenté de corriger cet idiot de gardien de nuit, en lui rappelant que Waaberi était son ex-belle-sœur. Mais il passa sur ce détail, par déférence envers Duniya.

« Qu'est-ce qu'elle voulait, elle te l'a dit ?

– Elle a dit seulement qu'elle avait besoin de vous voir de toute urgence.

– Elle a dit à quel propos ?

– Et, avec elle, il y avait… vous savez qui je veux dire, cet homme.

– Quel homme ? »

Le gardien de nuit avait l'accent de la région de Baidoa et cela commençait à porter sur les nerfs de Bosaaso. Il aurait complètement perdu patience si Duniya n'était venue lui prendre la main, qu'elle embrassa.

« Sais-tu le nom de l'homme qui est venu avec Waaberi ? demanda-t-il.

– Celui qui a une voiture qui brille plus que le clair de lune », dit le gardien de nuit.

Bosaaso décrivit Kaahin.

« C'est lui.

– Quand ont-ils dit qu'ils revenaient ?

– À un moment quelconque, ce soir. »

La voix de Bosaaso, quand il parla de nouveau, s'exprimait sur deux registres, qui appartenaient à deux de ses façons d'être. La première partie de sa déclaration fut suivie d'une pause, assez longue pour qu'il rende le baiser de Duniya. Il dit :

« Si Waaberi ou Kaahin viennent ici ce soir… mes ordres sont que tu ne dois laisser ni l'un ni l'autre venir nous déranger.

– Et s'ils demandent quand ils peuvent vous voir et où ? dit le gardien de nuit.

– Dis-leur que j'irai les voir moi-même », dit Bosaaso.

La porte fermée, ils étaient maintenant dans le noir, à écouter les pas du gardien de nuit qui s'éloignaient.

Elle dit :

« Tu es d'une politesse si impeccable, cela me fait honte quand je pense à mes querelles, mes accès de rage ou de mauvaise humeur. Sommes-nous attirés l'un par l'autre parce que nous sommes si différents ?

– Nous avons beaucoup de choses en commun, dit-il.

– Bien sûr, dit-elle, mais cela ne me fâcherait pas si tu exprimais ta colère de temps en temps. »

Sans dire un mot de plus, ils s'avancèrent tous deux, la main dans la main, vers les portes-fenêtres.

« Tu as très mauvais caractère, tu le sais ? dit-il.

– Et ta politesse n'est pas faite pour désarmer les autres, c'est plutôt une forme de défi », dit-elle, d'un ton de léger reproche. Comme ils avançaient, leurs hanches se heurtaient comme celles de danseurs qui jouent à se cogner.

Elle s'arrêta enfin. Il n'y avait qu'un seul fauteuil. Quand Duniya s'y fut assise, ses doigts y rencontrèrent un objet dur, qui se révéla être une paire de jumelles. Comme elle avait un très bon sens de l'orientation, il ne lui fallut pas longtemps pour déduire que le fauteuil était tourné vers l'ouest. Cela voulait-il dire que Bosaaso avait l'habitude d'observer les oiseaux ? Elle ne pensait pas qu'il fût un voyeur ; de plus, qu'y avait-il à épier ?

« J'aime observer les oiseaux », lui expliqua-t-il sans qu'elle lui ait posé de questions.

Alors, il l'embrassa. Ce fut si puissant et si soudain que

Duniya, pour ne pas perdre l'équilibre, dut s'accrocher à sa manche. Dès qu'il le put, avant qu'elle puisse placer un mot, il dit : « Je t'aime. »

Elle prit sa main dans les siennes et y mit un léger baiser.

Comme elle ne disait rien, ils s'embrassèrent, cette fois-ci brièvement.

« Je serais bouleversé si je devais, moi, te bouleverser par une parole ou un acte quelconque, dit-il.

– Je sais », dit-elle.

Il s'assit à côté d'elle dans le fauteuil, espérant qu'elle allait dire « Je t'aime » ou une autre phrase aussi agréable. Elle dit :

« Taariq disait que je suis comme la plupart des hommes : les détails m'ennuient. Il expliquait que c'était la direction générale des événements qui fascinait ma nature sauvage, mon tempérament impulsif. »

Elle poussa de côté le livre qui se trouvait dans le fauteuil. Il fut piqué par la curiosité, se demandant ce qu'il était en train de lire la dernière fois qu'il s'était assis là, probablement au cours d'une aube d'insomnie. Au toucher, il comprit que c'étaient *Les Frères Karamazov* de Dostoïevski.

« Je suis à l'aise avec les détails, c'est vrai ; je les traite avec rigueur, dit-il.

– Ce sont les détails sur la façon dont quelqu'un sourit, sur ses tics nerveux, comment il dort, où il s'endort, quel côté du lit il préfère : oui, ce sont ces détails-là qui m'intéressent », répondit Duniya.

Il s'agitait un peu, comme un homme sur un terrain peu sûr.

« Cela dépend de ce que tu entends par connaître quelqu'un, dit-il.

– Où est la salle de bains la plus facile à trouver dans le noir ? demanda-t-elle.

– Il y en a une au rez-de-chaussée. Tu veux que je te montre le chemin ? »

C'est alors qu'il la chatouilla. Elle rit. Et toujours riant, se mit debout. Elle pensait qu'il la taquinait comme un chat qui, une fois qu'il a été blessé par un gros chien retrouve son agilité féline, joue avec l'instinct agressif du chien, se tenant un peu en retrait. Ses doigts occupés à séduire montaient et descendaient le long de sa colonne vertébrale, des doigts écartés pour chatouiller comme les griffes d'un chat qui joue mais ne fait pas mal. Soudain, deux doigts se refermèrent sur le crochet de son soutien-gorge et avant qu'elle ait pu se rappeler le mot akan pour les seins, tout soutien avait disparu et ils palpitaient, émus et chauds. Ils s'embrassèrent, Bosaaso avec une respiration bruyante, un sifflement des narines comme celui d'un pneu qui se dégonfle. Elle ne dit pas « Ne me bouscule pas », mais « Où est la salle de bains, celle du rez-de-chaussée ? »

La lune pénétra dans la pièce, illuminant leur route, leur montrant où aller. Le palier du premier baignait dans le clair de lune. Il y avait trois chambres à cet étage. Il tourna à droite et elle le suivit. Il ouvrit une fenêtre. Plus d'éclat encore.

Puis elle dit :

« Je suis à toi dans une minute. »

Bosaaso aborda le corps de Duniya comme si c'était une porte avec des serrures à combinaison qui exigeaient l'exécution d'un certain nombre de prodiges avant d'en permettre l'entrée. On aurait dit qu'il était un prince de naissance obscure dans *Les Mille et Une Nuits* tentant de rentrer dans ses droits. L'enjeu était pour lui trop important pour qu'il ne se comporte pas bien. Ce n'est que lorsqu'il lui eut prouvé qu'il pouvait la charmer qu'elle l'accueillit.

Et alors les portes de son corps s'ouvrirent plus grandes et elle s'étendit sur lui, maîtresse du courant et de la vitesse de ce fleuve, leur amour à tous deux. Un peu plus tôt, il avait voulu savoir si elle avait pris les précautions nécessaires. Elle avait dit : « Bien sûr », lui faisant comprendre qu'elle ne voulait plus d'enfants, non merci.

Il suivait le rythme dicté par les mouvements qu'elle orchestrait, se concentrant sur les légers creux de son corps qui étaient comme autant de marches de pierre conduisant à une porte souvent utilisée. Le corps de Duniya lui paraissait bien plus jeune que le sien, et était indubitablement plus athlétique. Par exemple, elle pouvait rester à moitié accroupie aussi longtemps que l'exigeait l'acte d'amour alors que lui avait mal au dos.

Aimer Bosaaso était divin, ça c'était clair.

Ils changèrent de position. Il était sur elle maintenant, mais encore en train de penser, occupé à une activité mentale parce qu'il ne voulait pas jouir avant un certain temps, beaucoup beaucoup plus tard.

« Où es-tu ? », le taquina-t-elle.

Il hésita, ne comprenant pas ce qu'elle voulait dire. Ils étaient toujours dans le noir, et chacun percevait le corps de l'autre, non pas par le seul toucher mais aussi à la lumière de la lune. Il dit :

« Je suis au dixième ciel.

– Là où sont les djinns ? demanda-t-elle.

– En train de nous épier.

– Alors je suis l'étoile filante. Regarde-moi, j'arrive, tiens-moi bien. »

Il la tint serrée tandis qu'elle s'envolait, dépassant toutes les planètes connues et inconnues d'un système céleste fait de joie et de lumière, aussi légère que le proverbial chariot du prophète, de ce prophète que certains appellent Ilyaas, ou Elijah ou Élysée, d'autres Idris, et que d'autres décrivent comme un descendant d'Haroun, le frère de Moïse ; ce plus révéré de tous les prophètes, faiseur de miracles, qui est Khadr pour les musulmans.

« Nous sommes prêts ? », dit-elle.

Et son corps s'ouvrit encore plus grand, et il s'y trouvait encore beaucoup plus de palais et Bosaaso se rendit compte qu'il possédait beaucoup plus de clefs que ce qu'on lui avait révélé. Ils changèrent de position mais sans se dégager, scellés l'un à l'autre par l'acte de leur union. Il prenait du plaisir. Cela du moins était pour elle une évidence.

C'était à son tour d'examiner les pensées qui se présentaient à elle : elle pensait à des corps alors que c'était lui qui prenait maintenant la responsabilité de conduire l'orchestre de leur acte d'amour. Elle sentit les marques que sa ceinture de pantalon lui avait laissées autour de la taille, marques corporelles aussi perceptibles que les vergetures laissées à une femme par l'accouchement d'un bon nombre d'enfants. Il avait beaucoup trop de cicatrices et de traces de brûlures, même pour un Somali. Est-ce que sa mère l'avait cautérisé à chaque maladie inexplicable, pensant que seule cette pratique curative allait le guérir ?

Elle continua à penser, se disant que le jeu athlétique de l'amour est un superbe sport si les deux partenaires ont envie de faire durer la partie et se satisfont de vivre entièrement au présent, de vivre le moment même où cela se déroule. Alors l'amour est divin.

Elle se sentit gênée parce qu'elle était en train de penser au péché au moment même où il avait prononcé les mots : « Je t'aime. » L'amour est une notion trop terre à terre pour qu'on l'associe à Allah ; Allah est peut-être plein de mansuétude et de compassion ; les actions humaines méritent peut-être sa rage ; mais il n'aime pas. Submergée par ces doutes métaphysiques, elle baissa les yeux, d'un mouvement comparable à la chute irrégulière de la feuille qui tombe ou à la fuite en zigzag du serpent qui va se cacher à l'abri d'un buisson. Elle pensa à Adam et Ève. En y songeant, elle fut prise de commisération pour Ève dont le nom n'est pas mentionné dans le Coran, pas même une fois.

Mais elle ne put s'empêcher de se rappeler que même dans les formes de culture dites laïques comme le cinéma occidental, la notion de péché est partout présente. On ne montre pas de couples mariés tout nus en train de faire l'amour, tandis que les couples adultères ont droit à des séquences de ce genre sur plusieurs mètres de Celluloïd, et que les romans font de même. Pourquoi ?

Elle s'arrêta alors de penser, car soudain son corps s'embrasa : tous deux étaient maintenant ivres, comme fous, chacun criant le nom de l'autre. Bruyamment, joyeusement, ils atteignirent l'orgasme.

Ils se turent longtemps. Il était allongé contre elle, le visage contre le drap.

Le courant était revenu. Mais seule la lampe de la cuisine était allumée. Pour Duniya, c'était un symbole, en rapport avec ce qu'elle savait du passé de Bosaaso : sa mère était une excellente cuisinière qui louait ses services et recevait en échange des aliments plutôt que de l'argent liquide. Selon l'ordre des choses en Somalie, les cuisines sont du domaine féminin et l'on dissuade les hommes d'y mettre les pieds.

Elle se leva et à tâtons trouva une serviette sur l'étagère près de l'entrée. Elle s'allongea alors près de lui, ayant étalé la serviette sous elle. « Si ils avaient fait l'amour de façon désastreuse, cela aurait-il éventuellement détruit leur affection l'un pour l'autre ? » se demanda-t-elle. Elle dit, espérant qu'il l'écoutait :

« Chez beaucoup de peuples africains, un homme n'épouse pas une femme tant qu'elle n'est pas enceinte. Le savais-tu ? »

Il se tourna pour la regarder, puis se mit sur le dos, sans rien dire.

Elle s'assit. Elle avait un large sourire qui lui prenait tout le visage. Elle tâta ses cheveux de la main. Elle se souvint qu'à un moment, son foulard de tête était tombé pendant qu'ils faisaient l'amour. Maintenant elle le voyait par terre au pied du lit, mêlé à son léger slip. Avec un sourire, elle tenta avec sa main libre de se gratter à un endroit au bas du dos. Il essaya de l'aider.

« Comment est-ce que tu dors ? demanda-t-elle.

– Comment ou bien où ? dit-il, l'air moqueur.

– J'ai le sommeil très léger, ce qui est très utile quand je suis de service de nuit à la maternité, bien que dans d'autres circonstances cela m'ait plutôt gênée. »

Puis elle ajouta :

« Zubair faisait des bruits, un vrai cauchemar ; Taariq ronflait très fort, et pourtant il le niait farouchement quand je le réveillais. Et toi, comment est-ce que tu dors ?

– D'habitude j'ai un bon sommeil.

– Avant de t'endormir, tu ne fais pas des sauts périlleux, envahi par le tumulte des souvenirs de la journée ? demanda-t-elle.

– De temps en temps, ça m'arrive, dit-il.

– Bien.

– Il y a cinq chambres d'amis, avec des lits, dit-il, si je me tourne et me retourne et fais de ton sommeil un véritable cauchemar.

– Tu n'as pas l'intention de m'expédier dans l'une d'elles au moins ? plaisanta-t-elle.

– Non, bien sûr que non. »

Et ainsi comme un homme qui prend une pilule amère qu'il doit placer dans le fond de la gorge avant de la faire glisser avec un verre d'eau, les traits de Bosaaso exprimaient moins la douleur que l'attente. Il parcourut de la main le corps de Duniya avec les mouvements lents et délibérés du masseur qui travaille le corps d'un athlète.

« Veux-tu que je te montre la maison, que je t'en fasse faire le tour ? demanda-t-il.

– À quoi bon ?

– Tu ne voudras pas y habiter si nous nous marions ?

– Je n'aurai aucune envie d'habiter ici, dit Duniya.

– Alors, y aura-t-il de la place pour moi dans ton nouvel appartement ?

– Tu me bouscules encore », dit-elle. Et elle alla aux W.C.

Ils ne purent dormir ni l'un ni l'autre. Elle commença à réfléchir à tout ce qui s'était passé entre eux, et qui menait à une série d'événements heureux à venir ; en ce qui le concernait, il pensait à cette soirée comme à leur nuit de noces. Incapable, pour une raison ou une autre, de garder le silence, il dit :

« Je ne peux pas m'endormir de peur de ronfler. »

Elle lui donna un baiser.

Un sourire, fugace comme un moineau, se posa sur le bout du nez de Bosaaso, qui eut un petit froncement satisfait.

Puis ce sourire toucha ses joues, d'abord la droite, puis la gauche. Pendant un instant, Duniya ne put dire où il allait s'étendre ensuite. Allait-il atterrir sur le front, lissant ses rides ? Finalement, ce sourire illumina ses yeux et il loucha.

« Tu sais ce que je vais faire ? Et il s'assit.

– Que vas-tu faire ? dit-elle.

– Je vais vendre cette maison.

– Et si on dormait ? dit-elle. Nous avons une longue journée devant nous demain.

– Tu sais ce que je vais faire après l'avoir vendue ? »

Elle eut un grand sourire.

« D'abord, pourquoi la vendre ?

– Écoute-moi, je t'en prie.

– On ne pourrait pas dormir ? dit-elle. Demain la journée sera chargée. Abshir arrive et il nous faut aller à l'appartement pour préparer sa venue.

– Je suis trop excité pour m'endormir. »

Il avait l'air malheureux. Ça n'aurait servi à rien de lui dire de reprendre le moral. Il était tout aussi tendu qu'elle, mais elle avait assez de maîtrise d'elle-même pour contrôler sa tension. C'était une femme qui savait comment s'accommoder de toutes les contradictions de la vie sans perdre la raison.

« Viens, dit-elle. Viens t'allonger près de moi. »

Elle tendit le bras pour qu'il puisse s'en servir comme oreiller. Elle sourit, d'un sourire fin comme un lacet. Elle l'écouta qui redisait son nom, encore et encore, comme s'il s'agissait des oraisons sacrées du matin.

« Parle-moi de Zawadi, dit-elle.

– Qu'est-ce que tu voudrais savoir ?

– À quoi elle ressemble.

– C'est quelqu'un de très bien.

– Je ne pouvais pas t'imaginer ayant dans ta vie une personne qui ne serait foncièrement bonne, dit-elle. Fais-moi son portrait physique.

– Tu veux que je te montre des photos ? » demanda-t-il.

Elle lui fit signe de venir là où il s'était étendu un peu plus tôt.

« Je n'ai pas aussi confiance dans les appareils photo que dans la description que tes émotions vont me faire d'elle. Après tout, nous ne sommes pas seulement un corps, et c'est tout ce que montrent les photographies.

– C'est vrai », approuva-t-il.

Elle l'encouragea : « Comment la décrirais-tu à quelqu'un qui ne l'aurait jamais vue ?

– Ce sont ses yeux, dit-il, parlant comme sous hypnose.

– Qu'est-ce qu'ils ont ?

– Ils sont presque verts.

– Presque ?

– Comme ceux d'un chat roux, chacun des yeux de Zawadi a une nuance légèrement différente, le gauche est d'un vert plus foncé, le droit est presque bleu. Mais on n'est jamais assez près pour s'en apercevoir.

– Et aucun des deux n'est artificiel ?

– Non.

– De quelle nationalité sont ses parents ? demanda-t-elle.

– Ses deux parents sont afro-américains.

– Mais à un moment quelconque de leur histoire, dans ses gènes peut-être, il y a une explication, dit-elle, se rendant compte qu'il commençait à s'assoupir. Dans un pays comme les États-Unis, où presque tout le monde vient d'ailleurs, on doit pouvoir trouver une explication. »

Lui avait les yeux fermés, la respiration égale comme celle d'un dormeur.

« À ton avis, quelle va être sa réaction si elle apprend que nous sommes mariés ? Tu penses qu'elle va être fâchée ? Je veux dire, est-elle le genre de femme à nous envoyer un télégramme de félicitations même si elle est fâchée ? »

Comme il n'y avait aucune réponse, elle dégagea son corps du sien. C'est alors que quelque chose claqua dans sa tête, comme claque une persienne qui s'ouvre dans une pièce où l'aube, comme un œuf, s'est brisée et ouverte, lumineuse et légère.

Elle était triste qu'il ne soit pas réveillé pour entendre la décision qu'elle venait de prendre.

CHAPITRE XVII

Dans lequel Duniya se réveille chez Bosaaso.
Plus tard, Waaberi, la sœur cadette de sa femme, vient le voir ;
Hibo et Kaahin font de même.

UNE JEUNE FEMME assez intime avec Duniya parle dans le rêve d'un trésor caché qui se trouve au fond d'un puits étroit. Duniya veut-elle bien y sauter pour s'approprier cette richesse ? Elle réfléchit un long moment, et finit par céder, plonge la tête la première, courageuse, aventureuse, sans avoir peur de mourir ou de se noyer. Attendant son amie au fond du puits, Duniya y trouve un verger bien entretenu et, en son centre, une source.

Quelque part dans la maison une radio donnait les nouvelles du matin, en anglais. Une procession de sons étranges atteignit les sens endormis de Duniya, selon des séquences bizarres. Certains de ces bruits venaient de la cuisine où elle supposa que Bosaaso était en train de préparer le petit déjeuner ; d'autres venaient de sous le toit, d'autres de sa propre tête. Elle était trop épuisée pour déterminer quelles vagues mystérieuses l'avaient laissée sur la rive, la déposant ainsi sur une plage étrangère. Avant de faire l'inventaire de la réalité extérieure autour d'elle, elle écouta les nouvelles de sept heures :

« On a annoncé au cours d'une conférence de presse que le gouvernement des États-Unis fait don à la Somalie d'une aide d'une valeur de trente millions pour trois projets. Le premier s'intitule Programme de reconstruction et de réhabilitation de la région du Nord-Ouest, et une somme de douze millions de dollars y a été dévolue ; le second (auquel sont consacrés environ douze millions de dollars) doit aider à améliorer les conditions de vie dans cette région qui a souffert d'une guerre civile ; tandis que le troisième projet inclut la reconstruction de toute l'infrastructure détruite par la guerre dans cette partie du pays. »

Elle pensa : « Ça n'a pas été une guerre civile, ça a été un massacre de civils innocents dans la région du Nord. » À ce moment-là un bourdonnement étrange vint l'assourdir, soudain comme un coup sur la tête. Ce n'était pas tant un vacarme sonore qu'un bruit hurlant fait de hideuses couleurs. Les couleurs des rideaux de la pièce dans laquelle elle se réveillait, dans laquelle Bosaaso et elle avaient fait l'amour, juraient avec celles des murs, celles des murs avec le plafond, et le plafond avec les portes et la fenêtre. Il n'était peut-être pas juste de porter un jugement sur le goût d'autrui. De toutes façons, lequel des deux était responsable : Bosaaso ou Yussur ? Qui fallait-il blâmer pour ces choix ? Et quelles raisons avaient-ils eues pour les faire ? Étant de nature généreuse, elle décida que peut-être les goûts divers d'un bon nombre de gens avaient trouvé à s'exprimer ici. Mais comment pouvait-il se réveiller tous les matins dans une chambre comme ça ? Le tissu des rideaux avait l'apparence et le toucher du plastique ; le papier peint était d'un vert cru, d'un jaune vif, fleuri, ostentatoire. Était-ce parce que Bosaaso, étant un homme, avait une capacité illimitée à remettre au lendemain les soucis domestiques si bien qu'une femme finissait par s'en occuper ?

Heureusement qu'il n'y avait pas eu de lumière la veille au soir. Serait-elle restée, aurait-elle fait l'amour et dormi ici si elle avait vu toute cette laideur ? Probablement pas, ou alors elle aurait peut-être suggéré qu'ils aillent dans l'appartement du centre-ville. Levant les yeux, elle vit une araignée qui tissait le fil de sa propre fable. Elle se rappela la chaleur du corps de Bosaaso, qui rayonnait comme un radiateur.

Il dormait sur le dos, la main droite placée sur la gauche, les deux mains posées sur la poitrine, comme s'il était absorbé dans ses dévotions. Un sourire lui embellissait les lèvres, sa respiration était inaudible, son corps était tout droit, pas une seule courbe. Dans le corps politique du sommeil, il était beau à voir.

Taariq, se rappela Duniya, prenait plus que sa place dans le lit, et Zubair s'endormait dans une position torturée, comme un enfant que l'assoupissement a surpris au milieu d'un cri convulsif. Mataan dormait la bouche à moitié ouverte ; cette malicieuse de Nasiiba y avait un jour jeté quelques gouttes d'eau. La pauvre fille pouvait-elle savoir que dans certains endroits du Moyen-Orient on verse de l'eau froide dans la bouche des gens quand ils meurent, car on croit que cela va faciliter leur voyage vers le ciel ? Quant à Nasiiba, quand elle dormait, sa main gauche restait à moitié fermée comme si elle se préparait à tenir quelque chose, tandis que les doigts de sa main droite se serraient, formant un poing, comme si elle tenait très fort un trésor enfantin, poing compact comme une gousse d'ail. Yarey se débarrassait de tous ses vêtements dans son sommeil, les jambes ouvertes dans une attitude que Nasiiba décrivait comme rebelle, et non obscène.

Elle entendit des pas discrets sur les marches de pierre. Puis la tête de Bosaaso apparut à la porte.

« Bonjour, dit-il, et son visage s'illumina d'un large sourire.

– Bonjour.

– As-tu bien dormi ? demanda-t-il, les mains posées sur le ventre de Duniya tandis que tout son corps se prosternait dans le plaisir de lui donner un baiser. As-tu fait de beaux rêves ?

– J'étais trop fatiguée », mentit-elle.

Il s'assit sur le bord du lit et prit sa main dans la sienne.

« J'ai fait tout un assortiment de petits déjeuners, ne sachant pas ce que tu aimerais. Je me suis rendu compte que c'était notre premier matin ensemble.

– Eh oui », dit-elle.

Les paroles de Bosaaso étaient comme des fleurs fraîchement coupées. Il avait pris sa douche et s'était rasé. Ses dents avaient l'air plus blanches que jamais quand il dit :

« Veux-tu que j'apporte ton petit déjeuner ici ou est-ce que tu préfères descendre et le prendre avec moi ?

– Quelle heure est-il ? dit-elle.

– Il est presque huit heures. »

Le monde du sommeil la recouvrait comme un brouillard.

« J'aimerais prendre ma douche d'abord », dit-elle.

Il se leva pour lui apporter une serviette, ouvrant le placard près de la fenêtre. Elle vit alors le contraste entre sa simplicité et sa modestie naturelle, et le désastre esthétique de la décoration de la pièce. C'était réconfortant de laisser son regard se reposer sur lui. Il portait un pantalon kaki de fabrication locale, une chemise sans col en coton *maraykhaan* et des sandales. Il revint vers elle avec la déférence d'un garçon d'hôtel.

« Si tu veux, je peux sortir pendant que tu prends ta douche, passer à l'appartement du centre-ville, aller demander la clef aux femmes de ménage, les payer, faire d'autres courses comme d'envoyer un télégramme à New York, si c'est possible, puis revenir ici ? » dit-il.

Toutes les autres courses la frappèrent comme étant très ordinaires, du genre que n'importe qui pouvait faire, ça lui était égal. Pourquoi envoyer un télégramme à New York ? Elle avait en fait envie de demander : un télégramme à qui à New York ? Et elle soupçonna qu'elle connaissait la réponse.

Il ne mentait pas très bien :

« Je viens juste de me rappeler que c'est l'anniversaire d'un ami, dit-il, mais son regard était fuyant, évasif.

– Pourquoi ne pas attendre pour sortir que nous ayons pris le petit déjeuner ? dit-elle.

– Très bien. »

Traînant sa serviette derrière elle, et totalement nue, elle passa devant lui pour se rendre à la douche. Cherchait-elle à le provoquer ou voulait-elle délibérément briser le concept islamique de *cawra*, la pudeur féminine, dont la fonction première est de réguler le chaos induit par les femmes, imposant au corps de la femme un tabou éthique ?

« Je te retrouve en bas », dit-elle.

Une demi-heure plus tard, elle le rejoignit au rez-de-chaussée.

« Du thé ? Ou préfères-tu du café ? demanda-t-il.

– Du thé, s'il te plaît. »

Il versa le thé dans une tasse en porcelaine.

« Combien de sucre ?

– Deux cuillerées et demie, s'il te plaît. »

Duniya maintenant percevait davantage la présence de Yussur, étant donné qu'elle était morte d'une mort tragique. Elle se demanda si le peigne de femme que Bosaaso lui avait prêté avait appartenu à Yussur, et si elle avait manqué de respect à la mémoire de Yussur en refusant de faire le tour de la maison, de se faire montrer le balcon d'où la femme qui la précédait s'était jetée pour mourir. Mais, de toutes façons, il allait vendre la maison, non ? Les gens allaient penser que c'était elle qui l'avait encouragé à la vendre pour que leur vie reprenne à zéro, sans que de tristes souvenirs les relient à Yussur.

« Comment est ton omelette ? » demanda-t-il.

Il aimait se faire du souci, remarqua-t-elle.

« Je peux te donner autre chose si tu ne l'aimes pas.

– Elle est excellente, merci », dit-elle.

Il sentit qu'elle n'était pas d'humeur à parler.

« Pourrais-je avoir encore un peu de sucre, s'il te plaît ? Je ne sais pourquoi, j'ai terriblement envie de sucre aujourd'hui.

– Ça ne te fait rien de parler au petit déjeuner, au moins ? Ou est-ce que tu préfères le silence ? »

Elle sourit.

« Cela m'est égal, au fond. Je suis juste en train de réfléchir. »

Tout en mangeant, elle regardait autour d'elle, se demandant si la cuisine où ils se trouvaient était plus vaste que la chambre principale dans laquelle ils avaient dormi. La cuisine lui paraissait plus spacieuse, elle était joliment arrangée, avec des murs carrelés, deux fours, un à gaz et l'autre électrique, deux réfrigérateurs et un congélateur. Duniya devina que le soleil y arrivait durant la journée, qu'il était tapi à vos pieds qu'il chatouillait comme un animal favori. La nuit, la lune entrait, précédée par des particules de lumière, claires et luisantes comme de l'or. Quand le courant revenait, la cuisine était le premier endroit où la lumière réapparaissait. Telle était la position centrale qu'occupait la cuisine dans les pensées de Bosaaso. Il lui semblait que c'était lui qui avait choisi son décor, laissant Yussur agir à sa guise dans le reste de la maison. D'où les hideuses couleurs ! Chambre, rideaux et tout.

« Puis-je partager tes soucis, Duniya ? » dit-il.

Il vint à l'esprit de Duniya qu'elle ne s'accommodait pas très bien des noms qu'ils utilisaient l'un pour l'autre. Cela ne lui plaisait pas de l'appeler Bosaaso, et Maxmoud était désagréable à la langue, comme un yaourt qui a tourné. Elle aurait mieux aimé qu'il choisisse lui-même une abréviation pour son nom à elle. Elle pensait à tout cela tandis qu'elle mâchait puis avalait ce qu'elle avait dans la bouche.

« Il n'y a aucun souci à partager, merci, répondit-elle.

– Alors qu'est-ce qu'il y a ?

– Je pensais seulement à l'espace et aux cuisines. »

Il parut intéressé ; elle fut un peu interloquée, car elle

ne savait comment le concept favori de Taariq, celui d'espace, s'était introduit dans la conversation. Prudente, elle proposa :

« Disons, aux cuisines.

– C'est moi qui ai tout choisi, tout organisé ici, y compris la décoration, dit-il avec fierté.

– Pourquoi ? »

Il disposa sa fourchette et son couteau en forme de croix, lui faisant penser aux deux brins de paille que les Somalis placent sur un récipient plein de lait, espérant ainsi dissuader les djinns de venir le boire, ou de venir l'empoisonner afin de le rendre impropre à la consommation humaine. Il dit :

« Pour moi, les cuisines sont associées à ma mère, pas de façon péjorative, mais parce que dans un monde où les termes de Nègre, de Femme ou d'Indigène sont devenus des marques d'honneur, je suis persuadé que c'est une femme comme ma mère qui m'a donné la chance d'être capable d'apprécier le monde. À mon retour dans mon pays, je me suis dit, quel meilleur moyen de commémorer son souvenir que de construire une cuisine comme mausolée à sa mémoire ? C'est aussi en pensant à tout cela que j'ai rendu un autre hommage au côté maternel de ma famille : Axmad, le chauffeur de taxi, et les autres cousins de cette commune appartiennent à la branche maternelle et non à la branche paternelle. Mais ceci n'a rien à voir avec ce dont nous parlons.

– Tu n'as certainement pas grandi dans un milieu où l'espace de la maison est divisé en plusieurs endroits pour manger, dormir, faire la cuisine, se tenir dans la journée ? Alors, comment peux-tu imaginer faire d'une cuisine un mausolée ? »

Après un long moment de réflexion, il dit :

« J'ai tendance à penser comme toi que les hommes se sont attribué tous les espaces sacrés, les lieux de pouvoir, empêchant les femmes d'être présentes ou visibles dans des endroits comme les mosquées, ou dans les réunions de conseils formés d'hommes qui prennent des décisions qui vont affecter toute la communauté, y compris les femmes. »

Duniya, d'un signe de tête, exprima son assentiment.

« Je suis aussi d'accord avec toi, dit-il après un silence méditatif, sur le fait que les espaces alloués aux femmes sont dans les zones grises consacrées aux lits, à la nourriture, aux enfants. »

La sonnette de la cuisine retentit alors, juste au moment où ils s'étaient remis à manger leur petit déjeuner en silence. Bosaaso sursauta. Quand elle retentit pour la seconde fois, il regarda Duniya pour savoir que faire. Et quand elle sonna pour la troisième fois, il regarda la sonnette comme si elle faisait partie d'un système vidéo qui allait lui montrer sur un écran de dix millimètres qui désirait entrer.

Il y avait de la colère dans ses yeux. Mais Duniya souhaitait qu'il décide tout seul s'il devait ou non répondre à la sonnette sans l'impliquer elle dans ses affaires. Qui cela pouvait-il bien être ? Waaberi ? Mire ? Kaahin ? Un des nombreux cousins de Bosaaso ? Ou Nasiiba avec un message urgent pour surprendre Duniya ?

La bouche de Bosaaso se tordit en une vilaine grimace.

« J'espère que c'est Waaberi », dit-il, du ton d'un homme que démange l'envie de se battre.

Ils attendirent la quatrième sonnerie.

« As-tu entendu des gens qui criaient ton nom la nuit dernière ? demanda-t-elle.

– J'ai le sommeil très profond », lui rappela-t-il.

La sonnette retentit pour la quatrième fois. Il se leva, en homme prompt à mesurer sa force avec n'importe qui. Sortant à la hâte, il laissa tomber sa serviette de table et Duniya se baissa pour la ramasser.

Elle retourna à son thé et à son omelette, avec la pensée paisible et confortable qu'elle ne l'avait forcé en aucune façon. Il gérait sa vie comme il l'entendait et pouvait en faire ce qu'il voulait.

Elle entendit le portail s'ouvrir en grinçant, puis l'entendit se refermer, pour admettre une femme dont la voix expliquait à Bosaaso qu'elle était déjà venue plusieurs fois mais ne l'avait pas trouvé chez lui :

« Où étais-tu ces temps-ci ? Je suis même allée chez cette femme ce matin, pour te chercher », dit-elle.

Bosaaso, d'un ton neutre, dit :

« Tu ne veux pas entrer un moment ? »

« "Cette femme", c'est moi », pensa Duniya, avec un sourire.

Bosaaso entra dans la cuisine devant Waaberi. Duniya prit la mesure de cette femme à son entrée : petite, avec une grande bouche et des hanches larges, très maquillée, avec du rouge à lèvres, les cheveux grillés au fer, une robe fort chère à la toute dernière mode, avec une fermeture Éclair devant, et montrant un avant-goût de ses énormes seins comme la bande-annonce d'un film, y compris le grain de beauté noir dans la vallée entre les deux seins, les bras nus, un buisson sous l'aisselle, une ceinture avec des breloques, un collier d'ambre ainsi que des bracelets aux poignets et aux chevilles. Waaberi était si accaparée par ses préoccupations concernant Bosaaso qu'elle ne vit pas Duniya qui aurait tout aussi bien pu faire partie du mobilier de la cuisine. Aussi, désignant Duniya, il dit : « Vous vous connaissez déjà, n'est-ce pas ? »

Aucun son ne sortit de Waaberi. Seuls ses yeux s'emplirent de mépris. Quand enfin il fut possible d'interpréter l'expression de son visage, Duniya pensa qu'elle était peut-être bien en train d'envisager de retourner là d'où elle était venue. Mais elle se débattait comme une chasseresse prise dans le piège qu'elle a tendu.

Il lui offrit un siège, mais Waaberi le refusa.

« Veux-tu prendre le petit déjeuner avec nous ? demanda-t-il.

– Non, merci », dit-elle avec une certaine nervosité.

D'un calme majestueux, Bosaaso avait les mains sur les hanches comme un professeur d'éducation physique qui regarde ses élèves répéter une série d'exercices, et qui est content des résultats.

« Si tu ne veux pas t'asseoir avec nous et si tu ne veux ni tasse de thé ni verre d'eau, y a-t-il quelque chose que nous puissions faire pour toi ? » dit-il à Waaberi.

S'exprimant avec difficulté, elle dit :

« Je suis venue te voir, oui.

– Pourquoi es-tu venue me voir ? » Et il regarda Duniya pour voir quelle pouvait bien être sa réaction devant cette scène. Elle avait la main sous le menton. Apparemment aucune réaction.

« Je n'ai pas beaucoup de temps. Alors, s'il te plaît, dis ce que tu as à dire », dit-il.

Waaberi dit dans un souffle :

« Est-ce que je peux te parler en privé ?

– Non, ce n'est pas possible.

– Cela ne prendra qu'une minute, promit-elle.

– Je n'ai pas une minute à perdre. De plus Duniya n'est pas une étrangère et il n'y a rien que je ne sois prêt à discuter devant elle. »

Duniya pensa que Bosaaso se comportait comme un étudiant en art dramatique qui veut montrer à son professeur ce dont il est capable.

Waaberi dit :

« Depuis quelque temps, ma mère ne va pas bien.

– Ah oui ? dit Bosaaso, et il attendit.

– Et nous venons de recevoir tout à la fois les factures pour l'électricité, l'eau et d'autres encore.

– Pourquoi m'apporter ces factures ? Ou m'informer que ta mère ne va pas bien ces temps-ci ?

– Parce que d'habitude tu nous donnais un coup de main pour certaines factures.

– Est-ce que je vous donnais seulement un coup de

main ou est-ce que je les réglais toutes, jusqu'au dernier centime ? »

Waaberi regarda Duniya pour la première fois. Elle dit alors à Bosaaso : « D'habitude tu les réglais toutes. Excuse-moi, et sa tête se baissa toute seule. Tu as toujours été généreux.

– Te rappelles-tu ce que j'ai dit quand je suis venu voir ta mère pour la dernière fois, dit-il, il y a trois jours, ça n'est pas plus vieux que ça ? »

Elle répondit avec difficulté, après un temps d'arrêt :

« Tu t'es décrit comme un homme exploité, soumis à un chantage social qui te forçait à donner ce que tu ne voulais plus donner ; tu nous as dit de cesser de te présenter nos factures.

– Qu'est-ce que je vous ai demandé d'autre ? Et à toi en particulier ? »

Elle parut trop embarrassée pour continuer.

« Vas-y, la pressa Bosaaso.

– Tu t'es enquis de savoir combien coûtaient mes bijoux, combien coûtaient la robe et les chaussures que je portais, et toutes mes habitudes dispendieuses, me rappelant que tu travaillais très dur pour gagner ta vie et que malgré cela les vêtements que je porte étaient au-dessus de tes moyens, et que même si tu pouvais te les payer, tu ne les achèterais pas, mais tu te soucierais moins des apparences et ne mendierais pas.

– Qu'est-ce que j'ai suggéré d'autre ? dit-il.

– Que je vende mes bijoux pour payer les factures.

– Et à qui donc appartenaient ces bijoux en premier lieu ?

– À Yussur.

– Qui était ?

– Ta femme.

– Est-ce elle qui te les a donnés, tous ?

– J'en ai emprunté certains, et elle m'en a donné d'autres.

– Et depuis combien de temps est-ce que je vous finance, toi et ta mère et vos goûts dispendieux, bien après la mort de Yussur ?

– Un an et demi. »

Comme s'il était un procureur qui arrive au terme de son interrogatoire, il dit :

« Peux-tu me redire quand cette conversation a eu lieu, Waaberi ? Tu te le rappelles ?

– Il y a trois jours. »

Duniya eut l'impression qu'elle avait failli ajouter « monsieur » à sa dernière réponse.

Bosaaso s'assit. On l'aurait pris pour un avocat qui, jubilant, célèbre la conclusion heureuse d'un cas difficile. Qui l'aurait cru capable d'une confrontation aussi cruelle ?

Il y eut un moment de silence. Waaberi regarda Duniya. S'attendait-elle à ce que celle-ci intervienne en sa faveur ? On aurait dit qu'une quatrième personne venait de se joindre à eux. Cette quatrième personne était la tension qui régnait dans la cuisine, une tension omniprésente qui les empêchait de rester calmes. Ceci n'était pas un règlement de comptes entre égaux, pensa Duniya ; ce n'était pas comme Duniya face à la cruauté de son demi-frère ; ou comme Yussur s'en prenant directement à sa mère. C'était davantage comme un gouvernement donateur, européen ou américain, engagé dans une « franche discussion » (cette expression fourre-tout apparaîtrait dans tous les communiqués officiels) avec les représentants d'un pays africain, dans lequel on dirait à ces derniers qu'ils manquaient de vergogne avec leur grand nombre de Mercedes, leurs dépenses somptuaires et les réalisations de prestige qu'ils étalaient devant le reste du monde.

« Et tu ne veux plus rien nous donner ? dit Waaberi. Pas même une dernière fois ?

– Donne à ta mère mes souhaits de rétablissement, c'est tout. »

En partant, Waaberi laissa derrière elle une tension qui

étranglait Duniya et Bosaaso, les empêchant de parler, même une fois que le portail eut été refermé.

Alors, après un long silence, il dit :

« Il se fait tard. »

Distraite, Duniya demanda :

« Tard pour quoi ?

– Il faut que j'aille chercher les clefs que détiennent les femmes de ménage, que j'aille chez mes cousins afin de m'arranger pour qu'Axmad nous rejoigne dans son taxi cet après-midi pour aller à l'aéroport. »

Il s'arrêta. Il était sûr d'avoir oublié quelque chose.

Elle ne dit rien.

« Tu viens ou tu restes ? »

Elle pensa qu'il avait sa tension pour lui tenir compagnie ; aussi elle dit :

« Je t'attendrai ici, je ferai la vaisselle et tout ça. Mais peux-tu passer chez moi en revenant ? Juste pour voir comment ça se passe là-bas ? »

Après un baiser léger, il dit : « Ciao.

– Ciao ! »

Duniya tournait une question dans sa tête, la tournait et la retournait, de plus en plus vite, jusqu'à ce que les mots qui la formaient finissent par se confondre les uns avec les autres. Bosaaso était parti depuis presque une demi-heure, et elle avait fini la vaisselle. C'est alors que retentit la sonnette de la cuisine.

Elle alla ouvrir la porte. Elle fut surprise d'y être accueillie par Hibo et Kaahin.

Duniya les invita à entrer et s'éloigna, espérant que l'un d'eux allait refermer le portail et qu'ils allaient la suivre. N'entendant pas leurs pas derrière elle, elle se retourna. Curieusement, ils chuchotaient entre eux, engagés dans une discussion animée. Quant à elle, elle n'aurait certainement pas fait entrer Kaahin chez elle, mais elle n'était pas ici chez elle, et d'après ce qu'elle savait des rapports entre Bosaaso et Kaahin, il était le bienvenu dans la maison de son ami. Mais maintenant elle hésitait et ne savait plus que faire. Kaahin et Hibo étaient-ils engagés dans une aventure discrète ? Étaient-ils venus ici pensant y trouver Bosaaso tout seul, Bosaaso qui de toutes façons était au courant de leur liaison ? Elle commençait à s'énerver :

« Que se passe-t-il ? Pourquoi n'entrez-vous pas ? » leur dit-elle.

Les yeux de Hibo étaient mobiles comme des fourmis épouvantées qui s'éparpillent de tous côtés. Mais Kaahin ne manifestait aucune nervosité, aucune déférence excessive.

Les examinant l'un après l'autre, elle dit :

« Si vous, vous ne voulez pas entrer, moi je rentre pour me faire une tasse de quelque chose et m'asseoir dans le séjour. »

Sans sourire, Hibo dit à Kaahin :

« Moi je vais avec Duniya, toi tu restes et tu m'attends dans la voiture. »

Duniya savait qu'elle n'avait pas à intervenir, mais elle dit, peut-être pour écarter tout malentendu :

« Entre donc, Kaahin. »

Il avait l'air d'un homme que l'on a dépossédé de tout ce qui lui appartenait. Duniya pensa que Kaahin avait une légère ressemblance avec Mataan, en ce qu'il semblait s'épanouir quand on le traitait comme un fils. Elle se demanda si c'était ainsi que Zawadi l'avait toujours traité, comme un fils, bien qu'il ne fût pas plus jeune qu'elle. Et la bouche du jeune homme, tout comme celle de Mataan, restait ouverte et ne voulait pas se fermer ; ses petits yeux avaient un certain éclat, qui réfléchissait le soleil comme de l'argent, quand ses rayons les éclairaient.

« Ça ne me fait rien d'attendre dans la voiture, vraiment, dit-il.

– Viens, allons à l'intérieur, dit Duniya à Hibo.

– Mais je suis venue te parler.

– Entrons donc, tous les trois », insista Duniya.

Elle s'éloigna et fut soulagée d'entendre claquer le portail que l'on fermait et les pas de deux personnes qui la suivaient. S'il n'y avait rien entre eux, qu'est-ce qu'ils pouvaient bien se chuchoter sans arrêt ?

Quand ils furent dans la cuisine, Duniya dit :

« Bosaaso n'est pas ici. Aussi qu'est-ce que je peux vous offrir ? Thé ? Café ? »

Kaahin dit :

« Nous l'avons rencontré en ville, qui faisait des courses. C'est lui qui nous a dit que tu étais ici. En fait, j'étais en train de conduire Hibo chez toi. » Il arbora un charmant sourire.

Duniya décida de ne pas mentionner le fait que Waaberi était venue voir Bosaaso toute seule et n'avait pas rencontré un accueil très chaleureux.

« Qu'est-ce qu'il y a qui ne va pas ? Tu as l'air d'une veuve indienne avant le sacrifice du sati, qui vient prendre congé du monde qu'elle aime », dit-elle à Hibo, qui était assise dans son fauteuil comme enveloppée de haillons de tristesse.

Hibo ne demanda pas ce qu'était le sati, mais Kaahin posa la question.

Duniya se rappela l'explication que Nasiiba lui avait donnée, et qu'elle répéta, sans regarder Kaahin qui avait posé la question, mais Hibo qui préférait garder le silence : « Le sati est une coutume hindoue selon laquelle une veuve s'immole sur le bûcher funéraire de son mari. »

Ceci eut le résultat de rendre Kaahin si nerveux qu'il se leva comme si sa chaise s'était transformée sur-le-champ en chaise électrique. Il dit :

« Il faut absolument que je parte, pour vous laisser parler toutes les deux. Merci, Duniya. Bonne chance, Hibo », et il sortit en courant par la porte de la cuisine contre laquelle il se cogna dans sa hâte. Cela ne suffit pas à l'arrêter. Car il hocha la tête, surpris, sourit et sortit à toutes jambes. En peu de temps, tous les bruits cessèrent.

« Quel est le problème ? », demanda Duniya à Hibo.

Sans montrer la moindre émotion, Hibo dit :

« Je crois que j'ai tué Gallayr, mon mari.

– Tu crois avoir tué ton mari, tu n'en es pas sûre ?

– Oui, dit Hibo, sans aucune tristesse dans la voix.

– Où est son corps ?

– À la maison. »

Duniya se souvint des romans policiers qu'elle avait lus et dit :

« Est-il enterré sous un tas de terre, sous un monticule caché par des buissons, ou son cadavre est-il dans le congélateur, attendant l'arrivée d'un médecin légiste, bientôt suivie de celle d'un commissaire de police à la pipe éteinte ? »

Hibo n'apprécia pas l'humour de Duniya. Elle dit d'une voix neutre :

« Quand je l'ai quitté, il était sur notre lit, gémissant de douleur, le visage pâle et enflé, les yeux injectés de sang et les veines saillantes.

– Où as-tu caché le couteau ? demanda Duniya.

– Je ne me suis pas servie d'un couteau.

– Et où sont tes enfants ?

– Ils ont passé la nuit chez une parente. »

Duniya fut réconfortée d'apprendre qu'elle n'était pas la seule à avoir passé la nuit dans un autre lit que le sien. D'après le peu que l'on en savait, Hibo avait passé la nuit chez Kaahin – pendant sa visite, elle avait tenu serré contre elle son sac à main qui contenait sa trousse à maquillage.

« Ainsi, c'était un meurtre prémédité, un meurtre froid et calculé ? » dit Duniya.

Pas un muscle ne bougea sur le visage de Hibo :

« C'est cela, dit-elle.

– Où as-tu jeté l'arme à feu ? Ou est-ce de cela que vous débattiez à mi-voix, Kaahin et toi, devant le portail ? demanda Duniya.

– Je ne me suis pas servie d'une arme à feu.

– Si tu ne t’es pas servie ni d’un couteau ni d’une arme à feu, qu’as-tu donc utilisé, du poison ? »

Hibo fit signe que oui et, pour la première fois depuis le début de cette conversation, ses traits frémirent. Mais elle retint ses larmes. Son mari, Gallayr, avait commis une action pour laquelle il devait être puni, et c’est exactement ce qu’elle avait fait. Il n’y avait pas besoin de verser une larme.

« Tu ne veux pas que je dise pourquoi ? demanda Hibo.

– Il t’a donné la gonorrhée et tu l’as tué en empoisonnant sa nourriture », dit Duniya. Hibo avait dit que soit elle tuerait son mari, soit elle se suiciderait, s’il lui transmettait la gonorrhée ; elle avait dit cela le jour où une patiente à la consultation avait confessé que son propre mari lui avait donné cette maladie. « Comme une femme aussi prévisible que Hibo est donc ennuyeuse ! » conclut Duniya.

Hibo alors se lança dans une agaçante explosion de larmes et d’émotions, mais il y avait quelque chose de creux, de prétentieux dans ses pleurs. Encore quelques secondes et Duniya était sûre que tous ces sanglots allaient se tarir comme un fleuve qui se perd dans le désert.

Hibo finit par se taire et demanda à Duniya :

« Que ferais-tu si tu étais à ma place ? »

Duniya jugea quasi impossible de s’imaginer dans les chaussures de Hibo, mais en femme fort avisée, elle lui dit :

« Si j’étais toi, Hibo, je rentrerais chez moi et je m’administrerais en une seule injection 2,4 ou 4,8 méga unités de pénicilline à la procaïne.

– Et pour lui, qu’est-ce que tu ferais ? »

Duniya se dit à part elle que lorsque les maris en sont réduits à n’être plus que « lui » et les femmes à n’être plus qu’« elle », alors il est grand temps que le mariage soit dissous ou qu’une liaison illicite soit envisagée. Étant née avec le sentiment d’honneur du nord du pays et en particulier de Burco où l’on élève encore les femmes dans cette tradition, Hibo avait envisagé le meurtre. Duniya dit :

« Tout dépend : est-il mort ou respire-t-il encore ?

– Qu'est-ce que tu veux dire ? »

Hibo était d'un calme impressionnant pour quelqu'un qui vient de mettre du poison dans la nourriture de son mari, et Duniya se demanda s'il ne s'agissait pas d'une plaisanterie. Mais elle dit :

« S'il est mort, alors il te faut vivre avec ton secret pour le restant de tes jours et ne dire à personne ce que tu as fait.

– Ou suivre le rite du sati, c'est bien comme cela que tu as appelé cette coutume hindoue ? »

Duniya s'émerveilla de son propre calme ; s'émerveilla du fait qu'elle se comportait comme si elle refroidissait un mari tous les premier avril, comme si pour elle c'était un geste annuel. C'était si incroyable qu'elle aurait bien voulu que Nasiiba soit là, car c'était probablement la personne qui aurait le mieux apprécié de telles macabres anecdotes.

« Organiser un sati est trop facile. Ici en Somalie les gens ne sont pas prêts à comprendre des motifs ou une forme de mort aussi subtils, et ce serait du gâchis que de leur offrir ce spectacle. »

Hibo supplia :

« Et qu'est-ce que je fais s'il n'est pas mort ?

– Emmène-le à l'hôpital et laisse les médecins décider quels contrepoisons lui donner en leur disant ce que tu as mis dans sa nourriture, conseilla Duniya.

– Cet homme mérite la mort, dit Hibo.

– Alors pourquoi me demander mon avis si tu as déjà pris ta décision ?

– Je suis sa femme, et comme telle, très respectable, je ne suis pas une femme des rues, dit Hibo, à qui il puisse donner la gonorrhée puis s'en tirer comme cela en toute impunité.

– Ne nous emportons pas. Oublie toute cette rhétorique, celle de l'honneur du nord et du déshonneur du Sud. Gallayr t'a infectée avec un poison et, en mettant du poison dans sa nourriture, tu l'as empoisonné à ton tour. » Duniya aida Hibo à se remettre debout.

« Il n'y a pas une minute à perdre. Rentre chez toi et emmène-le à l'hôpital. »

Elle l'escorta alors jusqu'au portail. Hibo avait des larmes dans la voix quand elle dit :

« Tu es très forte et je t'envie. »

À ce moment, la langue de Hibo, épaisse comme une tranche de gorgonzola, vint se reposer, inerte, dans sa bouche. Duniya lui souhaita bonne chance et la prit brièvement dans ses bras.

Dehors, ils virent la voiture de Kaahin, garée juste devant le portail, et Bosaaso qui était là en train de lui parler. Un peu plus tard, Bosaaso et Duniya partirent en grande hâte pour se rendre chez elle.

Le bavardage des enfants s'arrêta quand Duniya et Bosaaso entrèrent. Ayant recouvré leur capacité à parler ou à ramasser un balai ou un torchon, les jeunes se remirent au travail. Tous trois traitaient Bosaaso de la même façon, en frère aîné. Marilyn et Fariida étaient là aussi, mais elles se comportaient avec lui de manière trop distante à son goût.

On offrit des chaises à Duniya et Bosaaso et on leur demanda de se reposer un peu, comme s'ils venaient de faire un long voyage, physiquement éprouvant.

Nasiiba vint avec la nouvelle que l'appartement en ville était en état ou tout du moins que la chambre d'Oncle Abshir était prête à le recevoir ce soir.

« Et nous avons un bouquet de fleurs », ajouta-t-elle.

Duniya se redressa, surprise :

« Un quoi ?

– Un bouquet de fleurs et tout le tralala.

– Qui a eu cette idée ? dit Bosaaso.

– Je serai habillée en blanc, Duniya, avec des gants et tout, intervint Yarey.

– Mais qui donc a eu cette idée ?

– C'est moi, dit Nasiiba.

– Nous lui faisons un accueil comme pour un chef d'État en visite officielle, continua Yarey, répétant une expression utilisée par Nasiiba. Tu sais, comme lorsque le dirigeant d'un autre pays se rend en Somalie, il y a une petite fille vêtue de blanc et elle lui donne un bouquet de fleurs. On voit ça souvent à la télévision. »

Il fallut de l'énergie à Duniya pour décider de ne pas se lancer dans une controverse à ce sujet, ni avec Yarey ni avec Nasiiba, c'est pourquoi elle les encouragea gentiment à retourner à ce qu'elles étaient en train de faire.

« Bien sûr, dit Bosaaso, les pauvres ne se rendent pas compte non seulement que c'est une tradition néo-coloniale, héritée d'autres pays, de même que le drapeau, la capitale nationale et toute la panoplie, mais aussi qu'au cœur de ce cérémonial est une notion très masculine dans laquelle une vierge innocente vêtue de blanc est offerte à un visiteur qui se trouve être le dirigeant d'un autre État. Je n'ai pas besoin de te rappeler que dans notre propre tradition, un homme offensé dans son honneur se voit souvent offrir une jeune fille en compensation. Et quand un homme rend visite à un ami dans une autre ville, l'hôte met à la disposition de son invité une femme chargée de le divertir.

– Peut-être qu'il faudrait le leur dire, dit Duniya.

– Cela risquerait de leur gâcher le plaisir, dit Bosaaso.

– C'est fort possible », acquiesça Duniya.

Tous deux se turent, muets et solennels, comme ceux qui pénètrent dans un sanctuaire. Ils pensaient à Abshir et chacun avait hâte de le revoir. Séparés par leurs pensées, ils s'accrochaient chacun à un souvenir agréable, à un moment précieux de tendresse de la nuit précédente. Quant à elle, elle était fière de ne pas lui avoir dit si elle l'épouserait ou non, et lui tirait sa fierté du fait qu'il n'insistait pas pour qu'elle lui fasse part de sa décision.

« Bienvenue, Abshir, mon frère chéri », se dit Duniya en elle-même.

CHAPITRE XVIII

Dans lequel Duniya, avec ses enfants, Bosaaso et ses amis forment un convoi pour aller accueillir Abshir à l'aéroport. La fête se continue tard dans la nuit.

LA VOITURE de Bosaaso était en tête d'un convoi de trois voitures et Duniya en était le seul passager. Juste derrière, dans un taxi conduit par son cousin Axmad, se trouvaient Yarey, Mataan, Fariida et Marilyn. Dans le troisième véhicule, Qaasim était au volant, Taariq sur le siège avant et, uniquement pour se différencier des autres, Nasiiba était à l'arrière. Axmad avait la maudite habitude des chauffeurs de taxi qui consiste à appuyer sans interruption sur l'avertisseur, ce qui suscita l'intérêt des passants pour le convoi. Comme la circulation ralentissait et que le klaxon continuait à retentir, une femme se risqua à suggérer que c'était un mariage, ce qui produisit une certaine curiosité chez nombre de badauds et le mot « mariage » revenait dans la conversation de ceux qui se tenaient sur les deux côtés de la route. Ce « téléphone arabe » finit par arriver aux oreilles de Duniya et Bosaaso. Une femme poussa alors des youyous et une autre mentionna les noms de Duniya et de Bosaaso.

Duniya arborait un sourire malicieux. Bosaaso, quant à lui, restait rigide sur son siège, le dos raide comme la queue d'un éléphant, les yeux concentrés sur un point droit devant lui, comme s'il traversait des nappes de brouillard.

« Et si nous sortions pour dîner ce soir, Duniya ? dit-il.

– À condition que ce soit moi qui invite, dit-elle.

– Et combien sommes-nous ?

– Seulement la famille, dit-elle.

– On invite aussi Mire, non ?

– Oh oui ! consentit-elle volontiers.

– Est-ce que Fariida et Marilyn se joindront aussi à nous ?

– J'ai dit, seulement la famille. Pas les amis », lui rappela Duniya.

La liste des noms se fit toute seule. Elle compta plusieurs fois le nombre des invités. Elle était comme l'Arabe du proverbe qui a dix ânes à vendre et qui a oublié de compter l'animal qu'il monte, mais arrive à un compte juste quand il n'est plus sur son dos.

« As-tu pensé à un restaurant où nous pourrions aller ? demanda-t-elle.

– Cela dépend si tu veux que nous allions à pied à un restaurant du centre ou en voiture en dehors de la ville, dit-il.

– Qu'est-ce que tu préfères ? demanda-t-elle.

– C'est toi qui décides », dit-il.

Nous y voilà, pensa-t-elle, chacun est incapable de prendre une décision de peur de blesser l'autre. Cela se passera-t-il à chaque fois que nous arriverons à un carrefour où la route se divise en deux ? D'un ton décidé, elle dit :

« Allons à Croce del Sud.

– Très bien, je vais retenir une table », proposa-t-il.

Comme les yeux de Duniya s'ouvraient et se fermaient par intermittence, les moments d'obscurité alternaient rapidement avec des passages de plein soleil. Elle était épuisée. Et puis l'arrivée de Qaasim au moment même où Fariida venait d'entrer avait plutôt compliqué les choses. Tous deux étaient venus voir l'appartement du centre-ville qui paraissait remarquablement confortable et accueillant. Elle espérait qu'Abshir en serait content.

La tour de contrôle de l'aéroport était maintenant visible et Bosaaso demanda :

« Combien sommes-nous ce soir à dîner, en fin de compte ?

– J'ai compté sept personnes, dit-elle.

– Sept est un bon nombre qui porte chance. »

Il entama alors des manœuvres délicates pour négocier l'entrée étroite du parking. Il cherchait un endroit où il serait possible de garer les voitures côte à côte. Il venait d'en trouver un quand il vit l'avion atterrir.

En moins d'une demi-heure, Abshir, son frère bien-aimé, descendit de l'avion, étant le premier passager à sortir. Duniya sentait son sang lui tambouriner aux oreilles, ne pensant pas seulement à Abshir, mais se demandant aussi à qui elle allait donner d'abord la nouvelle qu'elle avait décidé d'épouser Bosaaso : à l'époux lui-même ou à son frère, pour l'accueillir avec une bonne nouvelle.

Comme un poussin qui sort de sa coquille ; comme les yeux d'un bébé qui voient pour la première fois ; comme un papillon de nuit qui ouvre ses jeunes ailes pour voler ; comme des formes qui vont et viennent et reviennent, des formes humaines qui ont une voix, qui répondent à un nom si vous vous souvenez de quel nom on les appelle, des formes humaines qui disent votre nom, « Duniya ». Elle se rappela qu'à un moment, ces temps derniers, elle avait eu l'impression d'être dans la nuit mystique du Coran et s'était envolée ; elle se rappela s'être endormie à un moment donné, ces temps derniers, et s'être réveillée pour découvrir que l'enfant trouvé était mort. Duniya se demandait maintenant en son for intérieur si elle n'était pas en train d'avoir des hallucinations, : elle était sûre d'avoir perdu le contact avec la réalité physique qui l'entourait, et se sentait submergée par une sorte de délire, un vertige qui lui faisait perdre conscience à la façon dont les douleurs de l'accouchement, trop vives, font perdre toute sensation à une femme.

C'était elle, ce voyageur qui venait d'arriver, recru de fatigue. Elle, qui ne pouvait compter sur ses jambes pour la conduire quelque part, elle dont les oreilles étaient pleines d'un air sous pression, elle dont l'esprit abritait mille et une pensées qui seraient obligées d'attendre le bon moment pour s'exprimer. C'était elle, cet oncle qui rencontrait pour la première fois son neveu et ses nièces en chair et en os ; elle, le frère qui rencontrait sa sœur Duniya après tant d'années ; elle, l'homme qui voyait son futur beau-frère, connu jadis, dans un autre contexte ; elle, cet homme à qui l'on présentait deux jolies adolescentes. Mais c'est comme ça, peut-être que tu es en train d'avoir des hallucinations !

Les souvenirs de Duniya, elle aurait été la première à en convenir, étaient fragmentaires et pleins de trous comme lorsqu'un photographe a mal réglé le déclencheur automatique pendant que le groupe auquel il appartient pose devant l'appareil, et ne s'est pas laissé assez de temps pour reprendre sa place dans la photo de groupe.

Il n'y a rien de tel qu'une conscience aiguë du moment présent pour déplacer votre centre de gravité. Plus tard ce soir-là, Duniya devait expliquer à Bosaaso qu'elle avait souffert d'une sorte de trouble psychique, tel qu'il peut se manifester quand les cellules de votre cerveau reçoivent beaucoup plus d'impressions que ce qu'elles peuvent gérer. Elle ne sut pas comment décrire autrement ce qu'elle avait ressenti.

Malgré tout cela, tout s'était bien passé. Qaasim avait été tout à fait efficace en faisant le nécessaire pour qu'Abshir puisse passer par le corridor réservé aux VIP et pour qu'il n'ait à ouvrir à la douane aucun de ses sept sacs. Ceux qui étaient présents aidèrent à porter ces sacs aux voitures qui attendaient. Duniya ne remarqua pas grand-chose de ce qui se passait tant qu'elle ne fut pas arrivée chez elle.

À ce moment-là, tous les autres étaient partis, il ne restait que la famille, et Bosaaso avait été accepté comme en faisant vraiment partie.

Beaucoup de questions sans réponse, ou à peine formulées, se pressaient dans la tête de Duniya. Par exemple : comment avait-elle présenté Bosaaso ? Comme futur beau-frère ? Ou juste comme un ami ? Elle était sûre qu'Abshir avait bien vu que ses rapports avec Bosaaso méritaient une présentation en règle. Mais avait-elle fait rater ce premier contact ? Et avec qui Fariida était-elle partie ? Avec Qaasim, dans sa voiture ?

Quand Duniya eut repris ses esprits, tout son univers imaginaire fut de nouveau à sa libre disposition. Maintenant seulement elle voyait Abshir distinctement, entendait clairement sa voix profonde, se rappelait tous ses gestes gentils, sa générosité sans limites. Cela demeurait pour elle un mystère : pourquoi avait-elle toujours accepté les dons d'Abshir, alors que les cadeaux venant d'autres personnes la mettaient mal à l'aise ?

Abshir était grand, légèrement voûté : on lui donnait plus d'un mètre quatre-vingts à cause de cette posture. Il avait la peau très foncée, des membres longs, une grande bouche et des lèvres épaisses. Pour un homme de son âge, il avait une chevelure fournie, avec quelques cheveux gris. Il avait de grandes mains et de longs doigts. Ses yeux, quand il vous écoutait, brillaient d'une attention intense. Abshir était un gros fumeur, une cigarette tous les quarts d'heure, et il avait une toux sèche. Abshir aimait beaucoup mâcher de l'ail cru, habitude qu'il partageait avec Nasiiba, et sa nièce et lui avaient des tempéraments semblables, bien que Mataan lui ressemblât davantage sur le plan physique.

Il avait un rire gentil, très doux, à peine audible. Maintenant il était en train de rire parce que quelqu'un lui avait raconté qu'on lui avait épargné la cérémonie de remise du bouquet avec une nièce vêtue de blanc et une poignée de roses assoiffées.

Ayant vu la Vespa que Mataan avait empruntée au cousin de Waris, Abshir offrit d'acheter un scooter à son neveu s'il réussissait son examen. Quand il apprit que Duniya et ses enfants n'allaient plus vivre dans l'appartement de Qaasim, mais dans un autre, au centre-ville, Abshir demanda s'il était faisable qu'il achète un pied-à-terre, dont Duniya se chargerait, et qu'elle pourrait occuper. Pas étonnant que son surnom ait été « *Scelaro* ». Il était rapide.

Bosaaso, Mataan et lui étaient assis dans la cour, à bavarder. Les deux hommes avaient beaucoup d'amis en commun et chacun demandait à l'autre de leurs nouvelles. Mataan écoutait avec attention, la bouche grande ouverte, portant ses regards admiratifs sur chacun d'eux tour à tour. Bosaaso était ravi de pouvoir parler des bons moments qu'Abshir et lui avaient partagés à Rome. Comment allaient la femme italienne d'Abshir et ses deux filles ? Habitaient-ils toujours dans le Trastevere, ou avaient-ils déménagé ? Et les amis australiens et sud-africains de Bosaaso, étaient-ils toujours là, à travailler pour le FAO ?

« Comment va Mire ? », demanda Abshir.

Bosaaso donna à Abshir un tel compte rendu des activités de Mire que Mataan se demanda si il n'y avait pas quelque chose entre Bosaaso et Mire, si l'on tenait compte de la façon dont ils étaient tous les deux revenus d'Allemagne et des États-Unis respectivement pour faire don de leurs services à leur pays.

« J'aimerais beaucoup voir Mire, dit Abshir.

– Il vient dîner ce soir », dit Bosaaso.

Abshir se tourna vers Mataan :

« Où est-ce que nous mangeons ce soir, Mataan ?

– Peut-être que maman a organisé quelque chose, mais je ne suis pas au courant.

– C'est Duniya qui nous invite tous ce soir, déclara Bosaaso.

– Où ? demanda Abshir, les yeux brillants de plaisir.

Ayant marqué une pause, Bosaaso répondit : « Croce del Sud. »

Duniya se joignit à eux et resta un moment debout et silencieuse dans la parenthèse que son arrivée avait ouverte. Abshir la regarda avec affection, puis, comme sa sœur s'asseyait à côté de lui, il dit à Bosaaso :

« Croce est toujours ouvert ? »

– Mais oui, dit Bosaaso. Le restaurant n'a plus autant de classe, mais certains des serveurs de l'époque d'avant l'indépendance sont toujours là, et ils font toujours des courbettes dès qu'apparaît un visage blanc parce que les mains blanches offrent de meilleurs pourboires que les mains foncées. Mais vous obtenez un très bon service si votre main foncée offre un pourboire de quinze pour cent, cinq pour cent de plus que la main rose. »

Plongé dans ses souvenirs, Abshir se tourna vers Mataan et Duniya.

« Tu sais, nous n'avions pas le droit d'aller au Croce del Sud dans les années cinquante, quand les Italiens étaient la race dominante ici. Et les serveurs n'avaient pas le droit de porter des chaussures. »

Duniya se sentit un peu idiote d'interrompre le cours de la conversation avec une question, mais elle demanda quand même :

« Pourquoi les Italiens s'imaginent-ils que ce sont eux qui ont appris aux Somalis à porter des chaussures, comme si le fruit essentiel de leur entreprise civilisatrice était d'introduire l'habitude d'utiliser une paire d'objets pour se cacher les pieds, Abshir ?

– Ça, je n'y ai jamais pensé, dit-il, comme se faisant des reproches.

– Ni moi non plus », ajouta Bosaaso.

Alors Abshir toussa, d'une toux qui lui soulevait les côtes. Sa poitrine explosa d'une quinte violente, une deuxième puis une troisième fois. Il dit :

« Que personne ne vienne me dire de m'arrêter de

fumer, parce que je n'en ferai rien. » Et il sourit, de petites rides se formant au coin de l'œil.

« Personne ne te dira rien, dit Duniya.

– Tu veux dire que Shiriye ne dira rien ? » questionna Abshir, à la surprise générale.

Duniya, sans relever la question, pensa qu'Abshir était bien de la même famille que Nasiiba ; c'était comme ça.

Un moment de silence, puis Abshir dit à Duniya :

« Au fait, comment va notre demi-frère ? »

La respiration de Duniya frémit, comme de la soie sur une peau rugueuse, et elle murmura une phrase brève et désagréable sur Shiriye.

« Crois-tu que Shiriye me donnera ma part de la dot qu'il s'est fait remettre, dit-on, pour avoir donné ta main à Zubair ? la taquina Abshir. Ou la moitié de ce qu'il a empoché venant de Taariq ? » Il tendit le bras pour prendre la main de sa sœur et la garder serrée dans les deux siennes. Geste affectueux.

« Je doute vraiment qu'il le fasse », dit Duniya.

Comme Abshir avait d'autres accès de sa toux sèche, Duniya retira la main qu'il étreignait. Elle partit, en s'excusant, comme si elle était requise par une affaire urgente.

« Parle-moi de toi, dit Abshir à son neveu.

– Il n'y a vraiment rien à dire, répondit Mataan, intimidé.

– Et comment cela ? dit Abshir.

– Il réussit très bien au lycée, c'est le meilleur en mathématiques, on me l'a dit », intervint Bosaaso.

Avec une certaine emphase, Abshir déclara :

« Je vois », comme s'il en savait beaucoup plus qu'il ne voulait le laisser paraître. Il continua alors :

« Qu'est-ce que tu veux faire à l'université, Mataan ?

– Je n'ai pas encore décidé, dit Mataan.

– Tu n'as plus qu'une année scolaire à faire, non ? » dit Abshir.

Bosaaso dit :

« Et deux années de plus, une pour le service national et l'autre comme conscrit à l'armée.

– Comment est ton italien ? demanda Abshir à Mataan.

– Pas assez bon pour que je fasse mes études dans une université italienne, à moins que je suive un de ces cours très intensifs qu'ils donnent à Pérouse. » Pour Mataan, tout cela allait trop vite. Oncle Scelaro était trop rapide, mais lui, il était trop lent ; il répondit néanmoins avec un enthousiasme grandissant adapté aux circonstances.

Abshir dit :

« Ou est-ce que tu préférerais aller à une université de langue anglaise, aux États-Unis ou au Canada, je veux dire, est-ce que ton anglais est assez bon pour que tu suives une filière de mathématiques ? »

Mataan n'était pas sûr d'avoir envie d'un diplôme en mathématiques, mais il n'en fit pas la remarque. Il était trop intimidé et tout allait beaucoup trop vite par rapport au rythme de vie auquel il était habitué.

« Nous en reparlerons donc », suggéra Abshir, ajoutant, après une pause appropriée et après avoir regardé Bosaaso puis Mataan : « Je pense que nous pouvons faire en sorte qu'il soit dispensé du service national et du service militaire ?

– Je pense en effet qu'il y a des moyens de le faire exempter », dit Bosaaso.

Abshir retint un sourire avant qu'il n'aille amener la subversion dans l'expression subtile et sagace qui s'était répandue sur son visage. Il dit :

« Et pour Nasiiba ? »

Puisque personne ne pouvait prendre la responsabilité de parler à sa place, on cria son nom pour la faire venir, et elle entra les bras chargés de vêtements qu'elle avait sortis des sacs que son oncle lui avait amenés de Rome. Elle portait déjà une paire de jeans Levi's et une chemise assortie. Elle dit, encore plus enthousiaste que d'habitude :

« Comment as-tu fait pour deviner ma taille, mon tour de taille et tout, Oncle Abshir ?

– C'est Miski qui m'a donné tout ça », dit-il.

Comme elle s'approchait d'eux, Nasiiba se prit les pieds dans certaines des robes qu'elle portait. Sur ses talons était Yarey, et elle aussi portait une légion de cadeaux apportés par son oncle. À l'arrivée des deux filles, l'atmosphère se fit soudain extrêmement bruyante, et Bosaaso se leva en disant :

« Il faudrait peut-être que je parte maintenant.

– Quand est-ce qu'on te voit ? lui demanda Abshir.

– Pourquoi ne viens-tu pas avec moi, tu pourras ramener la voiture ? Ainsi je n'aurai pas besoin de venir te chercher ce soir », dit Bosaaso.

Abshir réfléchit un moment, comme s'il ne savait plus bien dans quelle partie du monde il se trouvait, puis il dit :

« J'avais l'intention d'aller à l'agence de location de voitures dès que possible. Comment feras-tu pour te déplacer si tu me prêtes la tienne ?

– J'ai un taxi comme remplacement quand je n'ai pas d'autre moyen de transport », dit Bosaaso.

On appela Duniya et Bosaaso, Abshir et elle réfléchirent ensemble à la meilleure façon de résoudre ce problème. Le fait que Nasiiba se tienne à l'écart de ce débat ne manqua pas d'être remarqué.

« Qu'est-ce que tu suggères, Duniya ? » dit Abshir.

Duniya suggéra que Mataan aille avec eux pour montrer à Abshir comment revenir.

« Tu veux que nous allions faire un tour, toi et moi ? dit Abshir. Quand je serai de retour ?

– Quelle excellente idée », dit Duniya.

Nasiiba était visiblement ravie, ses accès de joyeuse humeur se succédaient sans interruption. À un moment, en fait dès qu'elle fut seule avec sa mère, elle sortit, vint à l'endroit où Duniya était assise, vêtue d'un ensemble à la mode apporté par Abshir. D'un ton très excité, elle fit une déclaration qui selon sa mère n'avait ni queue ni tête.

« As-tu remarqué que depuis quelque temps il y a beaucoup de chiens dans les cités africaines ? Des chiens qui errent en meutes dans les rues et sont aussi menaçants que des loups échappés d'un zoo ? Tu les vois partout, à fouiller ces mêmes poubelles que les gamins des rues ont presque entièrement vidées, ne laissant que les os qu'ils ne peuvent mâcher ; ces chiens attaquent les piétons qui vaquent à leurs affaires, surtout à la nuit tombée. D'où viennent ces animaux, as-tu aucune idée ? »

Duniya n'eut pas l'air très émue et n'émit aucune opinion.

« Selon Taariq, continua Nasiiba, la plupart de ces chiens ont appartenu un jour ou l'autre à des Européens ou à des Américains qui ont beaucoup de nourriture en trop, et aussi de l'affection humaine en abondance à prodiguer à ces sales bêtes qui, en fait, habitent dans les mêmes maisons spacieuses et luxueuses que leurs propres enfants. La vérité est que ces chiens ont reçu plus de nourriture, d'attention et d'amour que la plupart des Somalis et ensuite, d'un week-end à l'autre, leurs maîtres repartent chez eux, laissant derrière eux ces animaux gâtés. C'est toujours la même histoire, trop d'amour, puis de façon abrupte et effrayante, plus de domicile et une communauté islamique apeurée, prête à les lapider au moindre prétexte. En fait, ces chiens ont été rendus schizophrènes.

– Où veux-tu en venir, Nasiiba ? S'il te plaît, arrives-en au fait ! » dit Duniya.

Nasiiba resta un long moment silencieuse. Elle finit par dire :

« C'est à ce niveau de réalité que tu pourrais remarquer une certaine ressemblance entre les chiens et certains dictateurs du Tiers-Monde : ils ont été gâtés et pourris par l'approbation de leurs maîtres américains et européens jusqu'au moment où ils ne servent plus à rien et où ces dictateurs sont abandonnés comme des chiens à leur triste sort. À un niveau personnel, les Européens et les Américains qui vivent en Afrique se comportent d'une manière similaire à celle de leur gouvernement au niveau national. Ce que j'essaie de dire… »

Duniya se raidit. Avec un regard furieux à Nasiiba, elle posa brutalement la question :

« Tu penses vraiment que je suis idiote ?

– Pourquoi ?

– Je ne suis pas complètement idiote ! dit Duniya. C'est tout. »

Décontenancée, Nasiiba ouvrit de grands yeux, regardant sa mère qui quittait la pièce pour se préparer à faire un tour en voiture avec Abshir.

Abshir était au volant, se dirigeant vers l'est, vers la mer.

« Tu ne peux pas t'imaginer comme cela m'a manqué de ne plus voir l'océan Indien, ne plus y nager, ne plus l'avoir à côté », dit-il.

Elle le regardait conduire. C'était une vraie cheminée et ses poumons partaient en fumée ; et tout son corps, de temps en temps, explosait, devenant pâle comme les cendres que l'on a laissées toute la nuit sur un brasier sans les recouvrir. Elle se demanda alors en quoi Mataan lui avait toujours fait penser à Abshir, bien qu'aucune ressemblance physique ne les reliât. Elle n'avait jamais vu son propre grand-père, mais pensait que son surnom indiquait qu'il était voûté : on l'appelait Tuerre, ce qui veut dire « l'homme à la bosse ». Elle se dit que certaines caractéristiques physiques se retrouvent çà et là dans les familles, sautant d'une génération à l'autre comme à la marelle.

« Parle-moi un peu de Bosaaso, dit-il.

– Pour nous, nous songeons à nous marier.

– Qu'est-ce qui vous en empêche ? » demanda Abshir, comme s'il voulait écarter tout obstacle. Ils pensaient tous les deux à Shiriye, bien que ni l'un ni l'autre n'eussent envie d'évoquer son nom maudit.

« Il m'a demandée en mariage ; j'ai demandé un temps de réflexion.

– Es-tu encore en train de réfléchir ? Ou as-tu pris ta décision ?

– J'ai beau tourner et retourner tout cela dans mon esprit, tantôt la réponse est oui, tantôt c'est non, bien que la plupart du temps ce soit oui. Je l'aime beaucoup, en fait je l'aime, à ma façon, précisa-t-elle. Il mérite mieux que ce que je peux lui offrir. Il est trop confiant, il n'a pas assez d'énergie pour se battre ; je me rends bien compte que je ne suis pas de tout repos.

– J'espère qu'il sait ce qui l'attend, dit Abshir avec un sourire.

– Ça, j'en suis sûre.

– Depuis que je suis là, il est tout à fait déférent avec moi, comme le sont entre eux les parents par alliance. Et quand nous étions dans sa voiture, en retournant chez lui, il m'a proposé de conduire. On aurait dit que Bosaaso était un jeune homme confronté à son futur beau-père. » Abshir écrasa une cigarette, pour en allumer une autre immédiatement, et continua : « L'amour a une certaine odeur que l'on sent rarement. Je l'ai flairée en arrivant et je l'ai perçue à nouveau quand nous nous sommes serré la main cet après-midi.

– La raison pour laquelle je n'ai pas dit oui quand j'aurais pu le faire est que je ne voulais pas donner l'occasion aux langues sataniques de s'agiter comme la queue d'un chien, pour dire que je l'épouse pour son argent et sa carte verte américaine, dit Duniya.

– C'est pour cela que j'ai parlé à Mataan devant lui, en un sens pour assurer Bosaaso que tes enfants ne vont pas peser financièrement sur lui. J'établirai tout ceci de façon absolument claire le plus tôt possible. Leurs études, ici ou à l'étranger, de préférence des études universitaires à l'étranger, sont de ma responsabilité. Ce pauvre homme a passé le quart de sa vie à élever les enfants des autres. »

Duniya émit un petit gloussement, à mi-chemin entre un gémissement et un rire ennuyé, puis elle dit : « Merci. »

« Qu'il soit bien compris qu'il ne s'agit en rien d'exercer une quelconque pression sur toi pour te faire prendre une décision, dans un sens ou dans l'autre. Tu agis selon ton plaisir. Tu te maries si tu en as envie, tu ne te maries pas si tu le souhaites pas. Ta destinée est entre tes mains. Mais le coût des études de tes enfants, c'est ma responsabilité, et seulement la mienne », dit-il.

Elle s'étrangla sur ses larmes de joie et resta de longs moments incapable de parler. Elle finit par dire :

« Je me suis toujours demandé comment il se faisait que j'ai toujours accepté les dons venant de toi, alors que je m'agace si d'autres m'approchent avec l'intention de me donner quelque chose. Peux-tu me dire pourquoi ?

– Parce que lorsque tu avais moins d'une heure d'existence, répondit-il, tu refusais de téter et ta mère était trop malade pour s'occuper de toi, et alors c'est moi qui t'ai fait avaler ta première goutte de lait, don que tu ne voulais recevoir de personne d'autre, pas même de ton père, de la sage-femme ou des autres femmes du voisinage. » Il s'arrêta, plaçant une cigarette comme un coin entre ses lèvres, peut-être afin de ne pas sourire.

« Mon premier moment de conscience, lorsque j'ai reçu la première goutte de vie dans ma bouche, date quand même de trente-cinq ans, dit-elle. J'ai été trois fois mère, je me suis mariée deux fois, je suis tombée amoureuse une fois, du moins à ce que je crois. Qu'est-ce qu'il y a chez toi qui ne se trouve pas chez les autres ? Il doit y avoir quelque chose.

– Et Qaasim : n'as-tu pas accepté d'habiter dans son appartement pratiquement sans payer de loyer ? demanda Abshir.

– Notre contrat était fondé sur un accord qui a été détruit le jour même où le désaccord est né entre sa femme Muraayo et moi. Tout ceci est terminé maintenant et je quitte à la fois sa maison et sa vie.

– Et quelle est la nature de tes rapports avec Bosaaso ?

– Il est plus souvent en position de recevoir que de donner », dit-elle.

Au centre de la ville, Abshir apprenait à s'orienter de nouveau, se rappelant les perspectives qu'il n'avait pas vues depuis un quart de siècle ; Duniya regardait avec étonnement certains de ces endroits, parce qu'ils prenaient maintenant une certaine pertinence, puisqu'ils lui faisaient penser à Bosaaso. Abshir disait que peu de choses avaient changé depuis la dernière fois où il avait arpenté ces rues, un immeuble plus haut par-ci, un lotissement en cours par-là, mais la structure et la carte de Mogadiscio n'avaient pas été modifiées, surtout dans le centre. La ville avait toujours le même charme et le même attrait.

« La mer, dit-il, la mer que j'aime. »

Elle pensa à Bosaaso mais ne dit rien.

« Je la sens », dit Abshir.

Son visage se sillonna alors d'un réseau de rides qui formaient un sourire. Est-ce que l'amour était une question d'odeur, comme l'avait exprimé Abshir ? Se rappelant le film italien *Profumo di Donna*, Duniya put revoir toute sa vie le temps d'un battement de paupières. Elle se demanda alors si nous portons des parfums pour compléter ou pour supprimer les odeurs corporelles naturelles qui trahissent nos émotions. Abshir se gara en face de ce qui était autrefois un marché au poisson. La vieille poste était quelque part dans les parages, se rappela-t-il. Ils firent quelques pas, et tournèrent à gauche, puis marchèrent sur une voie pavée quatre-vingts ans plus tôt, en direction de l'océan. Ils se touchèrent, ils se prirent par la main tout en marchant ensemble à grands pas, en silence.

Ils s'arrêtèrent près des grilles que des chauffards avaient souvent heurtées mais qui n'avaient jamais cédé. Cela contribua à la mettre en garde : il faut faire attention, la vie se passe dans le siège du conducteur, et les accidents sont les tournants sans visibilité qui vous tendent des pièges. Elle reprit le moral en se disant que l'heure du dîner n'était plus si loin et qu'ils allaient tous être là, y compris Bosaaso.

Abshir dit :

« Mais tu ne m'as pas dit comment s'étaient passées ces années pour toi ? » Et il alluma une cigarette.

« Cela a été un long voyage, il a fallu monter et monter et monter pour arriver ici, dit Duniya. Ça y est, m'y voilà, je suis arrivée, dit-elle, comme pour souligner un argument, et là en bas, loin en dessous de moi, je vois ce qui me semble à des lieues de ma vie actuelle, et les deux stades, le départ en bas et l'arrivée en haut, sont séparés par un grand gouffre, et je suis perdue de vertige quand je me rends compte à quelle hauteur je suis parvenue, grâce à toi, Abshir.

– Allons, allons », dit-il, embarrassé, et il s'essuya le visage avec un mouchoir. Silencieux, il attendit. Elle continua, encouragée par son silence :

« Pour savoir comment je vais et comment tout s'est passé, tu dois comprendre pourquoi je résiste à toute forme de domination, y compris celle qu'implique le simple fait de recevoir des dons. Pour mon épitaphe, je voudrais voir ces mots : "Ci-gît Duniya qui ne fit jamais confiance aux porteurs de dons."

– Je vais ajouter quelque chose, si tu permets », dit Abshir.

Duniya hocha la tête.

« Tu es une femme et tu es plus jeune que moi, dit Abshir, je suppose que ces faits sont essentiels pour comprendre notre rapport aux dons, à toi et à moi.

– Et toi, tu donnes parce que tu te sens coupable. »

Il répondit de façon détournée :

« Si tu avais été un garçon, on n'aurait pas pour commencer disposé de toi en te donnant en mariage à un homme aussi vieux que ton grand-père, et ensuite, tu aurais pu avoir une bourse pour l'université de ton choix, parce que tu étais brillante et ambitieuse. Il y a eu une injustice de faite. Cela a toujours été mon intention de redresser le mieux que je pouvais ce tort que l'on t'avait causé. Je suis désolé. »

Il fit signe qu'il était prêt à repartir. Ils décidèrent ensemble rapidement qu'ils passeraient d'abord chez elle pour la déposer. Il retournerait à l'appartement en ville pour prendre sa douche et se changer, puis reviendrait la chercher lui-même dans la voiture de Bosaaso pour qu'ils aillent ensemble à Croce del Sud pour le dîner.

Ceci arrangé, ils eurent le temps de parler de Gisela, la femme d'Abshir, et de ses deux filles, Madalena et Annalisa. Ce n'était un secret pour personne que les deux filles détestaient les Somalis, avec qui elles étaient très impolies au téléphone. Parfois, il leur arrivait de fermer la porte au nez d'un visiteur. Mais elles avaient bien accueilli Duniya, quand elle avait séjourné chez elles, et elles s'étaient bien entendues. Malgré cela, Abshir ne put s'empêcher de mentionner le fait que sa famille le soupçonnait de plus en plus de projeter d'acheter une propriété ; et quand elles avaient appris qu'il avait sorti de son compte en banque quelques milliers de dollars « comme s'il voulait acquérir tout le pays d'un seul coup », ses filles avaient pleuré des heures durant et il n'avait fait la paix avec elles qu'après leur avoir promis qu'il reviendrait à Rome dès qu'il aurait rendu visite à Duniya et à leurs cousins.

« Alors, tu vas acheter une propriété ? demanda-t-elle.

– Pour commencer, un pied-à-terre, pour t'y loger, dit-il, tu seras libre d'y habiter tant que tu n'auras pas réglé ta situation. Un pied-à-terre est assez grand pour loger tes enfants s'ils décident de ne pas partager votre maison, à Bosaaso et toi, si finalement vous vous mariez. Et assez grand pour je puisse y habiter si je viens en visite.

– Il y a trop de "si" dans tout cela, dit-elle.

– Excuse-moi, mais toi, tu es une pile de "si" et de "peut-être".

– Bien sûr », dit-elle.

Puis répondant à une question générale sur Bosaaso et elle, Duniya passa en revue toute son histoire depuis le moment où elle avait commencé à se raconter d'elle-même, sans omettre un seul détail significatif. Peu de temps après qu'elle eut fini de faire son récit, ils arrivèrent chez elle.

Il dit :

« Il n'est pas possible de retourner en arrière, il faut seulement aller de l'avant.

– Espérons-le », dit-elle.

Selon le consentement général, Mire fut mis à la place d'honneur, au bout de la table désignée par la direction de Croce del Sud sous le nom de « Sette », ce qui dans leur jargon signifiait une table pour sept convives. Il n'y avait qu'un bout de table puisque l'autre était poussé contre le mur. Ainsi trois personnes étaient assises de chaque côté, et seul Mire présidait. Bosaaso avait retenu cette table et était arrivé plus tôt que les autres, étant de nature anxieuse, le genre d'homme qui arrive à l'aéroport une demi-heure avant l'heure recommandée par la compagnie aérienne. Il avait surveillé la façon dont les serveurs avaient dressé la table. En attendant l'arrivée des autres invités, il avait bu deux verres d'une boisson à base de jus de fruits, et pas une goutte d'alcool.

Duniya et son entourage arrivèrent ensuite, tous les cinq. Et avant que le vacarme de leurs « bonjour » se soit calmé, Mire fit son entrée. Tous se turent, pour laisser Mire et Abshir s'accueillir mutuellement, comme il faut et en prenant leur temps. Duniya vit les yeux de Mire brûler comme un rideau en flammes tandis qu'il serrait passionnément la main d'Abshir puis le prenait dans ses bras.

Deux serveurs arrivèrent pour les conduire à leur table. Les autres convives tournaient la tête pour les regarder passer. Duniya avait été habillée par Nasiiba d'une robe simple mais avec un imprimé très seyant, que sa couturière favorite lui avait confectionnée pour l'occasion. Comme

Nasiiba l'avait suggéré, elle était nu-tête, avec un chignon qui la faisait paraître presque aussi grande que Mire, qui était pourtant d'une taille considérable quand il se tenait parmi des femmes. Nasiiba avait une robe sans forme, ce qui était la mode du moment et, comme Yarey, elle portait quelque chose qu'Abshir avait rapporté d'Italie. Les hommes, tous les quatre, avaient revêtu une tenue moins habillée ; pas de veste de smoking, pas de cravate, en fait rien d'aussi impressionnant que les vêtements des femmes. La robe de Duniya ne la serrait ni à la taille ni sous les bras.

Il était clair qu'ils étaient contents d'être ensemble et de se parler.

Duniya et Bosaaso, et non Abshir, étaient le point central de cette assemblée. Chacun s'en rendait bien compte.

Les serveurs ne voulaient pas partir avant que chacun, homme ou femme, jeune ou vieux, fût installé. Bosaaso lança un regard en direction de Duniya pour qu'elle l'assiste dans cette tâche. Yarey fut placée entre Duniya et Oncle Abshir, tandis que l'on força Bosaaso à prendre place en face de Duniya, avec Nasiiba à côté de lui et Mataan en face d'Oncle Abshir.

Se passant de la formalité des menus, Mire demanda aux serveurs ce qu'ils avaient. Ce n'était pas la peine d'aiguiser l'appétit des convives avec un plat inscrit au menu mais qui avait toutes les chances de n'être pas disponible. Ils écoutèrent les serveurs se lancer dans une récitation des mets qu'ils pouvaient commander, offrant des explications aux demandes d'information de Yarey, de Nasiiba ou au timide « qu'est-ce que c'est, Oncle Abshir ? » de Mataan. Étant eux-mêmes à demi illettrés, les serveurs étaient sans doute ravis de prendre les commandes sans passer par l'écrit.

Quand arriva un serveur de l'ancienne génération, qui avait travaillé à Croce del Sud lorsque les Italiens étaient encore la race des maîtres à Mogadiscio, il se présenta non pour servir ou pour prendre leur commande, mais pour présenter ses respects au docteur Mire qui avait soigné sa femme. Ce serveur était originaire des Peuples du Fleuve, avec un large et beau sourire, une peau très lisse, sans aucun poil au menton ou à la lèvre supérieure. Il s'inclina à demi, respectueusement, en direction de Duniya, puis ses grands yeux ayant parcouru rapidement la Sette, il décida qu'il allait se charger lui-même de ces convives. Il congédia les deux serveurs plus jeunes d'un geste amical et fit le tour de la table, vérifiant que les fourchettes et les couteaux étaient bien disposés. Il s'excusa, et s'excusa encore, si bien que Duniya, sous le charme, se remit entièrement entre ses mains expertes, ne craignant pas d'être pour ainsi dire nourrie par elles.

Quand il fut parti, ce sujet de conversation s'imposa à eux. Est-ce que ce vieux serveur les mettait ainsi à l'aise, leur donnait une telle impression de confort parce qu'il avait été formé par les Italiens et avait été rendu plus apte à sa profession que les jeunes qui n'avaient probablement jamais eu un apprentissage aussi rigoureux que lui ? Était-ce symptomatique de la situation, de cette constatation regrettable que les Somalis étaient rarement capables de faire marcher un restaurant de façon compétente, ni même rentable ? On se passa et repassa le ballon, tantôt c'était Mire qui marquait un but, tantôt Bosaaso et tantôt Abshir. Nasiiba, Yarey et Mataan écoutaient respectueusement. Duniya ne put s'empêcher de remarquer en elle-même combien Nasiiba était silencieuse depuis l'arrivée d'Abshir.

Tandis que les autres étaient lancés dans une conversation polie, Duniya pensait à part elle que peu de choses nous sont révélées directement. Les révélations nous parviennent dans une brume de doutes, dans des grottes, dans l'obscurité, de la bouche d'un enfant, ou par l'intermédiaire des sages sentences d'un vieillard ou d'un fou. Elle décida que son propre moment d'épiphanie avait eu lieu à l'instant où, un matin, une histoire avait choisi de se raconter à elle, et par son intermédiaire, histoire dont la clarté était contenue dans la formule de la Création, « Qu'il y ait un homme », et c'est alors qu'une histoire était née.

Prêtant une attention distraite à ses invités, Duniya regarda Abshir, qui tenait d'une main une cigarette pas encore allumée et de l'autre un briquet. Et il disait à Mire :

« Claudia t'envoie ses amitiés, et elle m'a donné un paquet pour toi et une lettre. Voici la lettre. » Et il la lui donna. « Mais le paquet est dans la voiture de Bosaaso et je nc l'ai pas apporté dans le restaurant parce qu'il est trop encombrant à transporter.

– Merci », dit Mire, mettant la lettre dans sa poche.

À la mention du nom de Claudia, les traits de Mire exprimèrent une certaine réticence, comme s'il n'était pas prêt à étaler ses émotions en présence des autres. En fait, il n'avait même pas l'air suffisamment intéressé pour poser à Abshir des questions sur Claudia. Au lieu de cela, il demanda :

« Quand est-ce que tu vas venir dîner chez moi ?

– Donne-moi un jour ou deux et je saurai comment je m'organise, répondit Abshir.

– Prends ton temps. »

Abshir acquiesça d'un signe de tête.

Mire dit à Abshir :

« À propos, combien de temps vas-tu rester ?

– Un maximum de dix jours. »

Duniya sentait ses centres se déplacer. La peau de son visage se mit à la tirer, comme celle d'une femme qui reçoit une visite au moment où elle a commencé à se démaquiller. Elle pensa qu'il avait été facile de commencer l'histoire, aussi facile que d'arracher une dent de lait. Mais comment allait-elle la conclure ?

Là-dessus, elle s'arrêta, car les serveurs étaient arrivés avec les plats. Regardant son steak au poivre, elle se dit que ce n'était pas elle qui l'avait commandé, mais une autre Duniya. Mais où était cette autre Duniya ?

Elle fit le tour de la table du regard et vit que tous les

autres avaient l'air content de ce qu'on leur avait donné, certains avaient commencé à manger, et elle entendit un certain nombre de *bon appétit*. L'ail, envahissant comme l'amour, s'immisçait dans tous leurs sens, et tous sentaient l'ail, même ceux qui ne mangeaient pas de mets contenant ce bulbe.

Elle se demanda si elle était vraiment satisfaite de voir que ses invités étaient capables de continuer sans elle à raconter leurs histoires respectives. Et pour l'autre Duniya, quelle était son histoire à elle ? C'est alors que quelqu'un mentionna son nom, l'associant à celui de Bosaaso, et qu'Abshir leva son verre pour porter un toast. Tous les autres étaient debout, seule Duniya restait assise. Voici que ses enfants venaient la serrer dans leurs bras, lui dire à l'oreille des choses gentilles et lui souhaiter bonne chance. Mire quitta sa place au bout de la table et vint la féliciter, et Abshir en réponse porta un toast, liant son nom à celui de Bosaaso, mais son discours fut bref, il y mit tout son amour de grand frère et donna sa bénédiction à sa sœur cadette qui se mariait. Et Nasiiba brisa son verre après l'avoir vidé, et Mataan dit que seul un mariage où quelque chose se cassait pouvait être considéré comme ayant mis la chance de son côté. Bosaaso et Duniya furent traités comme mari et femme.

Avec qui Bosaaso était-il marié ?

Quelle Duniya ?

Celle-ci ou l'autre ?

Elle aurait bien voulu le savoir.

Duniya, l'auteur de cette chronique, ne sait plus vraiment comment continuer, et il va lui falloir une très longue pause si elle veut revoir les événements tels qu'il se sont produits afin de pouvoir les décrire avec précision.

À un moment donné, Nasiiba dit à quelqu'un : « Toutes les histoires ne se terminent-elles pas par un mariage, ou par la dissolution d'une union ? »

Abshir fumait sans interruption tout en parlant ; il disait entre autres que toutes les histoires ne font qu'une seule histoire, dont le thème principal est l'amour. Et que si les histoires ont l'air différentes, c'est seulement parce que les voyages qu'entreprennent les personnages suivent différents trajets pour arriver à leur destination ultime.

On porta encore des toasts, et du champagne fut offert à ceux qui en voulaient.

« Toutes les histoires, conclut Abshir, célèbrent en des termes élégiaques les sources d'énergie non encore employées, celle de la pleine humanité des hommes et des femmes. » Duniya sentit alors l'odeur de Bosaaso, parce qu'il était venu s'asseoir près d'elle, et ils s'embrassèrent, tandis que les autres leur portaient encore des toasts. Le monde entier était un auditoire, prêt à entendre l'histoire de Duniya depuis le commencement.

TABLE

Achevé d'imprimer en janvier 1998 sur les presses
de l'imprimerie Bussière à Saint-Amand (Cher)

Dépôt légal : février 1998
Numéro d'impression : 325
Imprimé en France